Marion Venhaus

Stürzen

Roman

1. Auflage 2023

Entwicklung Umschlag und Schriftsatz: SchulerGätjens Büro für Gestaltung,
München
Korrektorat: Birgit Stobbe, Hamburg
Zeichnung: „Hochradfahrerin", Lithografiestift, Oliver Klemm, Basel 2006
Autorenfoto: Hanne Thomsen, Hamburg
Detaillierte bibliographische Daten sind unter http://dnb.ddb.de bei der
Deutschen Nationalbibliothek abrufbar
Email: marion.venhaus@outlook.com
Gesetzt aus Crimson Text
Druck: epubli – ein Service der neopubli GmbH, Berlin

für Arne und Malte

Inhalt

I Avenwedde. Zwischen ihnen

In dem, was er schreibt,
verteidigt jeder seine Sexualität.
Roland Barthes

Zu Hause

Als Kind habe ich oft im Bett meines Vaters geschlafen. Ich schlief mit ihm „Löffelchen“. Nachts drehten wir uns gleichzeitig von einer Seite auf die andere. Morgens nach dem Aufwachen drängte ich mich manchmal von hinten an ihn heran, legte meine Arme um ihn und maß seinen Bauchumfang, und weil ich ihn nicht umfassen konnte, sagte er – oder ich sagte es – er sei zu dick, und wir lachten. Er war nicht dick, er war eher dünn. Das war in den 1950er Jahren in Avenwedde, einem kleinen Dorf zwischen Gütersloh und Bielefeld in Westfalen. Wir waren vom Bauernhof meiner Großeltern nebenan, auf dem wir fast zwei Jahre gewohnt hatten, umgezogen in ein neu gebautes Haus aus gelbroten Ziegelsteinen, Avenwedde Nr. 653. Viele Jahre später bekam das Haus einen weißen Putz mit winzigen blitzenden Glassplittern. Es gab „unten“, das war das Erdgeschoss; und „oben“, das war der erste Stock; und einen Keller im Haus. Oben waren zwei Zimmer mit schrägen Wänden unter einem Spitzgiebeldach. Im Zimmer nach hinten zum Garten schliefen mein Bruder und ich. Sein Bett stand unter einer Dachschräge, meins gleich neben der Tür. Morgens schien die Sonne in unser Zimmer, abends ging sie im Zimmer unserer Eltern, das nach vorn zum Weg lag, unter. Die Möbel im Schlafzimmer meiner Eltern, Bett, Nachtschränkchen, Hocker, Frisierkommode und Kleiderschrank, waren verziert mit Blumenranken aus Buchenholz. Um das Bett herum lagen schilfgrüne Läufer. Darauf schlurfte ich in Stöckelschuhen meiner Mutter aus schwarzem Rindsleder, die Absätze so hoch wie meine Füße groß. Viele Stunden verbrachte ich vor der Frisierkommode mit den Kristallglasschalen für Kämme, Bürsten und Schmuck. Eins der Gläser war wie eine Flasche geformt, an der Verschlusskappe ein kleiner Schlauch mit Gummiball. Die Flasche war leer, ich hielt sie vor mein Gesicht, drückte auf den Ball. Die Luft, die aus dem Flakon herauskam, duftete nach „Kölnisch Wasser“. Der Spiegel der

Kommode hatte bewegliche Flügel, in denen ich mich von hinten und von der Seite sehen konnte.

Meine Eltern schliefen in einem Ehebett auf dreigeteilten Matratzen, zwischen dem Bett meiner Mutter und dem meines Vaters verlief eine Rille. Auch wenn mein Vater nicht da war, wenn er zur Nachtschicht in der Weberei war, schlief ich manchmal in seinem Bett. Ich erinnere mich, dass ich einmal aufwachte, als meine Mutter sich in ihr Bett legte: ihr weißes Nachthemd, ihre kurzen dunklen Haare, ihre helle Haut. Mir fiel auf, dass ich nie in ihrem Bett schlief. Sollte ich in mein eigenes Bett gehen? Ich blieb liegen. Am Morgen um sieben, seine Schicht ging bis sechs Uhr, würde mein Vater ins Bett kommen, auf seiner Haut noch die Kälte von draußen. Er würde sich über sein angewärmtes Bett freuen.

Durch ein Dachfenster, groß wie ein Schuhkarton, fiel Licht in den Flur zwischen den beiden Schlafzimmern. Begegnete man sich hier, musste sich einer an die Wand lehnen, um den anderen vorbei zu lassen. Eine Holztreppe führte im rechten Winkel nach unten. Mein Bruder und ich rutschten auf dem Geländer und landeten auf marmorierten Fliesen, gelb und ochsenblutrot, wie ein Schachbrett gelegt. Auf dem Flur unten konnten zwei Leute bequem zusammen stehen.

Als ich neun war, bekam ich ein eigenes Zimmer unten im Haus, der Treppe gegenüberliegend. Nicht, dass ich mir ein eigenes Zimmer gewünscht hätte, meine Eltern wollten das so. Es war ein schmaler Raum mit einem Fenster zum Weg. Ich kann mich nicht erinnern, wofür wir das Zimmer genutzt haben, bevor ich dort einzog. War es eine Abstellkammer? Meine Eltern kauften einen viertürigen Kleiderschrank, den sie hinter die Tür stellten. Er füllte zusammen mit meinem Bett in der gegenüberliegenden Ecke unter dem Fenster das Zimmer fast vollständig aus. Meine Mutter hängte Jacken und Mäntel meines Vaters in den Schrank. Wenn er zur Arbeit oder sonst irgendwohin fuhr, kam er oder sie in mein Zimmer, um etwas aus dem Schrank zu holen. Nachts, wenn ich unten im Bett lag, hörte ich manchmal Geräusche – die Treppe nach oben und die Holzwand zum Keller knackten. Vielleicht hörte ich auch Schritte im Traum. In dem Jahr als ich nach unten zog, bekam ich zu Weihnachten ein Tagebuch geschenkt. Anfang Januar 1961 schrieb ich:

> Gestern Abend musste ich schon um halb neun ins Bett. In der Nacht hörte ich plötzlich etwas knistern. Ich bekam Angst. Da durfte ich oben schlafen.

Ich war zehn, wurde bald elf. Neben dem Raum, der mein Zimmer wurde, gab es unten zwei weitere Zimmer. Eine zwölf Quadratmeter große Wohnküche, der einzige beheizbare Raum im Haus, und dahinter liegend ein Wohnzimmer. Das Wohnzimmer war etwas größer als die Küche, aber wir benutzten es nicht, außer manchmal an Feiertagen. Dann erwärmten wir es, indem wir die Tür öffneten. Meine Mutter saß unter der Woche fast immer in einer Ecke der Küche neben dem Fenster an einem Tisch bei Heimarbeit. Im Stücklohn band sie mit einem Plastikband Drossel-, Eichelhäher- und Hahnenschwanzfedern zu Büscheln zusammen, zu einem Hutschmuck. Sie arbeitete mit Blick zur Wand, wir konnten nur ihren Rücken und eine Seite von ihr sehen. An der Wand neben ihr, hinter ihrem Stuhl, stand ein Küchenschrank aus hellem Holz. Er war doppelstöckig. Der Unterschrank hatte eine Abstellfläche aus Linoleum. In der Mitte der Küche ein rechteckiger Tisch mit Wachstuch und drei Stühlen. Eine schmale Seite des Tischs berührte das Sofa, das vor dem Fenster stand. Während des Essens kniete mein Bruder oder er saß auf übereinander gestapelten Kissen auf dem Sofa. Ich erinnere mich an die Aufregung meiner Eltern, wie sie beide aufsprangen vom Tisch, wenn die Kissen verrutscht waren. Neben dem Sofa ein Radio, ein Kasten aus lackiertem Nussbaumholz, vorn mit einem goldgelben, aus dicken Fäden gewebten Stoff bezogen. Das Radio nahm genauso viel Platz ein wie der Arbeitstisch meiner Mutter auf der anderen Seite des Sofas.

Abends, wenn ich ins Bett ging, saß meine Mutter meistens noch an ihrem kleinen Tisch in der Ecke der Küche und arbeitete. Mein Vater und ich küssten uns auf den Mund und sagten „Nacht“ zueinander. Dann schaute ich zu meiner Mutter, sagte „Nacht“ von dort, wo ich gerade stand, und ging zur Tür hinaus. Ich erinnere einen Moment, in dem ich merkte, dass ich zu meiner Mutter anders „Gute Nacht“ sagte als zu meinem Vater. Ich weiß nicht mehr, wann ich aufhörte, meinen Vater zu küssen. Vielleicht ein oder zwei Jahre nachdem ich aufhörte, in seinem Bett zu schlafen, vielleicht als ich elf oder zwölf war.

In den ersten Jahren in unserem neuen Haus badeten wir in einer Zinkwanne im Keller. Nur im Keller gab es einen metallenen Wasserspeicher und einen Wasserhahn. War der Behälter leer, sprang eine elektrische Pumpe an und hob frisches Wasser aus der Erde im Garten. Im Winter, wenn es kalt war, trug unsere Mutter für meinen Bruder und mich Wasser in der Zinkwanne in die Küche hinauf, goss kochendes Wasser aus einem Kessel vom Herd dazu, und wir badeten in der Küche. Ich weiß nicht, ob meine Eltern im Winter ebenfalls in der Küche badeten. Mitte der 1950er Jahre ließen sie ein Badezimmer und eine „Deele", über die man in das neue Bad hineinging, anbauen. Dabei bekam das Haus zusätzlich zu dem schon vorhandenen Eingang über eine kleine Außentreppe nun auch einen ebenerdigen Eingang. Auf der Deele stellten wir unsere Fahrräder ab. Die Bodenfliesen in beiden neuen Räumen waren grün marmoriert, die Wandfliesen im Badezimmer leuchtend grün. Der neue Badezimmerofen so groß wie mein Vater. Ein Wasserkessel aus gehämmertem Kupfer, übersät mit fingernagelgroßen Dellen. Samstags, am Badetag, zündeten wir mit Papier, Holz und Kohlen ein Feuer unter dem Kessel an.

Mein Bruder und ich sprechen selten über unsere Kindheit, aber vor einigen Jahren erzählte er einmal, dass unsere Mutter, als er ungefähr vier war, einen Koffer gepackt hatte und zu ihren Eltern zurückgehen wollte. Sie habe uns nicht mitnehmen wollen, sagte er. Ich erinnere das nicht, nur ein unklares Gefühl habe ich für das, was mein Bruder erzählte. Meine Mutter war wohl fünfundzwanzig, mein Vater siebenundzwanzig und ich drei Jahre alt. Warum wollte sie gehen? Ich stelle mir vor, dass meine Eltern sich gestritten hatten. Irgendwann hat meine Mutter nichts mehr gesagt, ist durch die niedrige Klapptür in ihrem Schlafzimmer in die Abseite unter der Dachschräge gekrochen, in der auch schmutzige Wäsche aufbewahrt wurde. Sie kam mit einem Koffer aus Pappmaché wieder heraus, lief durch das Haus, Treppe hinunter in den Keller, Treppe hoch zum Schlafzimmer, suchte Sachen zusammen, die sie mitnehmen wollte. Vielleicht ging mein Vater in der Küche hin und her, und mein Bruder und ich spielten auf dem Fußboden. Als sie durch die Tür schaute und sagte „Ich fahre jetzt", weinte mein Bruder wahrscheinlich, und ich war still. (Kurz vor ihrem Tod sagte meine Mutter einmal zu mir: „Was dein Bruder zu viel geschrien hat, das hast du zu wenig geschrien. Du warst ganz still. Er wollte bei allem dabei sein.") Ich stelle mir vor, wie blass meine Eltern damals aussahen. Ich vermute, dass mein Vater dann so etwas sagte wie: „Was willste denn in Friedrichsdorf? – Die ham dich doch rausgeschmissen!" Meine Mutter blickte auf den Fußboden, schloss die Tür und ging die Treppe hoch ins Schlafzimmer.

Der Keller in unserem Haus war genauso aufgeteilt wie das Erdgeschoss. Unter der Küche lag der Waschkeller. Unter dem Wohnzimmer der Kartoffelkeller, in dem auch Holz lagerte. Dort stand eine ausgegrabene Baumwurzel, in die eine Axt eingeschlagen war. Manchmal spaltete mein Vater auf der glatt gesägten Oberfläche der Wurzel ein paar Stunden lang Brennholz. Unter dem Raum, der mein Zimmer wurde, ein Keller mit Essensvorräten. An der Wand ein Regal, in dem alles untergebracht war: Leere Töpfe und Töpfe mit bereits gekochtem Essen für den nächsten Tag. Bratpfannen. Halbliter- und Einlitergläser mit eingemachten Früchten: Apfelmus, Apfelstücke, Birnenhälften, Erdbeeren, Pflaumen, Kirschen. Eingekochtes Gemüse: Erbsen, gelbe Brechbohnen, grüne Schnippelbohnen, dicke Bohnen. Im Herbst und Winter lagen auf Zeitungspapier ausgebreitet Äpfel und Birnen im Regal. Mein Vater schaute sie von Zeit zu Zeit durch. Angefaulte warf er in einen „Schweineeimer", eine große alte Milchkanne, mit der er ab und zu auf den Hof seiner Eltern ging, um den Inhalt, süß-säuerlich riechende Essensreste aller Art, den Schweinen in die Tröge zu gießen. Unter der Treppe in den Keller lagerten Kohlen.

Einmal trug meine Mutter nach dem Mittagessen Töpfe in den Keller. Ich war vier oder fünf Jahre alt und ging hinter ihr her, vielleicht trug ich auch etwas. Ich weiß nicht mehr, ob sich meine Eltern während des Essens gestritten hatten – aber ich erinnere mich genau daran, wie sie sagte, als wir vor dem Regal standen: „Den …", und ich glaube, sie sagte „Berthold", an den Namen kann ich mich nicht genau erinnern, „den hätte ich man heiraten sollen." Sie sagte, sie sei mit ihm ausgegangen und habe mit ihm getanzt. Ich staunte, wusste aber nicht, was ich dazu sagen sollte.

Wenn mein Vater Spätschicht hatte, sie begann um zwei Uhr nachmittags, verließ er das Haus um halb zwei. Er fasste seine braune Ledertasche mit dem blanken Metallverschluss am Henkel. In der Tasche steckte eine Butterbrotdose mit vier Scheiben Brot – keine Butterbrote, sondern Brote mit Margarine. Butter kauften meine Eltern nicht, weil sie ihnen zu teuer war. Meistens legte meine Mutter Zervelatwurst auf die Brote, es sei denn, mein Vater hatte gesagt, die Wurst hänge ihm zum Hals raus; dann bekam er Fleischwurst, Leberwurst oder Bierschinken, manchmal auch Schinkenspeck. Sobald er die Küche verließ, stand meine Mutter von ihrem Arbeitstisch auf und folgte ihm die Steinstufen im Flur hinunter auf die Deele. Er klemmte die Tasche auf den Gepäckträger, schaute kurz zu Hansi, unserem blauen Wellensittich im Käfig an der Wand, dann schob er sein Rad zur Tür und drehte sich zu meiner Mutter um. Manchmal hauchte er sie an und fragte: „Stinke ich noch?“ Sie lächelte, zuckte mit den Achseln und schüttelte den Kopf. Meine Mutter schnitt den Speck, den sie in Eintöpfen kochte, nach dem Erkalten in dünne Scheiben und schichtete ihn mit rohen Zwiebelringen auf. Das aß mein Vater gern. Er fasste den Lenker seines Rads, legte einen Arm um sie, und sie küssten sich auf den Mund. „Meinst du, ich hab Lust, da jetzt hinzufahren?“ Er stellte einen Fuß auf eine Pedale. „Ich hab nicht für fünf Pfennig Lust heute“, sagte er und stieß sich mit dem anderen Fuß ab. Draußen auf dem Hof schwang er ein Bein über das Hinterrad.

War mein Vater spätnachmittags zu Hause, hatte er Früh- oder Nachtschicht, kamen unter der Woche manchmal Tante Lisbeth, eine ältere Schwester meines Vaters, und ihr Mann, Onkel Bruno, zu Besuch. Sie wohnten in der Stadt in Gütersloh, fuhren zuerst an unserem Haus vorbei, hundert Meter weiter zu meinen Großeltern auf den Bauernhof, kauften Eier, und auf dem Rückweg schauten sie bei uns herein. Ihr Auto, ein blauer Citroen, parkten sie auf dem Weg vor unserem Haus. Sie waren die ersten unserer Verwandten, die ein Auto besaßen. In unseren Augen waren sie wohlhabend, besser gestellt als alle anderen Verwandten. Sie hatten keine Kinder. Onkel Bruno hatte bei Bertelsmann in Gütersloh Schriftsetzer gelernt und war Leiter der Bleisatz-Abteilung geworden. Wenn es an unserer Haustür klingelte, sagte meine Mutter mit einem Blick über die Schulter: „Wie sieht das hier wieder aus!“ Spielzeug, Bücher und Taschen lagen verstreut auf dem Fußboden und dem Sofa. Um meine Mutter herum standen Klebstoffdosen, Drahtrollen und Kartons. Federstaub überall. Es war zu spät aufzuräumen, zu fegen und Staub zu wischen. Ich schloss den Deckel meines Spielzeugkoffers. Mein Vater faltete „Die Glocke“, seine Tageszeitung, zusammen. Mein Bruder ging zur Tür.

Jeden Samstagnachmittag öffnete meine Mutter alle Fenster, machte Durchzug, putzte das Haus von oben bis unten. Unter der Woche war es schmutzig. Sonntags, am Morgen nach dem Kirchgang, vor dem

Mittagessen oder am Nachmittag, durfte unangemeldet Besuch kommen – wir hatten kein Telefon – an anderen Tagen war es meiner Mutter peinlich. Sonntags fuhren wir selbst auch manchmal unangemeldet zu Verwandten zu Besuch.

Tante Lisbeth, blonde wassergewellte Haare, rot geschminkte Lippen, setzte sich mit dem Rücken zu meiner Mutter auf meinen Platz am Tisch. Sie hatte Verkäuferin gelernt, war seit ihrer Heirat Hausfrau, trug enge Röcke aus geschmeidig fallenden Wollstoffen und feine hellblaue und gelbe Pullover. Meine Mutter arbeitete weiter an ihrem Tisch in der Ecke. In den Unterhaltungen drehten die Frauen ab und zu für einen Augenblick ihre Oberkörper zueinander hin, schauten sich über die Schultern an, prüften, wie die andere das eben Gesagte aufgenommen hatte. Onkel Bruno saß am Kopfende des Tischs, auf dem Platz, der mittags beim Essen meiner Mutter gehörte. Er schaute meiner Mutter auf den Rücken. Mein Bruder und mein Vater saßen dort, wo sie immer saßen und konnten meine Mutter von der Seite sehen. Oft behielten Tante Lisbeth und Onkel Bruno ihre Mäntel an. Tante Lisbeth hatte einen feinen Kamelhaarmantel. Sie sagten: „Wir wollen gleich weiter." Und dann blieben sie eine Stunde oder zwei. Tante Lisbeth brachte für meinen Bruder und mich meistens etwas mit, einen „Amerikaner" oder ein anderes Stück Gebäck. Sie gab es meinem Bruder, der es mit mir teilen sollte. Wenn er nicht da war, behielt sie es so lange bei sich, bis er kam. Als mein Bruder vier war, nahmen Tante Lisbeth und Onkel Bruno ihn einmal für ein paar Tage mit zu sich nach Hause, machten Ausflüge mit dem Auto und fotografierten ihn, wie er im weißen Hemd und kurzer schwarzer Hose, einer Samthose mit Schulterträgern, einen Hügel hinunter lief. Ich erinnere mich, dass einmal während dieser ein- oder zweistündigen Besuche in unserer Küche mein Vater seine Schwester etwas fragte und sie sagte: „Die haben jetzt eine Stelle am Flughafen. Die stehen sich gar nicht mal so schlecht." Die Erwachsenen schauten sich an und schwiegen. Ich merkte, dass sie über etwas Wichtiges sprachen. Fünfzig Jahre später, als Tante Mathilde, eine jüngere Schwester meines Vaters, mir erzählte, dass Tante Lisbeth mit zwei Jüdinnen befreundet gewesen sei, wusste ich, worum es in der Unterhaltung gegangen war. Tante Lisbeths Freundinnen hatten ein Vernichtungslager überlebt und nach dem Krieg eine Arbeitsstelle am britischen Militärflughafen in Gütersloh bekommen.

Ein paar Mal erlaubte mir mein Vater während dieser Besuche, hoch hinter ihm auf seiner Stuhllehne zu sitzen und ihm die Haare zu kämmen. Ich zog Scheitel durch sein dunkelblondes, welliges Haar, kämmte es in verschiedene Richtungen, türmte es nach oben. Die Haare standen ihm zu Berge. Mit den Zinken des Kamms kratzte ich Schuppen von seiner Kopfhaut, sie rieselten auf seine Schultern. Es störte ihn nicht. Er sagte, das Kratzen täte ihm gut gegen das Jucken auf seinem Kopf.

Mein Vater hat mich nicht geschlagen. Nur einmal, ich ging noch nicht zur Schule, da sagte meine Mutter zu ihm: „Schlag du sie auch mal!" Da hat er es getan. Ich weiß nicht mehr, was der Anlass war. Nasse Schuhe? Hatten sie mich gerufen und ich war nicht sofort gekommen? Ich weiß nur noch, dass mein Vater der Aufforderung meiner Mutter folgte.

Meine Mutter

Wir hatten einen großen Garten. Auf ungefähr die Hälfte der Fläche bis an das Haus heran hatte mein Vater Rasen gesät, nur an der Nordseite nicht. Der Hof war vom Weg bis zur Haustür mit quadratischen dunkelroten und ockerfarbigen Sandsteinplatten gepflastert.

Auf der Südseite des Hauses stand mitten auf dem Rasen ein Kirschbaum, der aber erst nach einigen Jahren begann, Früchte zu tragen. Näher am Haus, vor dem Küchenfenster, ein Pfirsichbaum. Im Winter, wenn Schnee lag, hängte mein Vater Meisenringe an die Zweige. Ich erinnere mich an die Pfirsichblüte im Frühling. Erst die Knospen, eine große Zahl. Und dann die erste aufgegangene Blüte, wie ein rosa Stern. Und dann eine lautlose Explosion, eine dichte Menge, wie ein Schwarm. Mein Vater rüttelte an den Zweigen und sagte, er wolle die Blüten bestäuben. Die Bienen seien noch nicht da. Ein paar Jahre lang ernteten wir harte grüne Pfirsiche, dann wurde der Baum krank und mein Vater grub ihn aus. Die anderen Obstbäume standen außerhalb des Rasens. Im Süden am Rande des Grundstücks Apfelbäume, auch ein Sommerapfelbaum. Im Westen am Weg eine Reihe Pflaumenbäume und ein Birnbaum.

Im Osten des Gartens war ein Streifen Land für Gemüse abgeteilt. Mein Vater pflanzte Kartoffeln. Alle Arten von Kohl wuchsen in unserem Garten, auch Spargel, Bohnen, Lauch, Wurzeln, Zwiebeln, Salat und Kräuter. Zur Zeit der Erbsenernte saßen mein Bruder und ich vor Zinkwannen voller Erbsenschoten. Lange, langweilige Nachmittage hinter dem Haus beim Erbsendöppen. Am Ende des Gemüsefelds Stachelbeersträucher, viele Reihen Erdbeeren, auch Rhabarber. Manchmal drehte ich eine Stange aus dem Boden, zog die Haut ab, tauchte die Stange in einen Zuckertopf und aß sie roh.

Aus dem Küchenfenster und dem Garten konnten wir kilometerweit über Wiesen und Felder bis zur Spexarder Straße und dahinter liegende Häusern schauen. An unsere Gemüsebeete grenzte ein Feld meines Großvaters, auf dem er Getreide, Kartoffeln oder Rüben anbaute. Hatte er Roggen oder Weizen gesät, sah es in den Wintermonaten wie eine riesige Rasenfläche aus, und im Sommer wuchs unser Garten dann zu; wir lebten im Schutz eines Kornfelds, über das wir nicht mehr hinwegsehen konnten, und die Autos von der Straße waren nicht mehr zu hören – bis im August gemäht wurde.

Hinter unseren Apfelbäumen begannen die Gemüse- und Erdbeerfelder meiner Großmutter Maria. Wenn ich sie durch das Küchenfenster arbeiten sah, im dunklen Rock, der fast bis an die Knöchel reichte, mit Schürze und Kopftuch, lief ich oft zu ihr hin, schaute zu, wie sie Schnüre spannte, mit einer Schaufel Rinnen aushob, Samen in die Erde streute. Sie verkaufte Erdbeeren. Manchmal bestellte auch jemand Erdbeerpflanzen bei ihr. Dann durchstach sie mit einer Schaufel die Stiele der Ausläufer, zog die Sprösslinge mit ihren Wurzeln aus der Erde heraus und sammelte sie in einem Drahtkorb.

Vorn am Hof und am Weg schlossen sich Kuhweiden an unser Grundstück an. Eine Wiese begann fünf Meter vor unserer Haustür. Kühe streckten ihre Köpfe durch den Stacheldraht und fraßen Gras auf unserer Seite. Die andere Kuhweide am Weg hinter den Erlen war zehn Meter vom Fenster meines Zimmers entfernt. Besonders im Sommer gab es in unserem Haus viele Fliegen. Bremsen verfolgten uns im Garten. Im Graben am Weg lebten Frösche. Natürlich gab es auch Blumen in unserem Garten, im Sommer Bartnelken, Phlox, Rosen; im Herbst hellgelbe Chrysanthemen und alle möglichen anderen Sorten. Aber davon will ich nicht erzählen.

In einer meiner frühesten Erinnerungen, vermutlich war ich drei, laufe ich aus dem Haus, es ist Sommer, die Sonne scheint und ich setze mich auf den Rasen. Meine Mutter hat mir ein kurzes Spielhöschen angezogen. Es ist aus rotem Baumwollstoff. Gelbe, grüne und blaue Bälle sind aufgedruckt. Um den Bauch herum und an den Beinen ist es mit einem Gummizug gekräuselt. Mein Oberkörper ist nackt. Ich sehe meine Haut in der Sonne, Brustwarzen, Gras.

Auf einem Foto aus einer noch früheren Zeit, wir wohnten noch auf dem Bauernhof und ich lernte gerade Laufen, trage ich ein Strickkleid mit Blüten am Saum. Das Foto ist schwarz-weiß, aber ich weiß, das Kleid war rot, die Blüten bunt, mit glänzendem Garn gestickt. Als ich aus dem Kleid herausgewachsen war, arbeitete meine Mutter es um zu einem Rock, den ich getragen habe, bis ich in die Schule kam.

Ein paar Wochen bevor die Schule begann, fuhr meine Mutter mit mir nach Bielefeld, um ein Kleid für mich zu kaufen. Eine halbe Stunde zu Fuß zum Amt Avenwedde, eine Stunde mit dem Bus bis zum Bahnhof in Bielefeld, dann noch einmal eine Weile zu Fuß zum Kaufhaus Brenninkmeyer. Meterlange Stangen mit Sommerkleidern für Kinder. Zwei weißgrundige kamen in die engere Wahl, eins aus Baumwolle mit Rüschen, ein anderes aus glänzendem Stoff mit himbeerroter Schärpe um den Bauch. Meine Mutter kaufte mir beide Kleider. Die meisten Mädchen in meiner Klasse in der Volksschule trugen einfache grobe Röcke und Pullover. Eine Mitschülerin roch nach Urin.

Zwei Jahre bevor ich in die Schule kam, heiratete eine jüngere Schwester meiner Mutter, Tante Anni. Das Hochzeitsfest wurde monatelang vorbereitet, über hundert Leute wurden eingeladen. Meine Mutter und mein Vater fuhren „in die Stadt“, in die Innenstadt von Gütersloh, um ein Kleid für meine Mutter zu kaufen. Zwei Kleider gefielen ihr und sie kauften beide. Taillierte Kleider aus Taft, ein hellgraues mit weißen Nadelstreifen und ein hochgeschlossenes schwarzes mit einem Bolerojäckchen, das meine Mutter am Tag der Hochzeit trug. Die Feier fand im Saal bei Reilmann an der Friedrichsdorfer Straße statt. In der Nacht – wir Kinder waren nicht mehr dabei – wollte Onkel Otto, ein Bruder meiner Mutter, sich in der Toilette an seinem Schlips aufhängen. Sein Vater, der ebenfalls Otto hieß, rettete ihn. Tante Uschi sagte, Onkel Otto habe sich auf der Hochzeitsfeier in die jüngere Schwester des Bräutigams verliebt, sei aber mit seiner Verlobten Inge, die er später heiratete, auf der Feier gewesen. „Inge war aber auch hinter Otto her. Das gab's ja gar nicht“, sagte Tante Uschi. Für mich kaufte meine Mutter Monate vor der Hochzeit einen fleischfarbigen Perlonstoff, aus dem Tante Lina mir ein Kleid nähte. Sie nahm mich für drei Wochen mit nach Friedrichsdorf in das Haus meiner Großeltern Margarete und Otto und ließ mich das Kleid immer wieder anprobieren. Ich wurde „Engelchen“ auf Tante Annis Hochzeit. In der Kirche ging ich dem Brautpaar mit einer brennenden Kerze voran.

Jetzt haben wir ein Spielhöschen für mich, meine Mutter steckt in einem Jäckchen, wie es Stierkämpfer in Spanien tragen, und ich werde Engelchen. Ich höre auf mit der Verkleinerungsform, und auf mein Perlonkleid werde ich später zurückkommen.

Wenn mein Bruder und ich neue Schuhe brauchten, hob meine Mutter uns auf ihr Rad, meinen Bruder hinten auf den Gepäckträger, mich auf einen Sattel vor dem Lenker, und fuhr mit uns in die Stadt. Hatten wir unsere Gesichter nicht gründlich genug gewaschen, nahm sie ihr Taschentuch, befeuchtete es mit ihrer Spucke und wischte über unsere Gesichter. Im Schuhgeschäft stellte sie uns auf einen Leuchtapparat, durch den wir sahen, wie wir die Zehen in den Schuhen bewegten. Einmal kam eine Cousine meines Vaters über unseren Weg, als mein Bruder und ich schon auf dem Rad saßen und wir gerade losfahren wollten. Tante Lieschen war zehn Jahre älter als meine Mutter und hatte drei Söhne in unserem Alter, mit denen wir manchmal spielten. Die beiden Frauen unterhielten sich eine Weile miteinander, dann sagte Tante Lieschen: „… sei froh, dann hast du sie früh groß.“ Meine Mutter schaute in die Ferne. „Ach“, sagte sie gequält und verabschiedete sich von Tante Lieschen.

2001 besuchte ich meinen Vater in Irland, wo er drei Jahre zuvor hingezogen war. Dort erzählte er mir, dass Theres, die unverheiratete Schwester des Bauern auf dem Hof unserem Haus in Avenwedde gegenüber, sich einmal zu unserer Kleidung geäußert habe. Theres, mit der wir fast nie sprachen, die wir nur von fern in langen dunklen Kleidern auf dem Hof arbeiten sahen; die eines Tages, als sie Milchkannen an die Straße stellte, von einem Auto getötet wurde – auf einer schnurgeraden Straße, dem Sunderweg, den sie nicht überqueren musste, um die Kannen auf die Bank zu stellen. Theres habe gesagt: „Die Kinder sind immer so schön angezogen.“

Seit Ende der 1950er Jahre gab es in der Firma Bartels, der Weberei, in der mein Vater arbeitete, ein paarmal im Jahr einen Resteverkauf. Stoffe mit Webfehlern oder Ölflecken wurden für fünf bis zehn Mark an die Arbeiter und Angestellten abgegeben. Nach der Frühschicht kam mein Vater mit einem schweren Paket nach Hause. Er breitete die Stoffe auf dem Küchentisch aus und meine Mutter und ich standen aufgeregt eine Stunde lang davor, begutachteten die Farben und Muster, fühlten die Qualität. Es waren alles Trevirastoffe. Wir stellten uns im Flur vor den Spiegel und drapierten Stoffbahnen über unsere Schultern. Gefiel mir ein Stoff, durfte ich ihn nehmen. Im Nachbarort Spexard wohnte eine Schneiderin, die uns für zehn bis zwanzig Mark Röcke, Kleider, Kostüme und Sommermäntel nähte. In einem Geschäft in Gütersloh ließen wir Stoffe plissieren: in breite Falten, schmale Falten, alle Falten in eine Richtung gelegt oder eine Kombination von rechts und links eingelegte Falten. Als ich dreizehn war, begann ich auch selbst zu nähen. Geschwister meiner Mutter, Kurt, Anni und Lina, arbeiteten ebenfalls bei Bartels. Sie waren an unseren Stoffen nicht interessiert, aber andere Verwandte nahmen manchmal gern einen Stoff.

Auch zu der Zeit, als meine Eltern nur noch wenig miteinander sprachen und mein Vater auch mit meinem Bruder und mir kaum noch sprach, Mitte und Ende der 1960er Jahre, kam es vor, dass er Reste gekauft hatte. Ich hatte gedacht, er sei böse auf uns und würde keine Stoffe mehr mitbringen. Aber dann legte er sie auf den Tisch, meine Mutter und ich schauten sie an, suchten uns aus, und die Stoffe waren Anlass, ein paar Worte miteinander zu wechseln.

2001 bei meinem Besuch in Irland erzählte mein Vater mir auch die Geschichte von meiner Mutter und ihrem Kostüm, das sie mitnehmen wollte, als sie aus ihrem Elternhaus in Friedrichsdorf ausgezogen war. Sie hatte es gerade in einen Koffer gepackt, als ihre Schwester Anni ins Zimmer kam. Anni sah das Kostüm und nahm es aus dem Koffer heraus. Es gab eine Rangelei zwischen meiner Mutter und ihrer Schwester. Anni habe gesagt: „Wer hat es denn bezahlt? Du oder Papa?“ Mein Vater sagte, das Kostüm sei in Friedrichsdorf geblieben.

Kleider. Kleider. Kleider. Was sollen all diese Kleider? Fort mit den Kleidern.

Anne

Die folgende Geschichte spielt Mitte der 1950er Jahre. Die Orte der Handlung sind das Haus Avenwedde Nr. 653 und der Bauernhof nebenan, Avenwedde Nr. 30. Erst in den 1960er Jahren bekam der Weg, an dem die beiden Häuser stehen, den Namen Josefinenweg. Ich bin das Mädchen Anne, ich heiße Anne Hellbrink. Meine Eltern heißen Clemens und Josefa Hellbrink.

Der Stein

In den letzten Tagen hatte Anne beobachtet, wie ihr Bruder Paul große Äste aufsammelte, die der Wind aus den Bäumen gerissen hatte. Es war Herbst. Durch das Küchenfenster ihres Elternhauses sah sie, wie Paul zusammen mit drei Jungs aus der Nachbarschaft mannshohe Zweige aus den Holundersträuchern schnitt und in den Wald am Hof ihrer Großeltern schleppte.

Anne war fünf. Sie zog ihre blaue Strickjacke an und lief den Weg zum Hof ihrer Großeltern, so schnell, dass der Wind den Saum ihres Rocks hochklappte. Es gab keine Mädchen in ihrem Alter in der Nachbarschaft, und sie hatte Henri gesehen, mit dem sie manchmal spielte. In einer Minute war sie an der Ecke des kleinen Waldes, an der ein baumhohes Kreuz mit einem weißen Christus steht.

„Wir ham'n Laubhaus", rief Henri. „Willste mal gucken?"

Seine Stimme kam aus der dunklen Ecke des Waldes. Es regnete leicht. Unter den Eichen am Hof, neben dem Stapel Brennholz und dem alten Heuwender, war es noch trocken. Sie ging tiefer in das Gehölz hinein in Richtung des unbewohnten Fachwerkhauses. An einem bemoosten Steintrog, der gebrochen auf dem Boden lag, blieb sie stehen und sah sich um. Ein grauer Kartoffelsack, zwischen zwei Äste gespannt, verdeckte den Eingang des Laubhauses. Zweige knackten unter ihren Füßen. Sie war noch zehn Schritte vom Kartoffelsack entfernt, da bewegte er sich. Ihr Bruder Paul kroch aus dem Laubhaus heraus und stellte sich vor den Eingang.

„Du kommst hier nich rein! Zutritt für Mädchen verboten!" Paul war schmal, einen Kopf größer als Anne.

Sie lief ein paar Schritte zurück und stellte sich hinter einen Baumstamm.

„Henri hat gerufen, ob ich gucken will. Du bestimmst das nich."

Sie drückte ihr Kinn nach unten, machte einen Schritt auf das Laubhaus zu. Aus den Augenwinkeln sah sie, dass Paul sich bückte, etwas vom Boden aufhob und in ihre Richtung warf. Sie stieß einen Schrei aus – duckte sich. Etwas Hartes hatte sie an der Schläfe getroffen. Es kitzelte auf der Backe. Sie wischte mit der Hand darüber, hatte Blut an den Fingern. Ging in die Hocke, ließ sich ins Laub fallen. Vier Jungs standen um sie herum und glotzten sie an. Sie waren alle älter als sie, gingen schon zur Schule. Paul riss an ihrer Schulter.

„Mensch, ker. Steh auf. Markier hier bloß nich rum!"

Sie sah ihn mit zusammengekniffenen Augen an. „Das sag ich Mama."

Die Jungs bauten sich in einer Reihe vor ihr auf, versperrten den Weg, den sie gekommen war. Zur Rückseite raus, Richtung Kartoffelfeld, dachte sie. Komm ich nicht durch, alles mit Brombeersträuchern zugewuchert. Paul griff nach dem Band ihrer Schürze. Sie stemmte sich nach vorn und hörte, wie der Stoff in ihrem Rücken riss. Bloß weg hier. Sie schubste einen der Jungen zur Seite und rannte zurück zum Brennholzstapel. Spatzen flogen vor ihr auf und piepten. Hinter ihr knackte Holz, Paul folgte ihr.

„Alte Petze", hörte sie ihn.

Wenn doch Oma auf dem Hof wäre. Niemand zu sehen. Der Regen hatte zugenommen. Durch Omas Erdbeeren, da bin ich schneller. Sie sprang über den Graben. Ihre Füße versanken in dem aufgeweichten Boden zwischen den Pflanzen. Weiter! Ein dumpfer Aufprall, Paul war auch gesprungen. Schneller, sonst würde er sie festhalten. Zwischen den Apfelbäumen durch, über den Rasen, rein ins Haus. Als sie die Tür zum Flur öffnete, ging ihre Mutter gerade die Steinstufen herunter. Sie war Mitte zwanzig, ihr braunes Haar hatte sie wie ein Mann nach hinten gekämmt. Paul war gleich hinter Anne zur Tür hereingekommen. Anne stellte sich ihrer Mutter in den Weg.

„Mama, Paul hat mir 'nen Stein an 'n Kopf geworfen."

Ihre Mutter runzelte die Stirn.

„Is ja nix. Wie siehst du wieder aus! Was haste mit der Schürze gemacht! Geh ins Badezimmer, wasch dir den Dreck ab."

Die Mutter schob die Tür zum Keller auf und verschwand dahinter. Ihre Schlappen klatschten auf das Holz der Treppe.

Als Anne im Badezimmer mit der Hand Wasser an die Schläfe spritzte, brannte es so, dass sie den Hahn sofort wieder zudrehte. Leise schloss sie die Türen hinter sich, ging auf die Terrasse hinter das Haus und setzte sich auf die Bank unter dem Badezimmerfenster. Nach einer Weile stand sie auf und balancierte mit den Füßen über das Moos, das zwischen den grauen Steinplatten wuchs. Alle Blütenstängel, die wie feine Haare aus dem Moos herausschauten, zertrat sie. – Schaukeln. Sie lief über den Rasen. Unter den Pflaumenbäumen am Weg hatte ihr Vater an der Teppichstange eine Schaukel befestigt. Mit einem Fuß stieß sie sich vom Boden ab und schlingerte durch die Luft, drehte sich im Kreis um sich selbst. Das Seil wickelte sich über ihrem Kopf zusammen. Wieder stieß sie mit einem Fuß auf den Boden, in die entgegengesetzte Richtung, und drehte in hohem Tempo zurück.

Nachts auf dem Rad

Als meine Mutter 1950 mit meinem einjährigen Bruder aus ihrem Elternhaus auf den zehn Kilometer entfernt liegenden Bauernhof zu meinem Vater und seinen Eltern zog, war sie schon seit einem Jahr mit meinem Vater verheiratet. Auf dem Bauernhof hatten meine Eltern kein gemeinsames Zimmer. Mein Vater schlief weiterhin mit seinen Brüdern auf der Bühne über dem Milchkeller, einer offenen Fläche, einem Bretterboden auf halber Höhe an der Treppe zum Dachboden. Matratzen lagen auf dem Fußboden. Meine Mutter und mein Bruder wurden im Zimmer von Mathilde, der jüngeren Schwester meines Vaters, einquartiert. In den zwei Jahren auf dem Hof und einige Zeit darüber hinaus hatte meine Mutter keinen Kontakt zu ihren Eltern und Geschwistern. Es kamen keine Glückwünsche zur Geburt des zweiten Kindes. Niemand kam, um das Kind anzusehen. Erst einige Zeit nachdem wir in das eigene Haus eingezogen waren, sei eine Schwester meiner Mutter zu Besuch gekommen, erzählte mir mein Vater. Dann habe es eine Einladung zu einer Kommunionfeier nach Friedrichsdorf gegeben. Seitdem besuchten wir ein paarmal im Jahr zu Namenstagen und anderen Festen die Großeltern Margarete und Otto. Dort saßen dann zwanzig oder dreißig Erwachsene um einen Tisch herum, auf dem mehrere Schnapsflaschen standen – meine Großeltern wollten sich wohl freigebig zeigen. Es gab klaren Schnaps: einen einfachen Kornbranntwein und Steinhäger. Alle tranken aus demselben Glas, einem Pinnken, das herumgereicht wurde und in das man nachschenkte. Die Männer riefen: „Gib mir noch 'nen Klaren!" und diskutierten ausführlich die Vorzüge, die bessere Bekömmlichkeit des klaren Schnapses. Später, in den 1960er Jahren, gab es außerdem auch Weinbrand und Bier und jeder bekam ein eigenes Glas. Die Frauen tranken ebenfalls Klaren oder Kirsch- oder Mokkalikör. Ich weiß nicht, ob Großvater Otto damals noch, wie er es in der Kriegszeit getan hatte, Schnaps in seinem Keller brannte. Leere Steinhäger-Flaschen, sie waren aus

Steingut, nahmen wir mit nach Hause und nutzten sie im Winter mit Sand gefüllt als Wärmflaschen; tagsüber lagen sie im Backofen und nachts in unseren Betten.

Ich erinnere mich an Heimfahrten von Familienfeiern in Friedrichsdorf, als ich vier, fünf Jahre alt war. Samstags in der Nacht auf einem Kissen auf dem Gepäckträger des Rads meiner Mutter; mein Bruder auf dem Rad meines Vaters; die Füße auf metallenen Stützen. Am Reifen unter mir surrte der Dynamo. Es war spät, um Mitternacht herum, dunkel – laue, warme Luft im Juni, wenn wir Großvater Ottos Namenstag gefeiert hatten. Ein paar Minuten vom Haus meiner Großeltern entfernt umfuhren wir eine Müllkippe, eine ehemalige Kiesgrube. Üble Gerüche hingen in der Luft, ich mochte kaum atmen und hielt mir die Nase zu. Die Straße war menschenleer, selten fuhr ein Auto an uns vorbei und beleuchtete Bäume und einzeln stehende Häuser. Manchmal schlief ich während der Fahrt ein und wachte wieder auf, wenn mein Vater nah an das Rad meiner Mutter herangefahren kam. Er sprach über das, was auf der Feier geredet worden war. Der eine habe dieses, der andere jenes gesagt. Er spottete darüber, war anderer Meinung. Es ging wohl auch um meine Großmutter, was sie am Abend gesagt und getan hatte. Meine Mutter schwieg, fuhr mit mir voraus. Mein Vater holte auf, fuhr wieder neben uns und redete weiter. Sie sagte dann ärgerlich: „Ach! Lass doch!“ und fuhr noch schneller voraus. Zornig rief er etwas hinter ihr her. An der Ziegelei ging die Straße bergab. Ich hielt mich am Sattel fest. Er holte wieder auf und redete weiter. Sein Rad schwankte manchmal ein wenig. Seine Stimme klang anders als sonst, etwas dumpf, hin und wieder verschluckte er Wörter. Irgendwann sagte meine Mutter dann: „Nein! Stimmt doch nicht! Hör auf damit!“ Vor dem Friedhof und der Kirche in Avenwedde fuhr er immer noch neben uns. Einige Worte zog er in die Länge, andere brachen ihm auseinander. „Was du immer hast!“, sagte meine Mutter. Er lachte kurz und hart und blieb zurück.

Es war auf solch einer nächtlichen Fahrt von Friedrichsdorf nach Hause, dass ich zum ersten Mal dachte: Mein Vater ist betrunken. Stand er am nächsten Morgen, am Sonntagmorgen, auf und gingen wir gemeinsam zur Kirche, glaubte ich, alles sei wieder in Ordnung. Es kam aber eine Zeit, in der er morgens im Bett liegen blieb. Ich hoffte dann, er würde aufstehen. Es gab vier Messen am Sonntag und ich dachte, es sei Pflicht eines Katholiken, an diesem Tag eine Messe zu besuchen.

Meine Mutter ging dann ohne meinen Vater zur Kirche. Mein Bruder und ich gingen zu einer anderen Uhrzeit als unsere Mutter. Jeder ging für sich allein. Wie froh war ich, wenn mein Vater doch aufstand. Nicht, weil ich den Kirchgang für so wichtig gehalten hätte, sondern weil ich dachte: Wenn meine Eltern zusammen zur Kirche gehen, sind sie nicht böse aufeinander. Stand mein Vater erst auf, nachdem die Messen vorüber waren, und sprachen meine Eltern dann miteinander, war ich auch erleichtert.

Zu Hause trank mein Vater damals nicht.

Sürenheide

An einem Sonntagnachmittag Mitte der 1950er Jahre machte mein Vater einmal einen Ausflug mit uns. „Macht euch fertig, wir gehen heute zur Sürenheide", sagte er. Dort waren mein Bruder und ich noch nie gewesen, und unsere Mutter wohl auch nicht. Es war ein heißer, windstiller Sommertag, der Himmel wolkenlos. Seltsam, sonst fuhren wir mit dem Rad, wenn wir irgendwohin wollten. An dem Tag gingen wir zu Fuß, in Sonntagskleidern, meine Mutter in eleganten Schuhen mit Blockabsätzen, mein Vater im Anzug, auf der Spexarder Straße der Sonne entgegen. Einen Fußweg gab es nicht, Autos fuhren dicht an uns vorbei, einen Großteil des Weges mussten wir hintereinander gehen. Andauernd ermahnten uns unsere Eltern, nicht in die Mitte der Straße zu laufen. Radfahrer grüßten, sie kannten wohl meinen Vater. Wir kamen zur Strangmühle, einem alten Fachwerkhaus, vor dem die Dalke* gestaut wurde. Hinter dem Haus stürzte der Fluss krachend eine Mauer hinunter. Wassertröpfchen flogen durch die Luft und kühlten meine Haut. Wir gingen weiter auf der Straße geradeaus, lange Zeit, bis wir in einen Sandweg einbogen. Ein paar einzeln stehende Häuser auf der einen, auf der anderen Seite ein Kiefernwald. Hinein in den Wald! Endlich im Schatten. Bei jedem Schritt versanken unsere Füße in einem dicken Teppich aus Kiefernnadeln. Vögel zwitscherten. Es wurde dunkel und still um uns herum. Mein Vater bog Zweige zur Seite, die uns den Weg versperrten. Gebückt gingen wir unter herabhängenden Ästen hindurch. Wollte er uns an einen geheimen Ort führen? Wir kamen zu einer Lichtung. Meine Mutter schüttete Kiefernnadeln aus ihren Schuhen, klagte über eine Blase am Fuß. Mein Bruder und ich waren müde und wollten nicht mehr weitergehen, aber mein Vater ermunterte uns, wir wären bald da und würden staunen, was es

---

* Der Name Dalke entstand aus dem plattdeutschen Dalbeke und bedeutet Talbach. Dal = Tal. Beke = Bach. Kurzform von Beke = ke.

zu sehen gäbe. Auf einem schmalen, moosbewachsenen Weg ging er voran. Ein leises, andauerndes Brummen in der Luft. Es verstärkte sich. Bald übertönte es das Zwitschern der Vögel. Motorengeräusche. Lärm. Ich konnte nicht mehr verstehen, was mein Vater sagte. Die Bäume standen weniger dicht, die Sonne schien hindurch, das Ende des Waldes war zu erkennen. Wir traten aus dem Wald heraus – und – Wumm! Ich erschrak. Wumm. Wumm. Wumm. Autos fuhren direkt auf uns zu. Fünf Meter an uns vorbei. Mein Vater strahlte: „Die Autobahn!“ Krach! In welche Richtung sollte ich zuerst schauen? Er streckte den Arm aus, zeigte den Autos hinterher. „Da ist Dortmund.“ Er drehte sich, zeigte in die Fahrtrichtung der Autos auf der anderen Straßenseite. „Und da ist Hannover.“ Die Städte seien gleich weit entfernt von uns, rief er. Wir setzten uns auf eine Grasnarbe neben der Fahrbahn. Nach ein paar Minuten hatten wir genug geschaut und gingen denselben Weg durch den Wald zurück. An der Spexarder Straße kehrten wir in die „Waldklause“ ein. Mein Vater las die Speisekarte: Pusztaschnitzel, Schnitzel mit Paprikastreifen, gäbe es, sagte er. Aber wir aßen nicht in Gaststätten. Er bestellte für sich ein Bier, meine Mutter, mein Bruder und ich tranken „Bluna“.

Ich kann mich nicht erinnern, dass wir noch mal einen Ausflug gemacht haben. Wir verreisten auch nicht. Wie kam mein Vater auf die Idee, diesen Ausflug zu machen? War er als Jugendlicher Ende der 1930er Jahre den Weg gegangen, um den Bau der zweiten Autobahn Deutschlands zu beobachten?

Mein Vater

Vielleicht ist es ein wenig merkwürdig, wenn ich jetzt noch mehr davon erzähle, was mein Vater alles getan hat, als ich ein kleines Kind war. Aber ich *muss* es tun, bevor ich mir erlauben kann, von den weiteren Ereignissen in unserer Familie zu berichten. Vielleicht denkt man auch, ich sei parteiisch. Was meine Mutter alles getan habe, darüber spräche ich weniger. Die Mutter hat schließlich auch die ganze Zeit gearbeitet! Das ist wahr. Mein Vater rief mich einmal an, drei Monate nachdem ich ihn damals in Irland besucht hatte, nur um mir zu dieser Frage noch etwas zu sagen. Meine Mutter war seit einem Jahr tot. Er rief selten bei mir an, aber ich hatte während meines Besuchs bei ihm etwas über meine Mutter gesagt, zu dem er sich noch einmal äußern wollte. Aufgebracht sagte er am Telefon: „Deine Mutter hat für dich genauso viel getan wie für jeden anderen auch!"

Doch zurück in die 1950er Jahre. Ich will von meinem Vater erzählen. Wenn er Frühschicht hatte, holten mein Bruder und ich ihn manchmal an der Ecke zur Straße, am Sunderweg ab. Um fünf oder zehn Minuten vor halb drei Uhr ließ unsere Mutter uns gehen. Wir warteten ein paar Meter entfernt von der Straße und dem Punkt, an dem später Theres, die Schwester des Bauern vom Hof gegenüber, von einem Auto überfahren wurde. Unser Vater bog von der Straße ab, hob uns auf sein Rad, Paul auf den Gepäckträger, mich auf den Sattel vor dem Lenker, Füße auf die Stützen, und los ging's, fünfzig Meter auf dem Sandweg bis vor unsere Haustür. Meine Mutter erzählte mir, kurz bevor sie starb, Paul habe auch vorne sitzen wollen.

Im Sommer, als ich fünf und mein Bruder sechs Jahre alt war, fuhr mein Vater mit uns zum Parkbad, einem Freibad am Rand des Stadtparks in Gütersloh. Zwanzig Minuten mit dem Rad und wir waren da. Eine große Liegewiese mit hohen Bäumen. Das Becken leuchtend hellgrün gestrichen, ähnlich der Farbe unseres Badezimmers; gefüllt mit Wasser aus der Dalke, die einen Kilometer von unserem Haus entfernt vorbeifloss. Ein Metallgitter trennte Schwimmer- und Nichtschwimmerbereich. Über dem Gitter ein schmaler Pfad aus Beton, auf dem ein Bademeister auf einem Stuhl saß. Ich erinnere, wie ich im Wasser auf einem Bein stand, die Arme bewegte und vorwärts hüpfte. Mein Vater neben mir, schreiende, spritzende Kinder um uns herum. Wir trugen Längsstreifen, mein Vater rotgrün und ich blaugrün. Er hielt eine Hand unter meinen Bauch: „Arme nach vorn! Zur Seite! Einziehen!“ Ich löste mein Bein vom Boden, mein Vater senkte seine Hand ab. Ging ich unter, hob er mich wieder hoch. – Nach ein paar Übungstagen erreichte ich ohne seine Hilfe das Gitter, an dem ich schon nicht mehr stehen konnte. Er ging mit mir auf die Schwimmerseite, sprang mit dem Kopf zuerst ins Wasser, ich stieg die Leiter hinunter und kletterte auf seinen Rücken. Zum ersten Mal im Tiefen! Wir drehten eine große Runde.

Meine Mutter konnte damals noch nicht schwimmen, sie lernte es erst viele Jahre später. Mein Vater redete ihr immer wieder zu, bis sie sich Anfang der 1960er Jahre entschloss – sie war über dreißig – im neu gebauten Hallenbad in Gütersloh einen Schwimmkurs zu besuchen. Wenn wir zusammen dort waren, wenige Male, sah ich sie im schwarzen Lastexbadeanzug; um die Brust herum waren Stäbchen eingearbeitet. Sie hat es nie gesagt, aber ich hatte den Eindruck, sie zeigte sich nicht gern im Badeanzug, sie fühlte sich zu wenig angezogen in ihm, zu nackt. Obwohl sie eine schöne, schlanke Figur hatte, schämte sie sich, senkte ihren Blick zu Boden, stieg vorsichtig die Treppe hinunter ins Wasser. Beim Schwimmen reckte sie ihren Kopf mit der Gummiblumenbademütze hoch in die Luft. Nicht nur ihre Dauerwelle, ihre ganze Person war im Wasser gefährdet!

Mein Vater half meiner Mutter bei der Heimarbeit. Während sie Hahnenschwanzfedern mit leichter Spannung über die Klinge einer Schere zog, um die Federn zu krümmen, sortierte er unbrauchbare Federn aus, zählte fertige Büschel, packte sie in Kartons und trug sie in den Keller. Für einen Büschel bekam meine Mutter zwei oder drei Pfennige, je nachdem, wie viele Federn sie zusammenbinden musste. Wenn ich einmal für meine Mutter zur Firma Heidland ans andere Ende der Stadt fuhr – mit dem Rad eine dreiviertel Stunde hin, eine dreiviertel Stunde zurück – um Fertiges abzugeben und neue Arbeit zu holen, merkte ich, wie zufrieden die Firma mit der Arbeit meiner Mutter war. Es gab nichts zu bemängeln an dem, was sie hergestellt hatte. Alles war perfekt. Sie arbeitete geschickt und genau.

Eine Zeitlang beklebte sie Hutformen mit Federn, modische Kappen für Frauen. Die Formen waren leicht, fast transparent, aus anthrazit- und beigefarbener Gaze. Den Klebstoff für die Arbeit bekam sie in Ein-Liter-Dosen und dazu Flaschen mit Benzin zum Verdünnen des Klebstoffs. Um ihn vor dem Austrocknen zu schützen und um mit einem Pinsel kleinste Mengen bequem entnehmen zu können, füllte sie die Menge, die sie für einen Tag brauchte, aus den Ein-Liter-Dosen in eine kleinere Arbeitsdose um. Während der Arbeit, nach einigen Stunden, trocknete der Klebstoff ein. Dann goss sie Benzin dazu, rührte mit einem Holzstäbchen um, und er war wieder benutzbar. Dennoch, obwohl meine Mutter sorgfältig mit dem Klebstoff umging, waren am Abend Teile auf dem Deckel, auf dem sie den Pinsel ablegte, und in der Arbeitsdose so eingetrocknet, dass sie nicht mehr zu verflüssigen waren. Auch in den großen Dosen bildeten sich im Laufe einiger Tage feste, zähe Klumpen. Diese grauen Reste sammelten meine Eltern und warfen sie gelegentlich in den Ofen in der Küche. Das Feuer loderte auf, der Klebstoff verbrannte im Nu. Einmal, als mein Vater solch einen Rest in den Ofen werfen wollte, fing der Klumpen Feuer, blieb aber an seiner Hand kleben. Er konnte den Klumpen nicht abschütteln. Seine Hand verbrannte so, dass er mehrere Wochen einen Verband tragen musste und nicht in der Weberei arbeiten konnte. – Ein Kontrolleur der Betriebskrankenkasse kam. War mein Vater wirklich krank? Arbeitete er etwa zu Hause? Eine halbe Stunde saß der Kontrolleur an unserem Küchentisch, dann begleitete mein Vater ihn hinaus auf den Hof. Zurück in der Küche sagte er: „So ein Armleuchter. Wie der sich hier umgeschaut hat.“

Manchmal kochte mein Vater, während meine Mutter in der Ecke saß und arbeitete. Er schälte Kartoffeln, stellte einen Topf mit Wasser auf den Herd. Sobald das Wasser kochte, gab er Speck oder geräucherte Mettwurst hinein, später dann eine klein geschnittene Zwiebel, Sauerkraut oder ein anderes Gemüse und klein gewürfelte Kartoffeln.

Ein- oder zweimal im Jahr leerte mein Vater die Jauchegrube hinter unserem Haus. Bei meinen Großeltern auf dem Hof lieh er sich ein Gerät für diese Arbeit. Der Holzstiel doppelt so lang wie ein Besenstiel, an einem Ende des Stiels ein kleiner Blecheimer – ein Gerät wie eine riesige Suppenkelle. Er entfernte auf der Terrasse den Betondeckel von der

Grube unter dem Badezimmer. Mein Bruder und ich durften einen Blick auf die dunkle, stinkende Flüssigkeit werfen. Mein Vater sagte: „Abstand halten! Wenn ihr da rein fallt, kommt ihr nicht wieder raus! Ihr könnt darin nicht schwimmen! Giftige Dämpfe steigen auf, ihr erstickt!" Die Grube war ungefähr zwei Meter tief. Viele Stunden lang schöpfte er dann Jauche, trug zwei Eimer gleichzeitig zu den Gemüsebeeten und schüttete die Flüssigkeit auf die vorher umgegrabene Erde. Sonst, wenn der Deckel geschlossen war, roch es nicht nach Jauche hinter unserem Haus. Auf den Steinplatten über der Grube stand eine weiße Bank, auf der wir im Sommer häufig saßen. Jungen aus der Nachbarschaft, mein Bruder und ich spielten oft Tischtennis auf der Terrasse.

Wenn mein Vater Spätschicht hatte, schlief er am nächsten Morgen meistens etwas länger. Manchmal klingelte dann meine Großmutter Maria an der Haustür und fragte, ob mein Vater zum Arbeiten kommen könne. Meine Mutter weckte ihn, er stand auf und fuhr mit Pferd und Wagen Mist aufs Land, oder er schnitt mit einer Sense Gras auf einer Wiese, wendete Heu, sammelte Kartoffeln ein, band gemähtes Getreide zu Puppen zusammen. Bis in die 1960er Jahre hinein arbeitete er häufig vormittags oder nachmittags auf dem Hof, je nachdem, welche Schicht er gerade hatte – als Abgeltung für den Bauplatz, den er von seinen Eltern bekommen hatte. Ich erinnere mich, dass er irgendwann einmal mit meiner Mutter darüber sprach, dass es genug sei, dass er genug gearbeitet habe auf dem Hof, und als Großmutter Maria das nächste Mal klingelte, sagte meine Mutter zu ihr, dass mein Vater nicht käme. Es war eine angespannte Situation. Wie würden meine Großeltern es aufnehmen? Würde es Streit geben? Sie akzeptierten es: Der Bauplatz war abgearbeitet. Trotzdem half mein Vater noch öfters auf dem Hof, aber nicht mehr so regelmäßig.

Er las Romane: „Im Westen nichts Neues", „So weit die Füße tragen", „Wer die Nachtigall stört", „Nana". Onkel Bruno schenkte und lieh uns bei Bertelsmann erschienene Bücher. Im Laufe der Jahre füllte sich ein Fach unseres Wohnzimmerschranks, und als ich lesen gelernt hatte, suchte ich mir daraus aus. Alle Ganghofer-Romane tauchten in unserem Haushalt auf. So habe ich die Bergwelt kennengelernt. Ich erinnere, dass mein Vater, als er „Soweit die Füße tragen" las, in einem aufgeregten Ton darüber sprach.

Hat meine Mutter es sich erlaubt, Romane zu lesen? Sie dachte wohl, sie dürfe das nicht, sie könne es sich nicht leisten, sie habe keine Zeit dafür. Sie las auch nicht die Zeitung, die wir abonniert hatten. Manchmal erzählte mein Vater ihr, was er gelesen hatte. Vielleicht las sie sonntags nachmittags mal einen Ganghofer-Roman oder eins der Groschenhefte, eine der Liebesgeschichten, die von Ärzten, Grafen und Comtessen handelten. Schwestern meiner Mutter brachten diese Hefte mit und ich habe sie auch alle gelesen.

In den 1950er Jahren veranstalteten meine Eltern ab und zu ein kleines Fest bei uns zu Hause. Zu viert feierten sie mit Tante Anni und ihrem Mann Heiner, die beide wie mein Vater bei Bartels arbeiteten. Abwechselnd trafen sie sich an Samstagabenden bei uns und im neu gebauten Haus von Anni und Heiner in Spexard. Meine Eltern kauften ein Bowle-Service, eine kugelrunde Schüssel und sechs Tassen aus Pressglas, und Keller-Schwarze-Katz-Wein. Nachmittags, bevor Tante Anni und Onkel Heiner kamen, wurde die Bowle aufgesetzt – im Sommer mit Erdbeeren, im Winter mit Ananas aus der Dose. Mein Bruder und ich bekamen die Anhänger der Weinflaschen, schwarze Katzen aus Plastik an einem goldenen Band.

Vierzig Jahre später, ein paar Jahre bevor meine Mutter starb, sagte sie einmal während eines Frühstücks, als mein Bruder und ich sie in Avenwedde besuchten: „Ich hätte mich mehr mit euch befassen sollen!"

Sie senkte den Kopf, blickte nachdenklich auf ihren Teller.

„Wenn ich nicht …" Leise fuhr sie fort: „Hätte ich doch …"

Schluck. Ich stellte meine Kaffeetasse ab. Meine Mutter sich mit mir befassen. Befassen, fassen, anfassen. Bloß nicht. Ich hörte ihr gar nicht mehr richtig zu. Ich weiß nicht mehr, welche Erklärungen sie abgab. Ich schob mit dem Finger Krümel auf meinem Teller zu verschiedenen Mustern zusammen. Gott sei Dank hatte sie Heimarbeit gemacht. Wie gut, dass sie keine Zeit gehabt hatte. Sie redet drum herum. Ich setzte ein gleichgültiges Gesicht auf.

„Das machte nichts, das war schon in Ordnung, dass du keine Zeit hattest."

Mein Bruder rührte in seiner Kaffeetasse, ich nahm mir noch ein Brötchen aus dem Korb, und wir sprachen über etwas anderes.

Vornehme Leute

Anne kommt in die Schule und in die Pubertät.

Als sie 1956 in die erste Klasse der Volksschule ging, war ihr Bruder Paul schon in der zweiten. Er konnte schon Wörter und Sätze schreiben, sie beschäftigte sich mit Übungen für Buchstaben. Auf liniertem Papier, das die Höhe der Groß- und Kleinbuchstaben vorgab, zeichnete sie kurze und lange Striche, Linien aufwärts und abwärts. Wellen, Kreise und – Krückstöcke. Viele Reihen Krückstöcke. Krückstöcke mit kurzem und mit langem Stiel. Krückstöcke, die aufrecht standen und Krückstöcke auf dem Kopf. Dann auch Krückstöcke, die sich aneinander lehnten.

Einmal saß sie am Tisch in der Küche bei den Hausaufgaben – inzwischen schrieb sie erste Wörter – ihr Vater saß ihr gegenüber und las Zeitung, ihre Mutter arbeitete am Tisch in der Ecke, da lehnte sich Paul vom Sofa herüber.

„Zeig mal." Er griff nach ihrem Heft.

Sie klatschte mit der flachen Hand darauf. „Nein!"

Er stieg vom Sofa herunter, stellte sich neben sie und schob ihre Hand beiseite.

„Zeig doch mal." Nachdem er eine Weile gelesen hatte, lachte er.

„Was ist das denn – nalen? Und hier: Das Wort gibt's doch gar nicht." Er tippte mit dem Finger auf weitere Wörter: „Falsch. Alle falsch!"

„Wa? Wieso?" Sie zog ihr Heft zurück. „Lass mich!"

„Guck." Er bewegte seinen Zeigefinger über das Wachstuch. „So geht das."

„Egal. Das ist doch dasselbe."

Wie viele Bögen hatte er gemacht? Zwei oder drei Krückstöcke für ein „m" oder für ein „n"?

„Du verstehst das nicht. Bist du blöd." Paul schaute zum Vater, der die Zeitung ablegte und um den Tisch herum ging.

Nachdem der Vater eine Weile in ihr Heft geschaut hatte, sagte er: „Mähen ist doch was anderes als nähen."

Das wusste sie. Wie unterschiedlich er seine Lippen bewegte, wenn er mähen und nähen aussprach.

„Drei Krückstöcke für mähen."

Das merkte Anne sich. Die Mutter sagte nichts. Sie arbeitete still weiter.

Wenn Tante Lisbeth und Onkel Bruno zu Besuch kamen und sie alle zusammen in der Küche waren, nahm Anne sich ein Kissen vom Sofa und setzte sich damit auf die Holzkiste an der Wand neben dem Ofen. Tante Lisbeth, die auf Annes Platz am Tisch saß, erzählte ab und zu von Einladungen zu Abendessen bei Reinhard Mohn. Sie rollte dann mit den Augen, ihre Stimme sprang in die Höhe und überschlug sich. Reinhard Mohn war Onkel Brunos Chef.

„Vornehm, jau." Tante Lisbeth verzog den Mund und lachte in sich hinein. „Ganz vornehm!"

Hinterher, wenn Tante Lisbeth und Onkel Bruno nach Hause gefahren waren, sprach der Vater mit der Mutter über „vornehme" und „bessere Leute". Die Mutter hörte zu, sagte: „Hm … ja."

Anne konnte sich unter den „besseren Leuten" nichts vorstellen. Das sind die anderen, wir gehören nicht dazu, dachte sie. Aber wenn es bessere Leute gäbe, dann ja auch schlechtere. Vielleicht gehörten Tante Lisbeth und Onkel Bruno zu den besseren, auf jeden Fall aber wohl die Mohns. Und ihre Eltern, Paul und sie selbst, gehörten dann eben zu den schlechteren. Anne wusste nicht, wie ihr Vater es genau meinte, ob er es ganz ernst meinte, oder wie sonst. Sie verstand nicht, warum sie schlechtere Leute waren – und dann dachte sie nicht weiter darüber nach.

Erst als sie schon zur Schule ging, in die erste Klasse der Volksschule, spielten „bessere Leute" eine wichtige Rolle – zunächst nicht für sie selbst, sondern für ihre Freundin Ulrike. Es gab damals ein Ereignis, über das Ulrike andauernd sprach. Ulrike war Annes erste Freundin. Anne hatte sie schon zwei Jahre vor Schulbeginn auf dem Bauernhof gegenüber kennengelernt. Ulrikes Vater, ein Eisenbahner, der zusätzlich als Kellner arbeitete, stammte von diesem Bauernhof. Wenn Ulrike dort zu Besuch war, spielten sie zusammen. Einmal fuhren sie eine halbe Stunde lang auf einem Pferdewagen, der mit Kartoffeln beladen war, vom Bauernhof gegenüber zu Ulrike nach Hause. – Und dann kam Ulrike eines Morgens im Frühling aufgeregt in die Schule.

„Ich bin eingeladen worden", sagte sie und strahlte. Ihre weißen Zähne blitzten. „In der Pause zeige ich dir, von wem." Umständlich öffnete sie ihren Tornister, holte Tafel, Griffel und Schwamm heraus und lächelte zufrieden.

In der Pause lief auf dem Schulhof ein blonder Junge aus der dritten Klasse an ihnen vorbei und griff nach Ulrikes Arm. Ulrike schaute hinter ihm her.

„Das ist er. Friedrich Flötotto. Er hat mich zu seiner Kommunionfeier eingeladen."

Es gab einen Bauunternehmer und einen Möbelfabrikanten Flötotto in Avenwedde. Friedrichs Vater gehörte die Möbelfabrik im Zentrum des Dorfes, nicht weit entfernt von Ulrikes Zuhause.

Als Anne Ulrike das nächste Mal besuchte, zeigte die Mutter einen pfefferminzgrünen Georgettestoff, den sie für Ulrike gekauft hatte. Dann sah Anne die Mutter an einem Streifen des Stoffs arbeiten. Sie smokte. Mit den Fingerspitzen schob sie den Stoff so zusammen, dass kleine Vertiefungen, kleine Kästchen entstanden, die sie mit Nadel und Faden zusammenheftete. Zog sich der Stoff schief, löste sie das Heftgarn wieder heraus, und begann von Neuem. Erst als die Kästchen ganz und gar gleichmäßig waren, jedes so groß wie ein Fingernagel, nähte sie sie mit Stickgarn fest zusammen. Die gesmokte Stoffpartie passte die Mutter so in das Kleid ein, dass sie Ulrikes Brust bedeckte. Im pfefferminzgrünen Kleid, mit offenen Haaren, langen dunkelbraunen Locken – sonst trug Ulrike Zöpfe – ging sie zur Kommunionfeier. Ulrike erzählte, dass sie an einer großen Kaffeetafel Torte gegessen habe, und dann hätten sie im Garten Verstecken gespielt. Dabei sei es passiert, hinter der Villa. Friedrich habe sie geküsst! Ulrike war wie elektrisiert, erzählte es in allen Einzelheiten. Immer wieder. In den Wochen danach, auch Monate, Jahre später noch, sprach sie darüber. – Wenn Anne auf der Straße bei Flötotto vorbeikam, schaute sie zur Villa am Rande des Fabrikgeländes und stellte sich vor, wie es wäre, in so einem großen Haus zu wohnen. Sie wäre auch gern auf dieser Kommunionfeier gewesen.

In den ersten vier Jahren als Anne zur Schule ging, waren auch fünf oder sechs Kinder von Fabrikanten und Geschäftsleuten in ihrer Klasse.

Dann, in der fünften Klasse, waren sie nicht mehr da; sie hatten alle auf Realschulen und Gymnasien gewechselt. Anne und Ulrike sprachen über Luise, die in ihrer Klasse gewesen war, eine Tochter des Möbelfabrikanten Stickling. Zwei Onkel von Anne arbeiteten in der Fabrik von Luises Vater. Luise ging nach der vierten Klasse auf ein Internat in Bielefeld. Aber sie war doch gar keine gute Schülerin gewesen, oder? – Anne und Ulrike wollten auch auf eine höhere Schule gehen.

Tagebuch, 20.1.1961

> Am Mittwoch habe ich mich zur Real-Schule in Gütersloh angemeldet ... Ich habe schreckliche Angst, daß ich die Prüfung nicht bestehen werde ... Ich soll jetzt ewig lernen. Aber es macht mir Spaß.

Hier mogelte Anne: „Ich soll jetzt ewig lernen." Sie nahm eine Pose ein. Warum spielte sie sich selbst etwas vor? Niemand wollte, dass sie zur Realschule ging – nur sie selbst wollte es. Ihre Eltern kümmerten sich gar nicht um ihre Schularbeiten.

Im Klassenraum in der Realschule setzte sie sich in die letzte Reihe in die Ecke an das Fenster. Die Lehrerin fragte die Berufe der Eltern ab und trug sie ins Klassenbuch ein. Alle Väter waren etwas Besseres als Weber. Einige Schülerinnen sagten, ihr Vater sei Angestellter. Das war etwas *viel* Besseres, als ein Arbeiter zu sein. Anne schämte sich.

12.10.1961

> Ich sitze jetzt in der Schule neben Liesemarie. Sie hat einen langen blonden Pferdeschwanz. Ich werde prima mit ihr fertig. Heute in der Schule lud sie mich ein, doch am Samstag zu ihr nach Hause zu kommen, dann könnte ich ja am Montag wieder nach Hause fahren. Das wollte ich sehr gern. Sie sagte: Dann könnten wir ja gemeinsam zum Pollhansfest gehen. Ich freute mich riesig. Dann würde ich auch endlich mal ihre vier Geschwister kennenlernen. Aber ich wurde enttäuscht ... Mama sagte sofort: Nein, das kommt nicht in Frage. Warum nicht? Weil du schon bei Ulrike geschlafen hast, ewig auf Schlür bist und so und so so schlürich bist. Man blamiert sich ja mit dir.

War Anne zu viel auf Schlür, zu viel unterwegs? War sie schlürich, nachlässig und schlampig, wie die Mutter sagte?

Wenn Anne und Liesemarie in den Pausen auf dem Schulhof der Realschule gingen, hakte Liesemarie sich bei Anne ein oder sie legte einen

Arm über ihre Schultern. In dem Geschichtsbuch, das sie in der Schule lasen, gab es ein Kapitel über Ägypten mit einem Bild der Büste Nofretetes, der altägyptischen Königin. Ihre Augen, ihre Nase, ihr Mund, Liesemarie sah Nofretete ähnlich. Anne war wehrlos. Sie wollte so viel Zeit wie möglich mit Liesemarie verbringen. – Und Ulrike? Wurde sie allein gelassen, im Stich gelassen?

14.10.1961

> Ich darf nicht zu Liesemarie nach Hause. Ich bin todtraurig. Von Paps aus durfte ich. Er ist meist nett zu mir. Er ist der einzige, der mich noch etwas versteht.

Wie kam Anne auf die Idee, ihren Vater „Paps" zu nennen? Nur im Tagebuch nannte sie ihn so. Hatte sie „Die Mädels vom Immenhof" im Fernsehen gesehen, es dabei aufgeschnappt?

30.11.1961

> Mama ist schrecklich zu mir. Spielen darf ich fast überhaupt nicht mehr. Meine einzige Hoffnung, die ich noch habe, ist Papa. Mama sagte sogar, daß ich mich am Skikurs nicht beteiligen sollte, aber das hat Papa nicht zugelassen.

Die Eltern hatten es nicht angestrebt, es ist ihnen so passiert. Nun ging das Mädchen zur Realschule und der Junge zur Volksschule. Als Anne sich zur Prüfung anmeldete, hatten sie bloß gedacht: Soll sie es doch versuchen, mal sehen, ob sie besteht.

Als Großmutter Maria von der bestandenen Prüfung hörte, sagte sie: „Jau – und Paul? Wat is mit Paul?"

Tante Lisbeth guckte pikiert. Auch sie meinte, es wäre besser, Paul ginge auf eine höhere Schule. Die Eltern hatten das nicht richtig gemacht.

Und Annes Mutter? Kann es sein, dass sie die Situation nutzte, um an etwas zu rühren, über das sie sich schon lange ärgerte? Kann es sein, dass sie dem Vater Vorwürfe machte, er bevorzuge das Mädchen? Sagte sie ihm vielleicht, das müsse aufhören?

Dann wollte Anne auch noch ein Musikinstrument spielen lernen. Ulrikes Eltern hatten ein Klavier gekauft und Ulrike bekam Klavierunterricht. Anne wusste, Klavier käme sicher nicht in Frage, es wäre zu teuer und es gab keinen Platz dafür im Haus. Sie wünschte sich eine Melodica. Aber eine Melodica kam auch nicht in Frage. Die Eltern zogen auch die Erlaubnis für den Skikurs zurück. Sie sollte im Haushalt arbeiten, das Badezimmer putzen, bei der Heimarbeit der Mutter helfen, Schmutzarbeiten erledigen, statt auf Schlür zu gehen.

27.2.1962

> Ob ich nach Liesemarie darf, hab ich schon oft gefragt, aber es ist zwecklos. Liesemarie meint schon, ich wollte nicht.

Monatelang fragte Anne, und weil sie nicht aufhörte zu fragen, erlaubte die Mutter es im Frühling doch, dass sie an einem Samstag nach der Schule über das Wochenende mit zu Liesemarie nach Schloß-Holte fuhr, zwanzig Kilometer mit Bahn und Bus. Ein Haus auf dem Land, eine große Eingangshalle, ein Kamin, viele Zimmer. Am Mittagstisch: Der Vater präsidierte. Er war Zahnarzt. Eine vornehme Mutter. Blau-weißes Porzellan, silbernes Besteck, Braten, Konversation. Ein Mercedes. Pferde zum Reiten. Anne saß an dem ovalen Tisch, sie war ein Kind unter vielen. Liesemarie und sie schliefen in einem von einer Großmutter geerbten Bett. Annes goldener Traum: Zusammen in einem Bett. Zu zweit schlafen. Schlaf, ganz aus Vertrauen gewoben.

Auf einer Klassenreise ins Sauerland fotografierte man Anne und Liesemarie, wie sie zusammen in einem Ruderboot saßen, das am Ufer der Möhnetalsperre lag. Eine Frontalaufnahme, schwarz-weiß. Annes Haare hell, ganz kurz, ein Fransenschnitt. Liesemarie hinter Anne, die Arme um Annes Taille gelegt. Die Köpfe berühren sich, Liesemaries Kinn auf Annes Schulter. Sie haben ihre Hosen getauscht. Liesemarie trägt Annes schwarze Lastexhose. Der hohe Bund in der Taille mache schlank, hatte Liesemarie gesagt, deshalb wollte sie Annes Hose anziehen. Dabei war sie schlank.

Nun wollte Anne Liesemarie auch einmal zu sich nach Hause einladen. Erst im Sommer kurz vor den Ferien erlaubte es Annes Mutter. Gewöhnlich fuhr Anne mit dem Rad zur Schule. An dem Samstagmorgen nahm sie den Bus, um mittags gemeinsam mit Liesemarie zurückzufahren. Es regnete, als sie mittags an der Haltestelle Brummelwirth aus dem Bus stiegen. Liesemarie öffnete ihren Schirm, eingehakt gingen sie eine Viertelstunde, erst eine Strecke auf der Straße, dann auf dem Sandweg. Annes Mutter hatte das Haus schon am Morgen geputzt und

Kartoffelsalat mit Würstchen vorbereitet. Zusammen mit der Mutter und Paul saßen sie am Tisch in der Küche und aßen, ohne den Vater, er arbeitete noch. Die Tür zum Wohnzimmer stand offen. Sie redeten nicht viel. Die Mutter sagte wenig, und auch Paul sprach kaum. Er schaute Liesemarie hin und wieder von der Seite an.

Am Sonntagmorgen besuchten sie eine Messe in der katholischen Kirche; als sie zurückkamen, kochte die Mutter bereits das Mittagessen. Sonst musste Anne helfen. Suppe kochen, Pudding kochen, Salat waschen und ähnliches, an dem Tag machte die Mutter alles allein. Der Himmel war bewölkt, aber es regnete nicht mehr. Anne und Liesemarie gingen in den Garten, und Anne fotografierte Liesemarie vor dem Pfirsichbaum unter dem Küchenfenster – in ihrem fliederfarbenen Sommermantel, ein Kapuzenmantel, das Tunnelband in der Taille zu einer Schleife gebunden.

Zum Mittagessen legte die Mutter eine weiße Decke auf den Tisch in der Küche, nahm das Porzellan mit Goldrand aus dem Wohnzimmerschrank. Gewöhnlich benutzten sie ein Sammelsurium von alten, zerkratzten Tellern. Sie nahm auch das Besteck aus dem Wohnzimmerschrank. Kein Silberbesteck, aber es war nur wenige Male benutzt und sah aus wie neu. Sonst gab sie das Essen aus Töpfen, die auf dem Herd standen, auf – an dem Tag stellte sie es in Schüsseln auf den Tisch. Liesemarie saß neben Anne, etwas erhöht durch die straffe Polsterung des Stuhls aus dem Wohnzimmer. Es gab Blumenkohlsuppe aus der Tüte, Annes Lieblingssuppe, panierte Schweineschnitzel, Erbsen, Salzkartoffeln, Schokoladenpudding mit Eischnee. Die Speisen waren nicht außergewöhnlich, ähnliche gab es sonntags oft, aber sie waren mit noch mehr Sorgfalt zubereitet als an anderen Sonntagen. Allerdings kochte die Mutter immer sorgfältig, ihr brannte nichts an, nie war ein Essen verkocht oder versalzen – es kam lediglich vor, dass Koteletts, Schnitzel oder Braten einmal zäh waren. Die Schnitzel an dem Sonntag waren zart und saftig. Aber eine Unterhaltung kam nicht in Gang. Der Vater stellte Liesemarie ein oder zwei Fragen, sie antwortete höflich, dann stockte das Gespräch. Niemand sagte etwas. Das Hauptgericht aßen sie mit Messer und Gabel. Steif hielt Anne das Besteck in den Händen. Sie konnte schon damit umgehen, aber sobald sie ihr Fleisch aufgegessen hatte, legte sie sonst das Messer weg und aß nur mit der Gabel. An dem Tag wollte sie es nicht so machen. Sie ärgerte sich, als ihr Vater sein Messer auf die Seite legte und seinen Ellenbogen auf dem Tisch abstützte, wie er das immer tat. Kurze Zeit später machte Paul es ihm nach.

Zur Kaffeezeit belegte die Mutter einen gekauften Tortenboden mit Erdbeeren und schlug Sahne. Anne nahm davon für Liesemarie und sich mit in ihr Zimmer. Auf dem Bett sitzend, das Tablett zwischen sich, aßen sie.

Am Montagmorgen stellte die Mutter Brot, Margarine, Vierfruchtmarmelade und Butterkäse auf den Tisch. Sie tranken Linde-Kaffee, einen Kaffee-Ersatz, und schmierten sich Schnitten für die Schulpause. Zwei Nächte hatten sie zusammen in Annes Bett geschlafen, das nicht so groß war wie Liesemaries, aber der Platz hatte gereicht.

Als sie an der Haltestelle am Sunderweg auf den Bus zur Schule warteten, fühlte Anne sich erleichtert. Es war nichts Schlimmes passiert am Wochenende, alles war einigermaßen gut gegangen.

Weber

In der Realschule übernahm Anne die Aufgabe, das Klassenbuch zu betreuen, und manchmal, wenn sie sich unbeobachtet glaubte – morgens, wenn sie es aus einem Fach vor dem Lehrerzimmer holte, oder mittags, wenn sie es zurückbrachte – schaute sie hinein und las, welche Berufe die Väter ihrer Mitschülerinnen hatten. Sie überlegte, ob es nicht eine Möglichkeit gäbe, die Situation ihrer Eltern, ihres Bruders und ihre eigene, zu verbessern – ob es nicht möglich wäre, dass ihr Vater etwas Besseres würde als Weber – und sie hatte eine Idee. In der Volksschule in Avenwedde war ein Mädchen in ihrer Klasse gewesen, sie hieß Bärbel, und ihr Vater arbeitete ebenfalls in der Weberei Bartels. Annes Vater sprach manchmal von ihm. Bärbels Vater war auch Weber – und gleichzeitig war er Meister und Gruppenleiter.

Eines Abends im Herbst, es war Zeit ins Bett zu gehen, kam Anne aus dem Bad und traf an der Tür zur Küche mit ihrer Mutter zusammen. Der Vater war zur Spätschicht. Anne wollte ihrer Mutter schon Gute-Nacht sagen, doch dann stellte sie sich der Mutter in den Weg.

„Mama, dass Papa einfach nur Weber ist … Weber, das is doch nix! Kann er denn nicht den Meister machen? So wie Bärbels Vater?"

Die Mutter sah müde aus. Sie starrte Anne an, griff zur Türklinke, ihr Blick verlor sich.

„Tja … weiß nicht."

Ein paar Sekunden lang blieb sie noch mit der Klinke in der Hand stehen, dann ging sie an Anne vorbei die Steinstufen zum Bad hinunter.

Hat meine Mutter meinem Vater erzählt, dass ich meinte, er solle „den Meister machen"? Hunderttausendmal habe ich in meinem späteren Leben darüber nachgedacht – nicht gleich, noch nicht, als ich noch in meinem Elternhaus wohnte, aber später, als alles auseinandergegangen war. Es gibt Anzeichen, dass sie es getan hat. Sie hatte viele Gründe dafür.

Gesprochen habe ich nie wieder darüber, weder mit meiner Mutter noch mit meinem Vater. Irgendwann, als ich lange erwachsen war, wurde ich unsicher, ob es ein kluges Ansinnen meinem Vater gegenüber gewesen war. Ich überlegte, welche Auswirkungen es auf das Geschehen in unserem Haus hatte. Jedes Mal, wenn ich darüber nachdachte, kam ich zu dem Schluss: Ja, sie hat es ihm erzählt – und er hat es nicht als Kompliment aufgefasst, dass ich ihm zutraute, Meister zu werden; und sie erzählte es ihm auch nicht unbedingt mit den besten Absichten.

Ich weiß nicht mehr, ob ich schon viel darüber nachdachte, als ich in Konstanz und Bremen studierte. Danach, als ich in Frankfurt wohnte, ich war achtundzwanzig, neunundzwanzig Jahre alt, hatte ich nicht viel Zeit zum Nachdenken, ich war zu beschäftigt. Aber später in München, in meinen dreißiger Jahren, wurde ich diese Gedanken nicht mehr los.

Mein Freund und ich hatten nördlich von Schwabing im Starenweg in einem Wohnblock mit orangerot gestrichenen Balkonen eine kleine Zwei-Zimmer-Wohnung gemietet. Wir schliefen auf einer Schaumgummimatratze auf dem Fußboden, und ich hatte diese seltsamen Träume. Es war in der Zeit, als ich bei der Firma Siemens in München-Sendling arbeitete. Ich hatte keine Stelle in der Richtung meines Studiums gefunden und machte eine Ausbildung zur Programmiererin. Da hatte ich diese Träume.

Tagebuch, 13.1.1982

> Habe wieder geträumt, daß ich mit Papa im Bett lag. Er legte sich schwer auf mich. Ich fand das sehr schön. Mama war nicht da (?), meckerte (?). Papa stand auf: Wir müssen schauen, daß niemand einbricht – er kontrollierte alle Räume. Ich ungläubig.

Nachträglich, ein paar Tage später, habe ich zu dem Eintrag hinzugefügt:

> Oder hatte ich Angst, daß er sexuell werden würde?

Meine Mutter, die Störende, die Meckernde. Aber auch überraschende andere Seiten von ihr tauchten auf.

4.6.1983

> Habe geträumt: Mama hat wieder Reizwäsche, schwarze und dunkelblaue Korsagen aus Spitze und Plastik in Hülle und Fülle in meine Schubladen gelegt.

Träume mit Mutter und Vater. Woher kamen diese Träume? Was hatten sie zu bedeuten? Hatten sie etwas zu bedeuten?*

In den späten 1980er Jahren trennten mein Freund und ich uns, und ich zog allein in eine Wohnung westlich von München in der Nähe des Wörthsees. Abends, nach Büroschluss, ich arbeitete inzwischen bei einer amerikanischen Firma, fuhr ich mit meinem Rad um den See, setzte mich ans Ufer, schaute Seglern, Optimisten-Booten zu, wie sie umeinander herum kreuzten. Mir fiel wieder ein, wie meine Mutter mich vor meinem Vater kritisiert hatte ... *du bist so schlürich ... man blamiert sich ja mit Dir ...* und so weiter. Ob sie eifersüchtig gewesen war, weil ich im Bett meines Vaters geschlafen hatte? Hatte sie sich geärgert, wenn er mich in Schutz genommen hatte? Hatte sie, als ich das mit dem Meister zu ihr sagte, es als eine Gelegenheit gesehen, etwas Trennendes zwischen mich und meinen Vater zu schieben?

Hatte es vielleicht auch mit ihrer eigenen Beziehung zu mir zu tun? Wenn mein Vater Abstand von mir nähme, dann wäre ihr eigenes Verhältnis zu mir „mehr gleich", „normaler". Wollte sie eine solche Distanz zwischen meinem Vater und mir schaffen, wie zwischen ihr und mir herrschte?

Obwohl, hatte ich nicht auch wie ein Verhütungsmittel gewirkt? Hatte ich sie nicht vor einer weiteren Schwangerschaft geschützt, wenn ich im Bett meines Vaters schlief?

Erst als ich schon lange in Hamburg wohnte, erst in den Jahren, nachdem meine Mutter gestorben war, entdeckte ich einen weiteren Grund, warum sie meinem Vater das mit dem Meister erzählt haben könnte, vielleicht der schwerwiegendste Grund. Es hatte mit ihren Eltern, Margarete und Otto, zu tun. Hatten sie nicht auch – so wie ich als Pubertierende – gefordert, Clemens müsse „mehr tun"? Doch es würde zu weit führen, das an dieser Stelle zu erklären. Ich komme später noch darauf zurück.

---

* „Was wir aber wissen wollen ist dieses, daß also eine heftige, wilde und gesetzlose Art von Begierden in einem jeden wohnt, und wenn auch einige von uns noch so gemäßigt erscheinen; und dieses nun eben wird in den Träumen offenbar." Platons Politeia, IX, zitiert nach Jaccottet, Sonnenflecken.

Zurück ins Jahr 1961, zu den Ereignissen, an die ich mich erinnere und die ich in meinem Tagebuch festgehalten habe. Das Verhalten meines Vaters – er war damals Mitte dreißig – änderte sich, mir gegenüber und überhaupt. Im Oktober bekam ich mein erstes Zeugnis auf der Realschule, und ich schrieb:

> 14.10.1961
>
> Mein liebes Tagebuch! Dir kann ich ja alles erzählen. Keiner versteht mich bald mehr. Am späten Nachmittag kamen Tante Uschi und Onkel Konrad. Paul war im Kino, in einem langen und sehr teuren Film. Es war schon halb acht, also schon lange dunkel. Ich hätte natürlich Schimpfe bekommen. Als ich Tante Uschi fragte, ob sie mein Zeugnis sehen wolle, wir haben nämlich gestern Zeugnisse bekommen, lenkte Paps gleich schnippisch ein:
> „Mit Deinem Zeugnis brauchst du gar nicht anzugeben, so gut ist das gar nicht, Paul hat ein besseres."
>
> 1. Wollte ich gar nicht angeben.
> 2. Ist Pauls nur um ein Befriedigend besser.
> 3. Ist Paul ja auch auf einer ganz anderen Schule, denn daß man auf der Real-Schule nicht ein so gutes Zeugnis bekommt, ist ja wohl klar.
> 4. Finde ich, daß mein Zeugnis gut ist, denn in unserer Klasse hat keiner ein besseres.
>
> Ich hatte gedacht, Mama und Papa wären zufrieden mit meinem Zeugnis, aber da habe ich mich wohl geirrt.

Tante Uschi fragte nicht nach – und das Mädchen wagte nicht, ihr Zeugnis zu zeigen. Verhielt der Vater sich nun so, wie Großmutter Maria, Tante Lisbeth (und die Mutter?) es für notwendig hielten? Der Junge wurde hervorgehoben. In all den Jahren auf der Realschule und auf dem Gymnasium hatte Anne das beste Zeugnis in der Klasse, niemals wurde sie von ihren Eltern dafür gelobt. Aber immerhin, sie schrieb „Paps". Flausen, Verspieltheit, Zärtlichkeit. Gab es noch 1961. Es war noch etwas da.

Dann kam das Weihnachtsfest 1961. Bis dahin hatten wir einen festen Ablauf für Heiligabend. Gegen sechs Uhr abends gab es Kartoffelsalat und Würstchen und danach Bescherung. Aber in dem Jahr war es anders.

Ich erinnere mich auch noch an einen Heiligabend einige Jahre davor, vielleicht war es 1957. Ich erinnere mich so genau daran, weil ich zu viel geschenkt bekam. Eine Puppe, einen Puppenwagen, einen Puppenkoffer und viele andere Geschenke. Die Puppe war ungewöhnlich. Sie trug einen Mantel aus weißem Teddystoff, hatte echte dunkelbraune Haare, auf- und zuklappende Augenlider mit langen Wimpern, rot geschminkte Lippen. Eine Dame. Ich konnte mit ihr nicht spielen, sie war zu fein. Der Puppenwagen aus weiß lackiertem Korbgeflecht und glänzendem Metall war so kostbar, dass mein Vater mir nicht erlaubte, draußen mit ihm zu fahren. Mein Bruder bekam eine Märklin-Eisenbahn, eine schwarze Lok, einen Transformator, Schienen und ein Bahnhofshäuschen. Mit den Geschenken stimmte etwas nicht. Hatten meine Eltern sich in Ausgaben hineingesteigert, die sie sich eigentlich gar nicht leisten konnten? Hatten sie zuerst entschieden, der Junge bekommt die Märklin-Eisenbahn? Und dann wollten sie gerecht sein? War es eine entnervte Entscheidung, bei der es am Ende vor allem darauf ankam, dass die Geschenke für das Mädchen genauso teuer waren wie die Märklin-Eisenbahn?

Doch viel genauer erinnere ich mich an das Weihnachtsfest 1961.

Die Bescherung

Es war vier Uhr nachmittags am Heiligabend. In unserer Küche herrschte eine merkwürdige Stimmung. Meine Eltern hatten den ganzen Tag nicht miteinander gesprochen, und ich wagte nicht zu fragen, wann wir Bescherung machen würden. Mein Vater stand auf vom Tisch, faltete die Zeitung zusammen, legte sie unter das Radio. Er ging aus der Küche. Die Schuhschranktür klappte. Zog er Schuhe an? Die Tür zu meinem Zimmer klappte. Holte er seinen Mantel aus dem Schrank? Schritte auf den Stufen hinunter zur Deele. Ich schaute zu meiner Mutter, die am Tisch in einer Schüssel Eier zu Mayonnaise verrührte. Sie hielt inne, wandte ihren Kopf zur Tür. Fahrradgeklapper auf der Deele.

Paul saß am Tisch und reparierte eine verbogene Weiche seiner Eisenbahn. Er unterbrach seine Arbeit.

„Fährt Papa weg?“

Meine Mutter rührte weiter mit dem Schneebesen in der Schüssel und zuckte mit den Achseln. Die Tür nach draußen klackte, nach ein paar Sekunden noch mal. Dann war alles still. Ich lief zum Flurfenster, drei Stufen hoch auf die Treppe, guckte durch die freie Stelle in der Mitte zwischen den gerafften Gardinen hindurch. Es war fast ganz dunkel draußen. Mein Vater saß gebeugt auf dem Rad, fuhr langsam über schmutzige Schneereste, die nach dem Tauwetter der letzten Tage liegen geblieben waren. Sein Rücklicht leuchtete. Am Ende des Wegs, an der Straße, hielt er an, stellte einen Fuß auf die Erde. Kehrte er um? Er überquerte die Straße und fuhr Richtung Gütersloh. Ich schaute ihm nach, bis er hinter den Häusern am Sunderweg verschwunden war. Zurück in der Küche fragte ich meine Mutter, wo er denn hinfahre. Sie zog ihre Mundwinkel nach unten, sagte, sie wisse es nicht, nahm die Schüssel mit der Mayonnaise und ging in den Keller.

Ich überlegte, was an dem Tag geschehen war. Ich erinnerte mich, mein Vater war um zehn Uhr aufgestanden; am Tag zuvor hatte er Spätschicht gehabt. Als meine Mutter ihn die Treppe herunterkommen hörte, hatte sie zu mir gesagt: „Setz mal den Kessel auf!“

Das hatte ich sofort gemacht, aber er kam gar nicht erst in die Küche, wie er das meistens tat – im Unterhemd, die Haare durcheinander, rauchte er dann eine Zigarette in der Küche und erzählte meiner Mutter, wie es in der Firma gewesen war, wie schnell er hatte laufen müssen, um die Stoffe aus den Maschinen zu holen, wie oft die Maschinen stehen geblieben waren und er den Schlosser holen musste, wie viel Ausschuss er produziert hatte und solche Sachen. Es roch dann nach Schweiß in der Küche. An dem Heiligabend war er sofort ins Badezimmer gegangen.

Als er nach dem Waschen zu uns in die Küche gekommen war, hatte er leise, kaum hörbar „Moin“ gesagt, und wir hatten alle geantwortet. Er war fertig angezogen, das Wasser kochte, und er gab zwei Löffel gemahlenen Bohnenkaffee in eine Tasse, goss Wasser dazu. Manchmal machte meine Mutter das für ihn. Aber sie saß noch in der Ecke beim Fenster und arbeitete. Er schmierte sich ein Brot, und als er es aufgegessen hatte, ging er zum Herd und nahm die Kohlenschaufel in die Hand: „Keine Kohlen mehr! Kann hier denn keiner Kohlen holen?“, sagte er, stieg hinab in den Keller, kam mit einem schweren Eimer zurück und warf zwei Schaufeln Kohlen ins Feuer. – Das hätte ich vorher natürlich schon mal machen können.

Meine Mutter und mein Vater taten so, als würden sie nicht merken, dass der andere da ist.

Es gab kein Mittagessen. „Macht euch ein Brot“, hatte meine Mutter gesagt, und um zwei Uhr fing sie an, das Haus zu putzen. Als ich den Linoleumbelag in der Küche blank gebohnert und die Stühle vom Tisch zurück auf den Fußboden gestellt hatte, setzte mein Vater sich hin und las Zeitung.

So war der Tag gewesen, bis er wegfuhr um vier.

Um sechs Uhr abends sagte meine Mutter, ich solle Staub wischen. Jedes Mal, wenn ich vor der Haustür das Tuch ausschüttelte, guckte ich, ob auf unserem Weg ein Fahrrad fuhr, ob sich ein Licht auf der Straße aus Gütersloh näherte.

Um halb sieben aßen wir zu dritt den Kartoffelsalat, den meine Mutter gemacht hatte, und Würstchen dazu. Sonst sagte sie während des Essens solche Sachen wie: „Die Füße von der Couch!“, „Den schmierigen Löffel nicht auf den Tisch!“ An dem Abend sagte sie gar nichts, außer, als wir fertig gegessen hatten, dass wir abwaschen sollten, mein Bruder und ich. Ich trug den Kessel mit dem heißen Wasser, mein Bruder das Geschirr in den Keller. Ich spülte, er trocknete ab, wie immer.

Um acht Uhr öffnete sie die Tür zum Wohnzimmer zur Bescherung. In der Ecke neben dem Fenster stand wie in jedem Jahr ein Tannenbaum mit silbernen Kugeln und Lametta. Die Kerzen brannten. In der Mitte des Zimmers auf dem runden Tisch vier Süßigkeitenteller und vier Geschenkestapel. Es war so kalt im Wohnzimmer, dass ich zitterte. Nachdem wir Geschenke ausgepackt und das Papier weggeräumt hatten, wurde es etwas wärmer. Ich aß von meinen Süßigkeiten, las in dem Schneider-Buch, das ich mir gewünscht hatte: „Junge Mutter Randi“.

Um neun Uhr klingelte es an der Haustür. Großmutter Maria und Tante Mia kamen jedes Jahr am Heiligabend vom Bauernhof zu uns herüber und schauten sich unsere Geschenke an.

„Wo ist denn Clemens?“, fragte Tante Mia. Sie riss die Augen auf: „Weggefahren? Heute? Wohin denn?“

Meine Mutter schaute auf die Gardinen vor dem Fenster. „Weiß nich. Hat nix gesagt.“

Großmutter Maria stand noch in der Wohnzimmertür.

„Nej. Herrgott.“ Sie schaute sich um, als ob mein Vater sich im Wohnzimmer versteckt haben könnte.

Wir saßen in der Runde auf den harten braunen Sesseln und dem Sofa, wussten nicht, worüber wir reden sollten. Ich schämte mich, dass wir allein waren.

Am nächsten Morgen weckte mich meine Mutter für die Messe um zehn Uhr, für das Hochamt in der Kirche. Sie war schon in der Frühmesse gewesen. Ich stand sofort auf. Auf der Deele vor dem Badezimmer das Rad meines Vaters. Er blieb bis zum Nachmittag im Bett.

Ich weiß nicht, wo er gewesen ist.

Heißmangel

Unser Leben zu viert veränderte sich, Ereignisse brachen über uns herein, ganz verschiedene Dinge geschahen, es wurde komplizierter. Vielleicht war es aber auch vorher schon so kompliziert, und ich war zu jung, es zu verstehen. Und von allem, was geschah, habe ich wohl auch nur einen winzigen Bruchteil wahrgenommen. Nur weil ich Notizen in meinem Tagebuch gemacht habe, erinnere ich mich an manches. – Allerdings, an ein paar Vorfälle zwischen meiner Mutter und mir würde ich mich auf jeden Fall erinnern, auch ohne Tagebuch.

Damals begann das Schweigen in unserem Haus. Ich kannte es schon aus den 1950er Jahren, wenn meine Mutter nicht mehr mit mir gesprochen hatte, weil sie böse auf mich war. Jetzt breitete es sich allmählich über uns alle aus. Meine Eltern stritten sich, dann schwiegen sie, dann wurde wieder etwas geredet, große Erleichterung, wir freuten uns, dann wieder ein Streit, und das Schweigen begann erneut. Über Monate, über Jahre wuchs es allmählich an. Meistens bekam ich den Streit meiner Eltern gar nicht mit, nur aus ihrem Schweigen entnahm ich, dass es wieder einmal passiert war. Auch mein Bruder und ich wurden dann still. Am ehesten sprachen noch meine Mutter und mein Bruder miteinander. Was sagte meine Mutter zu meinem Vater, wenn mein Bruder und ich nicht dabei waren? Verschlossen, abgeschlossen saß sie in der Ecke der Küche und arbeitete. Auf eine stille Art und Weise schien sie immer im Recht zu sein.

Mein Vater begann, mehr Alkohol zu trinken; zunächst ab und zu unter der Woche eine Flasche Bier. Dann kaufte er Bier kistenweise und trank jeden Tag eine Flasche. Dann zwei. Dann drei. Dazu rauchte er ein bis zwei Schachteln Zigaretten am Tag, Overstolz, Ernte 23. Das metallene Sturmfeuerzeug, dessen Deckel nicht gekippt, sondern abgezogen wurde, und eine Schachtel Zigaretten hatte er immer in der Hosentasche. Kam ich mit dem Fahrrad nach Hause, roch ich, bevor ich die Deelentür öffnete und das Rad ins Haus schob, ob mein Vater hinter dem Haus stand und rauchte. Das war sein Platz im Hellen und im Dunkeln, im Sommer und im Winter, unter dem Giebel des Badezimmeranbaus, den Blick auf unseren Gemüsegarten, die Felder seiner Eltern und in der Ferne die Spexarder Straße gerichtet. In weit geschnittener Trevirahose und kariertem Oberhemd stand er unter der Bodenluke, breitbeinig, starr, wie angeschraubt, die linke Hand in der Hosentasche. Nur sein rechter Arm bewegte sich, wenn er die Zigarette zum Mund führte und die Hand dann sinken ließ. Fand er im Haus keinen Platz mehr für sich? War es ihm in unserer Wohnküche zu eng geworden? Mein Bruder und ich nahmen den Küchentisch in Anspruch, um Schularbeiten zu machen und wir hörten Radio, BBC, die „Top Ten“ der englischen Rockmusik. – Anfang der 1960er Jahre schaute ich noch um die Hausecke, um meinen Vater zu begrüßen, wenn ich nach Hause kam. Später tat ich oft so, als hätte ich nicht bemerkt, dass er dort stand.

Meine Eltern kauften einen elektrischen Heizlüfter, groß wie eine Fußbank, den wir ab und zu im Wohnzimmer nutzten, und manchmal nahm ich ihn mit in mein Zimmer. Onkel Jupp, der in der Möbelfabrik Stickling arbeitete, schnitt mir eine Holzplatte zu. Mein Vater schraubte sie mit Winkeleisen an die Wand meinem Bett gegenüber. Die Platte war gerade so groß, dass ich ein Schulheft und meine Füllfedertasche darauflegen konnte. Später baute Onkel Jupp mir auch eine Kiste, in der ich meine Bettdecke verstaute, wenn ich Besuch hatte. Für das Zimmer meines Bruders kauften meine Eltern einen gebrauchten Ofen, in den man mit einer Kanne jeweils zwei oder drei Liter Öl hineinfüllte. Machten wir in unseren Zimmern Schularbeiten, breitete mein Vater die Zeitung auf dem Küchentisch aus und las.

Einmal in diesen Jahren, es war nach Mitternacht, ich hatte unten in meinem Bett schon geschlafen, wachte ich auf von der Stimme meines Vaters. „Was soll das? … Wieso? … Und du?“, schimpfte er laut oben im Schlafzimmer. Kein Ton von meiner Mutter. Die Schlafzimmertür oben wurde geöffnet und wieder geschlossen. Minutenlang war es still im Haus. Dann ein hohl tönendes, dumpfes Geräusch. Die Steingutvase! Trat mein Vater gegen die Vase? Sie stand unter dem Dachfenster auf dem Holzfußboden, einen halben Meter hoch, grau lasiert, Chrysanthemen aufgemalt, himmelblaue Tupfen zwischen den gelben Blüten. Chrysanthemen waren auch die Hochzeitsblumen meiner Eltern gewesen. Ein Knall. Etwas fiel um. „Verdammt", hörte ich ihn. Ein schweres Schaben auf den Holzdielen. Polternd, krachend stürzte die Vase die Stufen bis zum Treppenabsatz hinunter. Stille. Schritte auf den Stufen nach unten. Vor der Tür zu meinem Zimmer blieb er stehen. Feuerzeugklacken. Zigarettenrauch drang durch die Türritzen in mein Zimmer. Ich zog die Bettdecke über die Nase, lag da, ohne mich zu rühren, alle Glieder meines Körpers angespannt. Er räusperte sich, scharrte mit den Pantoffeln auf den Fliesen. Sonst war alles still, kein Geräusch von oben aus dem Schlafzimmer meiner Mutter oder dem meines Bruders. Was würde er tun, wenn er die Zigarette zu Ende geraucht hatte?

Ein paar Wochen bevor ich vierzehn Jahre alt wurde, sahen meine Freundin Ulrike und ich in einer Modezeitschrift einen Pullover, der uns so gut gefiel, dass wir ihn für uns selbst stricken wollten. Ein Sommerpullover mit einer Schulterpartie, die die Oberarme leicht bedeckte. In einem Handarbeitsgeschäft in Gütersloh suchten wir zitronengelbe Frotteewolle aus. Ich bekam sie zum Geburtstag geschenkt. Jede freie Minute nutzte ich zum Stricken.

> 29.4.1964
>
> Heute nachmittag kamen Tante Lisbeth und Onkel Bruno vorbei. Wir haben zusammen in der Küche gesessen. Ich war gerade beim Abnehmen für den Armausschnitt, und als ich mir einmal das Vorderteil anhielt, sagte Papa zu mir: Mußt das gar nicht immer an deine Hühnerbrust halten! – Alle guckten blöd und lachten.

Mein Vater war damals immer noch ein gut aussehender Mann, feingliedrig und zart, regelmäßige Gesichtszüge, volles Haar – aber in der Küche und dort, wo er gegangen war, hingen oft Alkoholfahnen, und es roch nach Schweiß und Zigarettenrauch. Er trug Perlonsocken. Wenn er in der Firma zwischen den Webmaschinen hin- und herlief, schwitzten seine Füße in festen Schuhen. „Schweißfüße", sagte meine Mutter. Übel riechend. Er wechselte täglich oder jeden zweiten Tag die Socken, die schmutzigen wurden im Waschkeller in einer weißen Emailleschüssel in Seifenlauge gesammelt. Hatte er keine sauberen Strümpfe mehr anzuziehen, forderte meine Mutter mich auf, die Socken zu waschen. Mit den Händen rubbelte ich sie sauber, spülte sie dreimal in klarem Wasser und hängte sie auf die Wäscheleine nach draußen oder, wenn es regnete, auf die Leine im Keller.

Natürlich konnte ich das tun, selbstverständlich. Ich war das privilegierte Kind der Familie, das auf eine „höhere" Schule geraten war. Meine Mutter übertrug mir die niedrigsten Arbeiten im Haushalt. Böden wischen, Linoleum bohnern, Geschirr spülen.

Osterferien, 30. März 1961

> Ich hatte Langeweile ... als Mama wiederkam, fragte ich sie, ob ich einen Kuchen backen dürfe ... nein ... ob ich denn einen Pudding kochen dürfe. Das durfte ich. Als ich einmal zuviel Zucker nahm, sagte sie: „Wenn du schon was machst!"

17.7.1963

> Letzten Freitag hatten wir Wandertag in der Schule und gingen in den Rhedaer Forst ... mit so einem Regen, wie es da nachher gab, hatten wir wirklich nicht gerechnet ... In der Schule habe ich mich getrocknet und bin dann nach Hause gefahren.
> Mama ist gar nicht nett, sie hat sich kein bißchen um mich gekümmert.
> Heute hab ich schon wieder Schläge gekriegt. Aber sie braucht nicht zu denken, daß sie mich mit Schläge erziehen kann. Sie sagt mir nie etwas Nettes. Immer ist sie nur am Schimpfen!
> Paul wird in den Sommer-Ferien in die Schweiz fahren. Ich beneide ihn sehr. Ich hätte auch vielleicht wegkommen können, nach Österreich. Doch Papa meint, wir könnten ja nicht beide wegkommen.

Ich erinnere mich noch an den Ton, in dem mein Vater es zu mir sagte. Leise, traurig, sanft. So konnte ich es annehmen.

18.7.1963

> Heute ist ein ganz gewöhnlicher Dienstag ... Vorhin mußten Paul und ich zur Heißmangel und Wäsche abholen. Unterwegs fing es dann an zu regnen. Paul sollte sofort die Hose ausziehen. Er tat es aber nicht gleich. Dann sagte Mama zu mir, ich sollte meinen Rock ausziehen. Ich wollte grad noch in den Schrank gucken. Da haute Mama mir welche über den Rücken. Es tat ziemlich weh, doch man gewöhnt sich sicherlich an alles.
> Ich soll helfen, Ringe auf die Gummis für die Fliegen zu ziehen, doch ich denke nicht daran. Erst schlägt sie mich, und dann soll ich schon wieder helfen. Da ich in meinem Zimmer lernen mache, merkt sie nichts. Vorhin kam Paul plötzlich ins Zimmer, um zu

sehen, ob ich wirklich lernte, doch ich hatte es schon geahnt, und mein Ringbuch und meinen Füller herausgenommen. Das Buch hatte ich zur Seite gelegt. Er sah es und nahm es mit. Er hält übrigens nie zu mir, wenn mal etwas ist.

Weil meine Mutter mit dem Federnkleben allzu wenig Geld verdiente, hatte sie sich eine andere Heimarbeit gesucht und steckte Fliegen, wie sie von Jungen und Männern anstatt einer Krawatte getragen werden, zusammen. Wiederum Stücklohn, wiederum nur Pfennige für ein fertiges Teil. Die Fliegen waren schon genäht und mussten zusammen mit Ringen, Haken und Ösen auf Gummibänder montiert werden. Der Lohn, den meine Mutter monatlich ausbezahlt bekam, war noch niedriger als vorher, es waren achtzig Mark oder ähnlich – und sie wechselte bald zurück zum Federnkleben.

25.11.1963

Heute wird oder wurde Präsident John F. Kennedy begraben. Er wurde am Freitag, den 22.11.1963 erschossen. Die ganze Welt ist erschüttert und trauert um ihn. Der Mörder ist von einem anderen Mann angeschossen worden und heute gestorben. Ich gebe Bundeskanzler Erhard recht, denn er sagte: „Dies war ein Mann!“
Jaqueline der kleine John und die kleine Caroline tun mir schrecklich leid, denn womit haben sie dieses verdient!

Das Mädchen weinte, als Kennedy starb und es plapperte Sätze nach, die es bei Erwachsenen gehört hatte.

Es war in diesen Jahren, dass meine Mutter schlecht aus dem Mund zu riechen begann. Sie bekam eine Parodontitis. Nach ein oder zwei Jahren zog ein Zahnarzt ihr alle Zähne im Oberkiefer – vielleicht ließ er auch ein oder zwei stehen, so genau weiß ich es nicht. Meine Mutter sprach nicht darüber. Ein paar Tage oder Wochen ging sie mit zusammengefallenem Mund im Haus herum, und dann bekam sie ein Gebiss. Sie war Mitte dreißig.

12.12.1964

Am Mittwoch habe ich schon im Bett Schläge bekommen. Ich war nicht früh genug aufgestanden. Hinterher in der Schule haben wir einen Aufsatz geschrieben. Kommentar überflüssig.

Die folgende Geschichte spielt Anfang 1965.

Der Aufnehmer

Es war an einem Samstagnachmittag im Winter. Anne lag auf dem Sofa in der Küche und las in der „Hör zu“. Da kam ihre Mutter herein und sagte: „Papa ist fertig mit Baden. Putz jetzt das Badezimmer. Und die Deele.“

Immer ich, dachte Anne, und blätterte ein paar Seiten weiter in der Zeitschrift. In den letzten beiden Stunden in der Schule hatten sie eine Französischarbeit geschrieben. Sie war müde, und wenn sie sich Putzarbeiten im Haus hätte aussuchen dürfen, niemals hätte sie Badezimmer gewählt. Sie stopfte ihren Pullover in den Bund der schwarzen Lastexhose, stieg in ihre Holzlatschen und ging in den Keller. Mit Daumen und Zeigefinger fasste sie den Aufnehmer, den Wischlappen, hob ihn vorsichtig vom Eimer hoch und schüttelte ihn mit ausgestrecktem Arm. Oft verbargen sich Spinnen in dem Waffelmuster. Auch diesmal ließ sich eine an einem Faden hinunter und krabbelte ins Dunkle unter die Wasserpumpe.

Anne nahm die Putzutensilien und stieg die Kellertreppe hinauf. Wasserdampf waberte durch das Badezimmer, ein Schleier auf den sonst leuchtend grünen Kacheln an der Wand. Schwitzwasser verzerrte ihr Gesicht im Spiegel. Ihre glatten Haare sahen aus wie Sauerkraut. Sie knipste das Licht an und öffnete das Fenster. Kalte Luft schlug ihr entgegen, als sie sich nach draußen beugte. Stand jemand hinter dem Haus auf der Terrasse? In der Ecke? – Bald würde es dunkel werden.

Mit der Hand am Badeofen fühlte sie, dass das Wasser noch warm war. Sie stellte den Eimer in die Wanne, ließ ihn halb voll Wasser laufen und hob ihn über den Wannenrand auf den Fliesenboden. Zuerst Null-Null ins Klo. Die Spiegel putzen, den an der Wand und den Handspiegel. Kämme und Bürsten im Seifenwasser im Eimer reinigen. Vim in die Wanne auf den dicken braunen Rand, Hautreste und Schmutz von vier Badenden abschrubben. Als sie den schwarzen Klodeckel scheuerte, bissen Dämpfe in ihre Nase. Jetzt noch das Waschbecken und den Boden, dann wäre sie fertig.

Es war dunkel geworden. Der Kirschbaum im Garten war nur noch in Umrissen zu erkennen. Sie schloss das Fenster, trug den Wassereimer auf die Deele. Legte den Aufnehmer um den Schrubber, bückte sich in dem schmalen Gang vor dem Badeofen, um die Kohlen- und Aschereste unter dem Ofen hervorzuholen. Etwas bewegte sich. Hinter den schwarzen Füßen des Badeofens krabbelte eine fette Spinne hervor. Groß wie ein Fünf-Mark-Stück schoss sie auf Anne zu. Anne sprang zurück, stellte sich an das Kopfende der Badewanne. Was jetzt? Aus der Deckung heraus beugte sie sich über den Wannenrand, hielt den Atem an. Ließ die Spinne nicht aus den Augen. Wo würde die Spinne hinlaufen? Paul holen? Er fängt sie und setzt sie dir auf den Rücken. Reiß dich zusammen, du musst es selbst machen. Sie zog den Aufnehmer fest um den Fuß des Schrubbers, trat aus ihrer Abdeckung am Kopfende an die Längsseite der Wanne. Die Spinne spurtete zurück Richtung Badeofen. Blitzartig stieß Anne den Schrubber auf den Boden, versperrte ihr den Weg. Das Tier verharrte auf seinem Platz. Anne drehte den Schrubber auf einem Punkt so, dass die Spinne zwischen Aufnehmer und Badewannensockel gefangen war. Nur zur Wand und in Annes Richtung hätte sie noch laufen können. Schnell! Mit einem Ruck schob Anne den Schrubber gegen Spinne und Wannensockel. Die Spinne war gefangen, zappelte noch. Einmal ... zweimal ... dreimal stieß Anne mit dem Schrubber gegen die Wanne, bis ein gelbbrauner Matsch an Aufnehmer und Fliesen klebte.

Sie nahm den Aufnehmer in die Hand, achtete darauf, nicht mit der toten Spinne in Berührung zu kommen, und wischte den Matsch von den Fliesen. Dann hob sie das Wischtuch mit dem Fuß des Schrubbers in die Luft, ging in die Deele zum Wassereimer und ließ den Lappen hineinfallen. Sie atmete auf, streckte ihren Rücken. Das Wasser im Eimer war grau, winzige Seifenblasen platzten auf der Oberfläche. Am Eimerrand hatte sich ein schwarzer Streifen festgesetzt. Ein Teil des Aufnehmers schwamm auf der Wasseroberfläche. Ein gekrümmtes Spinnenbein hatte sich im Stoff verhakt. Auf dem Deelenboden schimmerte eine Wasserlache blau, lila und gelb.

Schritte auf den Steinstufen. Annes Mutter kam mit einem Mopp, den sie wohl draußen vor dem Haus ausstauben wollte, auf die Deele. Sie hatte die Tür zum Hof schon geöffnet, als sie ihren Kopf wendete, in den Eimer guckte und die Stirn runzelte. Ihre Augen verengten sich.

„Der is ja nur halb voll. Ich hab dir doch gesagt, du sollst ihn voll machen!“

Anne holte Luft, wollte etwas sagen. Da warf die Mutter den Mopp gegen die Wand, bückte sich, griff in den Wassereimer, zog den Aufnehmer heraus und schlug ihn Anne an Schulter und Rücken. Sie holte noch mal aus. Anne hob ihre Arme an den Kopf, drehte ihr Gesicht zur Wand. Der Aufnehmer klatschte in ihren Nacken. Wasserflecken auf der weißen Kalkwand. Einzelne Tropfen liefen in gerader Linie nach unten. Die Mutter riss den Mopp an sich. Eine Strähne des dauergewellten Haars war auf ihre Stirn gefallen. Sie ging durch die Deelentür nach draußen bis fast an den Stacheldrahtzaun vor der Kuhwiese. Mit heftigen Bewegungen schüttelte sie im Dunklen den Mopp. Ihre hellen Beine in den durchsichtigen Perlonstrümpfen reflektierten das Licht von der Deele.

Etwas juckte in Annes Nacken. Holz- oder Kohlekrümel? Ein Spinnenbein? Was jetzt? Ich mach gar nichts mehr. Was hat sie bloß mit ihrem Eimer voll? Ich lass alles stehen und liegen. Soll sie es doch selbst machen. Ich geh in mein Zimmer, ein trockenes Hemd anziehen. Und dann? Sie wird hinter mir herkommen. – Anne lehnte sich an den Türrahmen und ließ die Arme sinken. Das zweite Mal wischen mit demselben Wasser oder neues nehmen? Gleich würde ihre Mutter wieder hereinkommen.

Als Anne das schmutzige Wasser ins Klo schüttete, hörte sie, wie ihre Mutter die Deelentür schloss und die Stufen zur Küche hinaufging. Das Wasser im Badeofen war noch lauwarm. Sie stellte den Eimer in die Wanne, ließ ihn volllaufen und hob ihn auf den Boden. Tauchte den Aufnehmer unter, zog ihn in die Luft. Immer wieder, hoch und runter. Wrang ihn aus und wischte die graugrünen Bodenfliesen ein zweites Mal.

- - - - - - - - - - - - - -

Vergleichen

In der Hinterlassenschaft meiner Mutter habe ich einen Kalender gefunden, handtellergroß, der Umschlag aus mintgrüner Pappe; aufgedruckt sind olivgrüne stilisierte Chrysanthemen; unten in der rechten Ecke in schwarzer Schrift: 1965. Innen auf der ersten Seite steht: „Überreicht durch das Blumenhaus Amtenbrink, Gütersloh, Sunderweg". Meine Mutter hat wohl viel Geld für Blumen ausgegeben in dem Jahr. Fünf Ereignisse hat sie in dem Kalender festgehalten – soweit ich weiß, sind es die einzigen persönlichen Notizen, die sie in ihrem Leben gemacht hat. Als ich den Kalender fand, fiel mir ein, dass ich einmal mit ihr über dieses Jahr gesprochen hatte, und wie besonders sie damals reagiert hatte. Das war viele Jahre nach 1965 gewesen, sehr viele Jahre, zwanzig oder dreißig Jahre später.

Ich zähle die Einträge in Annes Tagebuch in dem Jahr. Es sind sechs, einer mehr als im Kalender ihrer Mutter. Keines der Ereignisse, die die Mutter festgehalten hat, erwähnt Anne. Bei ihr geht es um ganz andere Vorgänge.

Als sie das Tagebuch schrieb, dachte sie, es sei nur für sie selbst, und nun zitiere ich daraus.

6.3.1965

> Ich war zu Hildegards Geburtstagsfeier (Party) eingeladen. Es war einfach toll. Wir waren zu siebt, Liesemarie und Elmar waren auch da. Es war der Tag meines f.k. mit E. Ich habe bei Lilli geschlafen. Sonntags haben wir nachgefeiert und den kommenden Samstag dann noch einmal. Da war es sogar noch besser als das letzte mal. Doch jetzt ist erstmal für lange Zeit Schluß mit Parties. Vielleicht erst im Sommer wieder. Manchmal treffe ich E. in der Stadt. Gestern haben wir pommes frites gegessen. Hoffentlich wird er dabei nicht zu sehr geschädigt, denn er bezahlt immer für mich. Gleich muß ich nochmal zur Schule, von wegen „Schön-

schreiben“ für die Entlassungsschüler. Sonst hätte ich ihn heute Mittag vielleicht wieder gesehen.

Obwohl das Tagebuch ein Schloss hatte, benutzte Anne eine Geheimsprache, „f.k.“ bedeutete first kiss. Ja, da hat sie zum ersten Mal jemand anderen als ihren Vater geküsst. Elmar, den Cousin ihrer Freundin Liesemarie (Lilli). Vor der Party hatte sie ihre halblangen blonden Haare gebürstet, Wimpern getuscht und mit einem Filzstift ihre Augen schwarz umrandet. Sie trug ein kirschrotes Kleid mit einem schwarzen Lederband in der Taille. Den Stoff hatte ihr Vater aus der Weberei mitgebracht. Das Rot des Moiré-Musters changierte je nach Lichteinfall.

Annes Handschrift hat sich verändert, sie ist nicht mehr so groß und sperrig, sie ist gelenkiger geworden, flüssiger.

Ihr zweiter Eintrag:

7.3.1965

Eben habe ich die letzten Programme geschrieben. Gestern in der Schule hatten wir keine Lust mehr. Gaby und ich sind noch nach Hertie gegangen. Was war es da voll. Wir haben eine Brühwurst und Eis gegessen und Fanta getrunken. Es dauerte immer eine Ewigkeit, bis wir etwas bekamen. Zwischendurch sind wir Rolltreppe gefahren.

Jetzt höre ich „Terry“. Einfach klasse. Vielleicht finde ich es auch so toll, weil sie mich an etwas erinnert. Hildegard hat sie nämlich zu ihrem Geburtstag geschenkt bekommen.

Der dritte Eintrag:

17.3.1965

Paul war heute zum letzten Mal zur Schule. Er hat die Handelsschule mit 2 bestanden! Es ist sicher ganz gut, daß wir nur wenig Unterricht haben, denn so brauch ich wenigstens nicht so sehr aufpassen. Letzten Sonntag waren wir in Verl im Kino. Es wurde „Denn sie wissen nicht, was sie tun“ mit James Dean gespielt. Es ist wirklich schade, daß er schon tot ist. Da Liesemarie sofort nach Hause mußte, sind Ulrike und ich noch bei Elmar gewesen. Es war wirklich nett. Fast hätten wir noch den Bus verpaßt. Ich fand ihn einfach toll nachher, doch so mitten in der Woche ist dann alles ganz anders. Ich habe auch eigentlich gar keine Lust, mit irgendeinem Jungen zu gehen. Aber ich freue mich schon auf die Tanzstunde. Am 8. April ist schon Vorstellung. Das wird sicher ein richtiger „Konkurrenzkampf" werden. Es wird jetzt schon von den neuen Kleidern geprahlt.

Der vierte Eintrag:

8.4.1965

Ja, gestern war schon Vorstellung. Sie wurde vorverlegt, weil einige Jungen jetzt in den Ferien arbeiten wollen. Ulrike ist bei uns hergekommen, und wir sind um 15:07 mit dem Wittler-Bus gefahren. Liesemarie hat am Bahnhof auf uns gewartet. Ich war ziemlich überrascht, als ich dann auch noch Elmar sah. Da es regnete, wollte Ulrike mit unter meinem Schirm gehen. Doch Liesemarie verteilte Blicke, daß es ziemlich klar war, daß Elmar unter meinem Schirm gehen sollte. Er sagte mir dann etwas von wegen „keine Rücksicht" auf ihn nehmen und so weiter. Natürlich kamen wir zu spät, und so mußten wir quer vor allen hergehen. Unsere Plätze waren nicht sehr günstig. Wir saßen nicht im „Blickfang", wie Lilli sagte. Frau Stüwe sagte dann etwas über die Kleidung, und die Jungen mußten eine Verbeugung üben. Danach zeigte sie uns einen Hofknicks. Wir brauchten ihn aber nicht einzeln vormachen, sondern könnten ihn zu Hause vorm Spiegel üben. Nun tanzte sie mit ihrer Tochter alle Tänze vor, die wir lernen. Die letzte Platte war ein Twist, und sie meinte, daß wir den doch wohl alle können würden. Die Jungen fingen alle an zu brummen, doch sie sagte, daß sie es ja gleich mal demonstrieren könnten. Jetzt kam der aufregende Moment, in dem wir aufgefordert wurden. Da wir seitlich saßen, bekamen wir ordentlich Angst, als alle auf die Mitte zuströmten. Doch plötzlich stand auch schon einer vor mir. Als er sich dann mir vorstellte, habe ich seinen Namen leider nicht verstanden. Er sah ganz gut aus und war ziemlich groß. Ich muß wirklich sagen, daß ich gut abgeschnitten habe. Liesemaries z. B. war wirklich nicht hübsch. Ulrike wurde von einem aufgefordert, der nach Kuhstall roch. Sie schoben natürlich alles auf unsere Sitzplätze. – An der Garderobe hat er mir in den Mantel geholfen. Frau Stüwe hatte auch gesagt, die Herren könnten, ganz nach dem Wunsche der Dame, uns auch schon nach Hause bringen. Das wollten wir natürlich nicht. Als er mich fragte, habe ich gesagt: „Nein, danke, ich bin so und so mit dem Bus." Nachher waren wir noch in der Eisdiele. Es war proppenvoll dort, und wir bekamen kaum einen Platz mit. Ich freue mich schon schrecklich auf die erste Tanzstunde. Frau Stüwe will auch noch Jungen besorgen, damit niemand mehr sitzenbleibt. Das erste Mal lernen wir langsamen Walzer. Hoffentlich wird es nicht allzu schwer.

Der fünfte Eintrag:

30.4.1965

Gestern bin ich 15 Jahre geworden. Ich finde, ohne Geburtstagsfeier ist alles ziemlich traurig, und man merkt kaum, daß man Geburtstag hat. Auf Papa hab ich eine grenzenlose Wut! Hoffentlich denke ich bei seinem Geburtstag daran, daß ich ihm auch nicht zu gratulieren brauch.

Mein Vater gratulierte mir nicht zum Geburtstag. Ich erschrak zutiefst. Er beachtete mich nicht mehr. Er mochte mich wohl nicht mehr. Nicht nur meine Mutter, jetzt stand auch mein Vater gegen mich. Ich glaube nicht, dass er meinen Geburtstag vergessen hat, ich glaube, er wollte mir nicht gratulieren. Vielleicht hatte ich in seinen Augen etwas Schlimmes getan, ich habe keine Ahnung. Ich vermute, dass er böse auf mich war, aber ich weiß es nicht. Ich habe ihn nie danach gefragt. Bestimmt war etwas vorgefallen. Einen Monat vorher, im März, hatte ich ja auch einen anderen Mann geküsst. Das wusste mein Vater zwar nicht, aber vielleicht hat er es geahnt.

Nichts davon im Kalender meiner Mutter, natürlich nicht. Haben meine Mutter und mein Bruder überhaupt mitbekommen, dass mein Vater mir nicht gratulierte? Es kann sein, dass sie es gar nicht bemerkt haben. Mein Bruder war tagsüber nicht zu Hause. Er hatte gerade eine kaufmännische Lehre bei Frottier Vossen in Gütersloh begonnen. Vielleicht dachten meine Mutter und mein Bruder, mein Vater habe mir gratuliert, als sie nicht im Raum waren. Auf jeden Fall hat keiner etwas dazu gesagt, mein Bruder nicht und meine Mutter nicht. Und falls meine Mutter es doch mitbekommen hat, vielleicht fand sie es ja auch gut so. Vielleicht war sie erleichtert, freute sich. Vielleicht war es ihr eine Genugtuung. Vielleicht dachte sie: Endlich bist du so weit, Clemens, und hast eingesehen, dass deine Tochter böse ist. Immer hast du sie in Schutz genommen. Nun ist Gott sei Dank Schluss damit. Deine

Tochter hat es verdient, dass du ihr nicht gratulierst. – Vielleicht hat meine Mutter ja sogar daran mitgearbeitet, dass es so weit kam. Vielleicht *musste* mein Vater sich so verhalten.

Ist das absurd? Hat Anne sich da in etwas hineingesteigert? Ihr Vater gratuliert ihr nicht zum Geburtstag, und sie schimpft über ihre Mutter. Verquer? Ein Kurzschluss?

Obwohl ich mir vorgenommen hatte, es nicht zu tun, gratulierte ich meinem Vater im Juni dann doch zu seinem Geburtstag. Er gratulierte mir auch in späteren Jahren, als ich schon erwachsen war und in anderen Städten lebte, manchmal nicht. In den 1980er Jahren habe ich mich einmal bei ihm darüber beschwert und in den folgenden Jahren gratulierte er mir dann. Ende der 1990er, als er schon in Irland wohnte, machte ich ihm einmal am Telefon Vorwürfe, dass er wieder nicht hätte … und in Wirklichkeit hatte er … Meine Erinnerung an das frühe Ereignis hatte sich in den Vordergrund gedrängt und das aktuelle Geschehen überlagert. Mir fiel es dann sofort wieder ein. Ein paar Tage vor meinem Geburtstag hatte er wegen etwas anderem angerufen, mir dabei *im Voraus* gratuliert und dazu gesagt, er würde nicht noch einmal anrufen.

Später in meinem Arbeitsleben, wenn ein Kollege im Büro mir nicht zum Geburtstag gratulierte, war ich unruhig, machte mir viele Gedanken, was ich falsch gemacht haben könnte. „Ach, hat er vergessen", so einfach stellte ich mir das nie vor.

In demselben Eintrag, in dem ich notierte, dass mein Vater mir nicht zum Geburtstag gratuliert hatte, schrieb ich noch:

> Ich bin ja jetzt immer den ganzen Nachmittag alleine, weil Paul arbeiten geht. Es war schöner, als er noch zu Hause war. Alles ist jetzt so still!

Ein halbes Jahr später wurde es ein ganz großes Anliegen von mir, dass mein Bruder wieder im Hause wäre.

Die sechste Notiz, meine letzte für das Jahr:

> 28.7.1965
>
> Wir haben jetzt die langersehnten Sommerferien … Schade, daß unser Schützenfest schon vorbei ist. Am Samstag durften Ulrike

und ich nur bis 10 Uhr. Deshalb war es nicht schön. Sonntag durfte ich mit Paul nach Hause kommen. Das war natürlich weitaus günstiger. Wir waren um 11 Uhr zu Hause, und das schönste war, daß Henri auch schon mitgekommen ist. Am allerbesten war es aber am Montag. Henri ist mit uns ins Zelt gegangen, und er hat immer mit mir getanzt. Nachher ist er mit mir in der Raupe gefahren. Ich war stolz wie Oskar. Ich mußte entweder um viertel nach zehn im Hause sein oder wieder mit Paul kommen. Schade, sonst hätte ich vielleicht mit Henri nach Hause gehen können. Hätt' ich doch nur bei Ulrike geschlafen. Sie ist bis 1 Uhr dagewesen.

Für den Rest des Jahres 1965 Schweigen in meinem Tagebuch. Erst ein dreiviertel Jahr später, im Frühling 1966, schreibe ich wieder.

15.3.1966

Inzwischen ist alles schon wieder ganz anders. Ich war bei Lilli auf der Party, und dort habe ich Raimondo (Michael Semper) kennengelernt. Seitdem sind wir viel zusammen. Samstags holt er mich öfters von der Schule ab. Wir gehen dann in irgendein Café, und nachher treffe ich mich wieder mit Ulrike und fahre mit ihr nach Hause. Er sieht etwas aus wie ein Italiener.

Am Rand des Textes klebt ein getrocknetes Schneeglöckchen, daneben steht:

(von Raimondo! süß!)

Nun zu den Notizen meiner Mutter in dem mintgrünen Kalender. Ein Stift in der Hand meiner Mutter, das war ungewöhnlich. Schrieb sie Einkaufszettel? Ich weiß es nicht mehr. Um unsere Schulzeugnisse zu unterschreiben, nahm sie meinen Füllhalter oder einen Kugelschreiber in die Hand. Wie kam sie dazu, für das Jahr 1965 Notizen zu machen?

Am *25. August* verunglückte mein Onkel Alfons. Ich erinnere noch den Moment am nächsten Tag, als ich davon erfuhr. Es war in den Sommerferien, morgens um acht oder neun Uhr, ich lag noch im Bett, die Rollläden vor meinem Fenster waren nicht ganz heruntergelassen, ein Fensterflügel stand offen, warme, frische Luft und Zwielicht in meinem Zimmer. Auf dem Weg an unserer Hofeinfahrt sagte es jemand zu meinem Vater: „Alfons ist tot!" Alfons wurde beim Überqueren der

Gütersloher Straße von einem Auto überfahren. In der Nähe der Möbelfirma Stickling, wo er als Tischler arbeitete, und des Lindenkrugs, wo er nach Feierabend manchmal einkehrte. Abends um halb neun, als er mit dem Rad nach Hause fahren wollte. Er war der Mann von Mathilde, der jüngeren Schwester meines Vaters. Die sieben Kinder von Mathilde und Alfons waren damals drei bis dreizehn Jahre alt.

Zwei Wochen später starb auf dem Hof bei uns nebenan mein Großvater Joseph, der Bauer, der Vater meines Vaters, am 8. September, im Alter von 76 Jahren. Magen-/Darmgrippe und Auszehrung wurden von einem Arzt als Todesursache angegeben. – Tante Mathilde verlor innerhalb von zwei Wochen ihren Mann und ihren Vater.

Vier Wochen später, am 8. Oktober, verunglückte mein Bruder Paul. Er war sechzehn Jahre alt. Kurz vor zehn Uhr am Abend klingelte es an unserer Haustür. Meine Mutter und ich waren allein zu Hause, sie arbeitete noch am Tisch in der Ecke. Mein Vater war schon fort zur Nachtschicht. Ich öffnete die Haustür, und dort stand ein Mann, den ich nicht kannte. Er käme aus der Gastwirtschaft Brummelwirth. Man habe dort angerufen, dass mein Bruder im Städtischen Krankenhaus liege. Wir sollten sofort kommen.

Paul war am frühen Abend mit einem Freund in einem VW-Käfer weggefahren. Meine Mutter schickte mich zu unseren Verwandten auf den Bauernhof, ich sollte fragen, ob uns jemand zum Krankenhaus fahren könne. Der jüngste Bruder meines Vaters, Onkel Johann, der Hoferbe, hatte seit einiger Zeit einen gebrauchten grasgrünen BMW. Onkel Johanns Frau, Tante Mia, fuhr uns. Im Krankenhaus führte man meine Mutter und mich zum Zimmer eines Arztes. Ein ungefähr fünfzigjähriger Mann mit dunklen Haaren, er trug einen weißen Kittel, sagte, die Verletzungen meines Bruders seien schwer, er habe einen Lungenriss, einen Oberarm- und einen Schulterbruch. Sie hätten die Lunge punktiert, aber die Blutungen dauerten an. Er wisse nicht, ob Paul es schaffe. Er führte uns in das Krankenzimmer. Mein Bruder lag im Bett, er war wach, aber er schien uns nicht wahrzunehmen, übergab sich, erbrach die Bohnensuppe vom Mittagessen. Der Arzt führte uns aus dem Zimmer hinaus. Mein Vater war in der Zwischenzeit aus der Nachtschicht mit dem Rad zum Krankenhaus gekommen. Er ging zu meinem Bruder ins Zimmer. Wir warteten auf dem Gang. Dann hielten wir uns unten in der Halle auf, meine Mutter, mein Vater, Tante Mia und ich. Zu dem Zeitpunkt, als der Unfall geschah, waren meine Eltern zerstritten, sie sprachen nicht miteinander. Auch im Krankenhaus schauten sie sich kaum an, wechselten nur wenige Worte. Mein Vater ging nach draußen, stand vor dem Eingang, neben der kreisrunden Krankenwagenauffahrt. Allein. Im Hintergrund Büsche, Bäume – noch grün. Er sah schmal aus in seiner dunklen Windjacke. Die Schultern nach vorn gezogen, ging er ein paar Schritte hin und her, in einer Hand eine Zigarette, die andere Hand in der Hosentasche.

Pauls Freund, der Fahrer des Unfallwagens, hatte erst seit Kurzem einen Führerschein. Er war von der Straße abgekommen. Später sagte er, er sei von einem entgegenkommenden Fahrzeug geblendet worden. Sie saßen zu dritt im Auto, mein Bruder saß hinten. Der Wagen stürzte eine Böschung hinunter. Die zwei anderen blieben unverletzt. Pauls Freund hatte seit seiner Geburt einen verkürzten Arm und eine verkrüppelte Hand, vielleicht hat seine Mutter während der Schwangerschaft das Schlafmittel Contergan o.ä. eingenommen. Vielleicht reichte die Kraft der verkrüppelten Hand nicht aus, den Wagen unter Kontrolle zu halten.

Nachdem wir ein oder zwei Stunden im Krankenhaus waren, sagte der Arzt, sie würden die Lunge meines Bruders noch einmal punktieren. Mein Vater fuhr zurück in die Nachtschicht. Meine Mutter blieb in der Nacht im Krankenhaus. Ich fuhr mit Tante Mia zurück auf den Bauernhof und schlief im Ehebett neben Tante Mia und Onkel Johann. Ich erinnere mich noch an die Bilder und Gedanken, die mir in der Nacht durch den Kopf gingen.

Mein Bruder lag über zwei Monate im Krankenhaus. Er wurde wirklich ans Bett gefesselt, sein Oberkörper wurde eingeschient und am Bett festgebunden. Er konnte nicht aufstehen aus dem Bett und nicht allein essen. Meine Mutter war fast immer bei ihm, fütterte ihn und kümmerte sich um alles, was er brauchte.

Kurz bevor sie starb erzählte sie mir, einmal habe sie im Krankenhaus Pauls Bettzeug gerichtet, sei aus Versehen an seinen eingeschienten Arm gestoßen, und er habe zu ihr gesagt: „Alte Planschkuh.“ Nach fünfunddreißig Jahren schien sie immer noch verwundert und irritiert, dass ihr Sohn es gewagt hatte, so etwas zu ihr zu sagen. Ich bin mir nicht sicher, vielleicht amüsierte sie sich inzwischen auch ein wenig darüber. Paul wurde am *16. Dezember,* seinem 17. Geburtstag, aus dem Krankenhaus entlassen. Darauf bezieht sich der vierte Eintrag im Kalender meiner Mutter.

Und dann starb *zwei Wochen später,* am 30. Dezember, die Mutter meiner Mutter, Margarete. Überraschend, an Nierenversagen. Sie wurde 64 Jahre alt. Obwohl sie seit vielen Jahren kränklich war und häufig im Bett lag, hatten die Verwandten nicht damit gerechnet, dass sie sterben würde. Alle hatten gedacht, Otto würde sterben, Margaretes Mann, der Vater meiner Mutter, weil er Darmkrebs hatte und einen künstlichen Darmausgang bekommen hatte. Otto starb im folgenden Jahr, 1966, mit 66 Jahren.

Als ich 2001 meinen Vater in Irland besuchte, und wir über meine Großmutter Margarete sprachen, sagte er: „Als sie gestorben war und man ihren Nachtschrank ausräumte, fand man ihn voller Medikamente. Er quoll über davon. Sie hat Morphium genommen."

In der folgenden Art notierte meine Mutter die Ereignisse für 1965:

25. August	Alfons – Unf.
8. September	Opa – gestorb.
8. Oktober	Paul – Unfall
16. Dezember	Paul aus dem Krankenh. entlassen
30. Dezember	Mama – gestorb.

„Opa – gestorb." Hier benutzte sie die Sicht und Sprache ihrer Kinder. Es war ihr Schwiegervater. Ich nehme an, dass meine Mutter die Ereignisse nicht 1965 eingetragen hat, sondern erst Jahre später, in den 1970er Jahren vermutlich. Alle Einträge sind in der gleichen Art geschrieben, ein Gedankenstrich hinter den Namen und mit schwarzem Kugelschreiber. Nur der Eintrag zur Entlassung meines Bruders aus dem Krankenhaus fällt heraus, größere Schrift und blauer Kugelschreiber. Vielleicht hat meine Mutter diesen Eintrag zuerst gemacht. Ich glaube, 1965 hätte sie keinen Sinn und keine Zeit für diese Notizen gehabt. Und sie hätte wohl noch in der alten deutschen Schrift geschrieben, die sie in der Schule gelernt hatte. Noch 1967 und 1969, als sie zu Kuren der deutschen Rentenversicherung ins Sauerland fuhr, schrieb sie uns Briefe in der alten deutschen Schrift nach Hause, und ich schrieb ihr zurück:

Avenwedde, 30.6.1969

> Liebe Mama!
> Es ist lieb von Dir, daß Du uns so viel schreibst, (wenn ich auch nicht alles davon lesen kann – für das Wichtigste reichen meine Kenntnisse aber doch aus).

In meinem ersten Brief aus meinem Studienort Konstanz, ich wohnte im benachbarten Kreuzlingen in der Schweiz, schrieb ich:

Kreuzlingen, 4.10.1970

> Mama, Du hast zum Schluß zu mir gesagt, ich solle schreiben, und dabei habe ich ganz vergessen, dasselbe auch zu Dir zu sagen. Wenn ich am Anfang Deine Schrift nicht so gut lesen kann, so ist das gar nicht weiter schlimm. Auf die Dauer werde ich mich schon daran gewöhnen …

Erst in den folgenden, also den 1970er Jahren, begann meine Mutter, in der lateinischen Schrift zu schreiben. Sie brachte es sich selbst bei, schickte meinem Bruder und mir Briefe in unsere Studienorte nach Nürnberg, Göttingen, Konstanz und Bremen.

Als ich mich Jahrzehnte später einmal mit meiner Mutter über das Jahr 1965 unterhielt, sagte sie – die sich meistens eher zurückhielt, wenn es darum ging, etwas zu bezeichnen und Begriffe zu bilden, oft schwieg sie lieber – da sagte sie:

„Das Katastrophenjahr."

Ihre Mutter war gestorben, aber ihr Sohn lebte.

Prüfung

Als ob nichts passiert wäre, beschäftigten wir uns in den folgenden Jahren mit Autos, Autofahren, Führerscheinen. Dass Onkel Alfons von einem Auto getötet worden war, dass mein Bruder bei einem Autounfall fast gestorben wäre, hinderte uns nicht daran, selbst Auto fahren zu wollen. Meine Mutter ließ sich von dem damals in Deutschland einsetzenden Autowahn nicht mitreißen, aber mein Vater machte 1966, als er vierzig Jahre alt war, einen Führerschein und kaufte sich einen weißen gebrauchten Ford Taunus 17 M. Die Badewanne, wie wir das Auto nannten, war *das* Luxusgut im Leben meines Vaters. Er baute eine Garage für sie, hinter das Haus in eine Ecke des Grundstücks, wo vorher Gemüse wuchs. Die Steinplatten vor der Haustür waren gerade breit genug ausgelegt für die Wagenspur. An der hinteren Hausecke wurde es eng, eine Biegung. Nur zwanzig Zentimeter zwischen Auto und Haus! Höchste Anspannung und Konzentration! Und dann geradeaus, hinein in die Garage! Beim Fahren auf der Straße saß mein Vater aufrecht hinter dem Steuer. Außer wenn er schaltete, der Wagen hatte eine Lenkradschaltung, legte er seine rechte Hand auf der durchgehenden Sitzbank ab. Als ein Mann, gewöhnt mit den Händen Mist aufzuladen, brauchte er nicht beide Hände am Steuer, das bisschen Arbeit machte er mit links!

Im Frühling 1968 stand ich einmal eine Weile vor unserer Haustür, schaute den fressenden Kühen auf der Wiese zu. Der Himmel war bewölkt, ein frischer Wind wehte, mir war kalt. Mein Vater stand hinter dem Haus und rauchte. Sollte ich zu ihm gehen? Es ihm sagen? Ein erstes Grün an den Bäumen am Weg. Im Beet an der Hauswand blühten Narzissen. Sollte ich ihn fragen? Ich wurde bald achtzehn. Der Rauch seiner Zigarette stieg mir in die Nase. Winzige grüne Blätter am Ranunkelstrauch vor der Wiese. Ich musste es tun – löste mich von der Tür, ging um die Hausecke zu ihm hin und sagte, dass ich einen Führerschein machen wolle.

„Was?“, lächelte er und zog die Mundwinkel nach unten. „*Du* ’nen Führerschein? – Das schaffste doch sowieso nich.“ Sein Blick folgte den Autos, die in der Ferne auf der Spexarder Straße fuhren. Er nahm einen tiefen Zug aus der Zigarette, blies den Rauch in die Luft und schwieg. Seine Lippen zusammengepresst. Das Thema war für ihn erledigt.

In den folgenden Wochen dachte ich manchmal über die Worte meines Vaters nach – aber was wusste er schon? Ich meldete mich zur Fahrschule an und bestand am Anfang des Sommers die schriftliche Prüfung. – Im Juli fiel ich allerdings durch die praktische. Ich habe den Bericht, den der Prüfer schrieb, aufgehoben. Er bemängelte:

> *Fräulein Anne Hellbrink betätigte beim Abbiegen den Blinker nicht, schaltete wenig, erkannte die Vorfahrt nicht, konnte nicht in Parklücken fahren und fuhr zu langsam an Kreuzungen heran … 26. Juli 1968.*

Ich nahm weitere Fahrstunden und meldete mich noch mal zur Prüfung an. Als es so weit war, am Prüfungstag im September, gab meine Mutter mir morgens eine Tablette zur Beruhigung, Valium. Dieses Mittel nahm sie selbst seit vielen Jahren ein, manchmal nahm sie auch Adumbran. Die Tabletten lagen immer in der Schublade unseres Küchenschranks. Ging der Vorrat zur Neige, holte sie ein neues Rezept von der Hausärztin; manchmal erledigte ich das auch für sie. Schon ein paar Minuten, nachdem ich die Tablette eingenommen hatte, wurde ich ruhiger. Ziemlich entspannt fuhr ich mit meinem Rad zur Fahrschule ins Dorf. Dieses Mal schrieb der Prüfer:

> *Fräulein Anne Hellbrink machte Schaltfehler, beobachtete beim Linksabbiegen zu wenig den Gegenverkehr, erkannte an der Ampel den Farbwechsel auf Grün zu spät, überholte unzweckmäßig einen Mopedfahrer … 16. September 1968.*

Das zweite Mal durchgefallen. Mein Fahrlehrer war mir unsympathisch. Er erinnerte mich an jemanden, an einen Onkel, aber ich kam nicht auf die Idee, die Fahrschule zu wechseln. Ich nahm weitere Fahrstunden bei ihm. Außerdem fuhr mein Vater mit mir auf den Verkehrsübungsplatz in Gütersloh. Gleich als ich hinter dem Steuer seines Wagens saß und schaltete, sagte er, ich könne nicht schalten. Die ganze Zeit, während ich fuhr, schimpfte er; alles machte ich falsch. Die Übungsstunde lief nicht gut, und es gab auch keine weitere. Vier Wochen später, im Oktober, die dritte Prüfung. Meine Mutter gab mir morgens nach dem Aufstehen *zwei* Valium-Tabletten. Im Bericht über diese Prüfung steht:

Fräulein Anne Hellbrink zögerte zu lange an Kreuzungen, fuhr allgemein zu langsam, fiel durch grobe Vorfahrtsverletzungen (rechts vor links) auf, ordnete sich zweimal falsch ein und behinderte den Gegenverkehr … 16. Oktober 1968.

Das dritte Mal durchgefallen. Zwei Tage danach schrieb ich in mein Tagebuch:

18.10.1968

Ich müßte jetzt dringend Lateinvokabeln lernen. Aber ich kann mich einfach nicht darauf konzentrieren. Meine Führerscheinprüfung hat mich vollkommen aus dem Konzept gebracht. Ich kann selbst nicht sagen, was mit mir los ist. Schon öfters habe ich von Komplexen geredet, und jetzt könnte ich es wieder tun. Ich habe ein Gefühl, wie eine vollkommen Fremde, die nicht weiß, an wen sie sich wenden soll. Hier zu Hause mit jemandem zu reden, hat doch keinen Zweck.

Bis dahin hatte ich sechzehn Fahrstunden gehabt. Sollte ich aufgeben? Keinen Führerschein machen? – Oder zum Idiotentest nach Bielefeld fahren? Ich machte den Idiotentest. Einen ganzen Tag lang. Mediziner untersuchten mich, Psychologen testeten mich. Ich erinnere mich, wie ich vor mannshohen Apparaten mit blinkenden Lichtern saß und Knöpfchen drückte. Ein Psychologe sagte zu mir, mein Intelligenzquotient sei besonders hoch. Ein Augenarzt sagte: „Sie können gucken wie ein Adler! Mehr als 100 % Sehfähigkeit!" Er meinte, alles spräche dafür, dass ich Auto fahren könne – nur wäre mein starkes Normen- und Risikobewusstsein möglicherweise eine Belastung.*

---

* Technischer Überwachungsverein Hannover, Medizinisch-Psychologische Untersuchungsstelle Bielefeld, 15.1.1969: Optimale Befunde in der optischen Orientierung, sehr gute Konzentrationsfähigkeit, ausreichende Reaktionssicherheit. Bei der Untersuchung der Sicherheitseinstellung und Sorgfaltshaltung sowie der Bereitschaft und Fähigkeit zur Anpassung zeigte die Untersuchte ein ausgeprägtes Normen- und Risikobewußtsein, zugleich aber auch Symptome, die auf eine erhöhte Angstbereitschaft, auf depressive Stimmungsschwankungen sowie auf eine emotionale Labilität schließen lassen. In geistig-seelischen Belastungssituationen, wie etwa einer Fahrprüfung, dürfte sie mit erhöhter Störanfälligkeit reagieren.

Ich wurde zu einer vierten Prüfung zugelassen. – Und bestand sie. Mein Vater und mein Bruder hatten gleich beim ersten Mal bestanden. Meinem Bruder lieh mein Vater sein Auto, mir nicht.

Ein Jahr später, im Sommer 1970, reiste ich mit meinem Freund nach Italien. Als wir dort waren, ließ er mich das erste Mal ans Steuer seines Renault 4, ein Geschenk seines Vaters. Ich weiß noch, ich legte einen Gang ein, gab Gas, das Auto setzte sich in Bewegung, da schoss mir der Gedanke durch den Kopf: Was, wenn ich die Bremse nicht finde? – Und ich fand die Bremse tatsächlich nicht. Panik! Ein Blackout! Es war auf einem Campingplatz in der Nähe von Pisa, beim Rückwärtsfahren neben unserem Zelt passierte es. Ich fuhr gegen eine Pinie. Der Einfüllstutzen des Tanks wurde eingedrückt. Piniennadeln im Tank. Das Auto hat sich nie richtig von dem Zusammenstoß erholt, es stotterte immer mal wieder.

Aber danach, ab dann lief es immer ganz passabel, mein Autofahren. Dreißig Jahre bin ich gefahren, und es ist nie wieder etwas passiert. Kein Blechschaden, gar nichts. Toi, toi, toi, ich klopfe auf Holz. Doch Autos sind mir unheimlich geblieben. Vor jedem Auto, das mir begegnet, habe ich Angst.

Raimondo. Ordnungsamt. Flux

Ich habe vorgegriffen – ich will noch einmal zurückgehen in die Zeit, als ich noch keinen Führerschein hatte, zurück zu Raimondo, der mir ein Schneeglöckchen schenkte und den ich nach dem Katastrophenjahr 1965 als ersten in meinem Tagebuch erwähnte. Raimondo, diesen Namen hatten seine Freunde ihm gegeben, nachdem sie zusammen im Kino den Truffaut-Film „Außer Atem" mit Jean-Paul Belmondo gesehen hatten. Wie kann ich von Raimondo erzählen? Von seiner Zurückhaltung. Von seiner Unsicherheit und meiner Unsicherheit. Er war größer als ich, hager, kurz geschnittene dunkelbraune Haare. Die Aufmerksamkeit seines Blicks, seine braunen Augen. Ganz weiße Zähne. Er sprach leise. Wie vorsichtig er mit mir umging. Meine Treue zu ihm, die er nicht sah.

Er und sein Freund Flux gingen auf das Evangelisch-Stiftische-Gymnasium Gütersloh, ein Jungen-Gymnasium. Ich war in meinem letzten Schuljahr auf der Realschule. Oft kamen sie aus der Stadt zu mir nach Hause. Anfangs fuhr Flux mit dem Auto seiner Mutter, später hatte Raimondo ein eigenes Auto. Sein Vater schenkte ihm einen Citroen 2CV, eine „Ente". Sie parkten auf den Steinplatten auf unserem Hof, klingelten an der Haustür, und ich ging zu ihnen hinaus. Im Sommer und im Winter standen wir draußen, lehnten uns an das Auto und redeten. Ich habe sie nie mit ins Haus genommen. Es würde ihnen bei uns nicht gefallen, dachte ich. In meinem Zimmer war es meistens kalt. Und wenn die Küchentür aufginge, während wir hineingingen, sähen sie meine Mutter in der Ecke bei der Heimarbeit, die Unordnung und den Schmutz in unserer Küche.

Einmal kam mein Vater mit seiner Badewanne nach Hause gefahren, als wir auf dem Hof standen. Er hupte, weil das Auto der Jungs ihm den Weg in die Garage versperrte. Als sie fortfuhren und ich ins Haus zurückkam, sagte mein Vater zu mir:

„Was poussiert ihr da auf dem Hof rum? Können die nicht am Weg parken? Was haben die auf unserem Hof zu suchen?"

Beim nächsten Besuch sagte ich ihnen, sie sollten am Weg auf dem Grasstreifen parken.

Im März 1966 wurde Raimondo achtzehn. Er lud mich zu seiner Geburtstagsparty ein. Wir feierten an einem Samstag bei ihm zu Hause im Keller.

Tagebuch, Sonntag, 13.3.1966

> Es ging gestern auf der Party ziemlich doll zu. Flux benimmt sich überall gleich und läßt sich noch dazu erwischen. Beim Tanzen hat er ein Mädchen in die Ecke auf eine Bank geschoben und sich platt auf sie drauf gelegt. Natürlich kam dann Raimondos Vater herein, weil wir die Musik auch zu laut hatten. Ich fand es gestern unwahrscheinlich toll! Wie Raimondo mit mir getanzt hat! Er hat mich um ¼ vor 12 nach Hause gebracht.

Sonntagabend

> Das muß ich jetzt unbedingt noch aufschreiben, obwohl es schon so spät ist. Heute Nachmittag klingelte Raimondo bei uns an der Tür. Flux war bei ihm. Raimondo wollte mir unbedingt dringend etwas sagen: In der letzten Nacht, nachdem er mich nach Hause gebracht hatte und zurück im Partykeller war, habe ein Harald, der dort auch auf seiner Party war, ihm aufgetragen, mir schöne Grüße zu bestellen. Harald habe gesagt, er wolle am Montag, also morgen, zu mir nach Hause fahren und mich besuchen. Harald war süß, aber ich hatte ihn noch nie gesehen. Ich glaube, Raimondo schwebte schon in tausend Ängsten. Nächsten Samstag ist Raimondo zu einer Party eingeladen und soll mich mitbringen. Ich gehe aber höchstwahrscheinlich nicht hin. Morgens muß ich auf der Feier in der Turnhalle ein Gedicht aufsagen. Hoffentlich klappt es. Gestern morgen war ich beim Friseur und habe mir ein ganzes Stück von den Haaren abschneiden lassen. Jetzt habe ich eine große Wut deswegen. Zudem ist auch noch meine Lippe entzündet. Jetzt muß ich Schluß machen. Morgen früh schreiben wir einen Aufsatz.

Als Raimondo am Sonntagnachmittag gekommen war, um Anne die Geschichte von dem Harald zu erzählen, war sie mit ihm oben auf der Treppe vor der Haustür stehengeblieben. Flux hielt sich auf dem Hof ein wenig abseits auf und schaute hin und wieder zu ihnen hoch. Sie lächelte überrascht. Warum erzählte Raimondo ihr diese Geschichte von dem Harald? Sie verstand nicht, fühlte sich ein wenig geschmeichelt. Harald interessiert sich für mich! Ihr fiel nichts ein, was sie hätte sagen können. Raimondo verabschiedete sich, stieg die Stufen hinunter. Waren seine Sorgen, wie sie sich Harald gegenüber verhalten würde, noch gewachsen, als er mit Flux nach Gütersloh zurückfuhr? Zur Party wollte sie auch nicht mit ihm gehen ...

Wenn Anne mittags von der Schule mit dem Rad nach Hause fuhr, wurde sie auf dem Sunderweg manchmal von Raimondos Vater in seinem Porsche überholt. Sie bekam dann Herzklopfen. Er fuhr langsam, schleichend. Im Sommer mit offenem Verdeck. Sie glaubte, er würde sie nicht erkennen. Er kam wohl vom Mittagessen zu Hause und fuhr zurück in die Polstermöbelfabrik an der Ecke zur Eimerheide, wo er als Ingenieur arbeitete. Raimondos Mutter war Hausfrau.

Im November endete Annes Zeit auf der Realschule. Zum Abschluss wurde gefeiert, mehrere Tage, von donnerstags bis in den Sonntag hinein. Zuerst veranstaltete Annes Klasse, die 6c, für ihre Lehrer ein Kaffeetrinken. Ihrem Klassen- und Mathematiklehrer Herrn Hüttl, einem großen, dünnen Mann mit nach vorn gebeugten Schultern, schenkten sie einen Kunstband von Christian Rohlfs. Der Deutschlehrer bekam „Der Taubenturm“ von Stefan Anders. Für die „Direx“, Frau Grewe, hatten sie „Ferngespräche“ von Marie-Luise Kaschnitz gekauft.

Freitag, 18.11.1966

> Heute ist ein seltsamer Tag. Wir hatten das letzte Mal regulären Unterricht. Das Kaffeetrinken, das wir veranstaltet haben gestern, hat mir nicht besonders gefallen. Herr Hüttl sagte heute morgen, ich hätte ausgesehen wie am Boden zerstört. Er sagt, es hätte ihm gefallen, doch sicher nur zum Trost. Ich bin gespannt auf meine Zensuren ... Morgen startet die große Abschlußfeier in der Turnhalle und abends dieser unmögliche Schlußball. Ich weiß noch gar nicht, ob ich hingehe. Wenn Paul keine Lust hat, bleibe ich zu Hause. Ich hätte Raimondo eher einladen müssen. Jetzt geht er mit einer anderen dort hin. Ich glaube, er ärgert sich jetzt etwas. Ich finde fast alle Jungen sind gemein, die Mädchen so kurzfristig sitzen zu lassen, denn die meisten in der Klasse hat-

ten heute plötzlich keinen Jungen mehr. Die Mädchen wollen alle allein kommen, aber ich kann mir nicht vorstellen, daß sie dann Spaß haben.

Zeitweise wusste Anne nicht, ob Raimondo noch mit ihr ging. Es gab Abstand zwischen ihnen und Zurückhaltung und Vorsicht im Umgang miteinander. Deshalb hatte sie nicht den Mut gehabt, ihn rechtzeitig zu fragen, ob er mit ihr zum Schlussball gehe.

Am Samstagmorgen eine Abschlussfeier in der Turnhalle. Eltern, weitere Verwandte, Lehrer, Schülerinnen. Es waren wohl dreihundert Leute in der Turnhalle. Blumenschmuck, ein Blockflötenkonzert. Die Direktorin hielt eine Rede, eine jüngere Schülerin sagte ein Gedicht auf. Abschlusszeugnisse wurden überreicht.

Sonntag, 20.11.1966

Die Abschiedsfeier gestern morgen war nett. Zwar hat man nicht die Gefühle, die ich mir immer vorstellte, wenn ich sah, daß welche entlassen wurden. In manchen Augenblicken ist man ganz unbeteiligt. Ich habe einen Buchpreis bekommen (als beste Schülerin des Jahrgangs), worüber ich mich sehr freue. Aber das Gefühl, unter allen Blicken bis nach vorn zu schreiten, war nicht angenehm. Noch dazu, wo Raimondo auf der Tribüne stand. Im roten Pullover und beigefarbener Jacke war er sehr auffällig, was aber vielleicht sein Ziel war. Alle sagten nachher zu mir: Hast Du Raimondo gesehen?

Da ging das Mädchen nicht nach vorn, sondern sie *schritt.* Ihre Mutter war anwesend. Sie waren gemeinsam mit ihren Rädern zur Feier gefahren. Der Vater wollte nicht, er war zu Hause geblieben.

Am Samstagabend der Ball im Gütersloher Vereinshaus. Noch mehr Leute als morgens in der Turnhalle. Jungen von der Realschule und vom Gymnasium schmuggelten sich in den Saal. Mütter und Mädchen in langen Abendkleidern, in Miniröcken, Stolen um die nackten Schultern. Ein Tisch nur für Lehrer. Weiße Tischdecken. Die meisten Mädchen waren mit ihren Eltern da. Eine Kapelle spielte Foxtrott, Walzer, Schlagermusik. Ein großes Tohuwabohu. Chiffon, Organza, Stöckelschuhe, Make-up, Puder, Schwitzen. – Obwohl Annes Eltern gerne tanzten, wollten sie nicht zu diesem Ball gehen.

Sonntag, 20.11.1966

Ich muß meine Meinung über den Schlußball ändern. Ich bin nämlich wirklich begeistert davon. Paul ist mit mir hingegangen. Er hat sich wirklich toll verhalten. Ich habe Herrn Hüttl einmal aufgefordert. Flux sah gestern Abend ziemlich gammelig aus, und dabei hat er mit unserer Direx getanzt. Raimondo im hellblauen Pullover. Toll von Paul, daß er mich nachher noch hat allein zu Gabys Fete gehen lassen.

In der Nacht von Samstag auf Sonntag in einem Reihenhaus in der Nähe der Realschule bei Annes Mitschülerin Gaby:

Eine riesige Menschenschlange stand vor der Haustür und schob sich langsam in den Keller, der übrigens toll fertig gemacht war. Am Anfang, als wir ankamen, haben wir heiße Würstchen und Brot gegessen. Der Zitronenlikör hatte es mir angetan, denn ich war leicht beschwipst. Natürlich nicht lange. Raimondo und Flux waren natürlich auch da. Gaby sagte, Raimondo habe gesagt, er wolle zu Anne. Eigentlich sollten die beiden nämlich nicht hineingelassen werden. Als Raimondo seinen Plattenspieler von zu Hause holte, ist sein Vater wach geworden, deshalb mußte er um ¼ vor 2 nach Hause. Er ist dann auch gegangen. Doch er hat dann nur etwas Krach gemacht, sein Bett durcheinandergeschüttelt und ist wieder aus dem Hause geschlichen. Als Raimondo nach Hause ging, hat Flux sofort mit mir getanzt und den üblichen Blech erzählt. Er versuchte dann auch alles mögliche, und am frechsten wurde er gerade da, als Raimondo wieder auftauchte. Ich habe mir aber wirklich nichts gefallen lassen und mich furchtbar geärgert. Raimondo war aber trotzdem nachher noch nett. Es hat mir prima gefallen.

Übrigens wußten alle gleich, daß ich in Mathe eine 1 bekommen habe. Gogo meinte, das gäbe es höchstens achtmal in ganz Nordrhein-Westfalen. Am nächsten Samstag bin ich zur Party nach Harsewinkel eingeladen. Hoffentlich darf ich. Raimondo sagte, er würde sich gerne zur Verfügung stellen. Aber ich soll mit jemandem aus Harsewinkel machen. Ich war ungefähr um 3 Uhr zu Hause. Es war sagenhaft klasse. Jetzt muß ich mich für die Kirche fertigmachen – Abendmesse. Heute morgen habe ich zu lange geschlafen.

Wie war es für Raimondo, als er zur Party zurückkehrte und Anne tanzte mit seinem Freund Flux? Sie war in einen Engtanz verwickelt. Fortwährend versuchte Flux Anne zu küssen. Sie zog ihr Gesicht zurück, aber ... Und Raimondos Angebot, am folgenden Wochenende mit ihr zur Party nach Harsewinkel zu gehen, nahm sie wieder nicht an.

Trotzdem lud er sie eine Woche später zu sich nach Hause ein. Fühlte er sich gerade etwas sicherer mit ihr, weil sie ihn zum Schlussball eingeladen hatte?

29.11.1966

> Erst habe ich sein neues Zimmer bewundert. Er hat ein neues Bett und Regale aus hellem Holz bekommen. Und einen dunkelbraunen ganz dicken Teppich aus Wolle. Dann haben wir uns auf die gepolsterte Bank an der Wand neben der Tür gesetzt, Cola getrunken und Platten gehört. Er hat wirklich eine unwahrscheinlich toffe und nette Mutter. Sie war kurze Zeit oben in seinem Zimmer. Einmal klappert es plötzlich oben am Schuhschrank oder so. Wir haben uns ganz schön erschrocken. Morgen treffen wir uns um ¼ vor 6 bei Diekötter. Ich weiß eigentlich nicht, warum wir das alles plötzlich wieder machen. Aber ich habe vielleicht Gefühle.

Die meisten Mädchen in Annes Klasse wussten, was sie werden wollten: Krankengymnastin, Buchhändlerin, Sparkassenangestellte. Anne hatte keine Idee, überhaupt kein Gefühl dafür, welchen Beruf sie ergreifen könnte. Sie las ein Inserat in der „Glocke“: „Verwaltungspraktikum zur Ausbildung für die gehobene Beamtenlaufbahn im Dienst der Stadt Gütersloh“. Die Ausbildung sollte vier Jahre dauern. Sie bekam gleich zu Anfang hundert Mark mehr als in anderen Lehrberufen üblich und hatte eine „gehobene“ Laufbahn in Aussicht.

Als sie im Dezember das Verwaltungspraktikum bei der Stadt Gütersloh begann, traf sie sich fast täglich mit Raimondo. Er war inzwischen vom Gymnasium abgegangen, hatte auf eine kaufmännische Fachschule gewechselt. Nachmittags um fünf Uhr wartete er vor dem neuen Verwaltungsgebäude in der Berliner Straße auf sie. Anne arbeitete dort im Ordnungsamt. Hand in Hand – oder er legte einen Arm um ihre Schultern, sie einen Arm um seine Taille – gingen sie durch die Stadt. Einmal hatte sie keine Zeit für ihn, weil sie mit Ulrike verabredet war.

30.11.1966

> Ich habe eine kleine Flasche Sekt gekauft. Dann nehme ich noch Lufthansa Cocktail, Ritz und De-Beukelaer mit zum Abschiedfeiern, weil Ulrike nach Münster geht. Wir werden es uns auf ihrem Zimmer urgemütlich machen. Raimondo hat heute gesagt: Dann machen wir einen Aussetztag. Er war etwas traurig deswegen.

Im Ordnungsamt war es Annes Aufgabe, in Schönschrift Reisepässe zu schreiben. Der Höhepunkt der Arbeitswoche war der Donnerstagnachmittag. Die Mappe mit den Pässen in das Vorzimmer des Abteilungsleiters zur Unterschrift tragen, fünf Meter quer über den Flur. War der Oberamtmann nicht da, öffnete die Sekretärin die Tür zu seinem Zimmer, und Anne durfte die Mappe gleich auf seinen Tisch legen. Am nächsten Morgen die unterschriebenen Pässe bei der Sekretärin wieder abholen. – Anne zählte ihre Büroklammern, legte den Kopf auf ihre Arme auf dem Schreibtisch und wäre fast eingeschlafen. Ganze Tage in einer Schule in Bielefeld, Verwaltungsrecht. Wie kann man sich das merken? Eine Hausarbeit, fünfzehn Seiten. Was soll man da schreiben? Nach vier Monaten im Ordnungsamt arbeitete sie fünf Monate im Hauptamt, in der Stadtkämmerei im alten Rathaus am Marktplatz. Das Geld in der Kasse zählen. Doppelte Buchführung. In welche Spalte eintragen? Sie konnte die Spalten nicht voneinander unterscheiden. Das Lineal parallel zur Tischkante. Den Bleistift und den Kugelschreiber davor. Das Radiergummi säubern. Eine Fanta trinken. Sie freute sich auf den Feierabend, fünf Uhr. Raimondo würde sie abholen.

Und dann, im Winter 1967, machte er Schluss mit ihr. Sie weiß nicht warum. Er sagte es ihr einfach, am 28. Januar. Nach außen hin tat sie so, als ob nichts passiert wäre. Zunächst machte sie mit ihrem Leben einfach weiter wie bisher. Die Karnevalszeit begann. In den letzten Tagen vor Aschermittwoch ging sie an vier Abenden hintereinander zum Tanzen aus, sie versuchte ihr Glück auf Faschingsfeiern in ihrem Dorf.

Sonntag, 5.2.1967

> Am Freitag war ich bei Reilmann und am Samstag im Jugendheim bei der Kirche zum Karneval. Aber es hat wirklich keinen Zweck mehr, in Avenwedde auszugehen. Es macht keinen Spaß.

Nur wenige Jungen aus dem Dorf forderten sie zum Tanzen auf. Oft blieb sie sitzen, starrte auf die Cola-Flasche auf dem Tisch, trank in kleinen Schlucken. Sie hatte den Anschluss verloren.

In der Stadt, in Gütersloh, war es anders.

Dienstag, 7.2.1967

Was in den letzten Tagen alles passiert ist! Ich versuche mal, es der Reihe nach aufzuschreiben.

Sonntagabend in Gütersloh

Ulrike ist aus Münster gekommen, und wir sind zusammen auf die Karnevalsfeier im Vereinshaus gefahren. Raimondo war übrigens auch da, aber wir haben nicht miteinander gesprochen. Flux hat öfters mit mir getanzt. In der Nacht habe ich bei Ulrike geschlafen.

Rosenmontag, morgens

Habe Raimondo in der Stadtverwaltung auf der Treppe getroffen. Das war wirklich ein Schock. Ich hatte mir gerade eine Fanta aus dem Keller geholt. Er hat sich wahrscheinlich genauso erschrocken wie ich. Er sagte ganz kurz und überrascht: „Morgen" und meinen Namen. Und ich dann das gleiche. Dann bin ich weitergegangen.

Montagabend, Fasching im Studio

Raimondo benahm sich höchst albern. Als ich ankam, tat er ganz albern und nett: „Was machst Du denn hier?" und „Haben wir uns nicht heute schon gesehen?" Nachher sprang er entweder wild herum, oder er saß mit knatschigem Gesicht auf der Bank. So ein Pech aber auch, daß ich mich dann zu ihnen an den Tisch setzen mußte (für ihn). Am Anfang sprang er immer auf und tanzte, wenn ich mich hingesetzt habe.

Wenn ich ehrlich bin, bin ich vielleicht ein wenig traurig, daß wir nicht mehr zusammen gehen – manchmal. Dann denke ich wieder, was eigentlich an ihm dran ist. Er sieht wirklich toll aus, hat aber in letzter Zeit einen fiesen Charakter.

Geärgert habe ich mich auf der Terrasse. Wahrscheinlich war das ganz und gar seine Absicht. Ich hatte nicht gewußt, daß er draußen war, sonst wäre ich drinnen geblieben. Ich kannte die gar nicht, mit der er dort stand. Ich habe mich gefreut, daß die anderen Jungen so kernig zu mir waren. Wenigstens bin ich nicht auf ihn angewiesen.

Zum Schluß hat Flux die ganze Zeit mit mir getanzt. Er tat mir ein wenig leid, aber ich konnte einfach nichts anfangen, weil ich mir dann zu billig vorgekommen wäre.

Dienstag

Heute wieder Raimondo auf dem Flur vor meinem Büro getroffen. Er war nett und fragte allerlei Sachen. Wir haben uns ein paar Minuten unterhalten, aber ich konnte nicht länger bei ihm stehenbleiben. Wenn uns jemand gesehen hätte.

Was für ein Zufall! Oder hatte er dort auf sie gewartet? Tat es ihm leid, dass er mit ihr Schluss gemacht hatte? Wollte er es rückgängig machen?

Einige Zeit später sah sie ihn in der Stadt von Weitem, wie er über den Marktplatz ging. Ob er sie gesehen hat, weiß sie nicht. Es war nach Büroschluss, sie kam aus dem Kaufhaus Hertie und schob ihr Rad über die Berliner Straße. Er war nicht allein, hatte seinen Arm um die Schultern eines anderen Mädchens gelegt. Ein Stich in ihrem Innern. Später erfuhr sie, dass es Barbara war, die mit ihren Eltern über der Eisdiele, dem Rathaus gegenüber, wohnte.

Dann klingelte eines Mittags Flux, Raimondos Freund, Sohn eines Gütersloher Rechtsanwalts, bei Anne an der Haustür.

Sonntag, 26.2.1967

Gestern hatte ich gerade mein neues Kleid angezogen und kämmte mich im Badezimmer, als Mama mir sagte, ich solle rauskommen. Und wer ist da? Flux! Wenn ich überall drauf gekommen wäre, aber nicht darauf. Er fragte mich, ob ich nachher mit ihm zur Discothek kommen würde. Ich habe natürlich gelacht und gefragt, was mit ihm los wäre? Er sagte mir dann, daß er mit mir gehen will. Er kann natürlich unmöglich gleich eine Antwort von mir erwarten. Ich bin dann um ¼ nach 5 mit dem Bus in die Stadt gefahren, und er hat mich vom Bahnhof abgeholt. Den ganzen Weg hat er dann auf mich eingeredet und gesagt, daß ich ja sagen solle. Kurz vor der Discothek sagte er, ich solle ihn bei dem Schild angucken, und das hieße dann ja. Doch ich muß mich erst einmal daran gewöhnen, ihn aus einer ganz anderen Sicht zu sehen. Es war kernig in der Discothek. Die ganze Clique war da, auch Raimondo und Barbara.

Ich hätte mich totlachen können, als Flux mir sagte, er hätte vorher erzählt, er müsse noch jemanden abholen. Sie hätten alle gefragt: Wen? Müssen die geguckt haben, als er dann mit dem Arm um mich hereinkam. Flux sagte, Barbara würde mich mit Blicken

töten. Raimondo war manchmal wieder selten albern. Z. B. sagte er zu Flux: „Du rauchst so viel. Bist Du nervös?“ – Billig –.
Um 10 nach 8 bin ich nach Hause gefahren. Ich weiß wirklich nicht, ob ich mit Flux gehen soll. Niemals wäre ich von selbst auf diese Idee gekommen. Manchmal habe ich das Gefühl, mit überhaupt keinem gehen zu können, oder ich denke noch zuviel an Raimondo.

Montag, 27.2.1967

Gestern war Flux dann um ¼ nach 12 kurz da und hat wegen nachmittags Bescheid gesagt. Um 5 Uhr ist er dann gekommen und hat mich abgeholt. Wir sind nach Bielefeld in die Klause gefahren, die aber erst um 6 öffnete. Es war eine gemütliche Zeit, um Hit-Parade zu hören. Die Klause ist sehr dunkel und sehr laut. Flux sagte plötzlich: „Komm, wir fahren mal ein bißchen herum.“ Er fuhr dann hinaus in die Bielefelder Berge, womit ich ehrlich nicht gerechnet hatte. Es war schön, aber anstrengend. Flux ist gewitzt. Unsere Köpfe und Beine sind naß geworden, denn es regnete. In der Klause sind wir dann nicht mehr lange gewesen und sind zur Discothek nach Gütersloh gefahren. Raimondo war nicht da, er soll im Vereinshaus gewesen sein. Um ¼ vor 10 war ich wieder zu Hause. Manchmal kommt mir alles wie Kinderei vor, doch man nimmt es in einem gewissen Grade ernst.

Am Montagmorgen zu Hause, als Anne an der Garderobe im Flur vorbeiging, fiel ihr Blick auf den Mantel mit dem breiten Stoffgürtel und den goldenen Knöpfen, den sie am Abend zuvor getragen hatte. Zu Beginn des Winters hatte sie ihn marineblau färben lassen. Helle graue Flecken auf dem Schoß! Abkratzen, sofort, bevor die Mutter es sieht. Aber die Flecken waren verklebt und hart. Schnell nahm sie den Mantel, ging mit ihm ins Badezimmer und wusch die Flecken mit Wasser aus. Im Auto in den Bielefelder Bergen hatte sie den Mantel nicht ausgezogen, nichts hatte sie ausgezogen. Und sie hatte auch nicht bemerkt, zu welchen Höhen Flux sich aufgeschwungen hatte und was da bei ihm abging, als er auf ihr lag. – Ist es möglich, dass sie so naiv war? Man glaubt es nicht. Egal. Was soll diese fromme Rechtfertigung? Was für ein Unsinn.

Hattest du doch was

Im Sommer, im Juli, verreiste meine Mutter zum ersten Mal in ihrem Leben. Sie war neununddreißig Jahre alt, erschöpft, und ihre Hausärztin hatte eine Kur bei der Rentenversicherung für sie beantragt. Eines Morgens fuhr mein Vater mit dem Auto, um meine Mutter in der „Pension Kramer", wo sie während der Kur wohnte, in Olsberg im Sauerland zu besuchen. Abends, als er wieder zu Hause war, forderte er mich auf, meiner Mutter sofort zu schreiben. – Was sollte das für einen Sinn haben? Er kam doch gerade von ihr. Was hatte er denn? Sollte er doch selbst schreiben. Er konnte es doch. Seinen Namen unter meine Zeugnisse schrieb er klar, gestochen scharf – nicht in der alten deutschen Schrift meiner Mutter, sondern in lateinischen Buchstaben, wie ich sie schrieb. Er war angespannt, ließ nicht locker, also schrieb ich:

> Avenwedde, den 16.7.1967
>
> Liebe Mama!
>
> Es ist gleich schon halb zehn. Doch damit Du Dich nicht lange sorgst, schreibe ich Dir sofort, daß Papa gut angekommen ist. Er will die Karte gleich noch zur Post bringen. Du kannst die ganz kurze Zeit also noch voll genießen, und es wird sicher noch etwas dauern, bis Du es wieder so gut hast wie jetzt. Daß Frau Dr. Hauertmann mich nicht krank geschrieben hat, hat Papa Dir sicher schon erzählt. Ich bin deshalb ganz froh, daß Du bald wiederkommst. Also, ab die Post und noch gute Erholung wünscht Dir
>
> Anne

Diesen Brief habe ich gefunden, nachdem meine Mutter gestorben war. Er lag zusammen mit vielen anderen, die ich ihr in den folgenden dreißig Jahren geschrieben habe, in einem Schuhkarton. Auch den Umschlag dieses Briefs hat sie aufgehoben, vielleicht wegen des Seidenpapiers, mit dem er gefüttert ist. Als hätte man einen Kleiderstoff fotografiert, schwarz-weiß kariert, ein Hahnentrittmuster. Darauf gezeichnet eine Rose. Die Blüte rot. Am Fuß der Rose, gedruckt in einer geschwungenen Schrift: pour vous! – Am späten Abend noch fuhr mein Vater ein paar Kilometer mit dem Auto und brachte den Brief zur Post.

Es war in der Zeit, als ich bei der Stadtverwaltung arbeitete; ich hatte die Ärztin um eine Krankschreibung gebeten, weil ich den Haushalt für meinen Vater und meinen Bruder „richtig" führen wollte, aber die Ärztin hatte es abgelehnt, mich krank zu schreiben.

In dem Sommer war ich viel allein. Nachdem Raimondo mit mir Schluss gemacht hatte, fand ich keinen neuen Freund. Meine Freundin Ulrike wurde medizinisch-technische Assistentin in Münster, Liesemarie hatte eine Stelle als Au-pair-Mädchen in London gefunden. Einmal war ich an einem heißen Samstag gleich nach Büroschluss im Parkbad schwimmen gewesen. Meine Mutter war vor ein paar Tagen aus der Kur zurückgekommen, und als ich zu Hause mein Rad auf die Deele schob – die Haustür stand offen – hörte ich sie in der Küche.

„Ach. Hör auf damit."

Dann mein Vater: „Was war denn da?"

Sie rief: „Das bildest du dir ein."

Im Flur roch es nach Möbelpolitur, die Küchentür stand offen. Ich grüßte, bekam aber keine Antwort. Mein Vater stand im Unterhemd hinter dem Tisch neben dem Radio, eine Hand in der Hosentasche, in der anderen eine Zigarette. Er nickte mir geistesabwesend zu. Meine Mutter, in einem ärmellosen Kittelkleid, Lockenwickler im Haar, ihre Haut gebräunt. Sie wischte mit einem Lappen über die Deckplatte der Anrichte, zeigte mir ihren Rücken, schaute gar nicht auf. Ich hatte Hunger, versuchte an den Schrank zu kommen, aber sie bewegte sich vor der Anrichte hin und her und versperrte die Tür zum Brotfach.

Mein Vater nahm einen tiefen Zug aus der Zigarette.

„Der dich da auf deinem Zimmer besuchen wollte! Wer war das denn?" Er ließ meine Mutter nicht aus den Augen. Seine Haut war fahl, seine Nase irgendwie spitzer geworden.

Meine Mutter legte ihren Zeigefinger auf die Öffnung der Politurflasche, schüttelte, ließ ein paar Tropfen auf den Lappen fallen und beugte sich wieder über die Anrichte. Mit beiden Händen und dem Gewicht ihres Oberkörpers schob sie den Lappen über die Holzplatte. Der Stoff ihres braun-gelben Kittels spannte sich, das Rautenmuster verzog sich um ihren Körper.

Mein Vater griff nach der Bierflasche auf dem Tisch.

„Was wollte der denn? Was klopft der denn an deine Tür?“ Er trank einen Schluck, ging von einer Seite des Tischs auf die andere Seite hinüber, stellte sich neben meine Mutter, drängte sich an sie heran und versuchte ihr in die Augen zu schauen. Aber sie schob ihn mit dem Ellenbogen beiseite, beugte sich noch tiefer über den Schrank, rieb mit großem Druck darauf herum. Das Holz glänzte fettig.

„Wie du mit ihm geredet hast an der Tür!“ Er äffte meine Mutter nach, drehte seine Stimme hoch, überspitzte:

„Nein! Mein Mann ist da! Heute geht es nicht!“ Seine Stimme brach.

„Euer Gekicher an der Tür!“ Er griff zur Flasche, sein Kehlkopf bewegte sich auf und ab, harte Schluckgeräusche!

„Hol mal ’ne Neue“, sagte er zu mir und stellte die leere Flasche auf den Tisch.

Als ich die Stufen aus dem Keller wieder hinaufstieg, hörte ich:

„Mit dir zum Tanzen!“

Steif wie eine Figur auf einem Sockel stand mein Vater hinter meiner Mutter.

„Lass mich in Ruh!“, sagte sie und ging mit Politur und Lappen durch die offen stehende Tür ins Wohnzimmer.

Er folgte ihr.

„Der! Was war denn da?“

Im selben Moment kam sie mit dem Putzzeug in der Hand wieder aus dem Wohnzimmer heraus, lief durch die Küche und die Treppe im Flur hinunter. Die Kellertür klappte.

Er blieb in der Küchentür stehen und rief hinter ihr her:

„Mit dem hattest du doch was!“

Im Schrank lag ein frisches Brot vom Bäcker Wiesrecker, mein Lieblingsbrot, ein Graubrot. Ich schnitt mir schnell zwei Scheiben ab, strich Schmierkäse darauf und ging mit den Broten in mein Zimmer.

Donnerschlag

Ein halbes Jahr später – ein Jahr, nachdem Raimondo mit mir Schluss gemacht hatte – schrieb ich in mein Tagebuch:

9.1.1968

> Sicher ist alles Kinderei – oder so etwas wie eine Vorlaufbahn auf etwas Großes. Ich kann mich einfach nicht entschließen, mich wieder zu verlieben. Außerdem habe ich zur Zeit Komplexe. Vielleicht sind sie berechtigt, aber ich muß sie überwinden, und ich weiß, daß ich es schaffen werde. Vielleicht liegt es an diesen Komplexen, daß ich so gefühlskalt geworden bin. Das schlimmste ist, daß mir keiner helfen kann, ich bin völlig auf mich selbst gestellt. Immer noch denke ich an Raimondo. Ob es bloß die nachträgliche Verherrlichung ist oder etwas Echtes, weiß ich nicht. Man ist ja auch sich selbst gegenüber viel zu unehrlich und kennt sich nicht völlig.
>
> Aber ich glaube, ich habe eine gewisse Bedeutung darin erkannt, daß mit Raimondo Schluß ist. Wäre ich weiter mit ihm gegangen und hätte Spaß mit ihm gehabt, wäre mir sicher niemals aufgegangen, wie langweilig es auf der Stadtverwaltung war oder jedenfalls nicht das Richtige für mich. Ich habe es noch keine Sekunde bereut, daß ich wieder zu Schule gehe, und es macht mir riesigen Spaß. Ich glaube, daß es wirklich so richtig für mich ist. Ansonsten hätte ich sicher bald irgendjemanden geheiratet, nur um aus der Langeweile herauszukommen.

Die Logik einer Siebzehnjährigen. So legte das Mädchen nachträglich Sinn in die Ereignisse hinein. Ein paar Wochen nachdem ihre Mutter im letzten Sommer aus der Kur zurückgekommen war, hatte Anne in der „Glocke“ gelesen, dass am Jungen-Gymnasium in Gütersloh eine Aufbaustufe eingerichtet würde, in der Realschüler Abitur machen könnten. Das erste Mal sollten auch Mädchen an der Schule zugelassen werden. Es war früher Abend, sie saß im Liegestuhl im Garten, hinter ihr die Garage, vor ihr Gemüsebeete und Rasen. Sie las den Artikel ein zweites Mal und ging mit der Zeitung in die Küche. Ihr Vater hörte gerade Nachrichten im Radio, die Mutter arbeitete in der Ecke. Anne breitete die Zeitung auf dem Tisch aus, und als die Nachrichten zu Ende waren, fragte sie, ob sie in die Aufbaustufe gehen dürfe.

Ihr Vater schaute sie an. „Abitur? Donnerschlag!" Er lachte. „Jetzt bist du wohl übergeschnappt."

Die Mutter drehte sich kurz zu ihr hin, runzelte die Stirn, schüttelte den Kopf. „Nein, das geht doch nicht", sagte sie leise und suchte aus den Haufen auf ihrem Tisch passende Federn heraus.

Der Vater stand vom Tisch auf, stellte sich neben das Radio und zündete sich eine Zigarette an. „Du? Abitur? – Was willste denn damit?"

„Bei der Stadt ist es so langweilig."

„Pah!" Er fuhr mit der brennenden Zigarette in der Hand durch die Luft, schlug sie nach unten hinter sich. „Langweilig. Du hast Sorgen." Er lachte, zog den Mund zur Seite. „So ein Blödsinn. Jetzt biste bei der Stadt. Da machste dir noch nich mal die Finger schmutzig. Da bleib man."

„Ach, Papa!"

„Was soll *ich* denn sagen? Oder deine Mutter." Wieder fuhr er mit der Zigarette in der Hand durch die Luft, als wolle er etwas hinter sich werfen. „Geh mir doch los!" Er ging aus der Küche in den Keller und kam mit einer Flasche Bier zurück. Als er sie geöffnet hatte, stellte er sich mit der Flasche in der Hand zurück auf seinen Platz neben das Radio.

„Ich halte das aber nicht aus bei der Stadt", sagte Anne.

Während der ganzen Zeit suchte die Mutter Federn aus verschiedenen Haufen auf ihrem Tisch heraus, hielt die ausgewählten fest in einer Hand und wand eine Gummilitze um das untere Ende der Federn. Jede Minute ließ sie ein fertiges Büschel fast lautlos neben sich in einen Karton auf dem Fußboden fallen.

Der Vater starrte auf den Aschenbecher mit Goldrand – ein Geburtstagsgeschenk von Anne – der auf dem Radiotisch neben ihm stand. Zwischen zwei leicht nach oben gebogene Glasplatten hatte sie Zigarrenbanderolen geklebt, die sie bei Verwandten gesammelt hatte. Er benutzte den Aschenbecher fast nie. Jetzt legte er seine Zigarette darauf ab, wischte sich mit einem Taschentuch über die Stirn.

„Lass mich in Ruhe damit“, sagte er. Seine Augen verengten sich. „Abitur kommt nicht in Frage. Wenn hier einer Abitur macht, dann ja wohl dein Bruder.“ Er löschte die Zigarette im Aschenbecher auf dem Küchentisch, drückte die kleine Stange nach unten. Der Deckel senkte sich, brummte, die Kippe verschwand im Topf, Teergeruch trat heraus. Er schaute kurz zu Anne. „Du heiratest ja doch“, sagte er und verließ die Küche.

Anne faltete die Zeitung zusammen und warf sie in das Fach unter dem Radio.

In den folgenden Tagen fragte sie immer wieder ihre Mutter, ob sie nicht doch dürfe. Sie gab nicht nach, bis die Mutter zwei oder drei Wochen später mit ihr zu Herrn Hüttl, der in Gütersloh in der Nähe der Realschule wohnte, fuhr. War Herr Hüttl ihrem Vorhaben gegenüber skeptisch? Er sprach kaum mit ihnen, schrieb aber die notwendige Empfehlung für das Gymnasium. Sie kündigte bei der Stadt Gütersloh, und ab September 1967 ging sie auf das Evangelisch-Stiftische-Gymnasium – die Schule, auf die auch Raimondo und seine Clique gegangen waren.

Wie Mutter und Vater damals lebten

Ich vermute, meine Eltern haben darüber gesprochen, ob sie mich auf das Gymnasium gehen lassen, als ich keine Ruhe gab. Ich glaube nicht, dass meine Mutter gegen den Willen meines Vaters mit mir zu Herrn Hüttl gefahren wäre. Ich nehme an, dass meine Mutter meine Fürsprecherin war und mein Vater sich schließlich nicht mehr auflehnte. „Tja, wenn du meinst", wird er wohl resigniert zu ihr gesagt haben. – Mit mir hat er nie wieder über das Thema gesprochen.

Vielleicht dachte er damals, es sei an der Zeit, meiner Mutter das Leben zu erleichtern. Vielleicht wollte er, dass sie weniger arbeiten müsse, dass sie mehr Freiheit habe. Vielleicht war es *noch* ein Versuch, meiner Mutter zu zeigen, dass er an ihrer Seite stand, dass er sie unterstützte. Aber meine Mutter war nicht empfänglich für seine Bemühungen. Sie begann zu der Zeit schon, nicht mehr auf ihren Mann, sondern auf ihre Kinder zu setzen. Sie hatte gesehen, wie ich auf der Abschlussfeier in der Turnhalle der Realschule nach vorne ging und einen Preis bekam. Ihre Tochter! Ihr Sohn war achtzehn, machte eine kaufmännische Lehre, erledigte die Geschäfte auf der Sparkasse, schrieb notwendige Briefe an Behörden auf der Schreibmaschine „zehn-Finger-blind" – er war damals schon so etwas wie der „bessere Mann" an ihrer Seite.

Und wie hätte meine Mutter reagiert, wenn mein Vater sich dafür ausgesprochen hätte, dass ich zum Gymnasium gehe? Hätte sie ihm dann Vorwürfe gemacht und gesagt: Clemens, für deine Tochter tust du alles, und wo bleibe ich? – Wer weiß? So hat mein Vater es meiner Mutter überlassen, die „Gute" zu sein.

Er war damals einundvierzig. Seit mehr als zwanzig Jahren arbeitete er Früh-, Spät- und Nachtschicht wochenweise im Wechsel, war ein zuverlässiger Arbeiter in der Weberei Bartels. Außer dem einen Mal, als er sich in den 1950er Jahren die Hand mit Klebstoff verbrannt hatte, war er nie krank. Zu Hause arbeitete er im Garten auf dem Gemüseacker, mähte Rasen, saß am Küchentisch und las Zeitung, schaute Fernsehen. Mit seinem Auto fuhr er mit meiner Mutter zum Einkaufen. Er trank.

Meine Eltern hatten keine Freunde damals. Sie hatten vierzehn Geschwister, meine Mutter neun, mein Vater fünf. Allerdings wurde der älteste Bruder meines Vaters, Heinz, als Soldat im Zweiten Weltkrieg getötet, deshalb waren es damals nur noch dreizehn Geschwister. Alle dreizehn heirateten in den 1950er und 1960er Jahren, so hatten meine Eltern auch dreizehn Schwägerinnen und Schwäger – nur noch zwölf, nachdem Alfons gestorben war. Zusammen also fünfundzwanzig Brüder, Schwestern, Schwägerinnen und Schwäger – Arbeiter in gelernten Berufen, „Hilfsarbeiter" und Hausfrauen – alle lebten in Gütersloh und Umgebung. Kamen sie zu Besuch in unser Haus, saßen sie in der Küche am Tisch; im Sommer hinter dem Haus auf der weißen Gartenbank und den olivgrün und orangefarben lackierten Stühlen. Eigene Positionen, Schmerzen, Unglück – es gab keinen Raum, kaum einen Platz, darüber zu sprechen. Ich hörte: „Jeder hat es selbst schwer genug und muss sehen, wie er zurechtkommt."

Die jüngere Schwester meines Vaters, Mathilde, die sieben Kinder hatte und keinen Mann mehr, fuhr zum Eierholen in ihr Elternhaus über unseren Weg. Wenn sie meinen Vater sah, stieg sie vom Rad ab und redete auf dem Weg oder in unserer Hofeinfahrt stehend eine halbe Stunde mit ihm. Johann, der jüngste Bruder meines Vaters, der Bauer, ging zusätzlich zur Landarbeit – das Geld war knapp auf dem Hof – im Winter hausschlachten. Er hatte kaum Zeit für ein Gespräch. Manchmal ging mein Vater, wenn seine Mutter Maria auf dem Feld vor unserem Haus arbeitete, zu ihr hin, und sie unterhielten sich eine Weile. Sie war Mitte siebzig, stützte sich auf ihre Harke oder Schaufel, und sie tauschten Neuigkeiten aus dem Dorf und der Familie aus. Ich sah ihre Vertrautheit und den Respekt, mit dem sie sich begegneten.

Die engste Vertraute meiner Mutter war ihre Schwester Anni. Aber Anni und ihr Mann Heiner hatten inzwischen zwei Kinder bekommen, und die Feiern mit Keller-Schwarze-Katz-Bowle fanden nicht mehr statt.

Mein Vater verstand sich gut mit Kurt, einem jüngeren Bruder meiner Mutter. Kurt arbeitete auch bei Bartels und war ein sanfter, freundlicher Mann, der immer ein wenig traurig aussah. Mein Vater und Kurt tranken manchmal zusammen. Konnten sie sich über ihre

Eltern bzw. Schwiegereltern Margarete und Otto miteinander verständigen? Ich weiß nichts darüber, aber ich spürte ein Einverständnis zwischen ihnen.

So war, grob gesehen, das Leben meines Vaters Clemens Ende der 1960er Jahre.

Und Clemens' Tochter, Anne, was machte sie? Welche Rolle spielte sie? – Sie lernte Latein, übersetzte Cicero-Texte. Las Kant. Nachmittags ging sie in eine freiwillige Arbeitsgemeinschaft, die der Direktor des Gymnasiums Dr. Hajek leitete. Philosophie. Ist der Tisch, der hier steht, wirklich oder existiert er nur, weil ich ihn sehe? Solche Fragen diskutierte sie. Die Zusammenstöße mit ihrem Vater wurden heftiger in der Zeit, als sie zum Gymnasium ging, 1967 bis 1970. Es waren die letzten Jahre in ihrem Elternhaus. Aus den Einträgen in ihrem Tagebuch kann man schließen, dass es gewaltige Zusammenstöße gab. Aber die Notizen liefern nur wenige Informationen über das, was vorfiel. Wenig Greifbares. Stattdessen: flüchtige Geistes- und Seelenzustände, Gefühlsausbrüche einer Siebzehn-, Achtzehn-, Neunzehnjährigen.

Nach dem Wechsel auf das Gymnasium hatte Anne ja geschrieben, dass sie sich *einfach nicht entschließen* könne, sich wieder zu verlieben und dass sie *gefühlskalt* geworden sei. Sie war eine Spätentwicklerin. Nicht nur, dass sie immer noch, wie ihr Vater vor drei Jahren gesagt hatte, eine Hühnerbrust hatte, sie menstruierte auch nicht. Sie war siebzehn Jahre alt, da nahm die Mutter sie mit zur Hausärztin, die eine Hormonbehandlung verordnete. Das „kaufmännische Schema“, so nannte die Ärztin die Behandlung, wurde auf Anne angewandt. In Abständen von ein paar Wochen bekam sie Hormonspritzen, bis die Menstruation einsetzte. Mutter und Ärztin wollten, dass sie menstruierte. Warum eigentlich? Anne wusste nicht, was das sollte. Sollte sie schwanger werden? Was ging es die Mutter und die Ärztin an?

Und dann passierte es. Julius ging im Gymnasium in dieselbe Klasse wie Anne. Er war ein Jahr jünger als sie, schlaksig und sportlich, hatte dunkelbraune, lockige Haare. Als sie gleich in den ersten Wochen auf dem Gymnasium ins Krankenhaus kam (reißende Schmerzen im Bauch, ein Nierenstein), besuchte er sie dort. Im Frühling 1968 lud er sie zu sich nach Hause ein in die Mietwohnung, in der er mit seinen Eltern in der Nähe des Gütersloher Hallenbads wohnte. Er ging mit ihr an der Dalke spazieren, fasste nach ihrer Hand; sie setzten sich ins hohe Gras, das am Ufer des Flusses wuchs, und er küsste sie. Anne wurde bald achtzehn.

Nun geht's los. Der Hang der Jugend zur Umarmung! Naivität. Sexualität. Poetische Anwandlungen. Hatte Anne in den Jahren zuvor Raimondo und die anderen Jungs draußen auf dem Hof stehen lassen, nahm sie Julius mit in ihr Zimmer. Sie schleuste ihn hinein, nach Möglichkeit so, dass er weder ihrer Mutter noch ihrem Vater begegnete und keinen Blick in die Küche werfen konnte. Wenn sie wusste, dass er zu Besuch kommen würde, verstaute sie ihre Bettdecke in der von Onkel Jupp gezimmerten Kiste und breitete eine sonnengelbe Tagesdecke über der Matratze auf dem Bett aus. Unzählige Nachmittage und Abende verbrachten sie zusammen auf dem Bett sitzend, liegend, redend. War es kalt im Zimmer, schaltete sie den elektrischen Heizlüfter ein. Spätabends um elf oder halb zwölf stieg ihr Vater manchmal oben aus dem Bett, kam die Treppe herunter und klopfte an die Tür: „Jetzt ist aber Schluss!" Dann fuhr Julius nach Hause.

Er hatte zwei Schwestern, sie waren zwölf bzw. fünfzehn Jahre älter als er. Eine seiner Schwestern wohnte in einer Villa am Stadtpark in Gütersloh. Sie hatte schon Kinder und war mit einem Sohn eines Gütersloher Wurstfabrikanten verheiratet. Im Herbst 1968 heiratete Julius' zweite Schwester, Sigrid, den zweiten Sohn des Wurstfabrikanten. Zwei Schwestern verheiratet mit zwei Brüdern. Anne wurde Brautjungfer auf der Hochzeit von Sigrid und Helmut. Sie kaufte sich im Gütersloher „Restehaus" drei Meter purpurroten Samt und nähte sich ein bodenlanges Kleid, unter der Brust gekräuselt, umlaufend unter der Brust und an den Puffärmeln eine goldfarbene Borte mit weißen Perlen. In die blonden, sonst glatten schulterlangen Haare drehte sie Korkenzieherlocken und machte sie mit Zuckerwasser haltbar. Während des Hochzeitsmahls und später beim Tanz schauten die Gäste immer wieder verstohlen zu Julius und Anne hin. Sie waren siebzehn und achtzehn Jahre alt und sie erregten so viel Aufmerksamkeit wie das Brautpaar.

Was konnte Vater Clemens tun, als seine Tochter sich ein Prinzessinnenkleid nähte? Welche Möglichkeiten blieben ihm? Julius' Vater war Direktor des Mädchen-Gymnasiums Gütersloh. Clemens sah, wie seine Tochter ihr Näschen rümpfte, wenn sie in die Küche kam, weil ihr die Gerüche dort nicht gefielen. – Vielleicht sagte Vater Clemens etwas Abfälliges über das Prinzessinnenkleid? Sie schrieb in ihr Tagebuch:

8.11.1968

> Ich will gleichgültiger werden. Sonst sterbe ich. Alle haben Gleichgültigkeit in sich. Mir fehlt sie! Es ist mir sehr ernst damit – deswegen, weil ich auch einmal glücklich sein will!

Ein melodramatischer Ton? Ihre Schrift groß und krakelig, ganz aus den Proportionen geraten. Es deutet darauf hin, dass sie die Fassung verloren hat. Der Vater hat wohl mehr als nur Abfälliges über das Kleid gesagt. Vielleicht war er betrunken. Es muss etwas Schwerwiegendes gewesen sein, etwas, das unter die Haut ging. Aber sie weiß nicht mehr, was passiert ist. Sie hat es nicht aufgeschrieben.

Als sie schon lange nicht mehr in ihrem Elternhaus wohnte, fast zwanzig Jahre später, träumte sie von ihrem Vater.

25.11.1987

> Auf einem Flughafen. Alle Leute sind schon da. Ich flehe verschiedene, die noch kommen, an, mich im Aufzug mitzunehmen – Kollegen von mir, Bill Wilson und andere, aber sie gehen schnell und lachend weiter. Ich weiß nicht, in welchem Stockwerk ich aussteigen muß. Oben komme ich in einem Zimmer an. Da liegt jemand und schläft. Er grinst mich an. Es ist Papa! Er ist schon früher gekommen. Er ist besoffen. Er hebt seinen Oberkörper an, stützt sich auf einen Arm, redet aggressiv gegen mich. Er kann sich nicht mehr halten und fällt zurück auf's Bett. Seine Augen fallen zu.

Bedroom party

Im April 1969, ein Jahr vor dem Abitur, fuhr die „Aufbauklasse" des Gymnasiums mit der Klassenlehrerin Fräulein Brockmann und einem amerikanischen Begleitlehrer zehn Tage nach London. Mit dem Zug von Gütersloh nach Hamm, Köln, Ostende; drei Stunden Schifffahrt nach Dover; und noch mal eine Stunde mit dem Zug.

Trafalgar Square, Houses of Parliament, Downing Street No. 10, Piccadilly Circus, St. Paul's, White Hall, Westminster Abbey, Buckingham Palace. – „Alles alt, sehr alt", schrieb Anne in ihr Tagebuch.

Tower Bridge – „etwas enttäuschend". Vorher auf den Bildern habe alles viel imposanter und farbenprächtiger ausgesehen. Möglicherweise hinge das aber auch mit ihren müden Augen zusammen, schrieb sie.

„Weil es sonntags angeblich öde sei in der Stadt", mit dem Bus aufs Land gefahren. Hampton Court, Windsor Castle. – „Nun ja."

An einem wunderschönen Morgen im Zoo. „War das im Regent's Park?"

Einen Tag in Canterbury. Die Kathedrale fand Anne großartig. Besonders die Glasfenster gefielen ihr, schrieb sie. Auf der Rückfahrt nach London suchten sie und Julius im Zug ein leeres Abteil, um zu schlafen.

An einem anderen Tag in Cambridge. Devon tea getrunken, cream cake gegessen. – „Uralte Stadt. Ein paar hundert Jahre alt. Viele Miniröcke auf der Straße."

Mit Julius in einer Fotoausstellung und auf einem Antique Market, dem Portobello Road Market gewesen.

> Wir hatten sonniges Wetter und schlenderten gemütlich durch die Straße. Es gab dort nichts besonderes zu kaufen, viel alter Plunder, mit einigen Ausnahmen vielleicht. Habe ihn mit einem bowler hat auf dem Kopf photographiert. Steht ihm.

National Gallery. – „Sehr alte Bilder."

Richmond Park, Kew Gardens. – „Schön." Frühlingswetter, kalt, aber die Sonne schien. „Narzissen blühten all over the place." Anne breitete ihre dunkelbraune Fohlenjacke, ein Geschenk von Julius' Mutter, auf dem Rasen unter einer Eiche aus und schlief. Das Leder der Jacke war mürbe, hatte Risse und Löcher; nur das Futter war neu, roter Taft, den Anne eingenäht hatte. – Julius' Mutter hatte die Jacke 1945 auf der Flucht aus Königsberg getragen.

Nachmittags mit Julius auf dem Zimmer.

> Liane hat mich ganz schön erschreckt, als sie reinkam, weil ich dachte, sie sei Fräulein Brockmann.

Am Abend im Theater, Edward Albee, Delicate Ballads. An einem anderen Abend Agatha Christie, Mousetrap. Sandie Shaw in einer Show gesehen. „Dufte." Hinterher in einem Jazz Club in der Oxford Street. Den Zettel aus der Tasche geholt. Fräulein Brockmann hatte in der letzten Englischstunde in Gütersloh noch diktiert, was man trinken könne: „orange, stout, lager, cider, gin and tonic, bitter lemon, sherry (sweet)". Auf dem Zettel auch die Adresse des Hotels, in dem sie wohnten. „Hillbrow Hotel, 24 Leinster Square, LoW2."

> Zunächst waren wir hell begeistert von unserem Hotel – Teppiche usw. im Gegensatz zu den früheren Jugendherbergen – aber inzwischen ist uns aufgefallen, daß es hier ziemlich schmutzig ist.

Zum Ende der Reise, Freitagabend, eine bedroom party. Die ganze Klasse und die Lehrer in einem einzigen Raum mit sechs Betten. Musik vom Kassettenrecorder. Moody Blues, Beatles, Clearwater Revival. „Tapir hat mit mir getanzt." Anne fotografierte auf der Party, das letzte Foto des Films belichtete sie aus Versehen doppelt. Fräulein Brockmann, kurze blonde Haare, sitzt zurückgelehnt auf einem Bett, hält ein Glas zur Kamera hin und lächelt. Neben ihr liegt Hunter auf Pante. Tapir beugt sich über Barbara. Lianes Arm unter Siegfrieds Popo.

> Fräulein Brockmann meinte, die große neue Idee zu haben und hatte keine Ahnung, daß unsere Clique allabendlich – oder besser allnächtlich – so etwas veranstaltete. Es war einigermaßen nett, gab viel zu essen und zu trinken. Apple pie and custard. Doch unsere „privaten Feten" haben mir weitaus besser gefallen.

In der Woche zuvor, donnerstags bei der Ankunft, war die Klasse nach Jungen und Mädchen getrennt in die Zimmer einquartiert worden. Gleich am folgenden Abend, freitags, startete in Annes Zimmer „(direkt neben dem von Julius) eine Klassenfete, die bis zum anderen Morgen dauerte". 23 Uhr – Nachtruhe im Hotel. Zimmertausch. Paarbildungen. In die Betten. Brigitte und Jochen. Anne und Julius. Drei Betten standen mit den Kopfenden an der Wand ohne Lücke nebeneinander. Wer lag im dritten Bett? Egal. Spannender war, was unter der eigenen Bettdecke geschah. Anne tauchte ab. Der Körper! Die Strümpfe ausziehen. Haut, nackt. Kichern. Seufzen. – Keine Kopulation! Nein! Sie glaubte nicht, dass es unter einer der Bettdecken dazu kam. Sie meinte, das ginge zu weit. So weit seien sie nicht gewesen, sagte sie später einmal. – Trotzdem waren die Mädchen in den nächsten Wochen voller Angst, schwanger zu sein. Man weiß ja nie.

Fräulein Brockmann war diskret. „Kernig." Sie kontrollierte nicht in den Zimmern. – Ein paar Jahre nach der Klassenreise wurde sie schwanger und starb bei der Geburt ihres Kindes.

Der Rückreisetag, ein Samstag. St. Martin in the Fields besichtigt, mittags ein Orgelkonzert in der Kirche. – „Zu müde, um zuzuhören." In der Oxford Street kaufte Anne ein Paar knallrote Stöckelschuhe.

> Bei der Rückfahrt zum Bahnhof wäre ich fast auf einer Toilette zurückgeblieben. Zufälligerweise hatte ich Bernadette Bescheid gesagt. Sie kam angekeucht und rief mir zu, daß der Zug schon da sei. Im letzten Augenblick taumelte ich noch in die U-Bahn hinein, ohne mir vorher die Hose richtig zugemacht zu haben.

Der Zug von London nach Harwich fuhr abends um acht. Die Nacht bis zum nächsten Morgen um sechs verbrachten sie auf der Nordsee auf einer Fähre nach Holland.

> Nachts auf dem Schiff hatte ich Geburtstag. Ich glaube, die kurze Zeit nach 12 Uhr werde ich nie vergessen. Julius und ich haben draußen auf Deck gesessen. Es war furchtbar stürmisch und romantisch. Wir haben uns – nur für uns beide – verlobt. Man könnte sagen, daß dieses völlig bedeutungslos ist, doch ich glaube eher das Gegenteil. Bei uns ist es jedenfalls keine Formsache gewesen. – Am Morgen ist es genauso schön gewesen. Wir haben zusammen im Zug gefrühstückt – es war ein herrliches

Gefühl. Ich glaube, ich hatte noch nie ein so tolles „Geburtstagmorgengefühl".

Da war es: „Ich will auch einmal glücklich sein!"

Mit dem Zug von Hook in Holland nach Löhne, mittags in Gütersloh. Alltagstrapp – aber auch der ist manchmal nicht schlecht, so z. B. heute, nachdem ich so erleichtert bin!!

Primitiv

Ein paar Wochen später im Mai verreisten Julius' Eltern für ein Wochenende und Anne sagte zu ihrer Mutter, sie führe nach Münster, ihre Freundin Ulrike besuchen. Drei Tage, zwei Nächte mit Julius allein in der Wohnung in Gütersloh. Was man mit dem Körper alles machen kann!

Sonntag, 15.5.1969

> Wir sind frech geworden, aber was sollen wir nur tun. Es ist wirklich nicht einfach für uns. Außerdem gefällt uns die Art im Grunde genommen beiden nicht. Ich fühle mich dann immer so ungerecht isoliert und könnte verzweifeln vor Sehnsucht. Julius geht es bestimmt genauso. Doch das sind Schwierigkeiten, die wir auf die Dauer beseitigen, und es wird, falls das überhaupt geht, noch schöner werden ... Einmal hatte ich plötzlich seinen U. im Mund. Er war süß! Es war ihm peinlich. Er sagte, er hatte das nicht mehr auseinanderhalten können. Es war so wunderschön, daß ich jetzt furchtbar traurig bin, wieder zu Hause zu sein. Als ich heute abend in Gütersloh in den Bus stieg, hätte ich fast geweint.

In dem Sommer planten Annes Eltern das erste Mal zusammen zu verreisen. Alle Leute fuhren irgendwohin, die Tochter war in London, der Sohn war auch schon in London und in der Schweiz gewesen, dann konnten sie ja wohl wenigstens zu einer Kur ins Sauerland fahren.

Nun könnte man denken, die Eltern verreisten zusammen, dann war ja wohl alles in Ordnung zwischen ihnen. Aber so war es nicht.

22.5.1969

> Die Umstände zu Hause sind nicht gerade einfach.

14.6.1969

> Ohne Julius würde ich vollkommen erkalten in dieser lieblosen Umwelt, zu Hause.

Erschöpfung und Verzweiflung der Eltern waren in den vergangenen Jahren gewachsen. Es herrschte eine beständige starke Spannung zwischen ihnen. Ein trauriger und bitterer Zug hatte sich um Clemens' Mund gelegt, seine Körperhaltung war steifer geworden, sein Blick verschlossener. Sein Ton, wenn er überhaupt etwas sagte, war oft aggressiv. Die Mutter zog die Mauer, die sie errichtet hatte, höher. Kälte, Abweisung, Schweigen herrschte im Haus. Anne hatte immer Angst vor dem nächsten Streit, der alles noch schlimmer machen würde.

Die Eltern planten ihre Kur – Anne plante etwas anderes, zwei Monate nachdem sie von der Klassenreise aus London zurückgekommen war, kurz nach dem Wochenende „bei Ulrike in Münster".

> 20.6.1969
>
> Ich bin noch einmal aufgewacht, um etwas zu schreiben, obwohl es schon sehr spät ist. Heute bin ich zum ersten Mal mit Julius Auto gefahren. Wir waren in Verl im Don Juan. – Aber das wollte ich eigentlich gar nicht aufschreiben. Ich habe Gedanken, die mich weitaus mehr beschäftigen. Doch um offen schreiben zu können, bräuchte ich eine Geheimschrift – eigentlich schade, daß man immer so skeptisch und mißtrauisch sein muß und sich nicht einmal im Tagebuch richtig aussprechen kann.
>
> Ich bin jetzt 19 Jahre und vor 14 Tagen habe ich mich entschlossen, gegen die Krankheit vorzubeugen. Ich schwanke jetzt zwischen tausend Gefühlen, und manchmal weiß ich gar nicht, wie ich zu wem stehe. Es ist furchtbar schön, spannend, bedrückend, herrlich – alles zu verschiedenen Zeiten, auf das erste Symptom zu warten. Ebenso hätte ich auch nichts unternehmen können, aber wie soll man sich selbst und seine Gefühle unterdrücken? Wie kann man sicher sein, daß man es schafft – und vor allen Dingen, daß man es überhaupt verdrängen will?
>
> Diese bestimmte Vorbereitung darauf schien mir zunächst unnatürlich, zu rational und kalt. Doch dem gegenüber steht meine Erfahrung in London und bei Julius zu Hause. Es wäre natürlich wundervoll, könnte man es ohne diese rational durchdachten Vorbereitungen wagen – man käme dann nicht in so große Konflikte vorher. – Auch hierzu gibt es einen Gegenpol: Auf diese Weise ist man sich immer bewußt, was geschieht bzw. geschehen wird – es wird kein situationsbedingter Effekt sein! Das ist mir wichtig …

Anne versteckte das Tagebuch im Kleiderschrank zwischen ihrer Wäsche. Es hatte ein Schloss, aber an den Ecken konnte man einen Finger zwischen die Seiten schieben und es so teilweise lesen. Gegen die „Krankheit" vorbeugen, eine Verklausulierung, die zu Anne passte.

Die Sommerferien standen bevor, nur noch wenige Hausaufgaben waren zu erledigen. Julius kam an einem Nachmittag zu Besuch. Die Sonne schien. Sie stellten zwei Liegestühle auf den Rasen unter den Kirschbaum, schauten in den blauen Himmel und träumten davon, in den Ferien zusammen zu verreisen. Die Früchte am Baum wechselten gerade ihre Farbe von grün zu rot. Julius schlug vor, ans Meer zu fahren, an die Ostsee, seine Tante Charlotte in Kiel-Möltenort zu besuchen.

Ein Kreisen um das Kleinste, um das Größte, das Innerste. Alle kreisten mit um das, was Anne bevorstand, Mutter, Bruder und entfernt im Hintergrund der Vater. Anne betrieb ihre Vorbereitungen für das, was sie mit Julius machen wollte, heimlich. Sie ging zu einem Arzt, bekam ein Rezept, das sie ein paar Tage lang zwischen ihrer Unterwäsche im Kleiderschrank versteckte. Als sie auf dem Nachhauseweg von der Schule mit hochgezogenen Schultern in eine Apotheke ging, achtete sie darauf, dass niemand in der Nähe war, der sie kannte. Niemand sollte etwas merken.

In diesen Tagen zerstritt sie sich mit ihrem Bruder. Sie weiß nicht mehr genau, wie es dazu kam. Hatte sie mit ihm diskutiert, was Jungen dürfen und was Mädchen dürfen? Am Abend ausgehen, spät nach Hause kommen, über Nacht wegbleiben? Hatte sie gesagt, ein Mädchen dürfe genauso gut wie ein Junge einmal über Nacht wegbleiben, nicht nach Hause kommen?

20.6.1969

> Es tut mir weh, mit ihm Streit zu haben, aber was soll ich tun nach einer solchen Beleidigung? Solch ein hartes Urteil … Ich kann mich nicht von ihm primitiv nennen lassen und dann dieses ignorieren. Schließlich habe ich auch ein gewisses Maß an Stolz. Jetzt fallen mir die Augen zu.

Anne sprach einige Tage nicht mehr mit ihrem Bruder. Irgendwie hatte er das wohl gesagt, weil sie „etwas mit einem Jungen" hatte. Er sagte es wohl wegen Julius. Jedenfalls ordnete Anne es im Laufe der Zeit so für sich ein. Wusste Paul, was sie vorhatte? Es war ungefähr zwei Wochen nachdem sie sich entschieden hatte, „gegen die Krankheit vorzubeugen", als Paul sie primitiv nannte; es war neun Tage bevor „es" geschah. Ahnte er es? Wollte er es verhindern?

Paul war damals zwanzig. Hatte er an den roten Stöckelschuhen, die sie aus England mitgebracht hatte, erkannt, was bevorstand? Die Ähnlichkeit des Absatzes mit dem männlichen Glied. Das Symbol. Der Code. Yes, I can! I do it! Die Frau zeigt es. Sie hackt mit dem Absatz den Boden. Tack! Tack! Tack! Mit dem wippenden Gang fordert sie den Mann heraus. Sie zeigt, sie ist offen für diese Art von Bewegung. – Der Schuh ist unbequem? Eine Frau in Stöckelschuhen hat andere Prioritäten. Je höher der Absatz, desto dringender ihr Bedürfnis! – Das ist obszön und absurd, wie der Stöckelschuh. Paul hatte es bemerkt. Primitiv war das richtige Wort. Anne war primitiv. Sie folgte ihrem Trieb, diesem uralten Instinkt, sie folgte ihrer Neugier für geschlechtliche Körperteile. Die dunklen Grenzen des Körpers erkunden. Das war ganz tief in ihr drin. Ihr Kern. Wie der Kirschkern in einer Kirsche. Schon als Vierjährige, als sie zu Hause im Garten und auf dem Weg unter den Erlen spielte, folgte sie dieser Neugier (und die Mutter beobachtete es). Und ein paar Monate später, Anne war für zwei Wochen im Elternhaus ihrer Mutter in Friedrichsdorf, das erste Mal allein fort von zu Hause, da war es auch wieder wegen ihrer Neugier für die geschlechtlichen Körperteile. Ganz primitiv! (Das konnte die Mutter natürlich nicht beobachten.) Doch dazu später mehr.

Mit Julius in Urlaub fahren? Gleich das erste Mal als Anne diese Idee ihren Eltern gegenüber erwähnte, hieß es: „Du spinnst wohl. Kommt gar nicht in Frage." Die Kur des Vaters und die Kur der Mutter würden an demselben Ort stattfinden. Allerdings begann die Kur des Vaters erst zwei Wochen später als die Kur der Mutter. Anne sollte, wenn die Mutter fort wäre, für Vater und Bruder den Haushalt führen. Und dann sollte sie in den Sommerferien arbeiten, Geldverdienen. Die Mutter sagte: „Du bist doch gerade erst in England gewesen. Das reicht ja wohl." Anne fügte sich, klar, keine Frage. Es war selbstverständlich für sie, in den Sommerferien arbeiten zu gehen. Aber eine Woche hätte sie doch mit Julius wegfahren können. „Nein. Du brauchst gar nicht weiter zu fragen."

Die Mutter reiste im Juni ab, wieder nach Olsberg im Sauerland wie zwei Jahre zuvor; und Vater Clemens fuhr gleich am ersten Wochenende mit seiner weißen Badewanne hin, um sie zu besuchen. Im Juli, ein paar Tage bevor auch er nach Olsberg abreiste, kam ein Brief von der Mutter, in dem sie schrieb, Paul solle wegen Julius auf Anne aufpassen. Wie stellte die Mutter sich das vor? Sollte Paul nicht zur Arbeit gehen, um seine Schwester zu überwachen? Anne antwortete ihrer Mutter:

11.7.1969

Liebe Mama!
Gestern habe ich mir ein neues Kleid gekauft. Ein Strickkleid, knallrot und so lang wie ein großer Pullover. Jetzt denkst Du wahrscheinlich „oh Schreck, wie das wohl aussieht!" Aber es ist wirklich schick und gar nicht so teuer; 54 DM. Das heißt nein, ich habe 3 DM weniger bezahlt, weil am Gürtel eine Masche losging. Ich werde es natürlich nicht zur Schule anziehen, wegen der Kürze. Aber Julius meint, wenn ich es auch dort tragen würde, bekäme ich noch bessere Noten von den Lehrern.

Zu dem Minikleid trug Anne weiße Lederstiefel, die ihre Waden bedeckten, nicht die Stöckelschuhe aus London, die ziemlich hoch waren, fünf oder sechs Zentimeter. Sie hatte ein weiteres neues Kleid, genäht aus zwei verschiedenen Jerseystoffen, einem roten und einem weißen. Oben eine rote Passe, rote Ärmel und vom Brustansatz bis zum Saum weiß, eine baby-doll-Form. Zu diesem Kleid, das auch kurz war, aber die Schenkel bedeckte, trug sie die Stöckelschuhe.

Anne schrieb ihrer Mutter, und dann nach zwei Wochen waren die Briefe gleichzeitig an ihren Vater gerichtet, fünf Briefe nach Olsberg. Wie stellte sie sich in diesen Briefen dar? Worum ging es ihr? Wie viel von dem, was sie mit Julius machte, verriet sie?

Avenwedde, Montag, 30.6.1969

Liebe Mama!
Heute morgen bin ich nicht in der Schule, sondern mach zu Hause die Arbeit. Ich bin schon ganz früh aufgestanden, und deswegen habe ich schon fast alles fertig, – bis auf das Essen –. Es gibt heute, morgen natürlich auch, Sauerkraut. So kann Paul sogar nach Hause kommen und braucht keine Butterbrote zu essen. Gestern habe ich für Paul ein halbes Hähnchen aus dem Römer Grill geholt, und gleichzeitig habe ich Sahne für Erdbeeren mitgebracht. So hatten wir ein feines Festmenü! Von den restlichen Erdbeeren habe ich heute morgen übrigens etwas Marmelade gekocht. Es ist nicht viel – nur zwei kleine Schälchen voll. Ich habe kein Opekta gekauft, sondern sie einfach mit etwas Mondamin gebunden. So war die Marmelade ganz fix fertig – hoffentlich schmeckt sie! Außer-

dem habe ich vorhin noch etwas Fleischsalat gemacht. Die gekauften Töpfe sind immer so schnell leer und außerdem sehr teuer.
Papa kam gestern um 19:30 Uhr nach Hause. Er sagt, es habe unterwegs sehr geregnet. Eine Viertelstunde nachdem er aus Olsberg abgefahren sei, habe er Licht einschalten müssen, weil es so dunkel wurde. Hat es bei Dir auch geregnet? Hoffentlich nicht. Ich wünsche Dir viel Sonnenschein, damit Du wieder so schön braun wirst wie beim letzten Mal ... Hast Du eigentlich keine Langeweile dort? Ich meine, im Sauerland ist doch nicht allzuviel los! Und immer spazieren gehen kann man doch auch nicht. Aber Du wirst die Zeit schon gut verbringen, und außerdem kommt Papa ja auch bald. Ich werde jetzt schnell das Sauerkraut zu den Kartoffeln geben, damit Paul pünktlich essen kann. Nachher fahre ich noch Geldverdienen – Nachhilfestunde.
Viele Grüße von Clemens, Paul, Anne

Der Tanz um die Mutter. Gute Stimmung machen. Folgsam sein, gehorsam. Den Bruder versorgen. – Paul hatte inzwischen seine kaufmännische Lehre abgeschlossen und ging auf die Höhere Wirtschaftsfachschule in Bielefeld. In den Sommerferien arbeitete er in der Möbelfabrik Stickling. – Kam Anne dem näher, was sie begehrte? Bekam sie, wonach sie sich sehnte? Führte sie ein Doppelleben?

11.7.1969

Liebe Mama!
Morgen werde ich nicht mitkommen, um Dich zu besuchen. Sei mir deswegen bitte nicht böse, denn ich möchte die Zeit gern benutzen, um wieder einmal richtig Hausputz zu machen. Es wird mich dann wenigstens niemand stören, so daß ich richtig lospoltern kann.
Heute bin ich am Kirscheneinmachen. Leider sind sehr viele geplatzt, weil es draußen so stark regnet. Ohne Feuer wäre es im Hause viel zu kalt. Ist es bei Dir auch so?
Tante Mia ist plötzlich sehr hilfsbereit. Vorhin war sie hier, um nach den Kirschen zu sehen. Sie hat einen Topf mit in den Keller getragen, weil ich ja ganz allein zu Hause bin. Paul macht heute Überstunden. Er kommt wahrscheinlich erst um 22 Uhr wieder. So werde ich die nächsten Töpfe allein in den Keller wuchten. Ich habe 4 Sätze (18 Glas). Da ich auch Tante Mias Einkochtopf habe,

geht es eigentlich ganz fix. Wahrscheinlich mache ich in der nächsten Woche noch einmal welche ein. Liebe Mama, ich wünsche Dir noch eine schöne Ferienwoche, ruh Dich gut aus! Ich werde jetzt einkaufen fahren, da ich noch Zucker für die nächsten Kirschen brauche …

Paul fuhr den Vater zur Kur. Hoffentlich würden die Eltern sich vertragen, das war ein unendlich großer Wunsch von Anne. Sie strengte sich an, alles richtig zu machen; sie wollte alles tun, was sie konnte, damit es keinen Streit gäbe zwischen den Eltern. – Paul durfte das Auto aus Olsberg mit zurücknehmen nach Hause. Er hatte vom Vater die Erlaubnis, während der Zeit der Kur damit zu fahren, wohin er wollte.

15.7.1969

Liebe Mama, lieber Papa!

Wir haben strahlend blauen Himmel, keine einzige Wolke. Und Ihr, ist es bei Euch genauso? Julius ist gestern morgen weggefahren nach Kiel zu seiner Tante.

Gerade bin ich mit dem Essenkochen usw. fertig. Es gab heute Rindfleischragout und Tomatensalat. Den Salat habe ich gemacht, weil die Tomaten unbedingt gegessen werden mußten. Es ist sehr schwierig, nur für zwei Personen einzukaufen und zu kochen. Man muß immer aufpassen, daß man nicht zu viel kauft und kocht.

Liebe Mama, Paul erzählte mir, daß Du wahrscheinlich noch solange dort bleiben willst, bis auch Papa zurückkommt. Von mir aus kannst Du das herzlich gerne machen. Ich will die Hausarbeit wohl gern noch etwas länger übernehmen. So viel ist ja auch gar nicht zu tun. Bis jetzt sind wir jedenfalls immer noch satt geworden. Und Wäsche waschen und putzen kann ich auch. Also, mach Dir ruhig noch zwei schöne Wochen mehr, wir kommen hier zu Hause prima zurecht …

Ein neuer Freiraum! Die Mutter blieb zwei Wochen länger als ursprünglich geplant. So war sie insgesamt fünf Wochen fort von zu Hause – eine Gelegenheit, den Eltern ein Schnippchen zu schlagen, den Sehnsüchten zu folgen, auf dem Pfad des Begehrens …

17.7.1969

Liebe Mama, lieber Papa!

Gestern habe ich wieder Kirschen eingemacht. Wir haben jetzt schon 23 Glas aus diesem Jahr. Die zuletzt eingemachten sehen im

Glas viel schöner aus als diejenigen, die ich zuerst eingekocht habe. Die ersten sind etwas blaß, diese aber jetzt schön dunkel. Alle Gläser sind beim ersten Mal zugeblieben, ich brauchte also keines zweimal zuzukochen.

Jetzt muß ich Euch noch eine Neuigkeit mitteilen. Am Wochenende fahre ich mit Julius' Schwester Sigrid nach Kiel. Sie war heute morgen bei uns, und da haben wir alles besprochen. Für Paul habe ich Kartoffelsalat gekocht. In der nächsten Woche bin ich ja wieder da, um ihn zu versorgen. Um mich braucht Ihr Euch auch keine Sorgen zu machen. Julius' Schwester ist eine gestrenge Frau Lehrerin und eine gute Autofahrerin. Ich bin also in besten Händen ...

Helmut, Sigrids Mann, steuerte den italienischen Sportwagen, einen Lancia, freitags von Gütersloh über Hannover nach Kiel. Seine Frau Sigrid saß vorn neben ihm. Das Verdeck war heruntergeklappt. Anne saß auf der Rückbank. Der Fahrtwind riss an ihrem Oberkörper. Sie hatte sich ein Tuch umgebunden, so wie Brigitte Bardot es trug, wenn sie mit dem Playboy Gunter Sachs im Cabrio fuhr: über den Kopf gelegt, unter dem Kinn gekreuzt, um den Hals nach hinten geschlungen, wieder nach vorn und dann ein Knoten. – Vier Tage später, dienstags auf der Rückfahrt von Kiel nach Gütersloh, strich der Fahrtwind über Anne hinweg. Mit angezogenen Armen und Beinen lag sie auf der schmalen Rückbank und schlief, trotz des Autobahnlärms. Wieder zu Hause, niemand war da – ihr Bruder war zur Arbeit – setzte sie sich sofort an den Küchentisch und schrieb in ihr Tagebuch.

Dienstag, 22.7.1969

Heute früh um neun Uhr bin ich aus Möltenort zurückgekommen. So war ich vier Nächte dort.

Am *Freitag* haben wir nachmittags trotz Wind und Wolken im Strandkorb gelegen. Abends habe ich bei Hamann eine „Birne Helene" gegessen, und nachher sind wir noch mit Sigrid und Helmut nach Laboe gefahren. Julius und ich hatten uns noch verabredet danach vor dem Haus, in dem ich wohnte, zu treffen, um dann ... Aber es ging nicht. Wir haben dann noch lange auf den Stufen am Waldrand gesessen. Ich habe fürchterlich geweint – das alles ohne Taschentuch – weil ich plötzlich so deprimiert war. Eine genaue Ursache jetzt anzugeben, wäre schwierig. Als wir nach langem Reden und Aussprechen beide kalte Füße und einen kalten Po hatten, sind wir in unsere Stübchen gegangen, jeder in das seine.

Am *Samstag* sind wir beide mit dem Dampfer nach Kiel in den „Old Forester“ an der Ostseehalle gefahren. Es war schick, wir haben viel geschwitzt und geschwoft. Ein verzweifelter Blick an meiner Haustür, und der Tag war zu Ende.

Am *Sonntag* abends, 20.7., starrten wir alle bei Tante Charlotte gebannt (müde) auf den Bildschirm, um den historischen ersten Schritt auf den Mond beobachten zu können. Abends um neun landete die Fähre. Sechs Stunden später kletterte Neil Armstrong heraus und betrat als erster Mensch den Mond. Als Julius mit mir zur Pension ging, war es schon ganz hell und ich spüre noch jetzt die eigenartige Morgenluft-Atmosphäre. Es war frisch und etwas nebelig.

Früh am Morgen, gestern morgen, *Montag* – klopfte schrecklicherweise meine Wirtin an die Tür, um mich zum Frühstück herunterzubitten. Unpassender ging es nicht. Nachher bin ich mit Julius zu Tante Charlotte gegangen; er hat auch schnell gefrühstückt, dann kuschelten wir uns mit viel Süßigkeiten in den Strandkorb. Es war windig, ohne Sonnenschein – aber trotzdem wunderbar. Alles war wunderbar, es brauchte nicht einmal etwas Besonderes zu sein.

Abends waren wir nochmal im „Old Forester“. Schon um halb elf kamen Sigrid und Helmut, um zu fragen, ob wir mit wollten nach Hause. Leider war es für uns günstiger mit ihnen als später mit der Fähre zu fahren.

Julius und ich wollten uns auf keinen Fall trennen so früh. Da wir aber auch nicht zusammen nach Hause gehen konnten (Pension), gingen wir zuerst zu Hamann; da diese aber bald schlossen, danach in die Kneipe nebenan. Wir hatten eine eigenartige, ich glaube nie dagewesene Stimmung. Julius war an dem Abend sehr ernst, nachdenklich und lieb. Zum Schluß haben wir uns nur noch angesehen. Ich weiß nicht, warum ich ihn liebe, aber ich liebe ihn, durch und durch. Es war eine Mixtur aus verschiedenen Gefühlen. Es endete bei mir damit, daß ich weinen, zugleich aber auch lachen mußte. Ich war so froh, noch ein paar Stunden mit Julius zusammensein zu können, andererseits dachte ich an die nahe

Trennung. Deswegen kullerten immer dann, wenn uns der Ober die Curry-Heißwürstchen mit Salat und Butterbrot brachte, meine Tränen.
In letzter Verzweiflung sagte ich Julius, daß wir bis um 5 Uhr (da fuhren wir ab) zusammenbleiben würden, in der Wirtschaft und evtl. draußen. Doch wir überlegten es uns anders. Kurzerhand gingen wir. Es gab doch keine andere Möglichkeit für uns. – Ich habe noch nie eine Trennung so schmerzlich empfunden wie die um 4 Uhr in der Nacht. Er war so nahe bei mir – dann dieser abrupte Abschied. Ich kann es einfach nicht mit Worten ausdrücken, was in mir vorging, als ich ihm zusah, wie er durch das kleine Dachfenster in meinem Zimmer nach draußen stieg. Er drehte sich noch einmal um und warf mir Handküßchen zu.
(morgen weiter, bin nach nur zwei Stunden Schlaf in den letzten zwei Nächten zu müde)

Die Eltern hatten keine Möglichkeit gehabt, die Reise nach Kiel zu verbieten – ohne Telefon. Zurück zu Hause war Anne wieder tüchtige Hausfrau und folgsame Tochter. Ihr Engagement für den Haushalt schien grenzenlos.

26.7.1969

Liebe Mama, lieber Papa!
Eigentlich wollte ich Euch erst morgen schreiben, aber es ist gerade ein starkes Gewitter draußen, und ich bin alleine zu Hause. Nun traue ich mich nicht ins Bett. Es kracht mindestens schon zwei Stunden, und zwar kräftig. Vor mir habe ich zur Sicherheit eine Kerze stehen, damit ich nicht im Dunkeln tappe, falls das Licht ausgeht. Manchmal flackert es bedenklich! ...
Ihr werdet nächsten Samstag gegen 10 oder 11 Uhr abgeholt, in Ordnung? Ob ich mitkomme, weiß ich noch nicht. Ich bin schon die ganze Zeit am Überlegen, ob es besser ist, wenn ich ordentlich putze, oder ob Du Dich mehr freust, wenn ich mitkomme. – Mal sehen, vielleicht schaffe ich doch noch beides. Aber heute bin ich ziemlich kaputt. Als ich gestern bei Bertelsmann Feierabend hatte, bin ich gleich in die Stadt einkaufen gefahren. Nachher habe ich Brechbohnen eingemacht. Fünf Gläser – eins ist leider wieder losgegangen. Am Montag bereite ich dann noch vier weitere vor und

koche sie alle zusammen ein. Wie viele wolltest Du eigentlich eingemacht haben?
Das war vielleicht eine Hitze hier im Hause, gestern abend. Erstens war es draußen unheimlich schwül, zweitens mußten diese Bohnen zwei Stunden lang kochen, und drittens habe ich noch einen Stoß Wäsche weggebügelt. Da wäre ich fast weggeschwommen in meinem eigenen Schweiß! Nachher bin ich noch angefangen sauberzumachen, und heute morgen habe ich alles fertig gemacht. Jetzt blitzt alles wieder. Morgen brauche ich ja glücklicherweise nicht zu kochen, da Paul nach Duisburg fährt.
Die Arbeit bei Bertelsmann gefällt mir bis jetzt gut. Bis Freitag mittag war ja Onkel Brunos Sekretärin noch da, und ich glaube, daß ich jetzt in der nächsten Woche allein fertig werde. Die Arbeit bei Onkel Bruno in der Setzerei ist interessanter als in der Repro bei Peske. Die Abteilung ist viel größer und meine Aufgaben abwechslungsreicher. Ich habe auch schon alles mögliche geschenkt bekommen: Bananen, Bücher, Süßigkeiten, Eis, 2 Beutel Milch und Tee. Toll, was? In der nächsten Woche kann ich jeden Tag essen für nur 0,50 DM. Also insgesamt nur 2,50 DM für die ganze Woche. Ich bekomme die Karten von einem Lehrling verkauft. So werde ich nur noch ganz kleine Portionen für Paul allein kochen.
Es donnert immer noch, und es ist schon 0:30 Uhr. Paul ist vorhin wiedergekommen, und wir werden noch ein bißchen aufbleiben.
Tschüß bis nächste Woche
Eure Anne

Vermutlich imponierte es den Eltern, dass ihre Tochter als Sekretärin arbeitete. Sekretärin zu sein, das war schon etwas „Höheres", für die Mutter etwas Unerreichbares. Auch für Anne selbst war es ein Aufstieg, denn in den Jahren zuvor hatte sie in den Ferien bei Bertelsmann im Versand Bücher und Schallplatten in Kartons gepackt, was sehr langweilig gewesen war.

Als Anne der Mutter zu Anfang der Kur geschrieben hatte (am 11.7.), dass sie sich ein rotes Strickkleid gekauft habe, hatte sie auch auf das Ansinnen der Mutter, Paul solle auf Anne aufpassen, geantwortet.

Das ist doch wohl Unsinn! Meinst Du nicht, daß ich ebenso gut selbst auf mich aufpassen kann? Ich bin doch kein kleines Mädchen, das vom „großen Bruder" beschützt werden muß, jedenfalls nicht in dieser Beziehung! (Sonst wäre es vielleicht manchmal sogar ganz schön.) Also, mach Dir keine Sorgen um mich.

Anne hatte in sich hineingelächelt, als sie das schrieb. Die Aufforderung an Paul, dass er aufpassen solle, war zu spät gekommen. Es war alles schon geschehen. In ihrer Antwort hatte Anne den Spieß zu ihrer Mutter umgedreht. „Vertrag Dich gut mit Papa!", hatte sie geschrieben. Sie war erwachsen.

Schon gleich bei der ersten Gelegenheit, nachdem die „Vorbeugung gegen die Krankheit" begonnen hatte, noch bevor der Vater seine Kur angetreten hatte, gleich am ersten Wochenende, nachdem die Mutter zur Kur gefahren war, der Vater sie sonntags in Olsberg besuchte und der Bruder einen Ausflug nach Oerlinghausen machte – war es geschehen. Anne schrieb hinterher in ihr Tagebuch:

29.6.

Ich bin glücklich! (Ich habe geweint vor Freude)

Weil sie dachte, es könnte unter Umständen doch jemand heimlich in ihrem Tagebuch lesen, schrieb sie weiter nichts, trug nur noch zwei Gedichtzeilen ein. Es war Goethe, den sie zu Hilfe nahm, um ihre Gefühle auszudrücken:

Und doch, welch Glück, geliebt zu werden,
Und lieben, Götter, welch ein Glück!

Am Morgen danach ging sie nicht zur Schule, schrieb der Mutter diesen Brief vom 30.6. – sie koche Sauerkraut für den Bruder, mache Fleischsalat und aus übrig gebliebenen Erdbeeren Marmelade.

Sie hatte es wieder erreicht:

Ich will auch einmal glücklich sein!

Ende Juli holte Clemens' Bruder Johann die Eltern mit dem alten grünen BMW aus der Kur zurück nach Hause. Sie waren braun gebrannt. Hatten sie sich erholt? Ging es ihnen besser? Die Mutter saß wieder täglich von montags bis samstags an dem kleinen Tisch in der Ecke der Küche bei der Arbeit mit den Federn, und Vater Clemens arbeitete Früh-, Spät- und Nachtschicht in der Weberei.

Zweifel

Im Herbst des Jahres 1969 fiel ein Schatten auf Annes Glück. An einem Dienstagnachmittag im September, es war klares, hochsommerliches Wetter, war sie mit ihrem Mofa, ihrem Motorfahrrad, zu Julius in die Stadt gefahren. Sie hatten im Garten auf der Terrasse vor der grün gestrichenen Hauswand in der Sonne gesessen und zusammen Hausaufgaben gemacht. Sie waren allein. Julius' Mutter hatte ihnen noch Gläser und einen Krug mit Himbeerlimonade auf den Tisch gestellt, dann hatten die Eltern die Wohnung verlassen, weil sie irgendwen besuchen wollten. Julius' Eltern sahen es immer gern, wenn Anne und Julius zusammen Schularbeiten machten. Oft kochte die Mutter nachmittags einen Kakao, und es gab ein Stück Gebäck, und abends, wenn sie noch für die nächste Mathematikarbeit lernten, brachte sie Teller mit belegten Broten.

An dem Nachmittag, nachdem die Eltern fort waren, übersetzten Anne und Julius noch ein paar Zeilen Cicero, „De bello gallico". Schweißperlen standen auf Julius' Stirn, er seufzte hin und wieder, dann warf er seinen Stift auf den Tisch, schob sein Heft von sich weg, und sagte, er könne sich nicht konzentrieren. Er lehnte sich auf dem Stuhl zurück, streckte die Beine mit den Schlaghosen von sich und schaute Anne zu, wie sie weiterarbeitete. Er räusperte sich ein paar Mal, schaute sie ernst an und sagte, er sei sich nicht sicher. Sie dachte, es sei wegen des Textes, weil die Übersetzung so schwierig war. Unter seinen Augen dunkle Ränder; ein scharfer beißender Geruch, als ob er krank sei, ging von ihm aus. Er stand auf, verschwand im Haus. Ein paar Minuten später drang „The Sound of Silence", Simon & Garfunkel, durch den Flur auf die Terrasse. Sie ging zu ihm in sein dunkles Zimmer, das durch einen Balkon oberhalb des Fensters beschattet wurde, zog ihn von seinem Bett hoch, umschlang ihn mit ihren Armen, und sie tanzten. Nach einer Weile löste er sich von ihr, und sie tanzten allein. Sobald die Single zu Ende war, legte er den Tonarm wieder an den Anfang der

Platte, drehte jedes Mal etwas lauter auf, bis die Nachbarn von oben klopften. Er schaltete die Musik aus, fasste sie mit ausgestreckten Armen an den Schultern und schaute sie prüfend an. Er sagte noch einmal, was er draußen schon gesagt hatte, er sei sich nicht sicher. – Er sei unsicher, ob er der Erste gewesen sei. Er habe es nicht gespürt.

Am Abend schrieb Anne in ihr Tagebuch:

23.9.1969

> Lange habe ich überlegt, ob ich heute etwas schreiben sollte oder nicht. Eigentlich meine ich, daß es vielleicht besser ist, solche Dinge nicht aufzuschreiben, so daß sie vielleicht später von mir vergessen werden. Aber es ist so gräßlich, daß ich es allein einfach nicht mehr aushalte. Hat er denn so wenig dabei auf mich geachtet, daß er nicht bemerkte, wie ich litt? Man muß doch nicht unbedingt schreien, damit jemand anders merkt, daß er einem weh tut.

Es war unfassbar für Anne. Nur für ihn habe sie es getan, sie habe sich darüber gefreut; sie sei stolz darauf, dass sie es für ihn getan habe. Sie liebte ihn. Ein halbes Jahr zuvor hatten sie sich verlobt. Sie wollte ihn heiraten. Sie meinte es ganz und gar ernst.

Was hatte er sich vorgestellt, wie es sich anfühlen sollte in der „ersten Nacht"? Was hatte er erwartet, eine Hornhaut wie unter seinen Füßen? Durchdringen? Durchstoßen? Blut in Strömen? Durfte es nicht *leicht* gehen? Musste es *schwer* sein durchzukommen? Sehr schwer? So gut wie unmöglich? Dann wäre er sicher gewesen: Ich war der Erste? – Kann es sein, dass es das Häutchen gar nicht gibt? Zu intime Frage. Vulgär. Primitiv. Ein kultivierter Mensch möchte sich gar nicht damit beschäftigen. Wenn überhaupt jemand dieser Frage nachgehen dürfte, dann vielleicht ein Wissenschaftler. Das wäre unter Umständen erträglich.

Julius' Zweifel machten sie „wahnsinnig", schrieb Anne. Irgendwie habe sie das Gefühl, als ob nachträglich alles aufgehoben würde durch seine Zweifel. Sie liebe ihn so schrecklich und breche unter der Last seiner ungerechten Gedanken zusammen. Wie „grausam gemein dieses jetzt" für sie sei. Sie werde etwas „verbittert". Wie sollte sie es ihm schon beweisen? Das sei nachträglich ja wohl schrecklich schwer. Sie halte das nicht aus, da sei sie ganz sicher. Irgendetwas müsse geschehen.

Keinen Pfennig mehr

Annes letztes Schuljahr begann. Ein kalter Winter brach herein, der letzte Winter in ihrem Elternhaus. Im Februar 1970 herrschten solche Minustemperaturen, dass Vater Clemens sich sorgte, die Wasserleitungen im Haus könnten einfrieren. Die Sonne kam nicht mehr durch die Wolken hindurch. Täglich mussten Paul und Anne dem Vater helfen, Schnee vom Hof zu schippen. In allen Räumen im Haus war es bitterkalt, außer in der Küche. Häufig hielten sie sich gemeinsam zu viert dort auf. Anne saß oft auf der Holzkiste neben dem Kohleofen, las oder lernte Vokabeln. An einem Abend wenige Wochen vor dem Abitur, das in den letzten Schultagen vor den Osterferien geschrieben werden sollte, waren sie zu dritt in der Küche. Sie hatten schon Abendbrot gegessen, es war kurz nach sieben Uhr – Paul war aus dem Haus gegangen, um einen Freund zu treffen – da erwähnte sie, dass sie nach dem Abitur studieren wolle. Eine Weile sagte niemand etwas.

Ihr Vater lachte hart auf.

„Du hast wohl 'nen Knall. Studieren! – Wie? Was denn? Sakrament – Germanistik! Spinnst du?", rief er und stand vom Tisch auf. Er lächelte, schob die Unterlippe nach vorn. „Und wovon willst du leben?" Er zündete sich eine Zigarette an.

„Ausbildungsförderung vom Staat, Bafög", sagte Anne. „Aber das Einkommen der Eltern wird geprüft ... ob sie was dazu geben müssen."

Ihr Vater fuhr mit der Zigarette in der Hand durch die Luft.

„Pah. Geh mir doch los. Studieren!" Er schaute auf das Wachstuch auf dem Tisch. Niemand sagte etwas. Er spannte seine Wangenmuskeln an, gequält zog er an der Zigarette. Nach einigen Zügen beugte er sich vor, drückte die Zigarette im Aschenbecher auf dem Tisch aus.

„Von mir bekommst du keinen Pfennig mehr!"

Anne sprang von der Holzkiste auf, setzte sich auf das Sofa unter dem Fenster, sah ihrer Mutter ins Gesicht – aber die Mutter hielt den Kopf gesenkt, arbeitete schweigend weiter.

Clemens stand wie versteinert neben dem Radio, beide Hände in den Hosentaschen. Blass im Gesicht.

Anne starrte auf die Tür zum Flur, sprang auf und lief in ihr Zimmer.

Februar 1970

> Es tut mir leid, ärgert mich, Tochter eines bestimmten Vaters zu sein. Wenn ich einen unrealistischen Wunsch erfüllt bekommen könnte, so wäre es der, dieses ungeschehen zu machen. Was ist es schon, Tochter zu sein? Man wird erniedrigt, innerlich und äußerlich zertrampelt. Also wäre ich es lieber nicht! Vielleicht könnte ich dann unbelastet ins Leben hinausgehen.
>
> Es ist scheußlich zu sehen, daß es Menschen um einen herum gibt, die mir helfen könnten – es aber nicht tun. Da möchte ich viel lieber ganz für mich alleine sein, um nichts mehr von ihnen erwarten zu können. Familie, was ist das?? Eine Quälerei für alle Mitglieder! Mein Anschauungsmaterial ist etwas so Negatives, daß ich den Menschen bald für ein absolut asoziales Wesen halte. Ich bin nervös, kaputt, am Ende, weiß nicht, wie ich die Zukunft bewältigen soll. Ich habe Angst davor, plötzlich im Studium ganz auf mich selbst gestellt zu sein – damit will ich sagen, ich fürchte, daß irgendwann einmal die finanzielle Unterstützung ausbleibt und dann alles platzt – auch meine Nerven. Andere Unterstützung als finanzielle bekomme ich schon lange nicht mehr. Das zu verkraften wird wohl sehr lange dauern.

Annes Schrift krakelig, hochfahrend. Sie verlor wieder mal die Fassung. – Dabei hatten ihre Eltern ihr doch bis dahin geholfen. Sie war neunzehn und lebte doch noch auf Kosten ihrer Eltern.

Clemens setzte sich wieder an den Tisch, blätterte in der Zeitung, schaute immer wieder zu Josefa, die verbissen weiterarbeitete. Kein Wort von ihr. Wie spät war es? Halb acht. Raus aus der Küche. Raus aus dem Haus. Vorsichtig stieg er mit den Pantoffeln durch den neu gefallenen Schnee, trat sich einen Pfad bis hinter das Haus. Es war dunkel, Wolken am Himmel, kein Mond. Nur der Schnee gab etwas Licht. Unter der Bodenluke trampelte er eine kleine Fläche des Schnees fest. Er war müde, die Knochen taten ihm weh. Noch eine anstecken. Eigentlich wollte er sich vor der Nachtschicht noch mal hinlegen, aber er könnte ja doch nicht schlafen. Immer Türengeklapper, Schritte auf den Stufen. Ein Schauer durchlief ihn, er zitterte. Die alte Strickjacke hing an ihm herunter. Verbeult. Er schloss einen Knopf. Einer fehlte. Wo hatte er ihn verloren? An den Ellenbogen fast durchgescheuert. Müsste mal 'ne neue haben. Aber für ihn strickte ja keiner. Aussichtslos. – Studieren. Sie würde ihre Nase noch höher halten. Pah. Poussierte nun schon das dritte Jahr mit diesem Direktorensohn rum. Als er so alt war wie sie ... schon Pferde kotzen gesehen ... Krieg ... Gefangenschaft ... Lehre ... Schichtarbeit ... wie viele Jahre arbeitete er jetzt im Schichtbetrieb ... zwanzig ... bald fünfundzwanzig Jahre ... das ging auf keine Kuhhaut ... das hielt doch kein Schwein aus. In Annes Alter war Josefa schon schwanger geworden. Er hatte mit Käthe Schluss gemacht. Ob Josefa jetzt daran dachte, wie es ihr damals ergangen war? Geheiratet, Haus gebaut. Alles hatte sich um die Kinder gedreht. Was denn noch? Hatte doch keinen Zweck. Zum Bafög was dazu zahlen ... den Teufel würde er tun. Was waren das für Leute, die das Gesetz beschlossen hatten? Hatte einer von denen dreiundzwanzig Jahre Schicht gearbeitet? Dreiundzwanzig Jahre Woche für Woche anders geschlafen? Teufel. Diese Leute, die Gesetzgeber, die lebten ganz anders. Anne sollte doch arbeiten gehen. Dann wüsste sie, wie es ist. Sie würde sofort eine Arbeit finden, die besser bezahlt wäre als seine, sogar ohne Schichtarbeit ... Sie können mich alle mal. Er ging zurück ins Haus, in die Küche. Josefa saß in der Ecke, schaute gar nicht hoch. Er öffnete die Tür zum Wohnzimmer – sie hatten sie den ganzen Tag geschlossen gehalten, um es in der Küche warm zu haben – kalte Luft schlug ihm entgegen. Den Fernseher einschalten. Gleich kam die „Tagesschau“. Verdammt kalt im Wohnzimmer ohne Ofen. Nachher würde er sich im Schlafzimmer aufs Bett legen, versuchen, noch 'ne Stunde zu schlafen.

Verachtung

In den Osterferien im März – das schriftliche Abitur war erledigt, das mündliche stand noch bevor – sagte die Mutter zu Anne, sie solle Eier von den Großeltern holen und färben. Vor dem Haus neben der Treppe blühten Schneeglöckchen und in dem Beet, das an die Kuhwiese grenzte, der Ranunkelstrauch. Die Luft war kalt, an schattigen Plätzen lag noch Schnee, aber die Sonne kam ab und zu hervor, und die Tage wurden länger. Anne ging nicht über den Sandweg, sondern durch den Garten, über den Rasen zwischen Krokussen hindurch, weiter über einen Pfad auf dem Gemüseacker ihrer Großmutter, und erst kurz vor der Hofeinfahrt des Bauernhauses sprang sie über einen Graben auf den Weg. Sie holte zwölf Eier, mehr als sonst.

Zurück im Haus, in der Küche, während die Eier auf dem Herd in der Küche kochten, öffnete sie eine Farbentüte, die ihre Mutter vom Einkauf mitgebracht hatte. Kleine Tüten in der großen – rote, gelbe, blaue und grüne Farben. Mit heißem Wasser löste sie Pulver in einer Schüssel auf, gab ein paar Tropfen Essigessenz dazu – der Dampf stach in ihre Nase. Auf einem Löffel versenkte sie Eier in der Flüssigkeit, drehte und wendete sie solange, bis sie rundum gefärbt waren.

Am Ostersonntag lagen auf dem Tisch im Wohnzimmer für Paul und Anne grüne Papiergrasnester, von der Mutter gefüllt mit bunten Zuckereiern und Schokoladenhasen. Die von Anne gefärbten Eier lagen in einer Schale auf der Anrichte in der Küche. Sie glänzten. Anne hatte sie noch mit einer warmen Speckschwarte eingerieben. Nach dem Mittagessen beeilte sie sich, die Hausarbeit zu erledigen. Sie hatte mit Julius verabredet, dass er nachmittags zu ihr komme. Bevor sie abwusch, öffnete sie eine Dose Ananas, schüttete die Früchte in ein Sieb, der Saft tropfte in eine Schüssel. Die Mutter hatte einen Tortenboden gekauft, er lag im Keller im Regal. Sie riss die Verpackung ab und legte ihn auf eine Glasplatte, darunter eine weiße Papierserviette. Nach dem Abwasch verteilte sie die Früchte auf den Biskuitboden, dicht an dicht, jede Lücke füllte sie aus. Klarer Tortenguss darüber, Sahne schlagen, fertig.

Als Julius an der Tür klingelte, ging sie wie immer gleich mit ihm in ihr Zimmer. An die Wand gelehnt, Kissen im Rücken, hockten sie nebeneinander auf dem Bett und aßen Torte mit Schlagsahne. Es gab viel zu besprechen. Wie sollte es nach dem Abitur weitergehen? Zusammen in eine Stadt ziehen? In welche? Der elektrische Heizlüfter stand vor ihnen auf dem Fußboden, surrte und blies ihnen warme Luft ins Gesicht. – Zur Abendbrotzeit ging Anne in die Küche und belegte ein paar Scheiben Brot mit Wurst und Käse. Als sie wieder in ihrem Zimmer war, an Julius gelehnt auf dem Bett saß und in eine Essiggurke biss, raschelte es vor ihrer Tür. Ein Schlurfen auf den Fliesen.

„Verdammt", hörte Anne ihren Vater.

Was machte er? Seine Pantoffeln klatschten auf die Steinstufen nach unten. Ein Schaben an der Flurwand. Ein Knall. Etwas schlug auf der Treppe auf, polterte die Stufen hinunter, Glas klirrte. Die Stimme ihres Vaters:

„Verflixt … Teufel … Himmel-Sakrament."

Julius schaute Anne mit hochgezogenen Augenbrauen an, hörte auf zu kauen. Sie stellte ihren Teller mit dem Brot auf dem Polster ab, ging zur Tür.

Ihr Vater stand mit dem Rücken zu ihr unten vor der Treppe, schwankte. Die Mutter kam aus der Küche.

„Was machst du denn", sagte sie scharf.

Das Barometer, an das Clemens so oft klopfte – „das Barometer steigt" oder „das Barometer fällt", sagte er dann – lag zerbrochen auf den Treppenstufen. Das Wetterhäuschen hing noch an seinem Platz an der Wand neben der Treppe. Zwei Holzfiguren, jede so groß wie ein Fingerglied, standen auf einem beweglichen Balken in den zwei Türen des Häuschens – eine Frau in Schwarzwaldtracht, auf ihrer Hutkrempe winzige rote Bälle, und ein Mann in Frack und Zylinder. Wenn gutes Wetter käme, würde sich die Frau vor das Haus bewegen; wenn das Wetter schlechter würde, der schwarze Mann.

Die Mutter sammelte Holzstücke und Glassplitter von den Stufen auf, der Vater verharrte unschlüssig auf seinem Platz. Sie wollte an ihm vorbeigehen, Handfeger und Schaufel aus der Ecke hinter der Kellertür holen, aber er versperrte ihr den Weg.

„Himmel, Arsch und Zwirn", sagte er. „Lasst mich alle in Ruh. Geh dahin, wo der Pfeffer wächst."

Anne schloss die Tür, setzte sich zurück auf das Bett. Julius hatte ihren Vater nicht sehen können. Sie hatte die Tür nur ein wenig geöffnet gehabt und den Türspalt mit ihrem Körper verdeckt.

Am Ostermontag schrieb sie in ihr Tagebuch:

> 30.3.1970
>
> Ich selbst bin der Meinung, daß ich genügend Eigenwert habe, um mich nicht fortwährend verstecken, entschuldigen und schämen zu müssen. Ich bin ich selbst; und ich werde es immer mehr, je intensiver dieser (mein Vater) uns unmöglich zu machen versucht. Ich werde mein eigenes Leben führen, Mama und Paul liebhaben, ihn aber verachten – es geht nicht anders.

Sie sprach mit Julius nicht über das Ereignis. Auch sonst sprach sie mit ihm nicht über die Verhältnisse bei ihr zu Hause. Sie sprach mit niemandem darüber. Dass ihr Vater absichtlich versuche, sie „unmöglich zu machen", war wohl ein Missverständnis auf Annes Seite. Wie gestelzt und gespreizt sie sich ausdrückte: „dieser (mein Vater)". Ein Versuch, dem Vater zu entkommen?

Spürte der Vater ihre Verachtung? – Aber ja. Er hatte es schon lange bemerkt. Seit zehn Jahren schon. In unzähligen Gesten, Blicken und Worten hatte sie zum Ausdruck gebracht, dass er ihr nicht mehr gut genug war. Sie stand schon lange nicht mehr an seiner Seite. Stand jetzt an der Seite der Mutter, so wie Paul. Niemand stand an seiner Seite. Josefa doch auch nicht. Himmel, Kruzifix. Drei gegen einen. Hart. Verdammt hart. Verdammte Scheiße.

Clemens verstummte. Zeitweise sagte er nicht mehr „Guten Morgen", wenn er in die Küche kam. Im Haus herrschte ein erschöpftes Schweigen.

Kann ein Vater eine Tochter, die ihn verachtet, unterstützen? Ist das möglich? Ihr monatlich Geld geben, damit sie studieren kann? – Wie konnte das Mädchen diese Erwartung haben?

Was sehe ich, was sehen die anderen?

Damals dachte ich, mein Vater müsse mein Studium unterstützen, weil er mein Vater war und weil ein Gesetz es so vorschrieb. Was war ich für eine Ignorantin. Ich wusste in den Jahren auch noch nicht, wie es meiner Mutter ergangen war, nachdem sie meinen Vater kennengelernt hatte, was alles vorgefallen war. Es würde zu weit führen, das jetzt hier zu erzählen. Ich werde später davon berichten. – Meine beschränkte Wahrnehmung. Was sehe ich? Was sehen die anderen? Das sind schwierige Fragen für mich. Kompliziert. Unfassbar. Unbegreiflich auf der Welt. Von Anfang an. Bis heute kann ich es nicht unterscheiden und verwechsele es. Ich gehe noch einmal in meine Kindheit zurück, als ich drei Jahre alt war und etwas Grundlegendes lernte.

Im Frühling 1953 ging unser Vater einmal mit meinem Bruder und mir in den Garten.

„Du zuerst", sagte mein Bruder zu mir, „du versteckst dich zuerst!"

Unser Vater, sechsundzwanzig Jahre alt, stand breitbeinig vor der Südwand des Hauses auf dem Rasen unter dem Küchenfenster. Er schaute in die Landschaft und zu den Bauernhöfen hinüber, rauchte. Die Sonne schien, es war warm.

„Ich suche dich. Los, mach!", rief Paul.

Ein paar Schritte von meinem Vater entfernt blieb ich neben dem blühenden Pfirsichbaum auf einem Grasfleck stehen, schloss die Augen und rührte mich nicht mehr. Ich erinnere mich noch an die Dunkelheit, die entstand. Dann hörte ich Paul lachen. Er hörte gar nicht wieder auf zu lachen.

„Ich seh dich doch", rief er. „Kannst du das nicht?"

Ein paar Schritte von mir entfernt sprang er auf und ab und tippte sich mit dem Zeigefinger an die Stirn.

„Bist du blöd?"

Ich stellte mich neben meinen Vater, der zum Hof gegenüber schaute und sich freute. Dort lief der Bauer in Gummistiefeln mit einer Mistgabel in der Hand vom Haus zum Hühnerstall. Sein Dackel kläffte, war dicht hinter ihm, an seinen Fersen dran. Biss er dem Bauern in die Stiefel? – Paul stellte sich vor uns hin.

„Die ist dumm. Die weiß nicht, wie das geht."

Mein Vater schob mich mit seiner Hand auf meinen Kopf von sich fort.

„Los. Lauf vors Haus. Versteck dich dort", sagte er.

Das war meine erste Lektion zur Frage, was sehe ich, und was sehen die anderen. Ein Jahr später im Sommer – wie weit war ich über das Stadium hinaus, zu denken, niemand sieht mich, wenn ich die Augen schließe? Es wurde weitaus schwieriger.

Die Eltern hatten Anne ein grünes Fahrrad gekauft, sie hatte fahren gelernt – ihr Vater hatte mit ihr geübt – sie wusste, dass sie nur auf den Wegen in der Nähe des Hauses fahren durfte. Einmal fuhr sie vom Hof auf den Weg, rechts ein Graben, links Erlen, hohes Gras und Brennnesseln. Es war Juli, schönes, warmes Wetter, sie war nur leicht bekleidet. Kühe auf den Wiesen zu beiden Seiten des Wegs. Sie war dreißig Meter gefahren, da stoppte sie an der Abzweigung zum Bauernhof gegenüber. Gelbe Blüten auf der Erde. Butterblumen. Sie legte ihr Rad auf den Boden, pflückte ein paar Stängel und hob winzige glatte Steine vom Boden auf. Sie schaute sich um. Erlenbüsche, so groß wie sie selbst, wuchsen an der Weggabelung. Keiner sieht mich. Sie hob ihren Rock, zog an ihrer Unterhose und steckte Blüten und Steinchen zwischen ihre Beine. Die Steine fielen hinunter, sie hob sie auf und versuchte es erneut. Auf der Fahrt zurück zum Haus rutschte sie auf dem Sattel hin und her – wie schön das kitzelte und kratzte. Sie fuhr bis vor die Haustür, hielt noch den Lenker in den Händen, da trat die Mutter aus dem Haus.

„Was hast du da gemacht? Du kommst *sofort* ins Haus!"

Die Mutter schaute zu, wie sie ihr Rad an die Hauswand lehnte.

„In die Küche!"

Sie ging hinter Anne her die Steinstufen hoch und schloss die Küchentür. Dann schloss sie das Fenster, nahm einen Holzlöffel aus der Schublade des Schranks.

„Zieh die Hose aus!"

Blüten, Blätter und Steinchen fielen auf den Fußboden. Sie griff Anne in den Nacken, beugte sie über ihr angewinkeltes Knie und schlug zu. Klatsch. Anne schrie. Die Mutter schlug heftiger. Bum. Anne schrie lauter. Die Mutter schlug noch heftiger. Bäng. Bäng. Bäng. Die Mutter hörte nicht auf. Erst als sie ganz außer Atem war, ließ sie Anne wieder los.

„Räum das weg. Mach das sauber!", sagte sie, zeigte auf die Blätter und Steinchen, die verstreut auf dem Fußboden lagen und ging aus der Küche hinaus.

Hatte die Mutter im Flur auf der Treppe hinter dem Fenster gestanden? Hinter der Gardine? Wie eine Spinne in ihrem Versteck gelauert?

Das war Annes zweite Lektion: Keiner kann mich sehen.

Ja, das war nicht richtig, das Kind wegen solch einer Sache so zu verprügeln, das hätte die Mutter nicht tun sollen – aber wenn man bedenkt, welche Erfahrungen die Mutter machte, als Anne entstand, dann kann man doch verstehen, dass sie mit den besten Absichten schlug. Als die Mutter sah, wie Anne sich an ihrer Unterhose zu schaffen machte, war sie in Nullkommanichts auf der Palme. Sie verlor die Nerven. Jetzt fängt das Kind auch schon an! Alles geht von vorne los. Das Blag weiß nicht, wohin das führt. Wegen ihm sitze ich hier jeden Tag in der Ecke. Nein! Ich will es nicht! Das Kind hatte sich einfach in ihr festgesetzt, hatte ihren Körper besetzt, und nun wurde sie es nicht mehr los. Jetzt hatte sie die Blagen am Hals. – Tja, sie war dadurch, dass sie ihrer Lust zur Unzeit nachgegeben hatte, in ziemliche Unannehmlichkeiten geraten. Sie wusste, wie gefährlich Sexualität ist, welche verheerenden Folgen sie haben kann. Nur weil sie einen kurzen Moment lang aus ihrem Dasein herausgetreten war, in übermäßige Begeisterung, in Ekstase geraten war, nur wegen einer bescheidenen Kopulation war sie in diesen Strudel geraten. Von einer Abhängigkeit in die andere, von der Abhängigkeit von den Eltern in die Abhängigkeit vom Mann. Nur weil sie ihren Lustgefühlen zur Unzeit nachgegeben hatte, war sie gleich ein zweites Mal schwanger geworden und steckte in dieser Zwangslage. Hätte sie es entscheiden können, hätte es in ihrer Macht gestanden, wäre das Kind nicht zustande gekommen. Das dumme Kind! Sie wollte das Begehren gleich im Keim ersticken, die Sexualität aus dem Kind heraustreiben, ein- für allemal. Sie musste so zuschlagen, selbst wenn sie Anne dabei zerbrochen hätte – oder gerade das wollte sie – Anne zerbrechen, damit dieses Verhängnis mit der Sexualität nicht von Neuem begänne. Den Kreislauf durchbrechen. Wie reagiert ein Mensch, wenn man ihm die Freiheit nimmt, wenn man ihn einsperrt, ihn abhängig macht? Es passiert, dass er durchdreht, wild wird, rast. Die Mutter hatte sich nicht unter Kontrolle, als sie schlug. Sie war außer sich. Wie bei der Kopulation, nur eben anders.

Die Mutter handelte auch im Sinne der katholischen Kirche, das wusste Anne damals noch nicht. Sie erfuhr es erst einige Jahre später in der Schule im Erstkommunionunterricht. Es war eine Todsünde, was Anne getan hatte, dafür kam man in die Hölle. Wäre sie überraschend gestorben, wäre sie in der Hölle gelandet. Die Mutter musste sie schlagen, um sie davor zu bewahren. Deshalb war Anne auch gleich ein paar Tage nach ihrer Geburt getauft worden. Denn stürbe ein Kind ohne Taufe, käme es wegen der Erbsünde in die Hölle. Die Mutter wollte, dass Anne ein Engel wird, der in den Himmel kommt.

Auf einer Familienfeier bemerkte Anne, dass auch ihre Tanten sich sorgten und ärgerten wegen des Teufels in ihren Kindern. Einmal rief eine Tante ein Kind, das gerade Laufen gelernt hatte, es solle zu ihr zurückkommen, doch das Kind gehorchte nicht. Eine andere Tante lehnte sich auf ihrem Stuhl zurück, schlug die Arme unter der Brust zusammen: „Ja, da steckt der Deibel drin. Den muss man ihnen austreiben!"

Als ich 2001 meinen Vater in Irland besuchte, mit ihm allein hinter der Garage am Weg in der Sonne saß – seine Frau hielt sich im Haus auf – erwähnte ich das Schlagen meiner Mutter. Er schwieg eine Weile, dann sagte er, ja, einmal sei er sonntags mit Paul an der Hand auf dem Weg mit den Birken zur Spexarder Straße hin spazieren gegangen. Paul sei zweieinhalb gewesen, habe unterwegs in die Hose gemacht und gefragt: „Kriege ich jetzt Haue von Mama?"

„Nein, kriegst du nicht", habe er zu Paul gesagt, und dann habe er auch keine Schläge bekommen. Dann schwieg mein Vater wieder.

„Keine Widerworte!", sagte meine Mutter, wenn ich als Kind erklären wollte, warum ich etwas getan hatte. Wie eine Furie stürzte sie sich auf mich. Wut, Raserei, Hass. Eine Hassmutter. Meine Mutter, meine Feindin. Holzlöffel, Kleiderbügel, Teppichklopfer, nackter Po. Die Diktatur in unserer Küche. Unvorhersehbar, unberechenbar, unverstehbar. Es passierte. – Lederpeitsche nicht. Meine Eltern unterhielten sich einmal darüber. Damit schlüge „der Briefträger“, der Postbote, der in der Nachbarschaft wohnte und fünf Söhne hatte.

Meine Mutter hatte Recht und sie tat Recht. Doch ich erinnere mich, dass ich schon als kleines Kind dachte: Sie *tut* so heilig. Ich misstraute ihrem Heiligenschein, ich ahnte oder wusste schon, dass es noch etwas anderes gab, etwas, von dem ich ausgeschlossen war. Das verborgene Sexuelle. Meine Neugier. Ich erinnere mich, einmal wollte meine Mutter etwas vom Dachboden unseres Spitzgiebelhauses holen. Mein Bruder und ich durften mit. Ich war vier oder fünf Jahre alt. Von meinem Bett aus hatte ich immer auf die weiß gestrichene Bodenluke geschaut, aber noch nie gesehen, was sich dahinter verbarg. In der Holzumrandung der Luke war ein messingfarbener Haken befestigt, in den meine Mutter eine Leiter einhängte. Sie kletterte voraus, klappte die Platte hoch, schob sich selbst durch die Öffnung, die etwas größer als die Sitzfläche eines Stuhls war. Ich kletterte ihr nach. Oben war es dunkel.

„Weg von der Luke!“ Meine Mutter zerrte mich tiefer in das Dunkle hinein.

Durch eine gläserne Dachpfanne fiel etwas Licht. Ich schaute auf den Fußboden. Kein Fußboden, nur Holzbalken und etwas tiefer liegend zwischen den Balken Sand – wie in einer Sandkiste. Paul und ich balancierten auf den Balken. Unsere Mutter bückte sich und kroch zu den Kisten unter der Schräge der Dachpfannen. Ich nahm eine Handvoll Sand, er war körnig und trocken, ließ ihn hinunterrieseln.

„Der Sand ist nicht zum Spielen“, rief meine Mutter. „Ab nach unten. Los. Runter jetzt.“ Sie schob mich zur Luke.

Als ich wieder im Schlafzimmer stand, meine Mutter gerade oben auf der Leiter die Luke schloss, stellte ich mich ganz nah an die Leiter heran und legte meinen Kopf in den Nacken. Die Füße meiner Mutter, ihre glänzenden Waden in den durchsichtigen Strümpfen, der weite Rock. Tut die Mutter etwas Verbotenes? Vielleicht hat sie keine Unterhose an? Mal gucken. Der Saum des wadenlangen Rocks stieß in mein Gesicht, sie verscheuchte mich von meinem Platz an der Leiter. Meine kindlichen Phantasien. Einmal stellte ich mir vor, ich erinnere mich genau daran, meine Mutter könnte ihren Urin in die Gemüsesuppe, dic sie mittags für uns kochte, schütten, weil sie das aufregend, erregend fände. – Woher kamen diese Vorstellungen?

Ferdinand. Onkel

Im Spätsommer 1954 verbrachte Anne zwei Wochen im Haus ihrer Großeltern in Friedrichsdorf. Es war das erste Mal, dass sie allein fort von zu Hause war. Zuerst war Tante Lina, eine jüngere Schwester der Mutter, zu Besuch gekommen und hatte es ihrer Mutter vorgeschlagen. Anne hörte, wie Tante Lina zu ihrer Mutter sagte: „Dann hast du mal deine Ruhe. Sonst klagst du ja immer!", und ein paar Wochen später kam Tante Lina eines Nachmittags nach der Frühschicht in der Weberei vorbei, um Anne mitzunehmen. Ihre Mutter hatte schon eine Tasche mit Sachen gepackt, die Tante Lina an den Lenker ihres Fahrrads hängte, und Anne kletterte auf den Gepäckträger. Fast eine Stunde fuhren sie Richtung Bielefeld, bis sie am Haus der Großeltern Margarete und Otto in Friedrichsdorf ankamen.

Hier lernte Anne dazu. Was sehe ich und was sehen die anderen? Wie geht es, dass mich keiner sieht? Sie lernte zusammen mit ihrem Cousin Ferdinand, der ein Jahr älter war als sie. Er war fünf, wohnte immer bei den Großeltern und wusste schon viel mehr als sie.

Der Frosch und das Perlonkleid

„Komm unter durch. Hier is'n Loch", rief Ferdinand. „Los, komm jetzt." Er war auf Knien unter der Hecke hindurch in den Garten der Nachbarn gekrochen und steckte seinen Kopf zu Anne herüber – große dunkle Sommersprossen im Gesicht, die braunen Haare hingen ihm in den Augen. „Die sind verreist. Hier is'n Schwimmbecken."

„Nee, komm zurück." Anne stand auf dem Hof von Weiteroma und Weiteropa, ihren weiter entfernt wohnenden Großeltern und schaute sich um. Das Wetter war trüb, aber es regnete nicht.

Tante Lina war gerade unten von der Straße auf den Sandweg eingebogen. Ihr Mantel bauschte sich um den Sattel des Fahrrads. „Was steht ihr da so rum? Was habt ihr vor?", rief sie im Vorbeifahren. „Kommt nachher mal rein. Anne, du musst anprobieren!" Tante Lina verschwand im Haus. Sie würde jetzt Mittag essen und dann im Wohnzimmer Mittagsschlaf halten: den Kopf auf ihre Arme auf dem Tisch legen.

Oma war am Morgen spät aufgestanden und nach dem Mittagessen schon wieder ins Bett gegangen. Am Morgen, als sie aufstand, hatten Anne und Ferdinand sich in den engen, dunklen Flur geschlichen, durch das Schlüsselloch des Badezimmers geschaut und gesehen wie Oma, mit dem Rücken zur Tür, nackt vor dem Waschbecken stand, ihr großes weißes Hinterteil. „Sieht aus wie der Mond", hatte Ferdinand geflüstert. Ihre Haut war ganz hell. Sie hielt einen Waschlappen in der Hand, den sie zwischen ihren Beinen hin- und herbewegte und mit dem sie durch die Spalte ihres Hinterteils fuhr. Aber nun lag sie wieder im Bett. Niemand würde Anne und Ferdinand suchen.

Die Hecke der Nachbarn war so hoch, dass nicht einmal die Erwachsenen hinüberschauen konnten. Anne schob ihre bloßen Knie über die Erde, verschwand in dem Loch. Ihr roter Strickrock, ein Kleid, aus dem sie raus gewachsen war, verhakte sich in den Zweigen. Sie befreite sich mit einem Ruck, und als sie aufstand, lag ein paar Schritte entfernt vor ihr ein leuchtend grüner Pool, der wie ein angewinkelter Arm gebaut war. Am anderen Ende des Gartens ein großes weiß gestrichenes Haus mit Fenstern bis zur Erde und einer Terrasse davor. Über den Rasen schlängelten sich niedrige Steinmauern und Erdwälle. Überall Blumen.

„Fast kein Wasser drin. Guck mal, Frösche." Ferdinand zog Schuhe und Kniestrümpfe aus und stieg die Leiter runter in den Pool. „Komm runter. Is nich kalt." Er hob ein Bein, dann das andere und trieb einen Frosch in eine Ecke.

Anne schaute zum Haus. Hatte sich etwas hinter der Fensterscheibe bewegt?

„Gleich hab ich ihn", rief Ferdinand.

Der Frosch flüchtete mit hastigen Schwimmzügen unter das Laub. Ferdinand hielt seine Hände wie eine Tasse zusammen und stieß damit unter Wasser.

„Hab ihn!"

Ein heftiger Windstoß. Annes Haare flogen in die Luft.

Ferdinand hielt den Frosch mit einem Grinsen zu ihr rüber, steckte ihn in die Tasche seiner kurzen Lederhose und kletterte die Leiter hoch. Auf dem Rasen fasste er den Frosch an einem Bein und lief im

Kreis, so dass der Frosch wie ein Vogel durch die Luft schwebte. Als Ferdinand ihn auf eine Steinplatte am Pool setzte, wollte er wegspringen, aber Ferdinand hielt das Bein fest zwischen Daumen und Zeigefinger.

Anne fror. Sie ging in die Hocke, zog die Ärmel ihres Pullovers herunter. „Nich, komm, wir gehn wieder." Sie fasste Ferdinand an der Schulter.

„Ich hab 'n Messer, ob er noch hüpft, wenn ich ihm ein Bein abschneide?" Er ließ den Frosch nicht aus den Augen.

Anne sprang auf, ging ein paar Schritte Richtung Hecke. „Komm, lass. Wir gehn zurück." Sie hüpfte von einem Bein aufs andere.

Ferdinand steckte den Frosch in die eine Hosentasche, holte aus der anderen ein Taschenmesser, klappte es auf, setzte den Frosch, dessen gelbe Haut sich unter dem Maul aufblähte und wieder zusammenfiel, auf eine Steinplatte, drückte ein Bein fest nach unten. Das Grün des Froschs leuchtete wie der Swimmingpool. Ferdinand sägte an dem Bein bis der Frosch auf einem Bein einen Sprung machte und stürzte. Ferdinand griff ihn und sägte das zweite Bein ab. Der Hals des Froschs blähte sich, fiel in sich zusammen, immer schneller.

„Ich schneid ihm den Kopf ab!"

Die Messerklinge knirschte auf dem Stein.

„Wir haun ab", sagte er, warf Kopf, Leib und Beine in den Pool.

Anne voran, Ferdinand gleich hinter ihr, krochen sie zurück auf den Hof ihrer Großeltern.

Als sie am späten Nachmittag ins Haus kamen, war es voller Leute. Es roch nach Schweiß und Zigarettenrauch. Opa, alle Tanten und Onkel waren von der Arbeit zurück. Oma schimpfte in der Küche, weil sie einen Käse, einen Harzer Roller, nicht fand. Einer der Onkel hatte ihn aufgegessen. Oma schlug ihn an den Kopf. Anne und Ferdinand beachtete sie gar nicht. Außer Oma, Opa und Ferdinand wohnten acht Tanten und Onkel im Haus. Ferdinands Eltern waren nicht dabei. Seine Mutter war ausgezogen, weil sie einen neuen Mann und ein neues Kind hatte, darüber hatte Anne ihre Eltern mal reden gehört. Ferdinand hatte keinen Vater, jedenfalls war er nicht da, und es wurde nie über ihn gesprochen.

Von Tante Lina war im Wohnzimmer nur der Rücken zu sehen, sie saß an der Nähmaschine vor dem Fenster zum Garten. Ab und zu bewegten ihre Füße das Pedal und die Nähmaschine surrte. Opa lag auf dem Sofa und schlief.

„Zieh das mal an!", sagte Tante Lina, die die schönste der fünf Schwestern ihrer Mutter war. Sie hielt ein fleischfarbenes Perlonkleid in die Höhe. Tante Anni, die auch noch im Hause wohnte, heiratete demnächst, und Anne sollte Engelchen werden – zur Trauung in der Kirche vor dem Brautpaar hergehen und eine brennende Kerze tragen. Dafür nähte Tante Lina ihr das Kleid.

Anne zog sich bis auf Hemd und Unterhose aus, und Tante Lina hob ihr das Kleid über den Kopf. Es raschelte und klirrte, Tante Lina griff in ein Kästchen mit Stecknadeln, legte eine Nadel nach der anderen zwischen ihre Lippen, kniete sich hin und heftete einen gekräuselten Streifen Stoff, ein Volant, an den Saum.

„Nimm mal den Arm hoch." Sie zeigte mit der Spitze ihrer Schere nach oben. Anne zuckte, die Schere, mit der Tante Lina Stoff um die Armkugel herum abschnitt, war kalt. Sie schnitt mit der Schere auch um Annes Hals herum, dann füllte sie den Vorrat an Nadeln zwischen ihren Lippen auf, steckte Puffärmel und einen Kragen an.

„Dreh dich mal." Tante Lina trat einen Schritt zurück, stemmte die Hände in die Taille und lächelte. Langsam drehte Anne sich einmal um sich selbst. Bei jedem Schritt stachen Nadeln in Beine, Schultern und Hals. „Na, was sagst du?" Fragend schaute Tante Lina sie an.

Anne guckte an sich herunter und dachte an den Frosch. Sein Fleisch war noch heller gewesen als der Stoff, mehr weiß. Aber in der letzten Nacht, was sie da gesehen hatte – sie hatte es gar nicht richtig gesehen, weil es so dunkel gewesen war – das musste ungefähr so eine Farbe haben wie ihr Kleid. Sie hatten kein Licht angemacht, waren im Dunkeln aus dem Bett, auf Zehenspitzen oben über den Flur.

Ein paar Tage zuvor, als sie im Garten spielten, war der Onkel zu ihnen gekommen, hatte gefragt, was sie denn nachts immer so machen würden. Er war der jüngste Onkel im Haus, gerade mit der Schule fertig. Sie hatten keine Antwort gegeben, und da hatte der Onkel gesagt: „Kommt doch mal zu mir rüber!"

Ferdinand war schnell vorangegangen, er wusste, welche Zimmertür. Der Mond schien wohl, denn als sie eintraten, konnte Anne sehen, wie der Onkel sich im Bett aufrichtete und die Decke anhob. Ferdinand stieg als erster hinein, Anne legte sich neben Ferdinand an die Außenseite. Zuerst beschäftigte der Onkel sich mit Ferdinand. Dann sollte

Anne in die Mitte kommen. Der Onkel hatte alles bei ihr anfassen und fühlen wollen und ihre Hand zu sich hingezogen. Seine feuchten Finger, seine Beine. Waden, Knie, Schenkel, dann – ein großer Wurstfinger. Was für ein großer Wurstfinger! Wie ein Knackwürstchen. Sie tastete etwas Wabbeliges. Die Farbe hatte sie nicht erkennen können, aber sie musste ungefähr so gewesen sein wie ihr Kleid, das sie jetzt anprobierte. Ja, so ungefähr musste die Farbe sein.

Als Anne keine Antwort gab, sagte Tante Lina: „Wenn das Kleid fertig ist, nähe ich auf das Volant noch viele kleine schwarze Samtschleifen." Sie entfernte in Annes Rücken Nadeln aus dem Stoff und griff an den Rock: „Arme hoch", rief sie und zog das Kleid nach oben. Anne hielt die Arme vors Gesicht, Nadeln piekten, für einen Moment war ihr Kopf eingeschlossen im Stoff.

Opa schlief immer noch auf dem Sofa. Er schnarchte.

Nach den Wochen bei ihren Großeltern in Friedrichsdorf war Anne so weit, sie wusste, wie es geht. Man macht es im Dunkeln, man macht es nachts. Sie war weitergekommen. Niemand hatte etwas gesehen. Aber schwierig zu verstehen war es doch. Die Mutter haut mich dafür – der Onkel macht das. Irgendwie verquer. Wie konnte sie es unter einen Hut bringen?

Beichte

Zwei Jahre später, 1956, kam Anne in die katholische Volksschule in Avenwedde. Morgens ging sie meist allein, eine halbe Stunde zu Fuß, einen Tornister auf dem Rücken. Zweimal musste sie eine Straße überqueren, eine kurze Strecke am Rand entlang, Autos fuhren vorbei, dann bog sie in einen Sandweg ein, Wiesen mit Kühen, Pferdekoppeln, Kornfelder um sie herum. Ab und zu ein einzeln stehendes Haus. Schule und Kirche standen direkt nebeneinander auf einer kleinen Anhöhe. Ulrike, die sie auf dem Bauernhof gegenüber kennengelernt hatte – der Bauer mit den Gummistiefeln war Ulrikes Onkel – ging in dieselbe Klasse, hatte aber einen anderen Schulweg. Im Unterricht erzählte der Lehrer Geschichten aus der Bibel, die Anne nicht richtig verstand und mit denen sie nicht so viel anfangen konnte, aber dann in der dritten Klasse, im Erstkommunionunterricht, wurde es aufregend. Der Pastor der Gemeinde, ein Mann Anfang vierzig, in einem schwarzen Anzug mit weißem Stehkragen, kam in die Schule und sagte, am Weißen Sonntag im April sollten alle Schüler der Klasse ein Sakrament empfangen. In einer Messe in der Kirche würde er ihnen eine Hostie in den Mund legen, ein Stück vom Leib Jesus Christus. Sie wären dann mit Gott vereinigt. Den Leib dürfe man aber nur in sich aufnehmen, wenn man frei sei von Sünden – jedenfalls dürfe man keine *Todsünde* begangen haben, sonst müsse man vorher beichten. Mit einer *lässlichen* Sünde, wenn man gelogen habe zum Beispiel, dürfe man noch die Kommunion empfangen. Für eine lässliche Sünde käme man nach dem Tod auch nur eine Zeit lang ins Fegefeuer und dann doch in den Himmel. Die ganze Klasse müsse vor der Erstkommunion zur Beichte gehen. Er nahm wohl an, dass sie alle Todsünden begangen hatten. Für ein paar Groschen verkaufte er ihnen ein Heft, den Beichtspiegel, in dem die zehn Gebote Gottes standen. Du sollst Vater und Mutter ehren! Du sollst nicht töten! und so weiter. Verstoße man gegen eins dieser Gebote, habe man eine Todsünde begangen.

Du sollst nicht begehren! Auch eins der zehn Gebote Gottes. Unkeuschheit – Anne hatte das Wort noch nie gehört – dafür käme man in die Hölle, sagte der Pastor. Verdammt in alle Ewigkeit! Neben „Gott" war „unkeusch" das häufigste Wort im Beichtspiegel. Zu keinem anderen Gebot waren so viele Fragen abgedruckt, mit denen sie ihr Gewissen prüfen sollten. Fünfzehn Fragen. Sie erschrak. Auf wie viele verschiedene Arten man unkeusch sein konnte. Das war wohl das schwierigste Gebot.

Am Samstag vor dem Weißen Sonntag warteten nachmittags viele Leute vor den zwei Beichtstühlen hinten in der Kirche. Sie setzte sich zu einem Mädchen aus ihrer Klasse in die Bank, zog ihre Strümpfe hoch, schob den Rock über die Knie und las noch einmal die Fragen des Beichtspiegels. Als sie an der Reihe war, ging sie mit gefalteten Händen – der Beichtstuhl stand nur ein paar Schritte entfernt – kniete nieder und merkte, dass der Pastor sie sehen konnte. Sie war im Hellen, er saß im Dunkeln und schaute zwischen schwarzen Vorhängen durch Löcher eines Holzgitters auf sie herunter. Sie wünschte, sie säße im Dunkeln und wäre nicht zu erkennen.

„Ich habe gesündigt und bekenne meine Sünden", flüsterte sie.

„Ich war ungehorsam."

„Ich war vorlaut."

„Ich habe gelogen."

Noch ungefähr zwanzig andere Sünden.

Dann sagte sie schnell: „Ich war unkeusch. Das sind alle meine Sünden. Ich bereue sie von Herzen. Amen."

Alles war still.

Ein Rascheln. Der Pastor bewegte sich auf der Bank. Holz knackte. Er kam mit dem Gesicht näher zum Gitter und berührte es mit der Nase.

Sie wich mit dem Oberkörper zurück.

Er fragte: „Hast du Unkeusches angeschaut?"

Sie blickte auf ihre gefalteten Hände. „Ja."

„Hast du Unkeusches getan?"

Sie verklammerte die Hände fester miteinander. „Ja."

„Hast du es allein oder mit anderen getan?"

„Ja."

„Wie oft hast du es getan?"

Sie zählte, eins, zwei, vier, konnte nicht richtig zählen, alles geriet ihr durcheinander. „Oft."

„Hast du dich von anderen unkeusch berühren lassen?"

Sie rutschte auf den Knien zurück bis sie unter den Zehenspitzen den Marmorboden spürte. Aufstehen! Weggehen! Sie stellte einen Fuß auf – hielt inne. Der Pastor würde aus dem Beichtstuhl herauskommen, sie fangen und festhalten. Und schaffte sie es wegzulaufen, würde er morgen in der Messe, wenn sie auf der Kommunionbank vor ihm kniete, sagen: „Du nicht! Du kriegst keine Hostie!" Zur Kommunion gehen, ohne richtig gebeichtet zu haben, wäre *mehr* als eine Todsünde. Und bliebe sie morgen in der Bank sitzen, während die anderen nach vorn gingen, würden alle sie ansehen und hinterher fragen: „Warum bist du sitzen geblieben?" – Sie schaute in die dunklen Löcher der Nase des Pastors. Seine rosa Lippen zitterten ein wenig.

„Ja", sagte sie.

„Von wem hast du dich unkeusch berühren lassen?"

Sie schnappte nach Luft und beugte den Kopf über ihre Hände. Was sollte sie jetzt sagen? Sie überlegte und überlegte, aber ihr fiel keine Antwort ein. Ihre Knie schmerzten.

Nach einer Weile fragte er: „Hast du es freiwillig gemacht?"

Was meinte er, freiwillig? „Ja." Sie wechselte ihr Gewicht von einem Knie auf das andere.

„Wo hast du es getan?"

Sie wollte es ganz genau sagen und ihr fiel ein – im Bett, in der Badewanne, auf dem Fußboden, auf der Erde, im Gras.

„Überall."

Stille.

Der Pastor fragte nicht mehr. Er zog sein Gesicht vom Gitter zurück. Ratsch! Ratsch! Sie zuckte zusammen, er hatte die Vorhänge geschlossen. Füßescharren auf dem Boden im Beichtstuhl. Er sprach leise vor sich hin. Dann wurde es ganz still. Nach einiger Zeit öffnete er die Vorhänge einen Spalt breit in der Mitte, Haare hingen auf seiner Stirn.

„Bete zur Buße sechs Vaterunser und vier Gegrüßet-seist-du-Maria", sagte er. „Deine Sünden sind dir vergeben. In nomine patre, et filius, et spiritus sanctus. Amen."

Mit gefalteten Händen stand sie auf, holte ihr Gebetbuch und den Beichtspiegel vom Platz, auf dem sie vorher gewartet hatte, und ging in der Kirche weit nach vorn in eine Bank in der Nähe des Marienaltars. Hier war sie allein. Maria saß dort lebensgroß, schön, in einem zartblauen Umhang. Das Jesuskind im weißen Hemd stand mit nackten Füßen auf ihren Oberschenkeln. Beide schauten zu Anne herunter und lächelten. Sie kniete hin, stützte die Ellenbogen auf der Gebetbuchbank ab und legte den Kopf in die Hände. Ihr war ganz ernst zumute. Wie die Jungfrau Maria will ich sein. Mit Gott. Bei Gott. Ich werde es nie wieder tun. Die Mutter hat mich dafür geschlagen, jetzt noch die Buße. Sie faltete die Hände, schloss die Augen und betete.

Als sie aus der Kirche heraustrat, kam die Sonne zwischen den Wolken hervor. Ein leichter Wind wehte. Mit den Beinen durch die Luft schlenkernd ließ sie sich auf ihrem Rad den Hügel bis zu den Wiesen hinunterrollen. Der Löwenzahn blühte. Eine Kuh lag am Weg auf der Wiese, malmte mit den Zähnen; die anderen standen und fraßen, dick und schwer schaukelten die Euter zwischen ihren Beinen. Unentwegt hoben sie ihre Schwänze und schlugen nach Fliegen, die auf ihren Leibern herumspazierten. Auf dem Feld bewegten sich Kornpflanzen im Wind, schimmerten mal blau, mal grün.

Zu Hause hatte die Mutter schon den Badeofen angeheizt. Paul badete zuerst. Als er fertig war, bevor Anne frisches Wasser einlaufen ließ, brauste sie die Wanne ab, doch der umlaufende, dunkle Rand in Höhe von Pauls Badewasser ließ sich nicht abspülen. Dreck, Haut- und Seifenreste klebten fest. In der Wanne liegend hob sie ihre Beine in die Luft und schaute an sich hinunter. Wie gut, die roten Furchen an den Knien waren nicht mehr zu sehen! Als Anne fertig gebadet hatte, schloss sich die Mutter im Badezimmer ein, dann der Vater. An manchen Samstagen badete auch erst der Vater, dann die Mutter, aber nie die Eltern vor den Kindern.

Der nächste Tag, der Weiße Sonntag. In der Herz-Jesu-Kirche waren zur Neun-Uhr-Messe im Mittelschiff die ersten Bankreihen für die Erstkommunionkinder reserviert. Auf der linken Seite saßen in weißen Kleidern die Mädchen, auf der rechten in schwarzen Anzügen die Jungen – schweigend, sprechen war verboten in der Kirche. Anne fühlte sich beengt in ihrem neuen Kleid. Sie hätte das Engelchenkleid, das sie auf Tante Annis Hochzeit getragen hatte, anziehen können, es passte noch, und in allen Nähten war auch noch Stoff zum Herauslassen, aber ein fleischfarbenes Kleid war am Weißen Sonntag nicht erlaubt. Die Mutter hatte in vielen Geschäften nach einem weißen Stoff gesucht, bis sie sich schließlich für den dicht gewebten, schweren Baumwollstoff mit der Struktur einer Bastmatte entschieden hatte – millimeterbreite Fäden liefen auf und nieder. Eine Schneiderin hatte das Kleid genäht, hochgeschlossen am Hals, ebenso die Jacke mit langen Ärmeln aus demselben Stoff. – Das Glockenzeichen! Neun Uhr. Die Messe begann. Das Orgelspiel setzte ein, vorn beim Altar schritt der Pastor mit gefalteten Händen aus der Sakristei heraus. Alle Besucher der Messe erhoben sich von ihren Plätzen und sangen ein erstes Lied. Der Pastor trug einen bodenlangen Talar aus Brokat, bunte Stickereien und Steine blitzten darauf. Zwei Messdiener folgten ihm in gardinenartigen Spitzenüberwürfen und darunter sahen schwarze Röcke hervor. Anne kannte den Ablauf einer Messe, sie musste seit vielen Jahren jeden Sonntagmorgen eine Messe besuchen. Aber heute, wo sie und die anderen aus ihrer Klasse das erste Mal an der heiligen Kommunion teilnehmen sollten, die Hostie empfangen würden und alle Leute auf sie schauten, war es doch anders. Die Kirche war voll, bestimmt zweihundert Leute waren da. Viele hatten keinen Platz mehr bekommen und standen in den Gängen. Frauen drängten sich bis vor den Marienaltar. Bevor die Wandlung begann, die Oblaten zu Hostien geweiht wurden, spielte der Küster eine gewaltige Melodie und brach dann ab – das Zeichen, hinzuknien. Der Vikar kam aus der Sakristei. Er würde nach der Wandlung beim Austeilen der Hostien helfen, damit es schneller ginge. Die Triangel erklang. Es wurde ganz still. Die Messdiener gingen zum Tisch an der Seite des Altarraums, nahmen die Schale mit den Oblaten, die Kännchen mit Wasser und Wein und brachten alles dem Pastor am Altar. Er schenkte Wasser und Wein in einen Kelch, nahm eine einzige von den Oblaten und kehrte der Gemeinde den Rücken zu. Mit Daumen und Zeigefingern und gestreckten Armen hielt er die Oblate in die Höhe. Mit lauter Stimme, abwechselnd sang und sprach er, lateinisch, ein Sing-Sang, und schaute dabei die ganze Zeit nach oben unter die Decke. Er flehte zum Heiligen Geist, dass er herabkomme und Brot und Wein in Fleisch und Blut verwandle. Der Pastor kniete hin, beugte seinen Kopf, legte die Stirn auf den roten Teppich. Er stand auf, die Triangel erklang erneut, dic Orgel setzte ein. Die Oblaten waren zu Fleisch, der Wein zu Blut Christi geworden. Der Pastor trank einen Schluck, legte einen Teil der verwandelten Oblaten in den Kelch des Vikars; dann stiegen sie die Treppe vom Altar zur Kommunionbank herunter. Es war das verabredete Zeichen für die Erstkommunikanten aufzustehen, die Hände zu falten und gemeinsam, einer hinter dem anderen, in einer Schlange nach vorn zur Kommunionbank zu gehen. Zusammen mit anderen Mädchen kniete Anne auf der rot gepolsterten Bank nieder. Als der Pastor in ihre Nähe kam, legte sie den Kopf in den Nacken, schloss die Augen, öffnete den Mund und streckte die Zunge heraus. Etwas Dünnes, Zartes auf ihrer Zungenspitze! Sie schloss den Mund, es klebte sich an ihren Gaumen. Mit gesenktem Kopf und gefalteten Händen ging sie zu ihrer Bank zurück, kniete hin, legte die Hände vors Gesicht. Sie bearbeitete die Hostie mit der Zunge, bis sie sich aufgelöst hatte. – Sie schmeckte nach nichts. – Durch einen Spalt zwischen ihren Fingern beobachtete sie die Mädchen, die in der Reihe vor ihr knieten. Eine nach der anderen stand auf, setzte sich. Neben ihr bewegte sich Ulrike und setzte sich. Anne nahm die Hände vom Gesicht und setzte sich ebenfalls. Das Austeilen der Kommunion dauerte noch an. Ihre Mutter stand in der Schlange der Frauen. Langsam ging es voran. Auf der anderen Seite in der Schlange der Männer ihr Vater. Wenn sie sonst einmal mit ihren Eltern in derselben Messe war, gingen sie fast nie zur Kommunion.

Gleich nach der Messe, sie war um zehn Uhr beendet, begann die große Feier bei Anne zu Hause, die bis in den Abend hinein dauerte. Über zwanzig Verwandte waren eingeladen. Großmutter Maria, Annes Taufpatin, schenkte eine goldene Armbanduhr. Annes erste Uhr. Es sei Doublé, sagte ihr Vater, die Uhr sei nur vergoldet. Die Zeit lief. Jetzt war Anne kein kleines Kind mehr, sie war acht Jahre alt.

Mittags am Tisch schaute sie zu ihren Tanten und Onkeln und zu ihren Großeltern Maria und Joseph – die anderen Großeltern, Margarete und Otto, waren nicht eingeladen – und sie überlegte, wie die Verwandten das wohl geschafft hatten mit dem Begehren, als sie noch nicht verheiratet waren. Jetzt saßen sie da, löffelten die Suppe, die Annes Mutter am Vortag aus Rinderknochen gekocht hatte, fischten nach Gemüse- und Rindfleischstücken auf ihren Tellern, lobten das Knochenmark, das in der Suppe schwamm, über den grünen Klee. So nahrhaft! Am Nachmittag aßen sie Erdbeertorte und Stachelbeertorte mit Schlagsahne, abends noch Schnittchen mit Wurst und Käse; und dann gingen sie nach Hause und stiegen wieder in ihre Betten.

In den folgenden zehn Jahren – solange Anne sonntags eine Messe besuchte – passierte es oft, dass sie während der Kommunion in der Bank sitzen bleiben musste. Es war eine verflixte Angelegenheit, wie verhext. Sie tat dann gelangweilt, als ob die Kommunion sie gar nicht interessiere, aber in Wirklichkeit wäre sie schon gerne nach vorn gegangen. Sie hatte es dann nicht geschafft, am Samstag zu beichten. Ihre Freundin Ulrike schien stärker zu sein im Kampf gegen die Todsünden. Sie ging fast jeden Sonntag zur Kommunion. Aber Anne mochte Ulrike nicht fragen, wie sie das schaffte. Meistens gingen fünfzig bis hundert Mädchen und Frauen in der Messe nach vorn, nicht so viele Jungen und Männer. Während der zehn oder fünfzehn Minuten, die die Kommunion dauerte, spielte der Küster leise auf der Orgel. Lieder, die Anne kannte; oder er spielte trudelnde Tonfolgen, die er sich wohl gerade erst ausdachte. Anne schaute dann, möglichst unauffällig. Ging Henri zur Kommunion? Saß er irgendwo auf der rechten Seite in einer Bank? Vielleicht ein paar Reihen weiter hinten? Verstohlen blickte sie sich um. Wenn sie ihn sah, klopfte ihr Herz kurze Zeit schneller. Manchmal war er auch als Messdiener vorne am Altar. Was für eine Gelegenheit, ihn die ganze Zeit anzuschauen, ohne dass er oder sonst jemand es merkte. Sein Rücken. Wie sicher er sich bewegte. Sein Profil, wenn er dem Pastor etwas reichte. – Kamen die Frauen von der Kommunion zurück, eine nach der anderen wie auf einem Laufsteg, klapperten ihre Stöckelschuhe auf dem Marmorboden. Anne musterte die Frauen … ihre Frisuren … ein neues Kleid? … Was für ein Stoff? … Der Schnitt? … Die Farbe steht ihr nicht! – Hatte Anne selbst etwas Neues zum Anziehen, richtete sie es meistens so ein, dass sie samstags zur Beichte ging und am Sonntag zur Kommunion.

Zusätzlich zum sonntäglichen Messbesuch sollten alle Schüler der katholischen Volksschule mindestens einmal in der Woche vor dem Unterricht eine Schulmesse besuchen. Es fiel Anne schwer, morgens um Viertel nach sieben Uhr in der Kirche zu sein, das schaffte sie nicht so oft. Aber jedes Jahr im Mai gab es eine Woche lang abends eine halbstündige Messe, die Maiandacht. Wie schön hinzufahren! Unterwegs Henri zu treffen! Er rief ihr im Vorbeifahren ein paar Worte zu, manchmal fuhr er auch eine kurze Strecke des Weges neben ihr. In der Kirche sang sie dann voller Inbrunst. Oh-ho Ma-a-ri-ia-a hie-lf!

Später, viel später, als Anne schon lange erwachsen war und nicht mehr zur katholischen Kirche gehörte, fragte sie sich manchmal, ob es Katholiken gab, die sich dem Verbot der Sexualität gar nicht unterwarfen. Musste man das gar nicht wirklich? Hatte sie das vielleicht alles falsch verstanden? Hatte sie es zu ernst genommen? Manchmal dachte sie auch darüber nach, wie es wohl zu dem Verbot gekommen war. Es war ja nicht immer da gewesen. Ob es entstanden war, weil die Menschen nicht so viele Kinder haben wollten? Auf Nummer sicher gehen – Sex nur, wenn man ein Kind zeugen will. Und Sex nur im Stand der Ehe, damit der Zeuger auch Ernährer ist. Die *alten* Väter wollten nicht zuständig sein für die Ernährung der Kinder ihrer Töchter? Ging es um Geburtenkontrolle, und dann verteufelte die Kirche nicht nur die Sexualität zwischen Mann und Frau – außer sie wollen ein Kind zeugen –, sondern gleich *alle* Sexualität, auch die gleichgeschlechtliche bis hin zum Spiel mit dem eigenen Körper? Gründlich sein! Wie erfolgreich war diese Methode der Schwangerschaftsverhütung? Gab es weniger Kinder aufgrund des Einflusses der katholischen Kirche? Konnten die Leute, an Verbot und Hölle denkend, ihr Begehren beiseiteschieben? Anne wusste das alles nicht.

Eppendorf. Hölle. Mutter

Das ist alles lange her – vor mehr als vierzig Jahren bin ich aus meinem Elternhaus ausgezogen. Inzwischen schreiben wir das Jahr 2011. Meine Mutter Josefa und mein Vater Clemens sind seit zehn Jahren tot. Ich bin sechzig Jahre alt und wohne in einer Mietwohnung in einem großen, alten Haus in Hamburg-Eppendorf. Die Eigentümerin der Wohnung droht mir mit Kündigung. Es regnet durch das Dach. Von der Fassade und den Balkonen lösen sich Steinbrocken und stürzen auf die Straße. Durch Türritzen und Fenster steigen Gerüche von altem Fett aus dem Asia-Imbiss im Erdgeschoss in meine Wohnung im vierten Stock. Fahre ich mit dem Rad zur Hoheluftchaussee oder zum Eppendorfer Baum zum Einkaufen, fühle ich mich wie in der Hölle. Sechs Spuren, acht Spuren Autos. Einen Meter neben mir fahren sie vorbei. Mit fünfzig, achtzig Sachen. Manche drehen durch, drehen auf, hundert Sachen und mehr! Lärm, Gestank, Gift, Todesgefahr um mich herum. An der Kreuzung Eppendorfer Baum, Eppendorfer Landstraße ziehe ich den Kopf ein. Hier fiel gerade ein Auto auf vier Menschen, als sie an der Fußgängerampel auf Grün warteten. Das Auto kam durch die Luft geflogen. Die Menschen sofort tot.

In den schmalen Seitenstraßen im Viertel fahren Autos in hohem Tempo direkt auf mich zu. Von vorn und von hinten kommen sie. In zwanzig oder dreißig Zentimeter Abstand fahren sie an mir vorbei. Ich auf meinem Rad in heller Angst. Eine falsche Bewegung und … Sie schneiden mir den Weg ab, drängen mich in eine Ecke, zwingen mich zum Absteigen. Der meiste Platz in diesen Straßen wird von parkenden Autos in Anspruch genommen, Schrägparker auf beiden Seiten. Hier in der Gegend tragen schon Babys Schutzhelme. Wäre eine Mutter, die mit ihrem Kind aus dem Haus geht, drei Sekunden unaufmerksam, ihr Kind liefe ein paar Schritte „in die falsche Richtung“ – es wäre tot. Selbst auf Spielplätzen tragen Kinder hier Schutzhelme.

Man stelle sich vor, Verwandte oder Freunde seien zu Besuch, man säße mit ihnen im Wohnzimmer und die Gäste nähmen Pistolen aus ihren Taschen und spielten damit. Die Gäste versicherten: „Wir schießen nicht!" – Klar, Verwandte und Freunde schießen normalerweise nicht auf einen, aber wie würde man sich fühlen? – So fühle ich mich in Eppendorf, wenn ich aus dem Haus gehe.

Heute Morgen nach dem Aufwachen, als ich noch im Bett lag, hatte ich diese Phantasie, in der meine Mutter plötzlich vor mir stand. Ich hatte den Vorhang vom Fenster schon zurückgezogen, sah das Blau des Himmels. Es ist Sommer, warme Luft. Ich höre die Autos auf dem Lehmweg und der Lehnhartzstraße fahren. Eine Taube gurrt im Hinterhof. Auf dem Stuhl vor dem Fenster meine Kleider von gestern. Mein Schrank, weiß wie die Wand. Und dann kommt mir ein Baseballschläger in den Kopf. Meine Mutter steht im Sonnenlicht mit nackten Füßen auf den Holzdielen in meinem Zimmer. Ich greife nach dem Baseballschläger – er ist schwer, wiegt ein paar Pfund. Meine Mutter steht mit hängenden Armen vor meinem Bett, schaut auf den Fußboden, dann aus den Augenwinkeln zu mir und wieder auf den Fußboden. Ihr Unterkörper ist nackt. Keine Bewegung in ihrem Gesicht. Hat sie Angst? Meine Feindin! Ich höre die Autos nicht mehr fahren, sehe das Blau des Himmels nicht mehr – ich sehe nur noch meine Mutter. In mir ist es kalt. Wie eine Furie will ich mich auf sie stürzen, über sie herfallen. Apokalypse now! Wut, Zorn, Hass, Mord, Tod. Ich bin eine Despotin! Eine Diktatorin! Schreie, Aufruhr, Umsturz, Vernichtung. Ich hebe den Baseballschläger über meinen Kopf und schwinge ihn nach vorn. Das Gewicht des Schlägers zieht meinen Oberkörper nach vorn, der Schläger fällt auf meine Füße. Noch einmal hebe ich ihn in die Luft und schwinge ihn in Richtung meiner Mutter. Die Kraft meiner Arme reicht nicht, meine Muskeln sind schlaff geworden, ich erreiche meine Mutter nicht. Eine alte Frau will eine noch ältere Frau schlagen. Meine Mutter steht als Zweiundsiebzigjährige vor mir, ihre Knochen würden brechen. Ich versuche es, aber ich bekomme sie nicht als junge Frau in das Bild. Man muss die Mutter schlagen, solange sie jung ist. Ich kann nicht zuschlagen. Ich gebe auf. Ich höre auf damit.

Diese Hirngespinste. Verrückt, primitiv, Paranoia. Es gibt Mutter*liebe,* Mutter*hass* gibt es gar nicht. Jedenfalls gibt es das Wort nicht. Mutterhass steht in keinem Wörterbuch. Und falls es doch einmal vorkommt, dass eine Mutter ihr Kind hasst – ja, deswegen darf ein Kind doch noch lange nicht seine Mutter hassen. Du sollst Vater und Mutter ehren!

Es war acht Uhr. In meinem Zimmer war es dunkler geworden, die Sonne war weitergewandert und schien nicht mehr herein. Ich stand auf, kochte mir einen Kaffee und aß ein Brot mit Kirschmarmelade.

„Deine Mutter hat für dich genauso viel getan wie für jeden anderen auch!“, sagte mein Vater 2001, als er mich aus Irland anrief. Ich hatte es nicht direkt ausgesprochen, als ich ihn in Irland besuchte; ich hatte um den heißen Brei herumgeredet. Ich hatte zu ihm gesagt, meine Mutter habe mich nie auf den Arm genommen.

„Doch, sie hat dich auch auf den Arm genommen. – Du denkst zu viel“, hatte er in Irland geantwortet.

Als er mich anrief, sprach er mit Nachdruck. Ärger in seiner Stimme. Ich war irritiert. Perplex. Ein schwieriger Satz, schwer nachzuvollziehen: *„... wie für jeden anderen auch ...“.* Wer war jeder andere? Und was hatte meine Mutter für jeden anderen getan? Er verteidigte sie. Dachte er, die Tochter ist undankbar, sie hat keine Ahnung, sie weiß nicht, wie es war? Er war böse auf mich am Telefon. Doch je länger ich über den Satz nachdachte, desto mehr hatte ich den Eindruck, dass er verstanden hatte, was ich ihm hatte sagen wollen. Was bedeutete der Satz meines Vaters? Eigentlich hat deine Mutter nichts für dich tun wollen! – Nicht wahr? – Und obwohl sie nichts für dich tun wollte, hat sie dann doch etwas für dich getan! – Nicht wahr?

Nach dem Katastrophenjahr 1965 schlug meine Mutter mich nicht mehr. Ich wurde sechzehn, sie war achtunddreißig. Und sie kam zu meiner Abschlussfeier in der Realschule.

2 Gütersloh. Todesstrafe

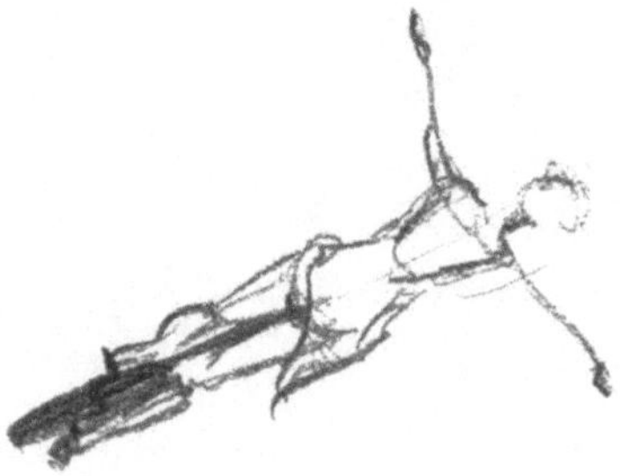

Rumms

10. Februar 1948, Fasnacht

Sie waren zu dritt auf die Karnevalsfeier gegangen, die Geschwister Mathilde, Clemens und Walter. Mathilde war sechzehn, Clemens einundzwanzig und Walter dreiundzwanzig alt gewesen. Fast alle Tische im Saal bei Brummelwirth waren schon besetzt. Zwei- oder dreihundert Leute im Saal redeten, riefen, lachten. Die Kapelle spielte „Das kann doch einen Seemann nicht erschüttern“, einen Marschfoxtrott; erste Paare tanzten. Die Leute schauten, als sie den Saal betraten, sie sahen gut aus. Clemens trug eine schwarze Augenklappe auf der Stirn. Die Brüder lehnten sich mit dem Rücken an die Theke, tranken ein Bier, rauchten und schauten sich im Saal um; Mathilde setzte sich zu Kollegen an einen der einfachen Holztische.

Da sah Clemens sie an einem Tisch in der Ecke des Saals sitzen, eine leuchtend rote Kappe mit einem weißen flauschigen Besatz auf dem Kopf. Halblange, buschige dunkelbraune Haare, ein weiches Gesicht. Sie saß schräg zu ihm, redete nicht, schaute den Tanzenden zu ... kam ihm bekannt vor ... hatte sie schon mal gesehen. War sie es? ... an einem Tisch gesessen, als er mit Käthe bei Müther war? Ein Blick der Frau traf ihn, eine Sekunde schauten sie sich an, dann tat er so, als habe er sie nicht bemerkt, blickte schnell zu den bunten Papiergirlanden vor den Fenstern, zu den Tüllgardinen. Nur die obere Hälfte der Scheiben bedeckt. Die Blätter der Sanseveria auf der Fensterbank – sie stachen wie Lanzen steil nach oben. Ein Foxtrott. Sein Herz schlug schneller. Er konnte Foxtrott tanzen, sein Körper spannte sich, richtete sich auf. Ein kurzer Blick zu ihr. Er warf die Zigarette auf den Boden, trat mit dem Fuß darauf und ging zu ihrem Tisch: „Darf ich bitten?“

Den Kopf zu ihm gewandt sprang sie auf, stieß mit einer Hacke ihren Stuhl zurück. Am Rocksaum über den Knien der gleiche flauschige Besatz wie an der Kappe – wie ein Fuchsschwanz. Er ließ sie vorausgehen. Kleid und Kappe aus kirschrotem Filzstoff. Der Flauschbesatz am

Saum wippte. Was war sie? Ein Funkemariechen? Einmal drehte sie sich zu ihm um, der weite Rock schwang um ihre Hüften und Oberschenkel. War sie unsicher, ob er ihr folgte? Auf der Tanzfläche stellten sie sich in einem spitzen Winkel zueinander hin, schauten sich kurz an, lächelten. Er hob seine rechte Hand, öffnete sie, und sie legte ihre hinein. Seine andere Hand legte er vorsichtig auf ihren Rücken, und sie drehten sich das erste Mal. Sie sprachen nicht. Sie tanzten. Sie fühlte sich gut an. Seine Tänzerin und er, nichts sonst zählte. Er legte seine Hand fester auf ihren Rücken, und sie sträubte sich nicht, sie ging mit. Sie war zart, hatte braune Augen, einen großen Busen. Roch gut – nicht nach Bauernhof. Schnell fanden sie einen gemeinsamen Rhythmus. Als der erste Tanz vorüber war, standen sie im rechten Winkel zueinander, schweigend, beide nahmen den anderen aus den Augenwinkeln wahr, waren voll auf den anderen konzentriert, ließen ihn keine Sekunde außer Acht. Er war einen halben Kopf größer als sie. Seine schwarze Hose war ihm auf die Hüften gerutscht. Sie schlug die Augen nieder, schaute auf die grauen Holzdielen, das Kinn zur Brust gedrückt, fasste nach dem Band in ihrer Taille, schwang die Kordel durch die Luft – die flauschigen Bälle an den Enden, dieses Fuchsschwanzartige, kreiste vor ihrem Bauch. Er griff danach, konnte es aber nicht fassen, und sie lachten. Die Kapelle spielte „Für eine Nacht voller Seligkeit, da geb ich alles hin …“. Er führte sie geschickt zwischen all den anderen hindurch über den Tanzboden, sie lag sicher in seinem Arm und schaute ihm in die Augen. Da war etwas, das sie anzog, eine verborgene Welt. Eine Hoffnung kam hoch. Sie war neunzehn, lächelte ihn an, zog einen Mundwinkel nach unten.

Am späteren Abend in einer Tanzpause fragte er, ob sie wissen wolle, wo er wohne, ob er ihr den Hof seiner Eltern zeigen solle. Es sei gleich nebenan, sie könnten zu Fuß rübergehen. Sie sagte ihrer Schwester Anni, mit der sie die zehn Kilometer aus Friedrichsdorf hergeradelt war, sie gehe mal mit ihrem Tänzer nach draußen. Schnell zogen sie ihre Mäntel über. Vor der Gastwirtschaft brannte Licht, aber auf der Straße war es dunkel. Er legte einen Arm um ihre Schultern, und sie bogen in den Weg zwischen den Kuhwiesen ein. Es regnete leicht, eine warme Februarnacht, nicht kalt. Ihre Augen hatten sich an die Dunkelheit gewöhnt. An der Weggabelung zum Bauernhof des Nachbarn, dort wo die Reihe der Erlenbäume begann, blieben sie stehen. Ein halber Mond hinter Wolken gab etwas Licht, schemenhaft sah sie die

Reihe der Bäume am Weg. Er umfasste ihren Kopf mit seinen Händen, und sie küssten sich. Die Arme umeinandergeschlungen gingen sie weiter. Nach hundert Metern, am Ende der Erlenreihe, die Hofeinfahrt, Avenwedde Nummer 30. Sie blieben stehen. Hinten rechts auf dem Hof ein Fachwerkhaus. Kein Licht, alles dunkel. Sie trat einen Schritt zurück, wollte ihn mit sich ziehen, zurück zum Gasthaus. Er legte beide Arme um ihre Taille.

„Meine Eltern gehen früh schlafen. Die schlafen schon lange."

Links ein Wald!

„Kein großer Wald, nur ein paar Büsche und Bäume", sagte er.

Weiter hinten auf dem Hof, angrenzend an den Wald, ein zweites Fachwerkhaus, kleiner, geduckt.

„Wohnt keiner mehr. Uralt. Komm, ich zeig es dir."

Sie zögerte. Ein Hund auf dem Hof? Würde er bellen? Clemens drückte sie fester an sich.

„Der Hund schläft. Der kennt mich ... der bellt nicht."

Sie überquerten den Hof, standen vor einer rauen grauen Holztür, die wie ein Scheunentor bis zum Dach reichte. Fast lautlos schob er einen Riegel beiseite, drückte eins der unteren Türblätter auf, es quietschte in den Angeln. Gebückt schlüpfte er in das Haus hinein, zog sie an einer Hand hinter sich her. Sie sog hörbar Luft durch die Nase.

„Hinten sind Schweine. Sechs Schweine ... und Hühner." Er griff nach einer Petroleumlampe, die neben dem Eingang auf der Erde stand, und schloss die Tür.

Sie trat einen Schritt zur Seite, stolperte.

„Vorsicht. Die Deichsel." Er nahm ein Feuerzeug aus seiner Hosentasche und zündete die Lampe an.

Vor ihren Füßen eine Pferdedeichsel, dahinter ein Pflug aus schwerem Metall. Der Raum voller Ackergeräte, vor die man ein Pferd spannen konnte. Gelb und rot lackiert. Ein Heuwender. Seine vielen Gabeln zeigten wie riesige offene Hände zur Decke und in verschiedenen Winkeln zum Boden. Dann noch ein Gerät für die Heuernte, eine einzige große Kralle, mit der ein Pferd Gras auf der Wiese zusammenziehen konnte. An die Wand gelehnt eine Egge. Das Metall blitzte im Licht. Clemens hielt die Lampe vor sie hin und führte sie am Arm. Der Boden schwarz. Gar kein richtiger Fußboden. Nur Erde. Gestampft. Ganz wellig unter den Füßen. Schaufeln, Forken, Drahtkörbe. Gestapeltes Brennholz. Kartoffelgeruch. Er leuchtete in einen kleinen Nebenraum, dessen Tür offenstand. Ein Kartoffelberg, ein ganzer Raum voller Kartoffeln. In einer Ecke ein Stapel gefalteter Kartoffelsäcke. Er zog sie weiter, tiefer in den großen Raum hinein. Vor der hinteren Wand ein Haufen Stroh. Scharfer beißender Geruch. Eine Tür in der Wand.

„Hier geht's zu den Schweinen."

Auf der gegenüberliegenden Seite des Raums – ein Gang zurück zur Eingangstür. Zwiebeln, zu Büscheln zusammengebunden, hingen von der Decke herab. Im Raum stehende Holzpfeiler. Daran befestigt, einen Meter oberhalb der Erde – Kojen.

„Hier haben die Leute früher geschlafen. Mein Opa nicht, aber andere Leute. Willste mal rein? Ausprobieren? Warte ... vorne sind Pferdedecken."

Er stellte die Lampe auf einen Balken am Kopfende einer Koje und verschwand im Dunkeln. Als er eine Decke in einer Koje ausbreitete, schmeckte sie den Staub, der durch die Luft wirbelte, auf der Zunge. Er hob sie hoch und kletterte hinter ihr her. Die Decke war hart, roch aber schön nach Pferd, und sie wärmte; auch kam wohl aus dem Stall von den Schweinen etwas Wärme herüber. Clemens umfasste ihren Körper, zog sie näher zu sich heran; sie fror gar nicht mehr. Bäume rauschten, Wind pfiff leise durch die Ritzen des Hauses. So gemütlich.

Rumms! Rumms!

Sie fuhr zusammen. Da ist jemand!

Es klopfte.

„Josefa. Hier kommt nachts keiner rein. Keine Angst. Das ist ein Schwein."

Holzbalken knackten. Ein Huhn gab im Schlaf einen Laut von sich. Ein Schwein grunzte. Tierisch.

Und dann, eine Weile später, hörte sie die Geräusche gar nicht mehr.

Diese listige Natur.

So haben meine Eltern Josefa und Clemens Hellbrink sich kennengelernt. Ich, Tochter Anne, habe sie selbst nie danach gefragt. Rühr nicht daran, es ist ein heißes Eisen, solch ein Gefühl hatte ich. In meiner Phantasie hatten sie sich kurz nach Ende des zweiten Weltkriegs kennengelernt, am Ende des Hungerwinters 1946/1947, als in Deutschland die Versorgung mit Kohle zusammengebrochen war und die offizielle Essensration in der britisch verwalteten Zone, dazu gehörte Avenwedde, drei Scheiben Brot am Tag betrug. Ich nahm an, meine Eltern wären ein oder zwei Jahre miteinander gegangen, seien schon eine ganze Weile ein Paar gewesen, bevor es passierte. Aber so war es nicht. Alles geschah in ganz kurzer Zeit. Ich weiß es von Tante Mathilde, der jüngeren Schwester meines Vaters. Als ich sie neulich fragte, wie meine Eltern sich kennengelernt hätten, antwortete sie in einem Ton, als sei es selbstverständlich, als müsste ich es wissen:

„Ja, bei Brummels, Karneval, achtundvierzig!"

1948 wurde mein Bruder geboren.

Sie fuhr fort: „... dein Vater war damals eigentlich mit einer anderen Frau zusammen. Mit Käthe. Sie konnte an dem Abend nicht. Käthe wohnte auf der Sürenheide, war viel bei uns zu Hause. – Sie ist dann immer allein geblieben, hat nie geheiratet."

Schwimmen

1943 – 1945

Als der zweite Weltkrieg begann, waren Josefa elf und Clemens dreizehn Jahre alt gewesen. Sie waren erwachsen geworden in einer Zeit, in der sechs Millionen Juden ermordet wurden und sechzig Millionen Menschen im Krieg starben. Clemens schloss während des Krieges, 1940, die Volksschule ab und begann eine Lehre als Maschinenweber bei der Firma Bartels in Gütersloh. 1943, er war sechzehn, konnte er die Lehre nicht abschließen, weil sein Jahrgang in den Krieg einberufen wurde.

Ein paar Monate vor seiner Einberufung, im Frühjahr 1943, kam sein ältester Bruder Heinz einmal für zwei Wochen auf Fronturlaub aus Russland nach Hause auf den Bauernhof in Avenwedde. Heinz war zwanzig Jahre alt und seit drei Jahren im Krieg. Zu Hause zog er seine Uniform sofort aus und arbeitete mit seinem Vater auf dem Feld. Er führte das Pferd, Hektor, zum Pflügen und Eggen. – Noch hatte sein Vater das Pferd nicht an die nationalsozialistische Regierung abgeben müssen. Mittags am Tisch füllte Heinz' Mutter ihm größere Portionen auf den Teller als den anderen. Nachts schlief er wieder in der Ecke auf der Bühne, einem Zwischenboden, auf dem die Brüder schon vor dem Krieg in der Reihenfolge ihres Alters nebeneinander geschlafen hatten, Heinz, Walter, Clemens und Johann.

Am Ende seines zweiwöchigen Fronturlaubs wollte er nicht zurück nach Russland, er blieb einen Tag länger in Avenwedde, als ihm von seiner Regimentsleitung genehmigt worden war. Dann zog er seine Uniform doch wieder an, setzte sich mit angezogenen Beinen auf den Gepäckträger von Clemens' Fahrrad. Mathilde, seine zwölfjährige Schwester, klemmte Heinz' Beutel mit seinen Sachen auf ihr Rad, und in zwanzig Minuten waren die drei am Bahnhof in Gütersloh. Heinz stand in der Tür des Zugs, Mathilde und Clemens schauten vom Bahnsteig zu ihm hoch. Am Ende des Zugs pfiff der Schaffner. Heinz' Blick verlor sich an der Mauer des Bahnhofs. Der Zug ruckte los und Heinz sagte: „Ich werde wohl nicht wiederkommen."

Clemens und Mathilde standen mit hängenden Armen, schauten, wie sich der Zug in Bewegung setzte und Heinz die Tür schloss. Sie gingen erst und dann liefen sie mit dem Zug mit, versuchten Heinz hinter der Tür zu sehen, sie rannten mit dem Zug mit. Am Ende des Bahnsteigs stoppte Clemens abrupt und riss Mathilde am Arm, um sie aufzuhalten.

Sie atmete heftig: „Warum hat er das gesagt?"

„Weiß ich doch nicht."

Sie schauten dem Zug hinterher, bis er in einer Biegung verschwand. Clemens drehte sich um und ging langsam zurück zur Bahnsteigtreppe. Mathilde folgte ihm in einem Meter Abstand. Auf dem Bahnhofsvorplatz bei den Fahrrädern fragte sie noch einmal: „Warum hat er das gesagt?"

„Himmel, Herrgott. Woher soll ich das wissen? – Hör auf, so blöd zu fragen."

Clemens raste mit seinem Fahrrad nach Hause, kam ein paar Minuten vor Mathilde auf dem Bauernhof an, und weder er noch Mathilde erzählten, was Heinz gesagt hatte.

Drei Wochen später kam ein Brief von der Leitung des Regiments, unter dem Heinz in Russland war. In dem Brief stand, Heinz sei in einem Gefecht für das Vaterland zu Tode gekommen.

Dies erzählte mir mein Vater Clemens 2001, als er schon in Ballymore in Irland wohnte; er war fünfundsiebzig, ich einundfünfzig Jahre alt. Wir saßen in der Sonne vor der Garage am Weg, und ich hatte ihn nach seinem Bruder Heinz gefragt.

„Heini – ", sagte mein Vater, „wer weiß, was ihm alles erspart geblieben ist."

Das kann ich so nicht stehen lassen, dachte ich, Heinz hat sein Leben verloren – sagte dann aber nichts.

Ein paar Wochen nachdem der Brief aus Russland gekommen war mit der Nachricht, dass sein Bruder gestorben sei, hörte Clemens, dass die Wehrmachtsleitung Vorbereitungen traf, den nächst folgenden Jahrgang einzuberufen, den Jahrgang 1926, seinen Jahrgang.

Abhauen, ging ihm durch den Kopf, nach Amerika. Sein Großvater hatte manchmal am Tisch von drei Brüdern erzählt, die als junge Männer nach Amerika ausgewandert waren. Aber Clemens wusste nicht, wo in Amerika sie wohnten. Er hatte auch kein Geld für eine Fahrt nach Amerika. Fahnenflucht, Todesstrafe, daran dachte er auch. Und er wollte seine Lehre als Weber abschließen. In dem Sommer verabschiedete er sich eine Zeitlang jeden Abend nach dem Essen, um schwimmen zu gehen. Seine Eltern waren verärgert, die Ackergeräte mussten noch in den Schuppen gebracht werden, die Hühner brauchten noch Wasser. Er fuhr, auch wenn es bewölkt und kühl war, zehn Minuten mit dem Rad Richtung Sürenheide zur Strangmühle. Die Dalke, der kleine Fluss, der ein paar Kilometer westlich von Gütersloh in die Ems mündet, wurde vor der Mühle gestaut. Das Wasser war stellenweise drei bis fünf Meter tief, braun und schwarz unter Erlen und Eschen. Bei schönem Wetter schwammen auch andere Jungen, die er nicht kannte, vor dem Wehr. Sie kamen wohl aus Sürenheide, Spexard oder Verl. Er schwamm eine halbe Stunde, immer schneller zur Staumauer und zurück ins Flache, manchmal schwamm er auch im Kreis. Er war ein guter Schwimmer, und er wollte ein noch besserer werden. Wegschwimmen, sich retten, in Sicherheit bringen. Nicht nach Russland! Wenn er sich im hohen Gras vor einer Kuhweide abtrocknete, außer Atem, hatte er manchmal einen Blutegel am Bein, den er vorsichtig abzog und weit von sich warf. Er fühlte sich stark und sicher im Wasser. Er würde sich zur Kriegsmarine melden.

An dem Morgen als er los musste zur Marine, war sein Bruder Walter im Krieg in Russland, sein Bruder Johann und seine Schwester Mathilde waren in der Schule, seine Schwester Lisbeth, die Verkäuferin gelernt hatte, war zur Lebensmittelausgabe. Sein Vater, der nichts vom Krieg hielt, gab ihm die Hand.

„Pass upp di upp. Kumm heile weher."

Sie sprachen plattdeutsch miteinander in der Familie. Die Schweine müssten gefüttert werden, sagte sein Vater, und ging aus der Küche auf die Deele. Seine Mutter, in einem langen dunklen Rock, darüber eine grobe Schürze, begleitete ihn vor die Haustür.

„Do hes wat for unner wegens." Sie holte eine geräucherte Mettwurst aus ihrer Schürzentasche.

Als er sich auf dem Weg noch einmal umdrehte, leuchteten die Ziegelsteine des Hauses in der Morgensonne, die Eichenbalken glänzten silbern. Seine Mutter stand noch in der Tür, ihre Hände unter der Schürze versteckt. Niemand begleitete ihn. Er ging allein.

„Was meinst du, was das für ein Gefühl war, als ich losmusste? Allein zu Fuß nach Gütersloh zum Bahnhof." Diese Frage stellte mein Vater mir 2001, als ich bei ihm in Irland vor der Garage am Weg in der Sonne saß.

Als Clemens schon tot war, sagte seine Schwester Mathilde: „Er hat sich zur Marine gemeldet, nicht weil er in den Krieg wollte, aber weil er, wenn er schon in den Krieg musste, dann zur Marine wollte, weil er gut schwimmen konnte."

Er fuhr mit der Kriegsmarine nach Norwegen. Zwei Jahre war er unterwegs. 1945, am Ende des Kriegs, kam er in Gefangenschaft. „Bergen ist schön", sagte er zu mir, „da musst du mal hinfahren." Hat er den Krieg überlebt, weil er ein guter Schwimmer war? Ein absurder Zusammenhang?

„Walter war bei der SS", erzählte Tante Mathilde mir. „Den SS-Leuten wurde in der Achselhöhle das SS-Emblem eingebrannt. Walter hatte auch so ein Brandmal unter der Achsel", sagte sie. – Es heißt, die SS tätowierte ihren Mitgliedern ihre Blutgruppe unter eine Achsel. Deshalb vermute ich, es war nicht das SS-Emblem, das Walter unter der Achsel trug, sondern seine tätowierte Blutgruppe. Tante Mathilde verwechselte wohl SS-Emblem und Blutgruppe.

Johannisbeeren

August 1949, eineinhalb Jahre nach der Karnevalsfeier
Clemens machte sich auf den Weg zu Josefa und wusste noch nicht, was auf ihn zukam. Gerade hatte er sich noch am Spülstein auf der Deele zwischen Mittel- und Zeigefinger zwei Wasserwellen ins Haar gedrückt, nachdem er in der Regentonne im Hof gebadet hatte, jetzt flogen seine Haare in alle Richtungen. Die Kanne am Lenker seines Rads schwankte, fast wäre Milch auf die Hose geschwappt. Eine Windbö packte ihn vor dem doppelt mannshohen Holzkreuz mit dem weißen Christus, als er vom Hof fuhr. Er hatte es eilig, sie wartete bestimmt schon den ganzen Nachmittag. Gleich nachdem er aus der Frühschicht in der Weberei nach Hause gekommen war, nach dem Mittagessen, hatte er fahren wollen, aber seine Mutter hatte gesagt, er müsse mit aufs Feld, die Gerste müsse rein. Es war Ende August, er war inzwischen dreiundzwanzig und fuhr jeden Samstag zu Josefa, zehn Kilometer Richtung Bielefeld. An diesem Samstag im Spätsommer 1949 hatte er einen Drahtkorb mit Kartoffeln auf dem Gepäckträger. Seine Mutter hatte noch eine Papiertüte mit Beeren auf die Kartoffeln gelegt. „Die letzten dieses Jahr", hatte sie gesagt. Er fuhr den Weg mit den Erlen, zwischen den Wiesen mit schwarzbunten Kühen hindurch. Beim Amt Avenwedde, der Gemeindeverwaltung, und der Möbelfabrik Flötotto scheitelte sich der Weg; eine Abzweigung führte zum Avenwedder Bahnhof und zum Gasthaus Müther. Er fuhr geradeaus Richtung Bielefeld, immer geradeaus.

Es war kühl und nass geworden gegen Abend, der Wind blies von vorn aus Nordost. Ein paar Pedaltritte weiter, an der gleichen Straßenseite wie das Amt, die katholische Volksschule, die er bis 1940 besucht hatte. Neben der Schule die katholische Kirche, ein roter Backsteinbau. Die meisten Menschen in Avenwedde waren katholisch. Evangelische Kinder gingen auf eine eigene Schule, und da sie nur wenige waren, wurden alle Jahrgänge in einer Klasse zusammen unterrichtet.

Angrenzend an das Kirchengelände Ackerland, frisch gepflügte Erde. Danach auf der anderen Straßenseite der katholische Friedhof, auf dem seine Großeltern beerdigt waren. Einzelne Radfahrer kamen ihm entgegen, er grüßte und wurde ebenfalls gegrüßt. Die meisten der Entgegenkommenden kannte er. Feldwege, gesäumt von Büschen, einzelnen Birken und Eichen, gingen von der Straße ab zu entfernt liegenden Bauernhöfen. Pferde galoppierten eine Weile an seiner Seite über eine Wiese und schnaubten. An einer Wegmündung, etwas größer als ein Mensch, ein Marienhäuschen aus hellroten Ziegelsteinen. Ein Bauer hatte es an die Straße gebaut. Im offenen Innenraum des Häuschens eine Marienstatue im hellblauen Mantel und eine Vase mit Margeriten.

Ein paar hundert Meter einen Hügel hinauf. Die Gütersloher und Avenwedder Gegend ist flach wie das benachbarte Münsterland, nur Richtung Bielefeld gibt es leichte Steigungen, allerletzte Ausläufer der Bielefelder Berge. Ein Auto hupte und überholte ihn. Er trat fester in die Pedale, bis er die Ziegelei mit der Pappelallee davor sehen konnte. Die Hälfte des Weges geschafft. An ein paar einzeln stehenden Häusern, der Gaststätte und Bäckerei Reilmann vorbei. Noch eine Steigung. Neben der Straße ein steiler Abhang hinunter zu einem Baggersee. Es seien Menschen in dem Wasser ertrunken, hieß es, sie hätten sich mit den Füßen in Schlingpflanzen verheddert. Am Ende des Baggersees, auf der gegenüberliegenden Straßenseite, die Molkerei, zu der die Milch der Kühe seiner Eltern gebracht wurde. Noch zehn Kilometer geradeaus, dann wäre er in Bielefeld, aber vor der Molkerei, noch vor dem Ortseingang von Friedrichsdorf, nahm er eine scharfe Kurve, rollte auf der anderen Seite des Baggersees die Straße hinunter, den Wind im Rücken.

Das Haus ihrer Eltern oben auf dem Hügel konnte er schon sehen, bevor er in den Sandweg einbog, es stand nackt und bloß da. Daneben verdeckte eine hohe Hecke eine weiße Villa, in der ein Arzt mit seiner Familie wohnte.

Clemens sprach von „Friedrichsdorf", wenn er den Ort des Hauses meinte, vielleicht weil der Dorfkern von Friedrichsdorf näher liegt als das Amt Avenwedde. Tatsächlich steht das Haus in Avenwedde-Nord. Ich sage wie Clemens „Friedrichsdorf", um die Orte der Elternhäuser zu unterscheiden. Josefas Vater hatte das Haus 1928 – 1930 gebaut. Eineinhalb Stockwerke, viele kleine Fenster, grauer Sandputz. Vierzehn

Leute wohnten damals, als Clemens Josefa besuchte, in dem Haus: Josefas Eltern, ihre zehn Kinder und zwei Neugeborene.

Die Haustür öffnete sich, sie lächelte und küsste Clemens auf den Mund. Sie war einundzwanzig. Er wollte seinen Arm um ihre Taille legen, aber sie zog ihn in den Flur, einen schmalen Gang mit vergilbten Tapeten, von dem das Schlafzimmer ihrer Eltern, Wohnzimmer und Speisekammer abgingen. Laute, streitende Stimmen aus dem Wohnzimmer. Geruch von Kohlenqualm. Er löste seine Hand aus ihrer, ging zurück vor die Tür, holte den Drahtkorb herein und stellte ihn in die Ecke vor der Treppe. Die Papiertüte steckte er in die Hand, mit der er die Milchkanne trug. Er gab ihr seine freie Hand zurück, und sie zog ihn die Treppe hoch in den ersten Stock. Die Türen zu den Schlafzimmern ihrer Brüder und Schwestern waren geschlossen, nur die Tür zu ihrem Zimmer stand offen. Paul weinte. Es roch nach Babypuder in dem zehn Quadratmeter großen Zimmer.

„Die Kanne nicht auf die Kommode. Stell sie auf die Fensterbank“, sagte sie.

Er gab ihr die Tüte. „Weil ihr keine habt, Josi. Und weil du sie so gerne isst.“ Er ließ sich auf das schmale Bett in der Ecke neben dem Fenster fallen, beugte sich zu Paul, der aufhörte zu weinen, als Clemens die Babyfinger in seine Hand nahm. „Schreihals“, sagte Clemens, drückte und schüttelte Pauls Hand.

Sie schaute in die Tüte, lächelte und zeigte ihre sich leicht überschneidenden Vorderzähne. „Die essen wir heute Abend. Mit Zucker.“ Sie schüttete die Johannisbeeren in eine Schüssel, stellte sie auf den Tisch, der in der Mitte des Raums stand.

„Kann heut Nacht hier bleiben.“ Für Sekunden hielt er seine blauschwarzen Augen geöffnet, dann blinkerte er ihr zu.

Sie stand am Tisch und schaute, als ob sie nicht verstanden hätte, was er gesagt hatte. Sie ging zur Kommode, holte zwei Tassen heraus, stellte sie auf den Tisch – dann zurück auf die Kommode und blieb mit Blick zur Wand stehen.

„Komm mal her!“, sagte er.

Sie blickte über die Schulter, wandte sich wieder ab, ging zum Ofen, ordnete nasse Lappen auf einer Stange.

„Josi, komm.“ Er klopfte mit der flachen Hand neben sich auf die rostrote Tagesdecke auf dem Bett.

Ihr Gesicht war weiß. Sie bewegte ihren Mund, ohne einen Ton herauszubringen. Ging zum Tisch, stützte sich mit den Knöcheln ihrer Fäuste auf der Tischplatte ab.

Er stand auf und legte ihr einen Arm über die Schulter.

„Nich, lass mich." Sie befreite sich aus seinem Arm und stützte sich auf die Kommode hinter ihr.

„Was is denn?"

„Nix."

Er steckte seine Hände in die Hosentaschen, ging zum Fenster, lehnte sich zurück an die Fensterbank. „Du hast doch was."

„Was soll ich schon haben?"

„Sag schon!"

Sie schaute auf den Fußboden. „Hab meine Tage nicht gekriegt."

Er starrte sie an. „Was?"

Sie verschränkte die Arme vor ihrem Bauch. „Hätten schon längst kommen müssen."

„Donnerkeil! – Du isst zu wenig!" Seine Stimme war rau und zitterte. Er ging drei Schritte vor, griff ihren Oberarm, drückte ihn fest, schüttelte ihn, sagte leise und heftig: „Manchmal kommen die Tage nicht. Das ist doch manchmal so, dass die Tage sich verspäten." Er suchte ihren Blick.

Sie ruckte mit Arm und Schulter, um seine Hand abzuschütteln. Falten auf ihrer Stirn. Sie blickte zum Fenster. „Schön wär's!"

Er setzte sich auf die Kante des Betts. „Was? – Blödsinn."

Paul meldete sich mit einem Schrei.

Sie knickte in der Körpermitte ein, legte ihren Kopf auf den Tisch. „Ich will nicht, will nicht!" Ein paarmal schlug sie mit der Stirn auf das braun und beigefarben gemusterte Wachstuch auf dem Tisch, ihre Schultern zuckten.

Er sagte: „Kann doch nicht sein. Haben doch gar nicht … verflixt!"

„Nicht noch eins!" Sie richtete sich auf und schlug mit der Faust auf ihren Bauch. „Ich krieg zu viel. Ich will nicht." Sie presste eine Hand in den Bauch.

„Haben doch aufgepasst", sagte er. „Was hast du denn?"

Sie legte die Hände vor ihr Gesicht.

Er fuhr mit einer Hand durch die Luft, als wolle er etwas wegwerfen. „Pass auf … nächste Woche ist alles wieder in Ordnung! Himmel noch mal."

Tränen auf ihrem Gesicht. „Wie soll das gehen? Jedes Jahr ein Kind, bis die zehn voll sind, wie bei Mama?“ Sie schnappte nach Luft.

„Kann man denn nichts machen?“, fragte er.

„Hab ich doch“, sagte sie.

Er stand auf vom Bett, schaute kurz aus dem Fenster, setzte sich wieder auf die Bettkante.

„Hab Spülungen gemacht. Kochend heiße Handtücher auf den Bauch gelegt. – Nichts. Nichts.“

Er setzte sich mit angezogenen Beinen in die Ecke des Bettes, streichelte mit einem Zeigefinger grob über Pauls Gesicht.

„Hab noch nicht mal 'n Kinderbett für Paul und jetzt schon das nächste …?“

Später, als es bereits dämmerte, und sie vor dem Fenster stand, stellte er sich hinter sie, verschränkte seine Hände vor ihrem Bauch, und sie schauten über die graugrüne verwilderte Wiese, die direkt am Weg vor dem Haus begann und sich bis unten zur Straße am Baggersee erstreckte. Sie hatten kein Licht angemacht. Der Wind zerrte an dem hohen Gras, den Büschen, den verkrüppelten Apfelbäumen. Der Zaun war eingerissen, verrostete Drahtrollen lagen herum, Bauschutt, Blechteile. „Warum kümmert sich niemand um die Wiese? … der Kohlenhändler, dem gehört das doch alles hier!“, sagte er. Ein Moped ruckte auf dem Sandweg den Hügel hoch, schleuderte hin und her, stand still, bewegte sich wieder und bog ab zu den Holzbaracken der Flüchtlingssiedlung. Lange standen sie so. Paul schlief. Als er sich wieder meldete und quengelte, legte Clemens sich bäuchlings neben ihn auf die Kante des Betts und hielt ihm seinen Zeigefinger hin. Paul griff danach, umklammerte den Finger mit seiner Hand. Clemens schaute über die Schulter zu Josefa, die sich am Fußende des Bettes hinkauerte und sich dann auf dem Bauch zwischen ihn und Paul robbte. Sie legte ihren Kopf aufs Polster und beobachtete Paul, der ruhig wurde. Clemens legte eine Hand auf ihren Po.

Josefa war die Zweitgeborene der zehn Kinder von Margarete und Otto Lükendrees. „Weiteromma“ und „Weiteroppa“ sagten wir in unserer Familie in Avenwedde, wenn wir über Großmutter Margarete und Großvater Otto sprachen. „Weiter“, weil sie weiter weg wohnten als die anderen Großeltern, als Maria und Joseph, die nebenan wohnten. Sie nannten wir „Omma“ und „Oppa“.

Otto wurde 1900 geboren. Er war „Lohnarbeiter“, so steht es in Josefas Geburtsurkunde von 1928. Während des zweiten Weltkriegs arbeitete er im Rüstungsbetrieb Isringhausen in Bielefeld, nach dem Krieg in der Fahrradfabrik Rabeneick in Brackwede, einem Dorf in der Nähe von Bielefeld.

In einem Dokument von 1948 hatte Otto als Beruf Handelsvertreter angegeben. In den fünfziger Jahren spottete Clemens manchmal: „Geh mir doch los! Handelsvertreter!“, sagte er, und bewegte seine Hand, als wolle er etwas hinter sich auf die Erde werfen. „Womit hat er denn gehandelt?“ Als ob er Otto der Hochstapelei verdächtige, als habe Otto sich als etwas Besseres dargestellt, als er in Wirklichkeit war. Was versuchte Otto zu verkaufen in der Zeit nach dem Krieg, als alles zusammengebrochen war? Bettwäsche, wie sein Schwager? Und wo? An Haustüren? 1948, das Jahr der Währungsreform, in dem jeder Einwohner der Bundesrepublik Deutschland 40 Deutsche Mark als Startgeld erhielt. Otto brannte Korn, ohne Genehmigung, in einem Keller, den er 1942 von der Mitte des Hauses aus unter der Küche ausgehoben hatte. Mit den Einnahmen aus dem Verkauf des Branntweins konnte er noch vor der Währungsreform die Kredite für sein Haus tilgen. Von dem Schnaps bekam später auch Clemens zu trinken.

Auf einem Foto von Margarete und Otto, aufgenommen Mitte der 1950er Jahre, am Tag der Hochzeit einer ihrer Töchter, steht Otto groß und aufrecht da, weißes Hemd, Einstecktuch, schwarze Fliege. Sein Haaransatz tief in der Stirn, eine gerade Linie, wie mit einem Lineal gezogen. Seine Haare waren rotblond, er trug einen „Bürstenschnitt“.

„Toki“, sagte Clemens, „den Spitznamen hatte er, weil er im zweiten Weltkrieg zeitweise für Lebensmittelzuteilung eingesetzt war – der damalige Ernährungsminister hieß Toki.“ Otto sei nicht Soldat gewesen; er sei vom Kriegseinsatz befreit worden wegen Kinderreichtum. – Tante Uschi meinte, das stimme nicht. Zehn oder zwölf Kinder hätten damals viele Leute gehabt, dann hätten die Väter ja alle nicht in den Krieg gemusst. „Wir haben immer wieder Familienfotos machen lassen, aber das hat nicht geholfen“, sagte sie. Otto habe mehrere Einstellungsbefehle erhalten. Die Firma Isringhausen habe dann gesagt: „Wir brauchen den Mann.“ Das habe ihn gerettet. Margarete und Otto hätten nichts für die Nazis übrig gehabt, überhaupt nichts, sagte Tante Uschi, die zehn Jahre alt war, als der Krieg zu Ende war.

1942, in dem Jahr, in dem ihre Mutter ihr zehntes Kind gebar, schloss Josefa die Volksschule in Avenwedde-Bahnhof ab. Eine Zeit lang arbeitete sie im Haushalt ihrer Eltern, dann fand sie eine Stelle als Verkäuferin in einer Bäckerei in Friedrichsdorf. Nach einigen Monaten nahm ihr Vater sie eines Abends beiseite und sagte: „Josefa, du musst wieder zu Hause bleiben. Deine Mutter schafft die Arbeit nicht." Das hat meine Mutter mir erzählt, drei Wochen bevor sie starb. Sie sagte, sie habe gern in der Bäckerei gearbeitet, vor allem hätte sie gern weiter Geld verdient. Für die Hausarbeit bei ihren Eltern bekam sie nichts, kein Geld, kein Lob, kein Dankeschön.

Als sie 1948 im Frühjahr das erste Mal schwanger war, gerade zwanzig geworden, arbeitete sie zu Hause weiter, als ob nichts wäre. Sie erzählte nichts. Vier ihrer Geschwister arbeiteten schon, die fünf jüngsten gingen noch zur Schule. Ihre eineinhalb Jahre ältere Schwester Elli war zwei Monate vorher ebenfalls schwanger geworden, aber die Schwestern wussten das nicht voneinander. Elli sprach von ihrer Schwangerschaft erst, als sie im fünften Monat war. Josefa sprach immer noch nicht. Sie hörte, was ihre Eltern zu Elli sagten.

„Was für eine Schande!" – Das sagten sie wohl nicht.

„Wer nimmt dich jetzt noch?" – Vielleicht sagten sie das.

„Dann sieh mal zu, dass er dich heiratet!" – Sagten sie das?

Erst jetzt, als ich diese Seiten schreibe und die Urkunden studiere, entdecke ich es. Margarete und Otto haben 1926 erst *zwei* Monate vor der Geburt ihres ersten Kindes Elli geheiratet. Ich vermute, dass Margarete und Otto mit ihren Kindern nicht über ihre „Muss-Heirat" gesprochen haben – ich habe jedenfalls nie davon gehört. Aber vielleicht hat ihre eigene Erfahrung die Worte beeinflusst, die sie zu Elli und Josefa sagten.

Die Zeit zwischen standesamtlicher Hochzeit und Geburt des ersten Kindes war bei Josefa und Clemens kürzer als bei Margarete und Otto. Es war nur *ein* Monat. Als sie in der katholischen Kirche in Friedrichsdorf getraut wurden, waren es nur noch *drei Wochen* bis zur Geburt des Sohnes.

Ich bin überrascht, auch Großmutter Maria, die Mutter meines Vaters, war schwanger, als sie heiratete. Auch das habe ich erst jetzt beim Studieren von Urkunden herausgefunden. Sechs Monate nach der Hochzeit von Maria und Joseph kam Tochter Lisbeth zur Welt. Aber vermutlich stand der Hochzeitstermin schon fest, als Maria schwanger wurde, und insofern war ihre Situation eine andere als die meiner Mutter und meiner Großmutter Margarete.

In der Heiratsurkunde von Clemens und Josefa steht „die berufslose“ Josefa. Welchen Bewegungsspielraum hatte sie, als sie schwanger wurde? Welche Wahl konnte sie treffen? Wie ist es zur Heirat gekommen? Haben Clemens' Eltern ihm geraten, Josefa zu heiraten? – Großmutter Maria wurde selbst unehelich geboren – auch das habe ich erst jetzt herausgefunden. Marias Eltern heirateten, als Maria schon vier Jahre alt war. War es ein Grund für Maria, dafür zu sorgen, dass ihr Sohn nicht Verursacher einer unehelichen Geburt wurde?

Clemens und Josefa hatten lange Zeit keine gemeinsame Wohnung, aber in Pauls Geburtsurkunde von 1948 steht, Josefa wäre „wohnhaft bei ihrem Ehemann“. Als Adresse ist das Haus ihrer Eltern in Avenwedde-Nord, in „Friedrichsdorf“, angegeben. Dieser Art der Beurkundung hatten Margarete und Otto dann wohl zugestimmt. Tatsächlich wohnte Clemens noch bei seinen Eltern auf dem Bauernhof.

Es gab zur Hochzeit meiner Eltern eine Feier. Das weiß ich, da Tante Mathilde einmal sagte, ihre Schwester Lisbeth sei die einzige gewesen, die auf der Feier ein langes Kleid getragen habe. Lisbeth habe ihr eigenes Hochzeitskleid für diese Feier hellblau gefärbt, und es habe beim Tanzen auf der Deele des Bauernhofs einen Riss bekommen.

Schwanger – ich habe nicht gehört, dass meine Mutter dieses Wort ausgesprochen hat in den 1950er und 1960er Jahren. Mit Bedenken und Skrupeln sagte sie leise, wenn es unvermeidlich war, wenn in einer Unterhaltung mit einer ihrer Schwestern eine Erklärung über den Zustand einer anderen Frau nötig war: „Sie ist in anderen Umständen.“

In den zwanzig Jahren, die ich mit meinen Eltern in dem Haus in Avenwedde lebte, habe ich sie niemals über ihre Heirat und Hochzeit sprechen hören. Die zeitliche Nähe von Heirat und Geburt ihres ersten Kindes war nicht Anlass, später einmal Scherze darüber zu machen und zu lachen. Nur ein Foto an der Wand in der Küche unseres Hauses wies auf die Hochzeit hin. Vermutlich wurde das Bild im Fotostudio in Gütersloh aufgenommen. Das Paar sitzt, Josefa auf einem Stuhl mit glänzenden Armlehnen; Clemens halb neben, halb hinter ihr, wohl auf einem Hocker und mit gegrätschten Beinen, denn nur ein Oberschenkel und ein Knie sind zu erkennen. Josefa in einem um die Brust herum engen weißen Kleid. Vielleicht hat sie es geschenkt bekommen, selbst geändert oder ihre Schwester Anni, die bei Seidensticker in Bielefeld Näherin lernte, hat es geändert. Josefas Hände in großen weißen Handschuhen mit Biesen, die die Linien ihrer Finger fortführen. Die weite Stulpe des rechten Handschuhs reicht bis in die Armbeuge. Sie hält einen Chrysanthemenstrauß mit faustgroßen weißen Blüten auf dem Schoß. Einige der Blüten liegen auf Clemens' Oberschenkel. Eine handbreite Krone aus Myrtenzweigen und Blüten in Josefas Haaren. Ein weißer Schleier ist an ihrer rechten Seite drapiert. Clemens trägt einen schwarzen Anzug. Hemd, Fliege und Einstecktuch sind weiß. Sein Gesichtsausdruck: eine zurückhaltende Entschlossenheit. Überraschung und Verwunderung in Josefas Gesicht. Ein vorsichtiges Lächeln von beiden. Nichts deutet darauf hin, dass Josefa schwanger ist, dass es nur noch drei Wochen bis zur Geburt ihres ersten Kindes sind.

Jetzt, im 21. Jahrhundert, tragen schwangere Frauen enge T-Shirts, damit ihre „Umstände" gesehen werden. Die „Umstandskleider" des vorigen Jahrhunderts wurden als gelungen bezeichnet, wenn sie eine Schwangerschaft verbargen. „Man sieht gar nichts", wurde anerkennend gesagt.

Und wie ist es Elli, Josefas älterer Schwester, ergangen? – Sie konnte vor der Geburt ihres ersten Kindes nicht heiraten. Der Vater des Kindes starb bei einem Motorradunfall, bevor der Junge auf die Welt kam. Elli war ihrem Sohn Ferdinand gegenüber nicht erziehungsberechtigt.

Bis 1970 wurde in Westdeutschland automatisch das Jugendamt des Geburtsorts Amtsvormund eines unehelichen Kindes (§ 40 altes Jugendwohlfahrtsgesetz). Der Staat hielt es für angezeigt, die Mutter für die vorausgegangene „unsittliche Handlung" zu bestrafen, indem er ihr die elterliche Gewalt verweigerte. Nach der „Verfehlung", durch die das Kind entstanden war, hielt der Staat die Mutter für nicht fähig, das Kind zu erziehen. Nur ausnahmsweise und auf Antrag durften einer unehelichen Mutter seit 1961 vom Vormundschaftsgericht Elternrechte zugestanden werden – und auch diese wiederum nur eingeschränkt. Bis 1970 galten uneheliche Kinder in Westdeutschland als nicht mit dem Vater verwandt.

Elli war zweiundzwanzig, hübsch und grazil, trug taillierte Kleider, die sie selbst nähte. Zwei Jahre nach der Geburt ihres Sohnes heiratete sie Egon und zog nach Brackwede. Ihr Erstgeborener blieb im Haushalt ihrer Eltern Margarete und Otto in Friedrichsdorf zurück. Tante Uschi erzählte, Ferdinand habe sich im Haus in Brackwede geweigert zu essen. Elli bekam noch zwei weitere Kinder, doch ihr Ehemann Egon verließ sie bald nach der Geburt des zweiten gemeinsamen Kindes.

Einmal war ich als Neunjährige für zwei Wochen zu Besuch in Brackwede. Tante Elli lag auch tagsüber fast immer im Bett. Ihre Schwiegermutter, in deren Haus Elli in Brackwede wohnte, übernahm die Erziehung der zwei Kinder. Oder riss die Schwiegermutter die Erziehung an sich?

Als Elli gestorben war, erzählte mir meine Mutter, Elli sei von Schmerz- und Beruhigungsmitteln abhängig gewesen. Immer, wenn sie mit Elli in die Stadt gefahren sei, wäre Elli zuerst in eine Apotheke gegangen und habe um eine Tablette und ein Glas Wasser gebeten.*

An dem Samstagabend 1949, als Josefa Clemens eröffnet hatte, sie sei wieder schwanger, aßen sie spät am Abend noch eine Scheibe Brot mit Schmalz, das sie in ihrem Schrank aufbewahrt hatte. Als sie danach nebeneinander auf dem Bett lagen, fragte er: „Willst du noch mal zu euerm Arztnachbarn gehen?“

---

* Nachdem ich diese Geschichte aufgeschrieben hatte, im November 2014, rief Tante Uschi mich an, um mir zu sagen, dass mein Cousin Ferdinand gerade gestorben sei. „Nein!“, sagte Tante Uschi am Telefon: „Ferdinands Vater ist damals nicht bei einem Motorradunfall gestorben. Das stimmt nicht.“ – Ich glaube, es war Tante Uschi, die mir die Geschichte mit dem Motorradunfall erzählt hatte. – Sie fuhr fort: „Ferdinands Vater war ein Landser, ein Engländer. Er war beim englischen Militär ... kam damals immer mit einem Militärlastwagen zu uns nach Hause ... sprach gut deutsch ... sah gut aus. Es ging um den Schnaps, den unser Vater im Keller brannte. Ein dunkelhaariger, wilder Typ. Er war in England verheiratet.“

„Weiß nicht“, sagte sie und zuckte mit den Schultern. „Nützt doch nix.“

Er stützte seinen Kopf auf einen Arm, und sie schauten beide zum Kinderwagen in der Ecke hinter der Tür. Paul schlief. Sie schwiegen. Nach ein paar Minuten fasste er um ihre Taille und zog sie mit Kraft nah an sich heran. Sie ließ es geschehen, hob ihre Hüfte hoch, um den verrutschten Rock über ihre Beine nach unten zu ziehen, und drängte sich noch näher an ihn heran.

Wäscheleine

September 1949
In der folgenden Woche ging sie morgens, sobald ihre jüngeren Geschwister in der Schule waren, immer wieder in deren Schlafzimmer, um durch das Dachfenster zu den Nachbarn hinüber zu schauen. Stand die Terrassentür offen, war jemand im Garten? Waren sie verreist? Erst nach zwei Wochen hörte sie nachmittags Dr. Ammanns Auto über den Sandweg rollen. Sie konnte nicht sofort zu ihm gehen – ihre Mutter lag zwar im Bett, sie fühlte sich unwohl und erschöpft – doch eins oder mehrere ihrer Geschwister würden ihr folgen und fragen: Was willst du da? Darf ich mit? Und sie würden es gleich ihrer Mutter erzählen. Sie konnte nur morgens gehen, wenn die Geschwister in der Schule waren. Paul wollte sie auch nicht mitnehmen. Es würde ja nicht lange dauern. Sie wartete bis zum nächsten Tag, aber Paul war so unruhig, dass sie ihn nicht allein lassen konnte. Als er endlich eingeschlafen war und sie aus dem Haus gehen wollte, stand ihre Mutter hinter ihr und ordnete an, sie solle Schillewipsen, eine Graupensuppe, zum Mittagessen kochen.

Margarete war damals achtundvierzig Jahre alt, kräftiger, breiter in Hüften und Schultern als ihre Töchter. Sie hatte innerhalb von sechzehn Jahren zehn Kinder geboren, ihr jüngstes war sechs Jahre alt. Graupensuppe mit Kartoffeln und fettem Speck war ihr Lieblingsgericht. Oft kümmerte sie sich gar nicht ums Kochen, und Josefa konnte entscheiden, was es zu Mittag gab. Dann gab es keine Schillewipsen.

Um ein Uhr aßen sie zu siebt am Tisch in der Küche. Alle Geschwister waren aus der Schule zurück, Josefa hatte am Herd für jeden einen Teller Suppe aufgefüllt. Sie war hungrig, hastig aß sie ein paar Löffel. Die Graupen schwammen ähnlich wie Reiskörner in der Brühe. Trübten sie grauweiß, machten sie schleimig, als sei sie mit Mehl gebunden. Als die Suppe auf dem Teller ein wenig abkühlte, bildete sich an der Oberfläche ein Film. Sie stach mit dem Löffel hindurch, und der

Schleim klebte am Löffel. Ihr Magen hob sich. Ihr Löffel fiel klirrend auf den Teller. Sie holte tief Luft, sprang auf, hastete zur Tür und über den dunklen Flur, riss den Holzriegel von der Klotür zurück, dass es krachte.

„Was rennt sie denn zum Lokus?“, fragte ihr jüngster siebenjähriger Bruder.

„Das macht sie schon die ganze Zeit“, sagte Lina. „Immer, wenn ich mal aufs Klo will, ist besetzt.“

„Sie mag keine Schillewipsen“, sagte Uschi und verzog ihr Gesicht. In einer Hand den Suppenlöffel, die andere Hand auf ihren Magen gelegt, hustete sie. Uschi war vierzehn, ihre Brust schmerzte von einer Rippenfellentzündung.

Margarete hob ihren Kopf mit den feinen, dunkelblonden Haaren, die sie aus dem Gesicht gekämmt und am Hinterkopf zu einem flachen Knoten eingeschlagen hatte. Sie schaute zu Lina, ihrem Lieblingskind, und ihr Blick veränderte sich. Sie schaute weiter zu Lina, aber sie sah aus, als nähme sie Lina gar nicht wahr. Dann, als käme sie wieder zu sich, schüttelte sie kurz ihren Kopf und aß weiter, ihre Stirn in Falten gelegt.

Es gab für Josefa keinen anderen Weg als durch die Küche, um auf ihr Zimmer zu kommen. „Ich mag nicht mehr“, sagte sie im Vorbeigehen zu ihrer Mutter, die sie prüfend ansah.

In der Woche schaffte Josefa es nicht, zu Dr. Ammann zu gehen, irgendetwas hielt sie immer zurück. Und am folgenden Montag war Waschtag. Sie stand früh um fünf Uhr auf, kochte für ihren Vater und ihre älteren Geschwister, die zur Arbeit mussten, eine Kanne Muckefuck, einen Getreidekaffee, stellte Brot, Margarine und Marmelade auf den Küchentisch. In einem Drahtkorb holte sie von draußen Brennholz in die Waschküche. Aus Zeitungspapier und einer Lage dünner Zweige bereitete sie das Feuer im Ofen unter dem Waschkessel vor, und da ging es schon wieder los. Ihr wurde schlecht, das Klo war besetzt, sie lief hinters Haus zum Hortensienbusch. Sie hatte noch gar nichts gegessen. Als ihr Magen sich beruhigt hatte, ging sie leise – Margarete lag noch im Bett – vor dem Schlafzimmer ihrer Eltern die Treppe hoch. Sie wickelte Paul, gab ihm zu trinken, legte ihn zurück in den Kinderwagen und ließ sich auf ihr Bett fallen.

Sie hatte tief geschlafen und wachte auf, als ihre Mutter die Tür ihres Zimmers weit öffnete, hereintrat und die Hände in die Taschen ihrer Kittelschürze steckte.

„Was ist los? Warum ist der Waschkessel noch nicht angeheizt? Es ist gutes Trockenwetter heute. Mach zu!"

Margarete trug einen eng anliegenden wadenlangen Kittel, der geschnitten war wie ein Kleid, in der Taille mit einem Band zusammengebunden. Korpulent und füllig stand sie mit bloßen Armen in der Tür. Ihre schmalen Fußgelenke, die Sprunggelenke, sahen so aus, als könnten sie den Oberkörper mit den breiten Schultern nicht tragen.

Josefa setzte sich auf und legte eine Hand auf ihren Bauch. „Es geht mir nicht gut, ich kann nicht." Ihr Magen krampfte sich zusammen.

„Was heißt hier, es geht mir nicht gut? Wir haben keine Handtücher und keine Laken mehr. Die Wäsche muss gemacht werden. Los! Komm hoch!"

Sie stand auf, ging einen Schritt. Die Umrisse ihrer Mutter verschwammen im Türrahmen. Der Raum drehte sich, ihr wurde schwarz vor Augen. Die Tischkante. Zusammenreißen. Einen Schritt zurückgehen. Aufs Bett setzen.

Margarete griff nach der Türklinke. Wie von fern hörte Josefa das Knallen der Tür, Paul wimmerte. Sie würde sich gleich um ihn kümmern müssen.

Als sie wieder aufwachte und zu ihm in den Kinderwagen schaute, war er verschwitzt und rot im Gesicht. Sie nahm ihn hoch und ging mit ihm ans Fenster. Sie fühlte sich besser. Die Sonne stand schon weit im Süden, es musste früher Nachmittag sein. Die Obstbäume auf der verwilderten Wiese bewegten sich im Wind. Die Wäsche wäre schnell getrocknet, aber jetzt war es zu spät anzufangen.

Sie hatte Hunger. Sie könnte einen Zwieback vertragen. Mit Paul auf dem Arm ging sie die Treppe hinunter, schaute ins Wohnzimmer. Ihre Mutter saß in einem Sessel und stopfte Strümpfe.

Die braune Tüte mit Brockenzwieback, die sie in der letzten Woche gekauft hatte, lag zusammengedrückt hinten im Brotschapp, fast leer. Sie knisterte und knackte, als sie hineingriff und ein Stück herauszog.

„Lass das. Leg das zurück!", hörte sie die heisere Stimme ihrer Mutter hinter sich. Margarete stand vor dem Herd, die Arme in die Seiten gestemmt. Der lose Saum ihres Rocks schaute unter dem Kittel hervor.

„Ach, Mama, ich hab heut noch nichts gegessen. Nur ein Stück“, bat Josefa.

Mit zusammengekniffen Augen, olivgrün und bernsteinfarbig, starrte Margarete sie an. „Wer nicht arbeitet, soll auch nicht essen. Leg das zurück!“

Margarete schob ihren Mund vor und zurück, als wolle sie noch etwas sagen. Langsam löste sie ihre rechte Hand aus der Hüfte und holte nach hinten aus.

Josefa ließ den Zwieback in die Tüte zurückfallen, faltete das Papier an der Öffnung zusammen und warf das Paket in den Schrank zurück. Sie senkte ihren Blick, schaute auf die Pantoffeln ihrer Mutter, bewegte sich rückwärtsgehend zum Küchentisch, auf dem sie Paul abgelegt hatte. Nahm ihn wieder auf den Arm. Rückwärts ging sie mit ihm am Schrank entlang zur Tür. Erst im Flur vor dem Schlafzimmer ihrer Eltern ging sie vorwärts, langsam und zögernd. Konnte sie ihre Mutter nicht umstimmen? Sie hatte nichts in ihrem Zimmer außer der Milch, die Clemens für Paul mitgebracht hatte.

Am Abend, sie hatte gehört, dass ihr Vater heimgekommen war, ging sie hinunter in die Küche. Margarete schnitt am Tisch auf einem Holzbrett mit einem langen Messer Scheibe um Scheibe von einem Brot. „Soll ich den Tisch decken?“, fragte sie, aber ihre Mutter gab keine Antwort.

Sie deckte für zwölf Leute Brettchen, stellte Margarine und einen Topf Schmelzkäse auf den Tisch, schnitt gekochten Speck, der vom Mittagessen übrig geblieben war, in dünne Scheiben.

„Soll ich Pfefferminztee kochen?“, fragte sie.

Ihre Mutter legte weiter Messer auf die Brettchen, als habe sie nichts gehört.

Als alle zwölf am Tisch saßen, die zwei Babys schliefen schon, wurde der Brotkorb herumgereicht. Margarete beugte sich vor und gab ihn über Josefa hinweg ihrem jüngsten Sohn. Josefa griff hinterher und nahm sich eine Scheibe. Ihr Vater merkte auf, sagte aber nichts.

Beim Abwaschen nach dem Abendessen fragte Anni, die abtrocknete: „Warum wollte Mama dir kein Brot geben?“

Sie senkte ihren Kopf tiefer über das Spülbecken. „Weiß nicht“, sagte sie kaum hörbar.

Anni war Josefa die vertrauteste ihrer fünf Schwestern. Ein Jahr jünger als Josefa, die gleiche schöne Figur, sah sie Josefa von hinten zum Verwechseln ähnlich. Ihre Gesichtszüge waren etwas spitzer, Josefas im Vergleich weicher und runder.

Am nächsten Tag, ein Dienstag Mitte September, regnete es in Strömen. Josefa stand um fünf Uhr in der Früh auf, um Kaffee zu kochen. Sie würde die Wäsche nicht trocknen können, es hatte keinen Zweck zu waschen. Ihre Mutter lag um acht Uhr noch im Bett. Durch das Dachfenster hatte Josefa Dr. Ammann in der Terrassentür stehen gesehen. Zu den Nachbarn hinüberzugehen war nicht ungewöhnlich für sie. Ihre Mutter schickte sie manchmal, wenn sie Tabletten brauchte. Josefa ging in die Waschküche, legte sich einen alten anthrazitfarbenen Gummimantel über die Schultern, zog die Kapuze über den Kopf. Die vordere Tür war zu nah am Schlafzimmer ihrer Eltern, ihre Mutter würde sie hören; sie verließ das Haus durch den Hinterausgang. Im Hof ging sie nah an Ammanns Hecke entlang, lugte durch die Zweige hindurch in den Garten der Nachbarn, bog ab auf den Sandweg, hielt sich auch hier nah an der Hecke. Das Eisentor am Weg war nicht verschlossen. Sie zögerte, ob sie den verschlungenen Weg durch den Garten mit den roten Sandsteinplatten nehmen sollte; entschied sich, die gerade Autoauffahrt bis zur Haustür zu gehen. Sie klingelte, und es dauerte eine Weile, bis Dr. Ammanns Frau öffnete.

Am folgenden Tag regnete es nicht mehr, nur ein paar graue Wolken zogen am Himmel. Gutes Wetter für große Wäsche. Josefa war erleichtert, dass sie Dr. Ammann angetroffen hatte. Vielleicht regelte sich ja alles. Vielleicht löste sich alles in Luft auf. Sie zog ihre grüne Strickjacke über, hob im Flur den Weidenkorb mit der schmutzigen Wäsche ihrer Geschwister und der Wäsche der zwei Babys hoch und trug ihn die Treppe hinunter in die Waschküche. Ein muffiger, dumpfer Geruch, Geruch von altem Schweiß, stieg aus dem Korb in ihre Nase. Gut vertragen konnte sie es nicht, aber sie wollte sich zusammennehmen.

Der Korb mit der Wäsche ihrer Eltern stand schon seit zwei Tagen in der Waschküche. Sie ließ Wasser in den Kessel laufen. Da sie das Feuer mit Zeitungspapier und dünnen Zweigen vor zwei Tagen schon vorbereitet hatte, musste sie nur noch ein Streichholz anreißen, es an das Papier halten; die feinen Holzzweige brannten und knackten. Sie legte ein paar dünne Scheite und einen dicken Holzscheit darauf.

Mit zwei Händen voller Schmierseife fuhr sie durch das Wasser im Bottich, rührte mit einer Holzstange, bis sich die Seife aufgelöst hatte. Dann sortierte sie Kochwäsche aus beiden Körben in den Bottich, ließ noch mal Wasser zulaufen.

Am Nachmittag, die Wäsche hing seit einer halben Stunde auf der Leine im Garten, ging sie im Kittel mit kurzen Ärmeln, ohne Pullover, ohne Rock, mit Paul auf dem Arm durch die Waschküche nach draußen. Es war sommerlich warm, keine Wolke am Himmel. Sie schreckte zusammen, eine Maus in der Hecke? Braun – ein Zaunkönig huschte von Zweig zu Zweig. Seinen kurzen Schwanz, der wie abgeschnitten aussah, bewegte er schnell auf und ab und schmetterte ein Lied. Sie wollte Paul den Vogel zeigen, aber da war er schon wieder verschwunden.

Sie wandte sich um und ging hinter das Haus in den Garten. Blumen- und Gemüsebeete, Apfelbäume, ein Birnbaum. Pflaumenbäume hinten an der Grundstücksgrenze. Die Wäscheleine spannte sich zu beiden Seiten eines Schotterweges mitten durch den Garten, zweimal zwanzig Meter, gehalten von mehreren Pfosten, bis vor den Komposthaufen. Aus den schweren Hosen und Jacken auf der Leine tropfte Wasser. Sie hielt Abstand von der Wäsche, stieg über Reihen von Erdbeerpflanzen, Zwiebeln, Wurzeln, ging vorbei an krüppeligen Rosenkohlstämmen. Weißkohl- und Rotkohlköpfe glänzten in der Sonne. Der Phlox blühte noch, der Duft kam herüber. Davon konnte sie nie genug bekommen. Sie wollte ihn noch stärker riechen und die weißen, roten und lila Blüten sehen, und auch die Cosmeen und Mädchenaugen. Sie duckte sich mit Paul unter der Wäsche hindurch, stutzte, trat schnell zurück ins Kartoffelfeld. Die Bettbezüge blähten sich im Wind. Ihre Mutter stand dort, wo Josefa die Menstruationsgürtel aufgehängt hatte. Auf den dicken handbreiten weißen Baumwollstreifen war jeweils neben dem Knopfloch der erste Buchstabe des Vornamens ihrer Schwestern aufgestickt. Fiel es der Mutter auf, dass Josefas Gürtel nicht auf der Leine hingen? Sie ging in der Mitte des Weges auf ihre Mutter zu, die – als sie Josefa kommen sah – sich umdrehte und zurückging.

Josefa rief hinter ihrer Mutter her. „So viel Fallobst! Soll ich Apfelmus kochen?“

Ihre Mutter antwortete nicht und ging zurück ins Haus.

Josefa holte eine Schubkarre, auf der sie Paul absetzte, und einen Drahtkorb aus dem Schuppen und sammelte die Äpfel vom Boden auf. Oft waren die wurmstichigen Äpfel die süßesten. – Noch drei Tage warten. Nur am Wochenende reden können. Wenn sie jetzt mit Clemens sprechen könnte. Bloß nicht mehr auffallen.

Schwalben sind weg

Mitte September 1949, ein Samstag

Er hatte seine Arme um sie gelegt und seine Hände auf ihrem Rücken gekreuzt. Ihr Kopf lehnte an seinem Hals. Eine Weile standen sie so vor dem Kohleofen in ihrem Zimmer. Keiner sprach. Als er sie Richtung Bett schob, fiel die Tasche, die er mitgebracht und neben sich abgestellt hatte, um. Möhren, Äpfel, Birnen auf dem Fußboden. Zusammen ließen sie sich auf das Bett fallen. Die Arme umeinander geschlungen küssten sie sich und rollten sich auf dem Bett hin und her. Einmal lag sie unter ihm, dann lag sie auf ihm drauf. Jedes Mal, wenn er sich mit Schwung auf sie legte, fiel er fast aus dem Bett. Sie hielt ihn dann fest und rettete ihn. Sie lachten.

Paul, ein dreiviertel Jahr alt, im Kinderwagen in der Nähe der Tür, machte Laute, als ob er mitspiele; doch dann fing er an zu schreien. Sie stand auf, nahm ihn auf den Arm, lächelte und drückte ihn an sich. Ihre Haare waren zerzaust, ihr Rock verrutscht, die Knöpfe saßen vorn statt auf der Hüfte. Paul beruhigte sich.

Clemens stand vom Bett auf, steckte die Hände in die Hosentaschen, ging zum Fenster, dann zum Tisch. Er spannte seine Gesichtsmuskeln an, zog die Augenbrauen zusammen und fragte: „Und – warst du da?"

Sie nickte und drückte Paul stärker an sich.

„Und?"

Sie ging mit Paul zum Fenster und schaute hinaus. „Hat mir ein Mittel mitgegeben."

„Was für ein Mittel?" Er fasste an ihre Schulter, versuchte sie zu sich umzudrehen, doch sie widersetzte sich und schaute weiter aus dem Fenster.

„Was soll das denn? Wieso ein Mittel?"

„So ein braunes Pulver … Blutungen sollen kommen." Sie wandte sich zu ihm hin, schaute auf seine Füße, die Wollsocken, dann folgte ihr Blick den Rillen zwischen den braunen Holzdielen.

„Hast du es schon genommen?“

Sie nickte und setzte Paul auf dem Bett ab.

„Und?“

Sie zuckte mit den Achseln, schaute zu Paul.

„Er war heut noch nicht draußen. Lass uns rausgehen.“

Clemens zog sein Jackett an, trug den Korbwagen die Treppe hinunter vor die Haustür, sie nahm ihre Strickjacke und ging mit Paul auf dem Arm hinter ihm her. Sie verließen den Hof nicht in der Richtung, aus der Clemens immer kam, sondern folgten dem Weg in der anderen Richtung. Zwischen den Blättern der Eberesche in Dr. Ammanns Garten hingen orangerote Vogelbeeren. Die grünen Igelfrüchte am Kastanienbaum waren schon dick und prall – vor ein paar Tagen, als sie zu Dr. Ammann gegangen war, hatte sie es nicht bemerkt. Clemens schob den Kinderwagen. Sie gingen den Knapp hinunter, ein kurzes Stück einen Schotterweg steil bergab. Zu beiden Seiten des Weges wuchsen harte Gräser. Unten in der Senke war in den letzten Monaten ein großes Haus gebaut und weiß verputzt worden. Es lag weit zurück vom Weg. Vor dem hohen Drahtzaum, der das Grundstück umgab, blühten Disteln. Sie wusste nicht, wer in dem Haus wohnte. Eine Kurve, eine Steigung, der Weg wurde fester. Sie kamen an einer Siedlung kleiner Einfamilienhäuser, die schon lange dort standen, vorbei. In den Häusern wohnten Arbeiter und ihre Familien. Am Ende der Siedlung bogen sie ab auf einen Weg, der zu einem Kiefernwald führte. Eine ausgedehnte Fläche blühender Besenheide lag vor ihnen. Der Boden war sandig, zu sandig, um Landwirtschaft darauf zu betreiben. Es gab nur wenige Bauern in der Gegend. Auch das Gemüse in Lükendrees' Garten wuchs nicht gut. Otto arbeitete Kompost in die Erde, verteilte Jauche auf dem Boden, streute künstlichen Dünger, aber die Ernte blieb meistens mager.

Die Sonne kam durch die Wolken, sie stand schon tief. Die dunkle Farbe der Heide wechselte zu einem hellen Rosa. Sie setzten sich auf einen Baumstumpf am Waldrand, schauten zu Paul, der auf das Rauschen der Bäume und Summen der Bienen hörte. Sein Blick wanderte schnell hin und her, als versuche er zu orten, woher die Geräusche kamen.

Clemens saß mit vorgebeugtem Oberkörper, seine Ellenbogen auf die Oberschenkel gestützt. Den Kopf in den Nacken gelegt, sah er Vögeln hoch am Himmel hinterher. Er wandte ihr sein Gesicht zu. „Die

Schwalben sind weg. Gestern sirrten sie noch ums Haus. Heut Morgen war alles still." Er griff an den Lenker des Kinderwagens, bewegte ihn auf und ab. „In einem Nest waren noch zwei, die noch gar nicht fliegen konnten."

Schmalztöpfchen

Anfang Oktober 1949

An einem Samstagmorgen – es war über zwei Wochen her, dass sie das braune Pulver geschluckt hatte – fegte, moppte und wischte sie die Fußböden im ganzen Haus. Die Zimmer und den Flur oben hatte sie schon fertig, auch die Treppe vom ersten Stock nach unten gewischt. Ihr war heiß. Sie hatte gerade die Haustür aufgesperrt, da kam ihre Mutter aus dem Schlafzimmer.

„Mach das ordentlich!" Die Mutter warf einen Blick in den Eimer. „Das Wasser is ja ganz dreckig. Nimm mal Neues!"

Josefa war in Gedanken und Wischen vertieft, schaute kurz auf, fuhr mit Schrubber und Aufnehmer in die Ecken des Flurs an der Haustür.

„Kannst du nicht hören?"

Sie hielt inne, blickte auf die noch nicht gewischten zwei Quadratmeter des gelben Linoleumfußbodens, dann schaute sie zu ihrer Mutter. In einer verwaschenen Wickelschürze stand sie noch immer in der Tür des Schlafzimmers. Die Ärmel ihres schwarzen Pullovers sahen ausgeleiert aus.

Widerwillig löste Josefa den Aufnehmer vom Schrubber, ließ ihn ins Wasser fallen, stellte den Schrubber diagonal in die Haustür. Draußen schien die Sonne. Sie hatte im ersten Stock die Fenster geöffnet, damit die Böden schnell trockneten. Ein Zittern ging durch ihren Körper, sie schüttelte sich. Der durchziehende Wind fühlte sich eisig an auf der Haut. Sie trug den Eimer durch die Speisekammer, die Wohnküche, den Flur vor Bad und Klo bis in die Waschküche zum Spülstein – er zog schwer an Arm und Schulter – nahm neues Wasser und wischte die übrigen Böden im Erdgeschoss.

Nachmittags räumte sie ihr Zimmer auf, um Platz zu machen für Clemens, der hoffentlich bald käme – da hörte sie die Schritte ihrer Mutter auf der Treppe.

Margarete hielt die Türklinke in der Hand, streckte den Oberkörper ins Zimmer.

„Ich hatte dir doch gesagt, du sollst die Suppe aufsetzen für morgen!"

„Paul hat geweint und ...", antwortete Josefa.

„Vergiss nicht, das Badezimmer zu putzen heute Abend."

Vor zwei Stunden hatte Josefa mit Papier und Holz den Badeofen angeheizt. Samstags stiegen alle vierzehn Familienmitglieder – oder sie wurden hineingesetzt – einer nach dem anderen in die Badewanne. Josefa hatte schon Paul und sich selbst gebadet. Es würde spät werden, bis ihr Vater von der Arbeit käme, Abendbrot gegessen hätte und als letzter aus der Wanne käme. Sie musste dann, auch wenn Clemens da war, noch das Bad putzen.

„Ich mach das morgen früh."

„Morgen früh – kommt gar nicht in Frage", sagte Margarete.

„Ich mein' die Suppe."

Margarete trat einen Schritt ins Zimmer, sah sich um.

„Das Schmalz ist weg. Wir hatten doch noch ein Töpfchen. Hast du es genommen?"

Josefa stutzte, nahm Paul auf den Arm.

Margarete ging ein paar Schritte vor, um den Tisch herum zur Kommode, bückte sich und öffnete die Tür. In der Hocke schob sie etwas beiseite, Geschirr klapperte, etwas fiel um.

„Das ist doch ... du hast es einfach genommen. Das ist für Papa!"

Sie stützte sich auf der Schranktür und einem Stuhl vor dem Tisch ab und kam wieder hoch.

„Ich wollte das für Clemens heute Abend ... wir haben gar nichts aufs Brot", sagte Josefa.

Margarete hielt das eigroße Töpfchen fest in ihrer Hand und atmete schwer. Ihre Augen verengten sich zu einem schmalen Spalt.

„Ihr fresst mir noch die Haare vom Kopf", sagte sie, ging zur Tür hinaus, zog sie krachend hinter sich zu.

Kostgeld

Dasselbe Wochenende Anfang Oktober 1949
Am Sonntagmorgen standen Clemens und Josefa früh auf, zogen sich für die Acht-Uhr-Messe in der katholischen Kirche in Friedrichsdorf an. Josefa trug zum ersten Mal ihr neues Kostüm, selbstgenäht, aus einem schwarz-weiß melierten Wollstoff, Pfeffer und Salz nannte sie das Muster. Beim Säumen der Knopflöcher hatte Anni ihr geholfen. Es war Pflicht in ihren Elternhäusern, sonntags eine Messe zu besuchen. Clemens stand der Kirche zwar skeptisch gegenüber, aber er begleitete seine Frau. Sie setzte sich mit ihrem hinten geschlitzten, engen Rock seitwärts auf den Gepäckträger seines Fahrrads. Elli kümmerte sich in den zwei Stunden, die sie fort waren, um Paul. Es war sonniges Wetter, aber es wehte ein kühler Wind. Josefa lehnte ihren Kopf an Clemens' Rücken. Während der Messe mussten sie sich trennen. Sie kniete sich zu den Frauen in eine Bank auf der linken, er ging hinüber auf die rechte Seite.

Es blieb nicht viel Zeit, die sie an den Wochenenden für sich allein hatten. Als sie aus der Kirche zurück waren, zog Josefa sich schnell um, ging hinunter in die Küche und setzte einen großen Topf mit Wasser auf den Herd. Sobald es kochte, würde sie ein Stück fetten Speck hineingeben. Sie schälte Kartoffeln. Clemens kam herunter und schrappte die Wurzeln, die er mitgebracht hatte, schnitt sie in schmale Scheiben.

Um halb zwölf kamen Margarete und Otto aus dem Hochamt zurück. Sie nahmen den Hintereingang des Hauses, kamen durch die Waschküche und den kleinen Flur in die Küche, da passierte es. Clemens war mit Paul nach oben gegangen. Josefa hörte die Suppe hochkochen, überkochen; sie drehte sich vom Tisch weg zum Herd, wollte rasch den Topf auf dem Herd zur Seite schieben. Der Griff des Messers ragte über die Tischkante – sie stieß mit ihrer Hüfte daran – Messer und Petersilie fielen auf den Fußboden.

Otto stutzte und zuckte mit den Achseln. Er ging weiter ins Schlafzimmer. Margarete, im anthrazitfarbenen wadenlangen Übergangsmantel, blieb stehen und ließ den Bügel ihrer schwarzen Handtasche aus der Armbeuge in die Hand rutschen. Sie knöpfte ihren Mantel auf, schaute zu, wie Josefa mit Handfeger und Schaufel die Petersilie zusammenkehrte.

„Tßß", zischte sie und schlug mit der Tasche durch die Luft. „Wenn du schon was machst!"

Sie ging hinter Otto her ins Schlafzimmer.

Am Nachmittag machten Clemens und Josefa mit Paul im Kinderwagen einen Rundgang. Zunächst gingen sie denselben Weg wie am Samstagnachmittag zwei Wochen zuvor, doch dann bogen sie nicht ab in die Heide, sondern nahmen einen unebenen Weg zur Molkerei, und dann die Straße an der Kiesgrube hinunter, die Strecke, die er mit dem Rad kam. Als sie abbogen auf den Sandweg, an der Stelle, wo man das Haus oben schon sah, schob er den Wagen an den Flüchtlingsbaracken vorbei den Hügel hinauf.

„Hiroshima", sagte er mit Blick auf die schiefen grauen Holzhütten und grinste, „... hat Uschi doch neulich gesagt. So nennt ihr die Siedlung doch, oder?"

Sie kniff die Augen zusammen und nickte. Immer wieder blieben die Räder des Wagens in Sandkuhlen und Grasnarben stecken. Steine schlugen gegen Metall und setzten sich unter den Radkappen fest. Mehrmals ruckte er mit dem Wagen vor und zurück, um ihn wieder frei zu bekommen.

An diesem Sonntag fuhr er abends nach Avenwedde zurück, weil er in der kommenden Woche Frühschicht hatte. Sonst, wenn er Spät- oder Nachtschicht vor sich hatte, schlief er manchmal von Sonntag auf Montag in Friedrichsdorf. Beim Abschied draußen vor der Tür – ihr Gesicht war grau, sie sah angestrengt und müde aus – nahm er sie in den Arm.

„Geh noch mal rüber", sagte er, „vielleicht kann er noch was machen."

Sie zog die Schultern hoch, schaute auf die Erde und schwieg.

Er legte einen Finger unter ihr Kinn und lächelte sie an.

„Kopf hoch. Wir kriegen das hin."

Sie lächelte kaum sichtbar – er wusste nicht, wie es für sie war.

Er küsste sie sanft auf den Mund und fuhr davon.

Sie hatte ihm nicht erzählt, dass ihre Mutter am Samstag das Schmalz aus der Kommode geholt hatte. Als er am Abend vor dem Schlafengehen gesagt hatte, er habe noch Schmacht, hatte Josefa einen Kanten Brot, Margarine, Salz, Senf und Rübenkraut auf den Tisch gestellt. Und als er sagte, er habe noch richtig Kohldampf, ob sie nicht etwas anderes habe, eine Scheibe Speck oder so, hatte sie nur mit dem Kopf geschüttelt. Er hatte Senf auf das Brot geschmiert.

An diesem Sonntagabend, Clemens war vor einer Stunde gefahren, sie hatte Paul zur Nacht gefüttert und gewickelt und wollte ihn gerade zum Schlafen legen, da trat Margarete ohne anzuklopfen in Josefas Zimmer, schloss die Tür hinter sich, steckte die Hände in ihre Schürzentaschen.

„Bist du wieder schwanger?", fragte sie.

Josefa legte Paul in den Wagen, strich die Decke glatt und holte tief Luft.

„Quatsch", sagte sie und richtete sich auf, ging zum Tisch, räumte Teller und Löffel beiseite. Sie nahm einen Lappen von der Stange am Ofen und wischte den Tisch ab.

Margarete schaute kurz zu Paul in den Kinderwagen.

„Wir sind vierzehn. Für noch 'n Blag ist hier kein Platz. Das ist dir doch hoffentlich klar."

Sie schaute Josefa beim Wischen zu und stützte eine Hand in der Taille ab.

„Ich brauch Kostgeld von euch!"

Josefa fuhr zusammen, hielt inne.

„Was?"

„Kostgeld!"

Josefa krampfte ihre Finger in den Wischlappen, drehte langsam ihren Kopf und schaute ihrer Mutter ins Gesicht.

„Aber ich hab doch nichts. – Das weißt du doch."

Margarete löste ihre Hand aus der Taille und hielt sie vor Josefa hin.

„Clemens verdient was."

„Aber … ich … ich doch nicht …" Sie knüllte den Lappen zwischen den Händen zusammen. Ihr Gesicht wurde weiß.

Margarete verschränkte ihre Arme vor der Brust.

„Er verdient genug. Die haben genug auf dem Hof!"

Josefa folgte mit den Augen den Spuren der Ornamente auf dem Wachstuch. Ihr fiel nichts ein. Was konnte sie sagen? Ihr Kopf war leer.

Spät in der Nacht, als sie im Bett lag, wusste sie nicht mehr, wie und wann ihre Mutter das Zimmer verlassen hatte. Hatte sie noch etwas gesagt? Sie erinnerte sich, wie das Holz unter dem Gewicht ihrer Mutter geknackt hatte, als sie die Treppe hinunter gegangen war.

Dahlienknollen

Zweite Oktoberwoche 1949, ein Samstag
Uschi hatte im Oktober noch gar nicht verstanden, was mit Josefa los war, sie hatte sich nur gewundert, dass sie so still und verbiestert geworden war. Sie hatte mit ihr im Garten gearbeitet und Dahlienknollen aus der Erde geholt. Es war ein grauer Tag gewesen, den ganzen Tag war es nicht richtig hell geworden, die Luft war kalt. Frost kündigte sich an. Josefa zog auf einem Beet an der Südseite des Hauses ruckartig an den Dahlien, stolperte zurück und riss bloß Stängel und Blätter ab – die Knollen bewegten sich keinen Millimeter, sie blieben in der Erde stecken. Dabei musste sie doch wissen, dass es so nicht ging. Paul lag in eine Decke gewickelt in der Schubkarre unter dem Birnbaum. Er knötterte, aber Josefa kümmerte sich gar nicht um ihn. Uschi ging zu ihm hin und redete mit ihm.

Im Jahr davor, als Josefa hochschwanger gewesen war, hatte Uschi ihrem Vater bei dieser Arbeit geholfen. Er hatte die Knollen mit einer Forke angehoben. – Josefa sah wie geistesabwesend zu, als Uschi mit der Forke aus dem Schuppen kam, sie neben einer Dahlie ansetzte und sie unter die Knolle schob. Josefa riss ihr die Forke aus der Hand. Wie eine Wilde stieß sie die Gabel mit ihrem Holzschuh in die Erde. Ihre Haare lösten sich aus der Spange und hingen ihr im Gesicht. Immer wieder fuhr sie sich mit dem Ärmel ihrer Arbeitsjoppe über die Stirn, um sie zurückzustreichen, beugte ihren Kopf zur Erde, und wieder hingen sie ihr im Gesicht. Sie spießte die Knollen auf. So kannte Uschi Josefa gar nicht. Während Josefa die Knollen anhob, sollte Uschi an den Stauden ziehen und rütteln. Uschi hatte Angst, Josefa stäche ihr mit der Forke in die Füße. Immer wieder schaute Josefa den Weg hinunter. Sie wartete auf Clemens.

Sie arbeiteten ohne Pause, und nach einer Stunde lagen alle Knollen frei auf der Erde. Das buschige Grün stand schräg, manches lag platt auf der Erde. Einzelne Blüten schauten daraus hervor. Uschi wollte sie abschneiden, lief ins Haus, um eine Schere zu holen. Als sie zurückkam, hatte Josefa schon mit der Heckenschere von einigen Stauden das Grün oberhalb der Knollen abgeschnitten, beachtete die Blüten gar nicht, trat darauf herum. Uschi stoppte Josefa, durchwühlte das Grün, schnitt Blüten und Knospen heraus. Einen großen roten Strauß für das Wohnzimmer und einen kleineren gelben für Josefas Zimmer. Dann schleppten sie die Knollen in Drahtkörben zum Trocknen in den Schuppen und das Blattwerk auf den Komposthaufen.

Auch als Josefa anschließend das abgeräumte Beet umgrub, war es gefährlich gewesen, ihr nahe zu kommen. Es knirschte und krachte, Steine schabten am Metall des Spatens und flogen durch die Luft. Uschi zog Quecken mit langen weißen Wurzeln aus dem Boden und hielt Abstand zu ihr.

Sie waren mit der Arbeit fertig – Josefa hatte noch den groben Sauzahn durch die Erde gezogen, Uschi war mit der Harke hinter ihr hergegangen – das Beet war eingeebnet, die Erde feinkrümelig. Am Rand des Weges, der durch den südlichen Teil des Gartens führte, blühten Lupinen. Uschi knipste mit Daumen und Zeigefinger Samenkapseln von den Stängeln. Josefa kam dazu, sie war ruhiger geworden. Es dämmerte. Paul war eingeschlafen. Am Spalier an der Grundstücksgrenze hielten sie ihre Nasen an rosa und weiß blühende Wicken. Noch einmal schaute Josefa den Weg zur Straße hinunter. Es wurde dunkel, es war Zeit ins Haus zu gehen.

Todesstrafe

Zweite Oktoberwoche 1949, Sonntag
Clemens kam nicht an diesem Samstag. Erst am Sonntagmorgen, Josefa war gerade aus der Acht-Uhr-Messe zurück, stand er schwer atmend im offenen Mantel vor der Tür. Sie hätten Kartoffeln ausgemacht, den ganzen Abend in der Scheune bei Petroleumlicht Schweinekartoffeln aussortiert. Er habe vorhin seiner Mutter gesagt, er ginge in die Messe, aber er sei an der Kirche vorbei direkt zu ihr gefahren, erzählte er, als sie die Treppe zu ihrem Zimmer hochstiegen. Gleich nachdem sie die Tür ihres Zimmers hinter sich geschlossen hatten, fragte er.

„Bist du noch mal dagewesen?"

Sie nahm ihm den Mantel ab, hängte ihn auf einen Bügel an den Kleiderschrank. Sie hatte sich noch nicht umgezogen nach dem Kirchgang – öffnete den Reißverschluss ihres Kostümrocks, ließ ihn auf den Boden fallen, stieg heraus; griff nach einem Rock, der über der Lehne des Stuhls vor dem Tisch hing.

„Warst du da?", fragte er noch einmal.

Sie stieg in den weiten Rock hinein, zog ihn zur Taille hoch und nickte.

„Und?"

Sie knöpfte ihre Bluse auf.

„Zu riskant, hat er gesagt."

„Wieso?"

„Hat was von Todesstrafe geredet, einem Gesetz." Sie streifte die Bluse ab und zog sich einen grauen Pullover über den Kopf.

Er stellte sich vor sie hin. Seine Stimme klang hart.

„Was? Wieso das denn?"

Sie drehte sich von ihm weg, kreuzte ihre Arme vor dem Bauch.

„Wenn er richtig was machen soll, braucht er Geld, hat er gesagt."

„Verdammt. Der Schweinepriester!"

Er ballte eine Hand zur Faust, ging zum Fenster und schaute reglos nach draußen. Die Schultern hochgezogen, sein Oberhemd aus der

Hose gerutscht. Nach ein paar Minuten drehte er sich um, setzte sich auf die Kante des Betts. Ließ sich auf den Rücken fallen, schloss die Augen.

Sie ging nach unten in die Küche, um das Mittagessen vorzubereiten.

....

Abtreibung war und ist in Deutschland verboten. Seit der Gründung des deutschen Reiches 1871 gibt es den § 218 im Strafgesetzbuch, der Abtreibung unter Strafe stellt. 1975 wurde in der Bundesrepublik Deutschland durch eine Änderung des § 218 Abtreibung in den ersten drei Monaten der Schwangerschaft straffrei, wenn eine Frau sich vor dem Eingriff von einer amtlich anerkannten Stelle beraten lässt. Bis dahin galt in Westdeutschland die von den Nationalsozialisten 1935 in den § 218 eingeführte medizinische und eugenische Indikation für Schwangerschaftsabbrüche und das im Nationalsozialismus geschaffene Gutachterverfahren bei den Ärztekammern. Fünf Wege waren mindestens nötig, um eventuell eine Genehmigung für eine Abtreibung zu bekommen. Frauen trieben illegal ab. Sie machten es selbst, oder sie fanden einen Arzt oder einen anderen Menschen, der es machte, oder sie reisten in andere Länder, um dort eine Abtreibung machen zu lassen.

Der seit 1871 gültige § 218 war 1943 von den Nationalsozialisten verschärft worden. Zuchthausstrafe, die in der Weimarer Republik 1926 aus dem § 218 gestrichen worden war, wurde wieder aufgenommen – und die Todesstrafe für Abtreibung wurde eingeführt. In Deutschland und in von den Deutschen besetzten Ländern wurden seit 1943 Menschen öffentlich hingerichtet, die bei Frauen „deutscher Volkszugehörigkeit" Abtreibungen vorgenommen hatten. Seit März 1943 wurden Todesurteile wegen Abtreibung im gesamten deutschen Herrschaftsgebiet vollstreckt. Die öffentlichen Hinrichtungen wurden auf Plakaten und in der Presse bekannt gemacht. Gabriele Czarnowski hat in „Unter anderen Umständen – Zur Geschichte der Abtreibung" ein Plakat abgedruckt, auf dem die Hinrichtung einer polnischen Frau im Jahr 1943 dokumentiert ist.

1936 wurde aufgrund eines Geheimerlasses von Himmler bei der obersten staatlichen Polizeibehörde die „Reichszentrale zur Bekämpfung der Homosexualität und Abtreibung" gegründet. Eine Meldepflicht für Schwangerschaftsunterbrechung, Fehlgeburt und Frühgeburt wurde eingeführt. Selbstabtreibungen nahmen zu. Geschlechtsverkehr „fremdvölkischer Männer" mit deutschen Frauen wurde verboten. Russen z. B. wurden erhängt, weil sie mit deutschen Frauen geschlafen hatten.

Es gab unter der Herrschaft der Nationalsozialisten nicht nur das Abtreibungsverbot – es gab auch das Gegenteil, Zwang zur Abtreibung. Der nationalsozialistische Staatsapparat und Ärzte zwangen Frauen zur Abtreibung. Abtreibungsverbot bei „erbgesunden" und als „rassisch hochstehend" klassifizierten deutschen Frauen – Zwang zur Abtreibung, „ärztlich gebotene Unterbrechung" genannt, bei „genetisch minderwertigen und fremdvölkischen" Frauen. Die Nationalsozialisten ordneten Abtreibungen bei Frauen an, die nicht „deutsche Staatsangehörige deutscher Volkszugehörigkeit" waren, so z. B. bei polnischen, russischen, litauischen und ukrainischen Zwangsarbeiterinnen. Die Frauen sollten keine Kinder bekommen, sondern in der Rüstungsindustrie arbeiten.

Über Jüdinnen urteilten Richter während des Nationalsozialismus widersprüchlich. Das Schöffengericht Lüneburg sprach 1938 eine jüdische Hausangestellte wegen versuchter Abtreibung frei. Das Rassenpolitische Amt der NSDAP kommentierte zustimmend: „§ 218 nicht für Juden." Das Schwurgericht Hannover dagegen bestrafte 1939 zwei jüdische Frauen u. a. wegen des „verderblichen Einflusses, den das Beispiel der Abtreibung bei Jüdinnen auf die Seele der deutschen Frauen haben müsste ... Die gänzlich freie und ungeregelte Zulassung der Abtreibung kann den in Deutschland lebenden Personen jüdischer Rassenzugehörigkeit, so unerwünscht der Nachwuchs vom völkischen Standpunkt aus sein mag, nicht zugestanden werden ..."

Die Gewalttätigkeit des nationalsozialistischen Staatsapparats – der Polizei, der Beamten, der Ärzte – gegen Menschen, die abgetrieben hatten, blieb lange Zeit nach Ende des zweiten Weltkriegs in Erinnerung.

Im Oktober 1949, als Josefa das zweite Mal schwanger war, galt in Westdeutschland seit fünf Monaten das Grundgesetz, im Mai 1949 war die Bundesrepublik Deutschland gegründet worden, aber es war unklar, welche Einzelgesetze, welche behördlichen Anordnungen und Verfahren in Kraft waren. Die Alliierten setzten zwar nach Kriegsende alle im „Dritten Reich" eingeführten Strafmaßverschärfungen außer Kraft, so dass die Todesstrafe entfiel, trafen aber keine ausdrückliche Entscheidung zum § 218 des Strafgesetzbuches. Die Besatzungsmächte in Deutschland erließen verschiedene provisorische Regelungen zur Abtreibung. Die Regelungen wurden nicht veröffentlicht, nur zufällig erfuhren Frauen davon. Bis zur Änderung des § 218 im Jahr 1975 blieb die Rechtslage zur Abtreibung in Westdeutschland unübersichtlich. Es herrschte eine allgemeine Rechtsunsicherheit.

In der sowjetischen Besatzungszone, in Sachsen, Brandenburg, Mecklenburg, Thüringen, Sachsen-Anhalt gab es 1947/1948 eine Regelung, nach der Frauen erstmals das Recht hatten, in den ersten drei Schwangerschaftsmonaten eine ungewollte Schwangerschaft nach Vergewaltigung und auch aus sozialen Gründen abbrechen zu lassen. Voraussetzung war die positive Entscheidung einer Kommission. Die Genehmigungsquote lag in Sachsen bei 60 %, in Thüringen bei 80 %. Eine Auswertung der Anträge von 1949 und

1950 ergab: 60 % der Abortsuchenden hatten entweder einen Säugling, ein Kleinst- oder Kleinkind zu versorgen. 54 % der aus sozialen Gründen Antragstellenden waren auf den Verdienst des Mannes angewiesene Hausfrauen. 1950 wurde dieses in der sowjetischen Besatzungszone gültige Gesetz durch ein neues Gesetz aufgehoben, das faktisch den alten § 218 wieder einführte.

Koitus

An dem Sonntagnachmittag wollte Josefa keinen Spaziergang machen. Sie waren allein im Haus, Margarete und Otto und die anderen waren zu Verwandten gegangen, nur zwei jüngere Brüder Josefas reparierten im Schuppen ein Fahrrad. Am späten Nachmittag gingen sie nach unten in den Garten, Clemens trug Paul auf dem Arm. Ein kalter Ostwind wehte. Dichte weiße Wolken zogen schnell am Himmel. Langsam bewegten sie sich nebeneinander auf dem Weg an der Südseite des Hauses, blieben bei den Lupinen stehen. Sie zeigte ihm das Beet, das sie am Vortag umgegraben hatte und hob ein paar Birnen auf. Sie gingen weiter zum östlichen Ende des Gartens, zu den Beeten am Weg, in denen Gladiolen, Astern und Chrysanthemen wuchsen. Die oberen Blüten an den langen Stängeln der Gladiolen waren noch zart und transparent, die unteren waren dunkelbraun, verkrumpelt und verklebt. Die robusten Astern und Chrysanthemen blühten hellblau und zitronengelb. Sie fror. Der Wind blies durch die Strickjacke. Sie kreuzte die Arme vor der Brust, hielt in beiden Händen Birnen.

Zurück an der Westseite des Hauses legte sie die Früchte auf die Erde neben die Bank, und sie gingen den Weg unter der Wäscheleine Richtung Komposthaufen. Die Sonne brach durch die Wolken, gleißendes Licht fiel auf den Acker vor der Hecke zu Dr. Ammanns Garten, auf Rotkohl und Weißkohl. Der Wirsing leuchtete giftgrün. Braune und weiße Strünke von abgeschnittenen Kohlköpfen schauten ein paar Zentimeter aus der Erde. Lauch und Sellerie waren kräftig gewachsen. Rosenkohlstrünke reichten ihnen bis an die Hüften, die äußeren Blätter der Röschen teilweise gelb, zerfressen, bedeckt von schwarzen Blattläusen. Er streifte Tiere ab und zerquetschte sie zwischen Daumen und Zeigefinger. Alkoholgeruch von matschigen Pflaumen, die auf der Erde lagen, wehte herüber. Vor dem Komposthaufen blühte Sonnenhut und schwankte im Wind. Sie kehrten um, zurück in den Windschutz der Hauswand. Sie holte eine Decke aus dem Schuppen, und sie setzten sich auf die Bank in die Sonne.

Er sah zu Dr. Ammanns Haus hinüber. Es waren vielleicht fünfzehn Meter Abstand zwischen den Häusern. Der Schuppen, in dem ihre Brüder arbeiteten, stand zwischen den Häusern. Werner und Kurt sangen im Schuppen.

Der Koitus, der Koitus,
das ist ein feiner Hochgenuss,
fideral-la-la, fideral-la-la, fideral-la-la-la-la.

Ein Krachen und Scheppern kam aus dem Schuppen, als ob Metallteile, Kneifzangen, Schraubenschlüssel an die Bretterwand geworfen würden. Lachen, Kichern, und dann sangen sie das Lied von vorn.

Er wandte sich ihr zu, sprach leise, mit gepresster Stimme.

„Der Halsabschneider. Was hat der dir für'n Stuss erzählt. – Todesstrafe. Das ist vorbei. Das gibt's nicht mehr."

Sie sagte nichts. Sie wusste das nicht. Sie las fast nie Zeitung. Ihr wurde warm in der Sonne. Sie knöpfte ihre Jacke auf und schaute zu den Pflaumenbäumen, deren Blätter sich gelb verfärbt hatten.

Es raschelte im Laub vor ihrer Bank, neben den Steinen, die Gartenweg und Beete trennten. Es fiel kaum auf, Farben wie das Laub. Zwei Meter vor ihnen, eine winzige Federkugel. Olivbrauner Rücken und Flügel, feuerrote Brust. Ein zerzaustes Rotkehlchen hüpfte und pickte ganz unbekümmert. Nur wenn Clemens etwas sagte, hielt es inne, drehte seinen Kopf, als höre es zu. Es flog auf die andere Seite des Weges, pickte einen Kern auf, flog wieder zurück und ließ sich auf einem Stein nieder. Weißer Bauch, steingrau an den Seiten. Wohl fünf Minuten zwitscherte es kaum hörbar in sich hinein, als ob es eine Geschichte erzähle, wie ein Murmeln, so leise. Es schien überhaupt keine Angst zu haben, schien sich wohl zu fühlen in ihrer Gesellschaft.

Am nächsten Wochenende brachte er ihr fünfzehn Mark für Dr. Ammann mit. Er hatte gespart. Vierzig Mark hatte er im Jahr zuvor als Startgeld bei der Währungsreform bekommen. Außerdem legte er monatlich einen Teil seines Arbeitslohns aus der Weberei zurück. Er sagte: „Dann bauen wir eben später."

Streit

Ein Wochentag Ende Oktober 1949

Josefa saß im Wohnzimmer an der Nähmaschine vor dem Fenster mit Blick auf das umgegrabene Dahlienbeet im südlichen Teil des Gartens. Sie hatte ein zerschlissenes Bettlaken, dessen Ränder noch zum Flicken zu gebrauchen waren, zerschnitten. Die Maschine hatte sie auf Ketteln, auf Zickzack eingestellt und einen Flicken unter die aufgerissene Stelle eines Bettbezugs gelegt. Sie zog den Stoff immer wieder glatt, nähte zehn, fünfzehn, zwanzig Zentimeter hoch, dann im spitzen Winkel genauso weit nach unten. Ferdinand, der Sohn ihrer Schwester Elli, und Paul lagen in einem Wäschekorb in einer Ecke des Zimmers und schliefen. Seit Elli Arbeit gefunden hatte, kümmerte Josefa sich tagsüber um beide Kinder. Es war im Spätherbst, morgens um zehn Uhr, sie hatte das Deckenlicht eingeschaltet. Nebel hing über dem Garten, Blätter fielen von den Bäumen. Trotz Pullover, Strickjacke, Wollrock und dicker Strümpfe fror sie, hatte kalte Füße in den Pantoffeln. Die Kohleöfen im Haus wurden noch nicht geheizt. Sie hörte ihre Mutter vom Schlafzimmer ins Badezimmer schlurfen und dann in der Küche hantieren. In der Früh hatte Josefa ihre jüngeren Geschwister geweckt, ihnen Milch aufgewärmt und Brote für die Schule geschmiert. Ihre Mutter war wie so oft im Bett geblieben. Die Geschwister hatten sich über die Milch beklagt. Clemens hatte, als er sie überreichte, schon gewarnt, sie schmecke nach Rüben.

Margarete kam durch die Tür von der Küche her ins Wohnzimmer und ging gleich durch die zweite Tür zum Flur vor ihrem Schlafzimmer wieder hinaus. Josefa hörte, wie sie Kommodenschubladen herauszog, Schranktüren öffnete. „Hier ist noch mehr“, sagte Margarete und legte einen Stapel Wäsche auf den Tisch, der im Rücken von Josefa in der Mitte des Raums stand.

Josefa stoppte das Auf und Ab ihrer Füße auf dem Trittbett der Maschine, hielt den Stoff unter dem Nähköpfchen weiterhin gespannt und schaute sich um. Ein Wäscheberg auf dem Tisch, Laken, Kittelschürzen, Hosen. Arbeit für einen ganzen Tag. Die Haut ihrer Mutter sah wie ein aufgegangener Hefeteig aus. Josefa beugte sich wieder über den Bettbezug, griff an das Schwungrad und bewegte ihre Füße. Nur noch das Surren der Nähmaschine war zu hören.

„Hast du mit Clemens gesprochen?"

Josefa erstarrte, ließ den Stoff fahren. Aus den Augenwinkeln sah sie ihre Mutter einen Meter hinter sich stehen, schemenhaft, groß. Sie spannte ihren Rücken an, griff an das Handrad der Maschine, um weiterzunähen, aber die Kurbel klemmte. Ach, du grüne Neune, die Nadel kam nicht aus der Spule heraus, bewegte sich keinen Millimeter.

„Worüber soll ich mit ihm reden?", fragte sie mit einem Blick über die Schulter.

Ihre Mutter stampfte mit einem Fuß auf den Boden. „Jetzt tu nicht so dumm. Hast du ihm das mit dem Kostgeld gesagt?"

Josefa versuchte, die Kurbel ein wenig vor- und zurückzubewegen. Ober- und Unterfaden in der Spule verknotet? Krach! Die Nadel war gebrochen. Verflixt. Sie stöhnte auf und ließ die Arme sinken.

„Warum sollen wir Kostgeld bezahlen? Ich arbeite doch hier." Sie setzte sich seitlich auf den Stuhl und schaute zu ihrer Mutter hoch.

Margarete saugte hörbar Luft durch die Zähne ein und trat einen Schritt zurück. Ihr Gesicht angespannt, Runzeln auf der Stirn. Tiefe Falten von den Nasenflügeln bis zum Kinn. Das Blut in den Adern auf ihren Schläfen pochte. Gepresst, jedes Wort betonend, sagte sie: „Ich brauch Kostgeld von euch!" Dabei stieß sie mit den Händen in den Schürzentaschen auf ihre breiten Hüften.

„Warum denn?" Wie ein Aufschrei hörte es sich an. Josefa sprang vom Stuhl hoch, warf ihre Arme in die Luft. „Clemens isst doch fast gar nichts hier … und er bringt immer was mit, wenn er kommt."

Paul und Ferdinand wachten auf, wimmerten und knötterten.

Ihre Mutter ging hinter den Tisch, stützte sich mit beiden Händen auf dem Wäschestapel ab, lehnte ihren schweren Oberkörper nach vorn.

„Hier wollen vierzehn Leute satt werden. Das kann Papa nicht alles verdienen. Wie soll er das machen?"

„Dann müssen eben Elli und Lina und Kurt mehr abgeben. Dann können die sich eben nicht so viel kaufen und sparen!"

Ihre Mutter schwieg.

„Und Anni und Werner dürfen eine Lehre machen und brauchen gar kein Kostgeld abzugeben. Ich hab noch nicht mal 'n Kinderbett für Paul. Ich kann noch nicht mal Windeln kaufen. Oder Wolle zum Stricken. Ich hab gar nichts. Keinen Pfennig."

Starr, jedes Wort betonend, wiederholte Margarete: „Hast du mit ihm gesprochen?"

Josefa stieß mit dem Fuß gegen ihren Stuhl, schlug mit den Hacken hart auf den Holzfußboden, als sie zur Tür hinaus auf den Flur ging. An der Treppe nach oben hielt sie inne – die Babys schrien. Sie kehrte zurück ins Wohnzimmer, Tränen im Gesicht, nahm den Wäschekorb und ging mit den Kindern nach oben in ihr Zimmer.

Als sie eine halbe Stunde später wieder nach unten kam, stand ihre Mutter am Tisch in der Küche und schnitt mit einem langen Messer Wirsing in fingerbreite Scheiben. „Schäl jetzt Kartoffeln", sagte Margarete.

Josefa holte in einer Emailleschüssel Kartoffeln aus dem Keller, füllte einen Topf mit Wasser und stellte sich, als sie zu schälen begann, so an den Spülstein, dass sie ihre Mutter aus den Augenwinkeln sehen konnte.

„Hättet ihr mich in der Bäckerei weiterarbeiten lassen, dann hätte ich gespart und könnte was bezahlen", sagte sie mit einem flüchtigen Blick zu ihrer Mutter.

Margarete reagierte nicht, schnitt weiter Scheibe um Scheibe vom Wirsing.

„Wir wollen doch bauen", sagte Josefa. „Wenn wir jetzt Kostgeld abgeben müssen, schaffen wir das nie."

Sie schaute abwechselnd auf die Kartoffel in ihrer Hand, dann wieder zu ihrer Mutter. Eine lange, dünne Schalenspirale hing herab, löste sich und fiel in den Spülstein.

„Clemens muss alles sparen, sonst geht das nicht. So viel verdient er nicht. Dann können wir nie zusammen wohnen."

Margarete schichtete Wirsingscheiben übereinander. „Dann mietet ihr eben eine Wohnung – mir ist das egal." Sie lehnte sich mit dem Gewicht ihres Oberkörpers auf den Messerrücken. Der Kohl quietschte am Metall, Schnipsel flogen über den Tisch auf den Fußboden.

Josefa stach mit der Spitze des Schälmessers ein schwarzes Auge aus einer Kartoffel heraus und ließ sie in den Topf mit Wasser fallen. Laut rief sie: „Wo gibt es denn eine Mietwohnung? Und was die kosten! Das kann er gar nicht bezahlen!"

Der Wirsing war erst zur Hälfte klein geschnitten, die Hände ihrer Mutter zitterten. Sie knallte das Messer auf den Tisch, ging ein paar Schritte auf Josefa zu. Rhythmisch stieß sie mit den Händen vor sich hin.

„Fünfzehn Mark für November, oder es gibt hier nichts mehr zu essen!"

Josefa holte mit dem Arm nach hinten aus und warf eine halb geschälte Kartoffel so in den Topf, dass das Wasser nach allen Seiten spritzte.

Margarete hatte ein paar Tropfen abbekommen. Sie drehte sich um und verschwand in ihrem Schlafzimmer.

Lebensmittel waren 1949 noch rationiert. Bis 1947 hatte die tägliche Essensration drei Scheiben Brot betragen. 1949 wurde auf 1000 bis 1500 Kalorien erhöht, vier bis sechs Scheiben pro Tag. Zwar hatten die provisorischen Regierungen Westdeutschlands 1948 ihre Absicht verkündet, die Planwirtschaft abzuschaffen und Marktwirtschaft einzuführen, aber die Realisierung zog sich Jahre hin. Im November 1948, einen Monat bevor Paul geboren wurde, gab es den ersten und einzigen Generalstreik in Westdeutschland. Die Preise waren um zwanzig Prozent gestiegen, die Löhne blieben kontrolliert. Erst 1950 wurde die Lebensmittelrationierung aufgehoben.

Auch Margarete hatte als junge Frau, wie jetzt Josefa, im Haushalt gearbeitet – im Haushalt ihrer Stiefmutter – bevor sie mit fünfundzwanzig Jahren Otto heiratete. Margaretes leibliche Mutter starb bei der Geburt von Zwillingen, als Margarete vier Jahre alt war, und die Zwillinge starben bald nach der Mutter. Margaretes Vater heiratete noch einmal und bekam noch zwei Töchter und einen Sohn.

Ich habe ein Foto dieser Familie, aufgenommen Anfang der 1920er Jahre. Vielleicht war es der Tag der Erst-Kommunion von Margaretes jüngstem Halbbruder. Margarete ist schon erwachsen. Ihre Stiefmutter: eine alt aussehende Frau mit einem zusammengefallenen Mund. Sie sieht aus, als sei sie siebzig oder achtzig. So alt kann sie aber nicht sein, da ihr Sohn erst acht oder neun Jahre alt ist. Die Hand einer ihrer erwachsenen Töchter liegt auf ihrer Schulter. Margaretes Stiefgeschwister lachen. Sie steht isoliert im Hintergrund, ihre Stirn in Falten gelegt, ein bitterer Zug um ihren Mund. Wurde ein Witz auf ihre Kosten gemacht?

Margaretes Vater im Mittelpunkt des Bildes. Anzug mit Weste, weißes Hemd, schwarzer Schlips, voller Spannung, gewitzt, ein Schlaumeier? Gewieft? Das sind Vermutungen, Zuschreibungen. Ich weiß nicht, wie es in dieser Familie war.

Ich habe auch ein Foto von Margaretes leiblicher Mutter, meiner Urgroßmutter, aufgenommen in den 1890er Jahren. Es ist ein Brustbild, sie sitzt schräg, schaut weg von der Kamera, lächelt. Freundliche Gesichtszüge, dunkelblondes Haar, hinten zusammengebunden, ein kleiner Ohrring oder ein Schatten? Ein aufwendig genähtes Kleid mit Puffärmeln, Patten und Biesen, hochgeschlossen am Hals. Weiße Spitze schaut aus dem Kragen heraus. Ein weich geschwungener Mund, eine kräftige Nase, die Spitze leicht nach oben zeigend, eine hübsche, sympathisch aussehende Frau.

Aber was weiß man über einen Menschen, wenn man ein Bild von ihm sieht? Man kann sich vorstellen, man kann träumen: Die schöne junge Mutter, die gestorben ist … dann kam die „böse" Stiefmutter in Margaretes Leben? Ich weiß nichts darüber. Stiefmütter können auch gute Mütter sein.

Gebratene Leberwurst

Anfang November 1949

Trockene Zweige und schwarze Erlenfrüchte knackten unter den Reifen von Clemens' Fahrrad in der Spurrille des Weges, sprangen in die Luft, als er morgens um halb sieben aus der Nachtschicht in Gütersloh zum Bauernhof in Avenwedde-West nach Hause fuhr. Es wurde gerade hell, der Himmel war bewölkt, ein graues Licht breitete sich aus. Raureif auf dem Gras in der Mitte und an den Seiten des Weges. Er schaute über den Acker, den ihm seine Eltern als Bauplatz versprochen hatten. Vor ein paar Wochen hatten sie noch einmal Winterroggen darauf gesät. Er hatte noch nicht genug gespart, um in der Firma ein Darlehen für den Hausbau zu bekommen. Die Bäume im Busch an der Hofeinfahrt bewegten sich heftig im Wind – „Busch", so sagten sie in der Familie, wenn sie über den kleinen Wald an der Nordseite des Hofes sprachen. Er war etwa so groß wie ein halbes Fußballfeld. Es gab hohe Buchen, Eichen und Kastanien im Busch, auch Holunder, Haselnusssträucher und eine Brombeerhecke. Das Laub der Bäume war verfärbt, die meisten Blätter bereits abgefallen. Unter dem Kreuz mit der weißen Christusfigur in der Hofeinfahrt ein Teppich aus Eicheln. Clemens tat es nicht, aber Männer, die zu Besuch auf den Hof kamen, hoben hier ihren Hut, Frauen bekreuzigten sich.

Ein Flügel der grauen Eichentür des alten Fachwerkhauses hinten am Busch stand offen. Wenn es kalt bliebe, würden sie schlachten, hatte sein Vater am Vorabend gesagt. Vielleicht trieb er das Schwein schon aus dem Stall heraus.

Clemens war müde. In den letzten Tagen hatte er vor der Nachtschicht Brennholz gespalten, das als ungeordneter Haufen vor dem alten Haus lag. Die letzte Nacht, während er zwischen den Webstühlen hin- und hergelaufen war, Garnspulen nachfüllte, Stoffballen aus den Maschinen herauszog, hatte er an Josefa gedacht, an Paul, wie es jetzt gehen würde mit Josefa. Mit allem, was geschehen war, hatte er nicht gerechnet. Es war einfach passiert. Er wünschte, er könne noch schnell etwas trinken und sich dann schlafen legen. Seit der Hochzeit vor einem Jahr arbeitete er fast jeden Tag zwei Schichten, eine im Betrieb und eine zweite auf dem Hof als Gegenleistung für den Bauplatz. So hatten sie es abgesprochen.

Das Haus, in dem er mit seinen Eltern und seinen Geschwistern wohnte, stand dreißig Meter vom Busch und dem alten, verfallenen Haus entfernt. Es hatte feste Fußböden. Einen dunkelgrauen Estrich in der Küche, dem größten Wohnraum des Hauses. Estrich auch im Milchkeller, der eine Stufe tiefer lag als die Küche. Holzböden in Stube, Schlafzimmer und auf der Bühne, dem Schlafplatz von Clemens und seinen Brüdern. Von der Küche ging es durch eine Tür auf die Deele – doppelt so groß wie die Küche – mit einem gemauerten Fußboden aus rotbraunen Ziegeln, auf dem im Sommer oft Gras und im Winter Heu lag. Auf der einen Seite der Deele ein Schweine- und ein Pferdestall, auf der anderen Seite ein Kuhstall. Die Schweine lebten in einem Verschlag hinter einer Holztür. Ein Pferd und sieben Kühe schauten in ihre Tröge auf der Deele. Wohnhaus und Viehtrakt standen zueinander wie ein T, und der Geruch des Viehs hing in allen Wohnräumen.

Drei Männer wurden zum Schweinschlachten gebraucht. Walter war zur Arbeit, Clemens durfte sich nicht schlafen legen. Seit sein ältester Bruder Heinz vor sechs Jahren im Krieg gefallen war, stand Clemens vom Alter her gesehen in der Mitte seiner Geschwister. Er hatte eine ältere und eine jüngere Schwester, Lisbeth und Mathilde, und einen älteren und jüngeren Bruder, Walter und Johann.

Clemens' Eltern, Maria und Joseph, lockten mit angefaulten Äpfeln in einem Blechnapf ein Schwein aus dem Stall im alten Haus, trieben es mit Stöcken über Hof und Deele in die Küche in eine Ecke neben den gemauerten Spülstein. Johann, er war zwei Jahre jünger als Clemens, entsicherte das Kolbengewehr, ein Rohr, doppelt so lang wie seine Hand. Clemens keilte das Schwein zwischen dem Spülstein und seinen Beinen ein. Er könnte es auch. Er war so oft dabei gewesen, dass er genau wusste, was als nächstes kam. Wenn er müsste, könnte er auch ein Schwein schlachten. Aber er war ganz froh, dass es nicht seine Arbeit war. Wenn nur die Schichtarbeit bei Bartels nicht wäre, alle drei Wochen diese Nachtschicht.

Joseph drückte den Rücken des Schweins nieder. Johann führte das Gewehr Richtung Kopf oberhalb eines Auges des Schweins. Er hatte in den letzten Kriegsjahren eine Lehre beim Schlachter Grundmann in Gütersloh gemacht, ein paar Jahre als Schlachter in Betrieben in Rietberg und Wiedenbrück gearbeitet, dort unter der Woche auch gewohnt, weil es zu weit war, täglich mit dem Rad nach Hause zu fahren. Als er mit dem Gewehr die Haut des Schweins berührte, abdrücken wollte, quiekte das Schwein, stemmte seinen Rücken nach oben, sprang mit einem Satz auf Johanns Fuß. Er schrie, zog das Gewehr an sich heran. Das Schwein drehte sich, brach zwischen Gewehrmündung und Clemens durch, rannte Richtung Deelentür. Johann, mit dem Gewehr in der Hand, hinterher. Zu viert umzingelten sie es. Das Schwein trippelte auf der Stelle, drängte sich zwischen den Beinen durch, stand vor dem weißen Emailleherd, auf dem in großen Töpfen Wasser kochte. Nebelschwaden zogen durch die Küche. Johann sprang hinter das Schwein, haute mit dem Gewehr auf die Hinterbacken, um es zurück in die Ecke neben den Spülstein zu treiben, aber es machte einen Satz und verschwand unter dem Tisch. Es grunzte. Ein Geruch wie im Schweinestall breitete sich aus.

Johann polterte: „Wat makt ji denn? Könn ji kein Swein hoaln?" Er war dünn wie Clemens, noch drahtiger, noch sehniger.

„Nu man tau! Dat Maesser! Eilich!", rief Johann. Es war ihnen gelungen, das Schwein ein zweites Mal in die Ecke zu locken, und der tödliche Schuss war gefallen. Lautes Muhen und metallisches Klirren von der Deele. Die Kühe rissen an ihren Ketten, der Schuss hatte sie erschreckt. Das Schwein lag auf dem Estrich, wälzte sich hin und her, schlug mit den Klauen, als ob es noch lebe. Johann kniete sich vor den Kopf, setzte die handlange, fingerdünne Klinge des Messers, das Maria ihm gereicht hatte, zwischen Kehle und Brustbein. Clemens schluckte, trat zurück. Beim letzten Schlachten hatte Johann die Hauptschlagader nicht gefunden, mehrmals zustechen müssen. Er stieß das Messer in das zappelnde Tier hinein. Auf dem Brustbein angekommen – die scharfe Seite der Klinge zeigte zum Kopf des Schweins – drückte er das Messer noch ein paar Zentimeter tiefer. Clemens kniff die Augen zusammen. Blut spritzte in die Luft, auf Johanns Arbeitskittel und in sein Gesicht.

Hellrotes Blut floss in die weiße Emailleschüssel, die Maria unter die Wunde geschoben hatte. Sie kniete auf dem Estrich auf ihrem langen Rock und einem Kartoffelsack. Maria war sechsundfünfzig, zierlich, hatte feine Gesichtszüge. Ihre Haare waren zu einem Zopf geflochten und in Form einer Schnecke auf dem Hinterkopf festgesteckt. Joseph nahm ihr die volle Schüssel ab und reichte ihr eine zweite.

Als kein Blut mehr aus dem Schwein herausfloss, hievten sie es – Johann an den Vorderfüßen, Clemens und sein Vater hinten – auf ein altes Türblatt, das auf zwei Holzböcken lag. Johann tauchte einen Fuß des Schweins in einen Topf mit heißem Wasser, den seine Mutter ihm hinhielt. Das Gewebe sollte aufweichen. Ein paar Minuten später zog er mit einer Zange am Zehennagel. Clemens biss seine Zähne zusammen und blickte zum Küchenschrank. Seine Mutter immer an Johanns Seite. Johann hier ... Johann da ... Sie wusste immer schon im Voraus, was Johann wollte. Johann war wohl der Beste für seine Mutter.

Joseph hatte bereits heißes Wasser über den Hintern des Schweins gegossen und kratzte mit einer handgroßen Tüte aus Metall, oben spitz, unten rund – eine Form wie die Hütchen auf den Hyazinthenzwiebeln im Winter – die Borsten vom Schwein. Es ratschte, als ob ein Stuhl über den Steinfußboden gezogen würde; manchmal ein schmatzendes Geräusch, wenn der Metallhut sich auf der Haut des Schweins festgesaugt hatte und er ihn wieder löste. Ein süßlicher Geruch hing in der Küche, die Luft war warm und feucht. Als Clemens einmal nicht acht gab, vergrub sich die Kante seiner Metalltüte in der Schweinehaut, er blieb stecken. Ein tiefer Riss in der Haut des Schweins. Verärgert sah sein Vater zu ihm herüber, und sagte, er solle gucken, wie er es mache – wie er mit Hand und Ellenbogen die Haut des Schweins straffe und über eine ebene Fläche schabe. Clemens wusste das schon.

Joseph hatte schon viele Schweine geschlachtet in seinem Leben. Während des zweiten Weltkriegs hatte er zu Hause heimlich geschlachtet. Auch bei Brummels, den Nachbarn, die eine Gastwirtschaft hatten, schlachtete er schwarz. „Nachts, morgens um drei Uhr ist er los. Wenn das einer von der SA oder SS gesehen hätte, wäre er dran gewesen", sagte Tante Mathilde einmal. Ihr Vater habe nicht an den Krieg geglaubt, sagte sie. „Russland? In ne groaten Land, da verlaupet se sich", habe er gesagt. Josephs Bauernhof war nicht groß. Die Erträge reichten nicht, um die Familie zu ernähren, und er fuhr neben der Arbeit auf dem Hof mit dem Pferdewagen Mehl aus für eine der Wassermühlen an der Dalke.

Clemens sagte später, ein halbes Jahrhundert später, 2001, als er in Irland wohnte, über seinen Vater Joseph, er sei kauzig gewesen, schwierig, habe viel getrunken. Das sagte Clemens, mein Vater, als er vierundsiebzig war, er, der selbst vierzig Jahre seines Lebens getrunken hatte, der gerade erst drei Jahre zuvor die Trinkerheilanstalt, die psychiatrische Abteilung des Landeskrankenhauses in Gütersloh, verlassen hatte. Kauzig? Ein Kauz – der Vogel – gehört zur Familie der Eulen; er ist eine kleine Eule, die zurückgezogen lebt. Der Name rührt von dem klagenden Schrei her, kuz-kuz.

In meiner Kindheit und Jugend sah ich Großvater Joseph fast täglich, ich verbrachte einen großen Teil meiner Zeit auf dem Bauernhof. Er hatte dunkle kupferrote Haare und unter der Nase, wie ein dickes Wollknäuel, einen Schnurrbart in demselben Kupferton. Er redete nicht viel. Vielleicht dachte er: Was nützt es zu reden? Vielleicht wollte er sich den Reaktionen der Mitmenschen nicht aussetzen. Im ersten Weltkrieg war er als Soldat in Galizien. Ich habe ein Bild vor Augen, wie er an der Südseite seines Hauses vor der Deele im Schneidersitz auf der Erde auf einer Pferdedecke saß, die Sense zwischen den Beinen, und – mir kam es vor wie viele Stunden – mit einem Hammer auf die Schnittkante einer Sense schlug, dengelte. Einmal setzte er mich auf sein Pferd. Ich war vier oder fünf Jahre alt, und er hob mich auf den rotbraunen Ackergaul mit dem hellen breiten Schweif. Das Pferd duftete, atmete, war warm, aber ich fand es zu hoch dort oben und wollte bald wieder runter.

1949 war Joseph sechzig, mager wie seine Söhne, sein Rücken in Höhe der Schulterblätter rund nach vorn gebogen. Es störte ihn nicht, dass Johann beim Schlachten den Ton angab. In ein paar Jahren sollte sein jüngster Sohn den Hof übernehmen.

Joseph, Johann, Clemens, alle drei gleichzeitig stürzten sich auf das Schwein, stützten sich auf ihm ab, spannten die Haut. Die äußerste Schicht mit den Borsten löste sich, eine helle Haut kam zum Vorschein. Zum Schluss spülten sie mit ein paar Eimern kaltem Wasser, das Maria am Spülstein pumpte, die Blutreste, lose Hautfetzen und Borsten hinunter. Das Schwein leuchtete rein und weiß in der Mitte der Küche. Es lag auf dem Bauch.

Clemens wusste, jetzt kam das Arschloch dran. Maria zog den Schwanz Richtung Kopf, Joseph und Clemens spreizten die Hinterbacken auseinander. Clemens' Blick suchte Halt im Raum, blieb am Pumpenschwengel am Spülstein hängen. Mit demselben Messer, mit dem Johann die Halsschlagader aufgeschnitten hatte, schnitt er in dem straff gespannten Fleisch in einem Abstand von einem Zentimeter um das Arschloch des Schweins herum – vorsichtig, um den Mastdarm nicht durchzustoßen, aber so tief, dass er den Darm greifen und ein Stück herausziehen konnte. Damit kein Kot herausfiele, wenn er den Schließmuskel vom Darm abtrennen würde, wickelte Maria eine feine Schnur um den Darm, zog sie fest zusammen und verknotete sie. Clemens war blass geworden, seine Haut fast so weiß wie die des Schweins. Hoffentlich ist das hier bald zu Ende, dachte er. Johann schnitt, warf den Schließmuskel in die Wanne auf der Erde. Der abgetrennte Darm rutschte zurück ins Schwein. Clemens atmete aus. Seine Knochen schmerzten, er wollte sich hinlegen und schlafen. – Erst mal ein Haus bauen, zusammen wohnen, dachte er. Ob Josefa schon bei Ammann gewesen war?

„Pass doch upp", rief Johann. Clemens hielt mit der Hand noch den Hintern des Schweins, als Johann und sein Vater es schon bewegten, um es auf den Rücken zu drehen und dabei gleichzeitig eine Leiter darunter zu schieben. Sie rollten das Schwein, hoben es an, zogen es stückweise, bis es mit dem Rücken ganz auf der Leiter lag.

Jetzt die s-förmigen Fleischerhaken. Johann schnitt oberhalb der Klauen zu beiden Seiten der Sehnen an den Hinterläufen entlang, holte mit dem Zeigefinger die Sehnen ein Stück weit aus dem Fleisch heraus, schob die Haken hinter den Sehnen durch und legte sie auf eine Leitersprosse.

Die Arbeit, die jetzt kam – er stieß mit einem Messer bis zum Brustbein vor, mit einer Säge teilte er es entzwei – hatte Johann einmal vergessen, und sie hatten das Schwein zu früh aufgehängt. Eingeweide, Herz, Lunge, alles war ihm entgegen gerutscht, in das Sägeblatt hinein gerutscht, als er damals das Brustbein des an der Leiter hängenden Schweins zersägt hatte.

„An 'ne Wand!", rief Johann, ließ das Fußende der Leiter mit dem Kopf des Schweins zur Erde hinunter. Clemens fasste an, zu zweit schoben sie das Fußende gegen die Wand, und zu dritt richteten sie die Leiter auf. Das Schwein hing an seinen Hinterbeinen, eingeklemmt zwischen Leiter und Wand. Mit kleinen Schritten und Rucken, sie stöhnten und ächzten, bewegten sie die Leiter, drehten sie um hundertachtzig Grad, damit die Bauchseite in den Raum schaue.

Clemens wischte sich mit dem Ärmel seines Kittels über die Stirn. Jetzt den Kopf ab. Johann setzte das Messer direkt hinter den Ohren an, stieß oberhalb des ersten Wirbels durch den Hals, der Kopf knallte in die Wanne. Maria versengte über dem offenen Feuer auf dem Herd die Borsten in den Winkeln und Mulden des Schweinekopfs. Ein beißender Geruch nach verbrannten Haaren und verbrannter Haut breitete sich in der Küche aus. Sie schrubbte den Kopf mit einer Drahtbürste und legte ihn in Salzwasser.

Mit einer Hand drückte Johann die Eingeweide zur Seite, hielt die Bauchwand fern vom Messer, mit der anderen Hand schlitzte er vorsichtig längs der Mittellinie von den Hinterschenkeln, den Lenden, den Bauch des Schweins auf. Dann erst stieß er durch die Bauchwand, hielt immer noch mit einer Hand die Eingeweide fern vom Messer, achtete auf die Blase, schnitt das Becken entzwei, das die Hinterschenkel zusammenhielt.

Seine Unterarme verschwanden im Bauch des Schweins. Er wühlte im Gedärme, suchte wohl das Ende des Mastdarms mit dem Bindfaden, zog es vorsichtig heraus, zog den Penis heraus, die Harnblase und die übrigen Gedärme, ließ alles in die große Wanne fallen. Maria nahm den Penis und warf ihn Conny, dem Hund, hin – einem Schnauzer, der kurz schnüffelte und ihn mit einem Bissen verschlang. Johann warf Lunge, Leber und Bauchspeicheldrüse in eine Schüssel, die Gallenblase auf die Erde. Das Herz hing schon am Haken an der Leiter.

Maria hatte ihre Brille aufgesetzt und entfernte die dünne Haut, die den Magen umschließt, stülpte den Magen um, wusch ihn und legte ihn in trockenes Salz. Sie leerte und reinigte auch die Därme – Conny bekam noch den Mastdarm – stülpte sie auf einem glatten Holzstab um, schabte mit einem stumpfen Messerrücken gegen ein Brett den Schleimbelag ab. Als die Därme ganz sauber und durchsichtig waren, streute sie Salz darüber. An dem Tag kochte sie Blutsuppe.

Johann spreizte den Bauch des Schweins mit einem beidseitig zugespitzten Stecken, schüttete noch ein paar Eimer kaltes Wasser in den Rumpf. Das Schwein hing in der Küche wie Christus am Kreuz draußen an der Hofeinfahrt, nur kopfüber, ohne Kopf, aufgeschlitzt und ausgeraubt. Wenn es so kalt bliebe, wäre das Schwein am nächsten Morgen schön steif. Dann würde Johann es am Rückenmark entlang mit einem Hackbeil spalten. Sie würden den Fleischwolf auf den Tisch stellen und wursten. Leberwurst mit Mehl und Blutwurst mit Zunge kochen. Mettwurst in die Därme füllen. Alles würde verwendet werden. Mit einem Trichter würde Maria geschmolzenes Bauchfett in die Blase füllen, das darin erstarren und monatelang halten würde.

Sie wussten damals nicht, ob es legal war, das Schwein zu schlachten. Die Lebensmittelrationierung aus dem zweiten Weltkrieg war noch nicht aufgehoben.

Mittags um ein Uhr stieg Clemens die Treppe zur Bühne hinauf. Das war ein Vorteil, wenn er Nachtschicht hatte und tagsüber schlief – er hatte die Bühne für sich allein. Er ließ sich auf seinen Platz fallen. Kaum lag er, war er auch schon weg.

In den 1950er und 1960er Jahren klingelte Großmutter Maria im Herbst und Winter manchmal an unserer Haustür und brachte uns eine Blut- oder Leberwurst, die sie in ihrer hochgenommen Schürze versteckt hielt. Mit einem unter dem Kinn gebundenen Kopftuch, im langen Wollrock stand sie auf der Treppe, überreichte die Kostbarkeit und ging gleich wieder. Vielleicht sollten Johann und seine junge Frau nicht wissen, dass sie uns etwas schenkte. Meine Mutter – oder mein Vater, wenn meine Mutter in der Ecke saß und arbeitete – schnitt die Wurst in Zentimeter dicke Scheiben und briet sie in der Pfanne knusprig. Auch Schweineblut brachte meine Großmutter einmal, und meine Mutter kochte eine Suppe daraus.

Ein wenig trug unsere Familie zur Fütterung der Schweine bei. Im Keller unseres Hauses hatten wir einen „Schweineeimer", eine verrostete Zehn-Liter-Milchkanne, aus der es säuerlich roch. Verfaulte Äpfel, Kartoffelschalen, Essensreste (die es kaum gab, es kam nicht so viel auf den Teller), eingekochte Erdbeeren und Pflaumen, auf denen sich Schimmel gebildet hatte, wurden abgeschöpft und in den Schweineeimer geworfen. Einmal in der Woche oder jede zweite Woche trug mein Vater den Eimer zum Bauernhof und goss das Gemisch den Schweinen in die Tröge.

Hexe

Anfang November 1949
Am Samstag nach dem Schlachttag nahm Clemens eine frische Leberwurst für Josefa mit. Auf dem Gepäckträger hatte er einen Korb Steckrüben. Es war noch hell am Nachmittag um vier, als er auf sein Rad stieg. In den Spurrillen auf dem Weg und im Graben stand Wasser. Die Wolken hingen tief – grau, schwarz, nass. Der Himmel erinnerte ihn an Norwegen, an das Meer. Einige Pfützen auf dem Weg waren so tief, das Wasser spritzte so hoch, dass er seine Füße von den Pedalen nahm und die Knie hoch bis unter die Arme zog. Wie ein Affe auf dem Schleifstein, dachte er. Aber er kam trocken in Friedrichsdorf an, hatte das Gummiregencape nicht aus seiner Tasche herausnehmen müssen. In den Kronen der Apfelbäume vor dem Haus, an den oberen Zweigen, hingen zwischen gelben und braunen Blättern noch ein paar Äpfel.

Sie saßen sich am Tisch gegenüber, tranken Muckefuck-Kaffee, den Josefa auf ihrem Ofen gekocht hatte. Durch die Tüllgardinen vor dem schmalen Fenster kam kaum noch Licht herein. Die Farben im Zimmer wurden dunkler, ein grauer Schleier legte sich über alles. Regen klatschte an die Fensterscheibe. Sie knipste Licht an, es blendete, er zog den Lampenschirm weiter nach unten über den Tisch.

Niemand hätte jetzt durch das Zimmer gehen können, es war einfach kein Gang frei. Gleich hinter ihrem Stuhl stand der Kinderwagen, in dem Paul lag, und zum Fenster hin stand in ihrem Rücken der Kleiderschrank. Nur wenn sie ihren Stuhl unter den Tisch schob, konnte sie zwischen Tisch und Kinderwagen hindurch zum Fenster und zur Tür. Er saß vor der Kommode. Hatte sie einmal vergessen das Salz herauszustellen, bevor sie sich setzten, musste er aufstehen, den Stuhl unter den Tisch schieben, zur Seite vor das Bett oder den Ofen treten, damit sie die Schranktür öffnen konnte. Lag etwas auf dem Nachtschränkchen, das sie auf dem Tisch haben wollten, konnte er es greifen, ohne aufzustehen. Wenn er den Wasserkessel auf dem

Ofen in die Mitte oder zur Seite schieben wollte, streckte er sich und langte hinüber.

Sie hatte Brot von unten aus der Speisekammer geholt. Margarine war nicht da. Abendbrot und Frühstück aßen sie meistens in ihrem Zimmer. Unten am Tisch mit den Geschwistern war es unruhig. Jeder stand auf, wann es ihm passte, und oft gab es Streit. Er schnitt sich eine zentimeterdicke Scheibe von der Leberwurst und legte sie auf sein Brot, lehnte sich auf dem Stuhl zurück, kaute, die Arme wie abgeknickte Flügel hinter sich auf die Rückenlehne gestützt. Sein taubenblauer Pullover, wie ein Schachbrett gemustert, von seiner Schwester Lisbeth gestrickt, spannte sich vor der Brust. Es schmeckte ihm. Er freute sich, dass Samstagabend war, er nicht arbeiten musste und bei Josefa sein konnte. Dass Dr. Ammann noch was gemacht hatte! Gott sei Dank! Der Doktor habe mit einem langen dünnen Haken in ihr herumgestochert, hatte sie vorhin gesagt. Das würde ja wohl helfen … Gut, dass er das Geld gegeben hatte. Er nahm seinen Becher vom Tisch und pustete. Sie beugte sich vor und schnitt eine dünne Scheibe von der hellgrauen Wurst ab, strich sie flach auf ihr Brot. Kleine weiße Speckwürfel erhoben sich im Aufstrich. Er ermunterte sie, doch mehr von der Wurst zu nehmen und fragte: „Wollen wir morgen mal zu Tante Gertrud fahren?"

Mit der flachgelegten Schneide des Messers drückte sie die Speckstückchen in das Brot hinein, doch sie richteten sich wieder auf. Der Wasserkessel auf dem Rand der Herdplatte dampfte.

„Natürlich nur, wenn es nicht regnet", sagte er.

Sie hielt das Messer fest, strich weiter über ihr Brot, die Knochen ihrer Hand traten weiß hervor.

Er nahm noch einen Löffel Zucker in seinen Kaffee und rührte.

„Was meinst du?"

Sie teilte ihre Brotscheibe in zwei Hälften, legte das Messer ab und lehnte sich zurück. Steckte die Hände in die Taschen ihrer Jacke und starrte auf ihr Brot. Auf der Brust war die Jacke übersät mit Wollknöllchen, Fäden waren gezogen.

Er fuhr fort: „Tante Gertrud kam an, als ich beim Pfähleeinhauen auf der Wiese stand … hat Paul seit der Taufe nicht mehr gesehen."

Sie blickte kurz zur Tür, holte Luft. „Mama hat gesagt …"

Er schlürfte seinen Kaffee.

„Warum isst du nicht? – Wir sollten doch mal mit Paul vorbeikommen."

Sie schüttelte den Kopf, suchte seinen Blick. Lauter als vorher sagte sie: „Mama hat gesagt, wir sollen …", sie ordnete die Rockfalten in ihrem Schoß, „… wir sollten Kostgeld abgeben."

Prasseln, Knacken, Rumoren. Sie schauten beide zum Ofen. Die Glut war in sich zusammengebrochen.

Er schloss kurz seine Augen, stellte seinen Becher auf den Tisch.

„Wie? – Lass uns doch morgen mal zu ihr hinfahren. – Was hast du gesagt?"

Sie stützte ihre Ellenbogen auf dem Tisch ab, legte den Kopf zwischen die Hände.

„Ja. Hat sie gesagt."

Er drückte seinen Rücken gegen die Stuhllehne, schaute ihr in die Augen: „Was hat sie gesagt?"

„Wir sollen Kostgeld abgeben!"

Er schob seinen Becher in die Mitte des Tischs, stieß an das Brettchen, das sich über das Messer legte, Kaffee schwappte auf das Wachstuch. Mit den Beinen drückte er seinen Stuhl zurück, die Lehne schlug gegen die Kommode. Er stand eingeklemmt zwischen Bett, Tisch und Stuhl und fuhr mit den Händen durch die Luft.

„Kostgeld? Was soll das denn? Wie kommt sie denn darauf?"

Sie zog den Kopf zwischen die Schultern, schaute ihn von unten an. Ein Ziehen in ihrem Bauch. Wo sollte sie hin, wenn jetzt die Blutungen losgingen? Sie krümmte sich nach vorn. In welches Krankenhaus?

Er klatschte mit den Händen auf seine Oberschenkel.

„Weil ich hier am Samstagabend eine Scheibe Brot esse und sonntags einen Teller Suppe?" Er drehte sich um zum Bett.

Draußen war es dunkel geworden. Sie stand auf und zog die braunen Übergardinen vor. Zwar konnte niemand in ihr Zimmer schauen, nur wenn sie am Fenster stand und jemand vom Weg aus hochguckte, konnte sie gesehen werden. In der verwilderten Wiese vor dem Fenster hatte sie noch nie einen Menschen gesehen, und die Straße vor der Kiesgrube war viel zu weit entfernt – so weit konnte niemand gucken. Trotzdem, sie wollte Gardinen und Vorhänge vor dem Fenster haben. Nur morgens, wenn die Sonne ins Zimmer schien, zog sie sie manchmal für eine Weile zur Seite und stellte Paul im Kinderwagen in die Sonne.

Sie setzte sich wieder auf ihren Stuhl.

Er lehnte sich an die Tischkante. „Da bleibt einem doch der Bissen im Halse stecken." Die Hände in die Hosentaschen zog er die Arme dicht an seinen Oberkörper heran. „Du arbeitest hier doch den ganzen Tag und kriegst nichts dafür." Er setzte sich ihr gegenüber an den Tisch. „Sollen sie dir doch deine Arbeit bezahlen. Dann können wir Kostgeld abgeben."

Paul weinte. Sie aßen ihr Brot auf, räumten den Tisch ab, damit Josefa Paul wickeln konnte. Er hatte ein großes Geschäft gemacht, deshalb ging sie mit ihm nach unten in die Waschküche, hielt ihn in den Spülstein unter den Wasserhahn. Als das kalte Wasser über seinen Rücken und seinen Po lief, schrie er. – Jetzt noch nicht, aber in einem halben Jahr würde sie ihn schlagen, wenn er in die Hose gemacht hatte. Er musste das lernen.

Als sie zurück im Zimmer war, Paul auf dem Tisch puderte und ihm eine Windel umlegte, stellte Clemens sich neben sie.

„Dann können wir eben nicht bauen."

Er ging zum Fenster, hielt mit einer Hand den Vorhang beiseite und schaute nach draußen.

„Verflixt und zugenäht. Kostgeld. Für das bisschen, was ich hier esse", sprach er vor sich hin.

Sie nahm Paul auf den Arm, drückte ihn einen Moment fest an sich und legte ihn in den Kinderwagen; räumte Decke und Puderdose zurück auf die Kommode, holte Socken und Stopfgarn aus dem Nachtschrank und setzte sich an den Tisch.

Clemens lehnte sich an die Fensterbank, die Arme vor der Brust verschränkt, und schaute ihr zu, wie sie einen Faden durch ein Nadelöhr zog, eine Socke über ihre Faust stülpte und die Nadel durch den löchrigen Strumpf auf und ab bewegte.

„Die soll doch der Deibel holen, die alte Hexe!", sagte er.

Sie zuckte zusammen, beugte sich vor unter das Licht auf dem Tisch und überprüfte ihre Stopfarbeit; bewegte die Nadel im Socken wieder auf und ab und schwieg.

In den 1950er und 1960er Jahren in unserem Haus in Avenwedde, wenn die Sprache auf Großmutter Margarete kam, sagte mein Vater im Laufe einer Unterhaltung oft: „Die alte Hexe!" Er stocherte innerlich in etwas herum und kämpfte mit meiner Mutter um irgendetwas. Ich hatte dann den Eindruck, er suchte die Zustimmung meiner Mutter. Wollte er über diese Worte eine Brücke bauen? Ein Bündnis mit ihr schließen? Wünschte er Anerkennung dafür, wie er mit den Ereignissen ihres Lebens umgegangen war? – Doch meine Mutter schüttelte den Kopf, sagte abwehrend „ach“ oder „nein.“ Meistens sagte sie gar nichts und senkte den Kopf über ihre Arbeit. Sie ging auf die Worte meines Vaters nicht ein. Es gab etwas zu verteidigen, das von ihr nicht benannt wurde. Traurig und verbittert saß sie da und mauerte. Einer Kritik an ihrer Mutter stimmte sie nicht zu.

In unserem Wohnzimmerschrank stand damals in einem gelb marmorierten Einband mit braunem Lederrücken „Grimms Märchen“. Als ich acht oder neun war, las ich „Hänsel und Gretel“ und fragte mich, ob mein Vater die alte Hexe aus diesem Märchen meinte.

> Vor einem großen Walde wohnte ein armer Holzhacker mit seiner Frau und seinen zwei Kindern. Der Junge hieß Hänsel und das Mädchen Gretel. Er war so arm, dass er nicht das tägliche Brot für sie beschaffen konnte. Wie er sich nun abends im Bett Gedanken machte und sich vor Sorgen herumwälzte, seufzte er und sprach zu seiner Frau: „Was soll aus uns werden? Wie können wir die armen Kinder ernähren, da wir für uns selbst nichts mehr haben?“
>
> „Weißt du was, Mann“, antwortete die Frau, „wir wollen morgen in aller Frühe die Kinder hinaus in den Wald führen, wo er am dichtesten ist. Da machen wir ihnen ein Feuer an und geben jedem noch ein Stückchen Brot. Dann gehen wir an unsere Arbeit und lassen sie allein. Sie finden den Weg nicht wieder nach Haus und wir sind sie los.“
>
> „Nein, Frau“, sagte der Mann, „das tue ich nicht; wie sollte ich's übers Herz bringen, meine Kinder im Wald allein zu lassen, die wilden Tiere würden bald kommen und sie zerreißen.“
>
> „O du Narr!“, sagte sie. „Dann müssen wir alle vier hungers sterben, du kannst nur die Bretter für die Särge hobeln.“ Und sie ließ ihm keine Ruhe, bis er einwilligte.
>
> „Aber die armen Kinder dauern mich doch“, sagte der Mann.
>
> Die zwei Kinder hatten vor Hunger auch nicht einschlafen können und hatten gehört, was die Stiefmutter zum Vater gesagt hatte.

Meinte mein Vater solch eine Mutter, die Stiefmutter, wenn er alte Hexe sagte?

Als Hänsel und Gretel das erste Mal im Wald zurückgelassen werden, finden sie den Weg nach Hause, da die weißen Kieselsteine, die Hänsel auf den Weg gestreut hat, im Mondlicht schimmern.

> Nicht lange danach war wieder Not in allen Ecken und die Kinder hörten, wie die Mutter nachts im Bett zu dem Vater sprach: „Alles ist wieder aufgegessen, wir haben noch einen halben Laib Brot, mehr nicht. Die Kinder müssen fort, wir wollen sie tiefer in den Wald hineinführen, damit sie den Weg nicht wieder herausfinden. Es gibt sonst keine Rettung für uns."

Allein im Wald, auf der Suche nach dem Heimweg, begegnen Hänsel und Gretel einer alten Hexe.

> Die Alte hatte sich aber nur so freundlich gestellt. Sie war eine böse Hexe, die den Kindern auflauerte, und sie hatte das Brothäuschen bloß gebaut, um sie herbeizulocken. Wenn ein Kind in ihre Gewalt kam, so machte sie es tot, kochte es und aß es, und das war ihr ein Festtag. Die Hexen haben rote Augen und können nicht weit sehen, aber sie haben eine feine Witterung wie Tiere und merken, wenn Menschen herankommen.

Oder meinte mein Vater solch eine alte Hexe?

Mitte der 1950er Jahre kamen meine Großeltern Margarete und Otto gelegentlich nachmittags zu einem kurzen Besuch in unser Haus in Avenwedde. Otto hatte sich ein Motorrad gekauft, knatternd fuhr er auf unseren Hof, Margarete saß auf dem Sozius. Ich erinnere mich, dass ich während eines solchen Besuchs – ich war vier oder fünf Jahre alt – einmal auf dem Fußboden in der Küche spielte, meine Großeltern saßen am Tisch, und als ich neben meiner Großmutter vorbeigehen wollte, fasste sie meinen Arm und hob mich auf ihren Schoß. Sie wollte mich an ihre Brust ziehen. Doch ich wehrte mich, drückte mich mit den Armen von ihr weg, bis ich wieder frei war. Meine Eltern schauten zu und sagten nichts. Ich mochte nicht auf ihrem Schoß sitzen.

Traubenzucker

Ende November 1949 bis Februar 1950
Vier Wochen waren vergangen, seit Margarete das zweite Mal nach Kostgeld von Clemens gefragt hatte. Es war Ende November, sie stand vor dem Herd in der Küche und fragte ein drittes Mal.

„Er hat doch nichts!", rief Josefa.

Ein Zischen kam aus dem Mund ihrer Mutter. Ein stechender Blick traf Josefa. Ihre Mutter ließ die Pfanne, die sie in der Hand hielt, hart auf dem Herd aufschlagen.

„Das stimmt doch nicht!"

Seit diesem Tag schaute Margarete über Josefa hinweg und sprach nicht mehr mit ihr. Josefa kochte, machte den Abwasch, ging einkaufen, putzte samstags unaufgefordert das hölzerne Plumpsklo und das Badezimmer, wischte die Fußböden, fegte die Treppe in den Keller, putzte Fenster. Ihre Mutter tat so, als bemerke sie nicht, wie viel sie arbeitete.

Josefa hatte keine Blutungen bekommen. Vor ein paar Tagen – ihre Mutter lag noch im Bett – hatte sie sich noch einmal aus dem Haus geschlichen, Paul hatte sie mitgenommen. Dr. Amman hatte gesagt, jetzt könne er auch nichts mehr machen. Dann wolle die Natur das eben so.

An einem Abend Anfang Dezember räumte ihre Mutter, nachdem der Tisch für das Abendbrot gedeckt und Josefa noch mal nach oben zu Paul gegangen war, Josefas Brettchen und Messer beiseite. Josefa legte beides zurück auf den Tisch, als sie nach unten kam. Schweigend aßen sie.

Mitte des Monats, kurz vor Weihnachten, wurde Paul ein Jahr alt. Uschi kam am Nachmittag in Josefas Zimmer, setzte sich auf das Bett.

„Lina hat zu Mama gesagt, sie will dein Zimmer haben. Sie hat gesagt, jetzt bist du verheiratet, da kannst du woanders wohnen."

Josefa schnappte nach Luft und starrte Uschi an. Die vier Schwestern Anni, Lina, Uschi und Lore teilten sich ein Zimmer. Elli und Josefa hatten, als ihre Söhne geboren wurden, jede ein Zimmer für sich bekommen.

An einem Abend in der letzten Woche des Jahres stellte die Mutter Josefas Stuhl vom Tisch fort ins Wohnzimmer. Als Josefa sich den Stuhl holte und mit ihm an den Tisch kam, sagte ihre Mutter: „Nein. Du nicht. Schluss!" Sie sagte es in einem solchen Ton, dass Josefa sich nicht traute, sich zu setzen. Sie stellte den Stuhl an den Tisch und ging auf ihr Zimmer.

Mittags kochte sie weiterhin das Essen und wurde nicht des Tischs verwiesen. Morgens, wenn sie frühstückte, lag ihre Mutter oft noch im Bett. Dann nahm sie sich zwei Scheiben Brot und versteckte sie in ihrem Zimmer für abends. Manchmal stand ihre Mutter aber auch früh auf, und dann hatte sie weder Frühstück noch Abendbrot. Wenn sie sich etwas aus der Speisekammer holen wollte, stellte ihre Mutter sich in die Tür und untersagte ihr den Zugang.

Nachts, wenn die Eltern schliefen, schlich sie nach unten, nahm Brot, Margarine und Marmelade. Auf Zehenspitzen ging sie die Treppe vor dem Schlafzimmer der Eltern hoch in ihr Zimmer. Oft aß sie das Brot gleich auf. Eines Nachts kam sie in die Speisekammer, und das Brotfach war verschlossen. Sie nahm sich eine Tasse Mehl und eine Tasse Zucker. Sie hatte kein Brot mehr.

Josefa bestahl ihre Mutter – und ich habe auch meine Mutter bestohlen. Keine zwanzig Jahre später, 1968, habe ich meine Mutter, Josefa, bestohlen. Kein Brot. Kein Lebensmittel. Nicht direkt ein Lebensmittel, sondern Geld, um mit meinem Freund Julius ins Café zu gehen und Kakao zu trinken. Das Haushaltsgeld lag in einem Portemonnaie in einer Schublade des Schranks in unserer Küche. Meine Eltern hatten den hohen Küchenschrank aus den 1950er Jahren, der Schlösser hatte, durch eine halbhohe Anrichte ersetzt, deren Schubladen und Fächer nicht abschließbar waren. Wenn niemand da war, oder wenn meine Mutter mich einkaufen schickte, nahm ich mir zwei Mark aus dem Portemonnaie. Julius und ich gingen in dieselbe Klasse des Gymnasiums in Gütersloh. Ein- oder zweimal in der Woche saßen wir nach Schulschluss im Café Diekötter und redeten über Schule, Bücher, Bilder, die Beatles, das Musical „Hair". Über meine Eltern sprach ich nicht. Warum habe ich meine Mutter bestohlen? Ich gab Nachhilfe in

Mathematik, arbeitete in den Sommerferien bei Bertelsmann. Ich hatte Geld.

„Mangelernährung, Rachitis", sagten in den 1970er und 1980er Jahren Zahnärzte in Konstanz, Bremen und Frankfurt zu mir, wenn sie meine Zähne das erste Mal untersuchten und die kleinen Löcher in den Flächen meiner Schneidezähne sahen. „Mangelernährung im Mutterleib und in der frühen Kindheit".

Im Januar 1950 gelang es Josefa an einem Samstag nicht, Brot für den Abend beiseite zu legen. Clemens fragte sie, ob sie nicht etwas von unten holen könne, und da erzählte sie ihm, dass ihre Mutter ihr das Essen verweigere. Er fragte, ob er in Zukunft Brot mitbringen solle, aber sie meinte, sie kriege das schon hin, sie ginge ja einkaufen für die ganze Familie.

Brot war auch auf dem Bauernhof in Avenwedde knapp. Als ich 2001 meinen Vater fragte, ob sie gehungert hätten im Krieg und in den Jahren danach, sagte er, sie hätten genug zu essen gehabt auf dem Bauernhof, nur hätten sie manchmal weit fahren müssen für ein Brot. Die Mühlen der Müller seien verplombt gewesen und das Mahlen der Müller sei überwacht worden.

Im Februar 1950 schloss Margarete nachts auch Margarine, Marmelade, dann Mehl, Zucker und Salz ein. Josefa stand nachts nicht mehr auf, um sich Lebensmittel aus der Speisekammer zu holen. Clemens brachte Eier und ab und zu ein halbes Brot mit. Oft kochte sie sich Milchsuppe auf ihrem Ofen. Am meisten fehlten ihr Brot und Margarine, Fett. Butter bekam sie nie.

Was essen wir? Können wir das bezahlen? Wer kriegt wie viel? Das waren in den folgenden zehn, zwanzig Jahren für Clemens und Josefa wichtige Fragen. In unserem Haus in Avenwedde teilte meine Mutter das Essen zu. Wir saßen am Tisch, sie nahm die Teller – zuerst den meines Vaters, dann den meines Bruders, dann meinen, zuletzt ihren eigenen – ging an den Ofen, auf dem die Töpfe standen, und gab auf.

Ich erinnere mich an einen Konflikt zwischen meinen Eltern Mitte der 1950er Jahre – es ging um ein Lebensmittel – wie erschrocken ich war über die Stimmung, die sich in unserer Küche entwickelte. Mein Vater war zur Apotheke an der Carl-Bertelsmann-Straße, dem Amt Avenwedde schräg gegenüber, gefahren. Hatte jemand Halsschmerzen, hatte er Fußpilz in den Perlonsocken? Es war im Winter. Er hatte Traubenzuckerpäckchen auf dem Ladentisch gesehen und zwei gekauft, ein weißes und ein braunes. Zwei kleine Quader. Wir waren zu viert in der Küche. Meine Mutter arbeitete in der Ecke. Mein Vater legte das braune Päckchen, das mit Schokoladengeschmack, in den Schrank in die Schublade und öffnete das weiße. Sechs Täfelchen waren in durchsichtiges Zellophanpapier gehüllt. Jedes einzelne Täfelchen war zwei Zentimeter im Quadrat, zwei Millimeter dick, in der Mitte eine Rille. Mein Vater verteilte. Bis dahin kannte ich Traubenzucker nicht. Der Geschmack, die fruchtige Süße, die sofortige Stärkung, die vom Traubenzucker ausging, das hatte ich noch nicht erlebt. Das erste Päckchen war aufgegessen, jeder hatte eineinhalb Täfelchen gegessen – vielleicht haben meine Mutter und mein Vater auch nur eins gegessen und wir Kinder zwei. Der Traubenzucker schmeckte so gut, dass mein Vater das zweite Päckchen gleich wieder aus der Schublade holte und verteilte. Meine Eltern wechselten nur wenige Worte. Innerhalb von fünf Minuten waren beide Päckchen verspeist. Und dann harsche Worte zwischen meinen Eltern. Hatte mein Vater meine Mutter nicht gefragt? War meine Mutter nicht einverstanden, dass alles sofort aufgegessen wurde? Sie stritten nur kurz, aber ich spürte, meine Mutter war tief gekränkt. Hatte sie weniger bekommen, weil sie in der Ecke saß, weil sie sich nicht so hinreißen ließ, wie wir drei Begeisterten? Dachte sie daran, wie viele Federbüschel sie zusammenbinden musste, wie viele Stunden es dauerte, bis sie das Geld für die zwei Päckchen verdient hatte? – Wenn ich in den folgenden Jahren etwas aus der Apotheke holte, schaute ich immer, ob Traubenzucker auf der Theke stand.

Mann im Mond

März 1950
An einem Nachmittag gingen Clemens und Josefa vom Haus in Friedrichsdorf aus mit einem Bollerwagen drei Kilometer Richtung Westen zum Bahndamm, um von Waggons gefallene Kohle zu suchen. Über den Feldern lag ein zartes Grün, schmalblättrige Weizen- und Roggenkeime schauten aus der Erde. Als sie den Wagen nach Hause zogen, war es schon dunkel. Der Mond, fast ein Vollmond, schien weiß. Er könne den Mann im Mond sehen, sagte Clemens. Auf der rechten Seite des Mondes stehe er, die Vertiefungen, die dunklen Stellen, das sei er, ein alter gebückter Mann mit einem Reisigbündel auf dem Rücken. Sie blieb stehen, schaute hoch und lächelte.

Nix mehr

Ihre Zeit in ihrem Elternhaus ging im März 1950 zu Ende.

Fünfzig Jahre später sagte Tante Uschi zu mir:
„Ich hab deiner Mutter schon mal 'ne Scheibe Brot gebracht."

Uschi hatte mitbekommen, auf welche Art und Weise es endete. Sie war sogar beteiligt am Geschehen. Ein paar Tage nach dem Kohlensammeln auf dem Bahndamm – die Kohlen waren noch nicht verheizt –, da trat Margarete aus dem Schlafzimmer, als Uschi die Treppe zu Josefa hochging. Margarete forderte Uschi auf herunterzukommen und sah das Brot in der Schürzentasche. Sie griff hinein, nahm das Brot an sich. Uschi bekam eine Ohrfeige. Zu Josefa, die oben aus der Tür ihres Zimmers schaute, sagte sie:
„Hab ich dir nicht schon gesagt, dass du hier nix mehr kriegst? – Jetzt ist Schluss hier. Raus. Sieh zu, wo du unterkommst. Aber sofort!"

Als meine Mutter mir im Juni 2000, drei Wochen bevor sie starb, von diesen Vorfällen erzählte, sagte sie:
„Wir sollten Kostgeld abgeben, aber er bekam sein Essen und die Brote für die Firma alles zu Hause auf dem Bauernhof. Und die Milch für Paul hat er auch immer mitgebracht."

3 Hamburg. Bruchstücke

Yet why not say what happened?
Robert Lowell

Der Tempel stürzte,
und der Nachkomme hat seiner Ruinen Sprache nicht enträtselt.
Evgenij Abramovič Baratynskij

Entscheidung

Im Januar 1970, kurz bevor ich Abitur machte, gab meine Mutter ihre Heimarbeit auf und nahm eine Stelle als Bäckereiverkäuferin im „kaufpark“, einem Einkaufszentrum in der Nähe des Gütersloher Stadtparks an. Es war eine Arbeit, mit der sie schon ein wenig vertraut war. Fast drei Jahrzehnte vorher, 1942 nach Abschluss der Volksschule, hatte sie schon einmal ein paar Monate als Verkäuferin in einer Bäckerei gearbeitet. Das Einkaufszentrum war nicht weit vom Sunderweg, meinem Schulweg, entfernt, und meine Mutter forderte mich oft auf, sie nach Schulschluss dort zu besuchen. Nur selten folgte ich ihrer Bitte. Wenn ich es einmal tat, kam ich allein, ohne Freundin, ohne Freund. So wie ich mich schämte, dass mein Vater Weber war, schämte ich mich, dass meine Mutter Verkäuferin war. Sie schien froh zu sein, endlich außer Haus zu arbeiten. Ich erinnere mich, wie sie mich einer Kollegin, die mit ihr hinter dem Tresen stand, vorstellte: „Meine Tochter!“, sagte sie lächelnd, und ihre Augen blitzten zwischen der Kollegin und mir hin und her.

Wie ging es mit Tochter Anne, der jungen Frau, damals weiter? Nachdem sie ihr schriftliches Abitur gemacht hatte, schrieb sie in ihr Tagebuch:

24.3.1970

> Heute nachmittag haben Julius und ich Reisepläne für den Sommer geschmiedet. Wir wollen eine „Deutschlandtournee“ machen, um uns verschiedene besonders geeignete Studienorte aus der Nähe anzusehen. Unsere Tour umfaßt bis jetzt: Gießen, Frankfurt, Mannheim, Tübingen, München (um Ulrike zu besuchen) und Regensburg. Damit das ganze nicht überaus teuer wird, wollen wir nach Möglichkeit campen. Allerdings sind wir nicht ganz sicher, ob wir die Erlaubnis dazu bekommen. Nötigenfalls müssen wir es heimlich machen. Wenn wir uns nicht verrechnet haben, wird die Fahrt ausgesprochen billig sein – ungefähr

100 DM für 2000 Kilometer. Hoffentlich können wir unsere Rundreise früh genug machen, so daß die Besichtigungen effektiv unsere endgültige Entscheidung beeinflussen. – Wenn ich daran denke, klopft jetzt schon mein Herz schneller. Außerdem wollen wir auch in Kiel-Möltenort ein wenig Ferien machen (sicher wegen unserer unübertrefflichen Zeit dort) ... Wir haben übermütige Pläne, und da ich so skeptisch bin, taucht schon wieder die leise Frage auf, ob wir das alles bewältigen können. Doch bei unserer Liebe.

In dem Frühjahr und Sommer verbrachten Anne und Julius viel Zeit miteinander – Tage, Abende und fast auch die Nächte. Sie hielten sich in Annes Zimmer auf; einmal kamen Mitschüler aus der Aufbauklasse zu Besuch. Wie auf einer Hühnerstange aufgereiht saßen sie nebeneinander auf ihrem Bett und der Bettkiste mit dem schwarzen Kunstlederpolster – außer einem Stuhl die einzigen Sitzgelegenheiten in Annes schlauchähnlichem Zimmer.

1.4.1970

... ich war gerade dabei, Glühwein für Julius und mich zu machen, als es plötzlich schellte und Waldi, Jochen, Günther und noch ein Mädchen vor der Tür standen. Wir haben uns dann alle zusammen in mein Zimmer verkrochen und gemütlich zusammen getrunken, geraucht, Musik gehört und erzählt. Waldi und Jochen wollen in Münster studieren. Als wir beinahe „April, April" sagen konnten, fuhren sie wieder nach Hause. Julius ist noch sehr lange geblieben. Ich glaube, es war halb drei Uhr, als er fuhr. Es ist komisch, aber unsere Unterhaltungen sind gerade nachts manchmal so spannend, daß wir unentwegt fortfahren könnten. Wir müssen dann ein gewaltsames Ende machen und uns damit trösten, am Tag weiterreden zu können. Jedoch ist es dann so, daß man nicht jedes Gespräch in jeder Stimmung führen kann, und daß dann vieles wieder hinausgeschoben wird.

Was für ein Leben! Trinken, rauchen, reden; ein wenig für das mündliche Abitur lernen; vor allem mit Julius zusammensein! Fast lebten sie wie Bohemiens. Kam Julius einmal nicht, wurde Anne unruhig – ihre Eltern hatten nach wie vor kein Telefon.

Ostermontag 1970

Den ganzen Tag habe ich auf ihn gewartet. Am Nachmittag konnte ich mich mit Fernsehen und Lesen beruhigen. Heute abend allerdings konnte ich es nicht mehr. Mein Herz klopfte so wild, daß ich mich ganz unwohl fühlte. Ich konnte mich auf nichts in meinem Thomas-Mann-Roman konzentrieren – nur weil ich immerzu daran denken mußte, daß er nicht kam. Ich war vollkommen aufgewühlt. Es scheint so zu sein, daß ich es keinen einzigen Tag ohne ihn aushalte. Es ist aber wirklich nicht nett von ihm, daß er nicht zu mir herüberkommt – wo er doch z. Zt. so nahe bei mir wohnt im Stadtpark. Welche Ausrede er morgen hat, weiß ich nicht. Sicher irgendetwas Familiäres – so wie am Dienstag, als er sich erst am Abend des zweiten Tages wieder sehen ließ, obwohl wir ausgemacht hatten, daß er gleich am nächsten Tag kommen würde.

Immer wieder schrieb Anne in ihrem Tagebuch von ihrer Liebe zu Julius.

Ich liebe ihn so ... ich liebe ihn über alles ... bei unserer Liebe ... Liebe kann vieles aufheben.

Beschwörungen? Verklärungen? – Auch Nachdenkliches.

3.4.1970

Hin und wieder frage ich mich auch, ob es überhaupt gut ist, daß Julius und ich uns wie Kletten aneinanderhängen. Vielleicht wäre es auch gut für uns beide, einmal eine zeitlang voneinander getrennt zu leben und sich von Grund auf über unsere Beziehung klar zu werden. Wir könnten nachher umso sicherer und froher wieder zusammensein, weil jeder auf Grund des Abstandes ausschließlicher über sich selbst entscheiden kann als während des selbstverständlich gewordenen Zusammenlebens. Nichts wäre schrecklicher, als daß wir uns aneinander gewöhnen, so daß wir es dann nicht mehr wagen, uns einmal zu trennen. Ich will, daß wir uns immer wieder ganz freiwillig und froh füreinander entscheiden. Zwar rede ich hier sehr mutig von einer vielleicht richtigen, nützlichen Trennung, allerdings weiß ich nicht, ob ich mich dann nicht völlig gebrochen und mutterseelenallein („moi tout seule" – der Chef vorm Matheabitur) fühlen würde.

Wir haben uns heute Nachmittag doch nicht über unsere verschiedene Herkunft und die Probleme, die daraus erwachsen, unterhalten, wie wir es eigentlich vorhatten. Uns beiden fehlte wohl der Mut dazu. Ich kann Julius nicht bitten, trotz meiner anderen Verhältnisse zu mir zu halten – das ist ganz allein seine Entscheidung. Sicher würde ich ganz und gar passiv werden, wenn er deswegen anders zu mir würde. Und der tiefste Knax bliebe in mir zurück! Ich glaube ihm gerne, daß ihm manchmal wegen mir etwas entgegengestellt wird.

Julius war damals oft im Haus seiner Schwester, die in einer Villa in der Brunnenstraße am Stadtpark wohnte. Schwester und Schwager gingen abends aus, Julius hütete ihre zwei Kinder. Anne besuchte ihn dann häufig dort. Sie hielten sich in seinem Zimmer, dem Gästezimmer im Dachgeschoss auf, und spät in der Nacht fuhr Anne auf ihrem Mofa nach Hause. Einmal kamen die Schwester und ihr Mann früher als erwartet heim. Anne und Julius lagen im Dachgeschoss zusammen im großen Bett. Zum Glück mussten zwei Stockwerke und viele Treppen überwunden werden, bevor sie einander guten Abend sagen konnten. Anne war schon wieder vollständig angezogen, nur ihre Haare waren vielleicht noch ein wenig durcheinander, als sie Julius' Verwandten die Hand reichte.

In der folgenden Zeit, wenn Julius wieder einmal die Kinder hütete und Anne fragte, ob sie ihn besuchen solle, sagte er manchmal: „Wenn *ich* in der Stelle deiner Eltern wäre, würde ich dich nicht nachts durch den dunklen Park fahren lassen.“ Anne verstand Julius nicht. Warum sagte er das? Was hatten ihre Eltern damit zu tun? In den vergangenen Jahren, wenn sie zusammen Mathe oder Latein geübt hatten – manchmal hatten sie es auch nur vorgegeben –, war sie doch auch immer allein im Dunkeln nach Hause gefahren. Sie war irritiert, dachte aber zunächst nicht weiter darüber nach. Sie wollte gerne weiterhin mit Julius in der Villa zusammen sein. Doch er hörte nicht auf, von ihren Eltern zu sprechen – *er in der Stelle ihrer Eltern!*

15.4.1970

Ich habe keine Lust, immerzu im Regen und bei aller Kälte mit der Vélosolex zu ihm hinzufahren, und ihn dann, wenn ich um kurz vor eins durch den dunklen Stadtpark nach Hause fahren will (was ich auch in der Nacht davor um kurz vor drei Uhr gemacht habe), böse in der Ecke stehen zu sehen, weil ich schon nach Hause will.

Er sagt zwar oft, daß er mich in der Stelle meiner Eltern nicht durch die dunklen Straßen fahren lassen würde – zeigt aber selbst nicht den geringsten „Pioniergeist“, um mich einmal nach Hause zu bringen. Es bleibt also bei den Worten. Ja, er ist mir sogar noch böse, wenn ich nach Mitternacht nach Hause fahren will. Vielleicht bin ich ein wenig altmodisch, aber ich wünschte mir, daß er sich ein wenig mehr engagierte. Er erkennt es überhaupt nicht an, wenn ich ihn in der Dunkelheit und bei jedem Wetter mit der Vélo besuche. Da ich mich so sehr darüber ärgere, habe ich ihm gestern abend gesagt, daß ich ihn nicht mehr im Dunkeln besuchen werde. Er besucht mich nur dann, wenn er ein Auto hat oder gebracht werden kann. Worte sind sehr schön, und oft bedeuten sie mir auch sehr viel – doch ich verliere das Vertrauen in sie, wenn nicht in der Wirklichkeit etwas davon spürbar wird.

Viele Jahre später, ein Jahrzehnt später, als Anne von Frankfurt nach München umzog, fiel ihr das Tagebuch in die Hände. Sie saß auf dem Fußboden zwischen Kartons in der gekündigten Wohnung in der Mainzer Landstraße in Frankfurt und vertiefte sich in ihre alten Notizen. Da kam ihr der Gedanke, dass Julius von sich aus so etwas nicht gesagt hätte. Wahrscheinlich hatte er bloß nachgeplappert, was seine Verwandten gesagt hatten. War sie in der Villa unerwünscht gewesen? Hatten seine Mutter oder seine Schwester – unter dem Vorwand, Anne beschützen zu wollen – Einfluss genommen? Hätte Julius damals gesagt: „Meine Mutter regt sich darüber auf, dass du mich abends hier besuchst. Lass sie reden." – oder: „Meine Schwester will nicht, dass du hier bist. Wenn meine Schwester das stört, passe ich eben nicht mehr auf ihre Kinder auf." Aber das sagte er nicht. Er sagte: *„Ich in der Stelle deiner Eltern!"* Er erhob sich über ihre Eltern. Dabei hatten sie gar nichts damit zu tun. Anne wurde zwanzig Jahre alt. Sie fragte nicht mehr um Erlaubnis, wenn sie zu Julius fuhr.

Noch mal dreißig Jahre später, Anne wohnte schon lange in Hamburg in der Wohnung im vierten Stock über dem Asia-Imbiss, da kam ihr der Gedanke – ein unangenehmer Gedanke: Hatte Julius dort in der Villa vielleicht gar nicht unbedingt mit ihr zusammen sein wollen? War sein Bedürfnis zusammen zu sein nicht so groß gewesen wie ihres? Eine schlimme Vorstellung. Bodenlos. Sie wollte gar nicht daran denken. Sie glaubte das auch nicht. Nein, sie hatten beide dasselbe gewollt.

Kurze Zeit später, drei oder vier Wochen nachdem sie Julius gesagt hatte, dass sie ihn nicht mehr im Dunkeln besuchen werde, fasste sie den Entschluss, in einer anderen Stadt zu studieren als er. Ein impulsiver Entschluss.

> Pfingstmontag, 18.5.1970
>
> Ich bin wohl eine blöde Ziege. Ich verstehe es überhaupt nicht zu leben. Bei schönem Wetter und Ferien bin ich so traurig, daß ich immerzu heulen könnte. Erklären kann ich es mir selbst gar nicht richtig ... Ich hatte mich entschieden, allein studieren zu gehen vorerst. Nun hat mich gestern eine Angst überfallen, Julius könnte mir untreu sein. Er steckt so voller Liebeskraft und Lebensmut, daß ein asketisches Leben gar nicht zu ihm paßt. In furchtbaren Momenten habe ich vor Augen, wie er ein anderes Mädchen liebhat, und es zerreißt mich innerlich. Was hat er nur an mir ...?

Die geplante Deutschlandtournee fiel aus. Anne blieb dabei, allein studieren zu gehen und entschied sich für Konstanz. Raus aus dem Elternhaus, so weit weg wie möglich. Sie fand ein Zimmer in einer Wohngemeinschaft in einem Nachbarort von Konstanz, in Kreuzlingen in der Schweiz. Anfang Oktober zog sie in eine weiß gestrichene Neubau-Hochhaussiedlung in der Seetalstraße, wenige Minuten zu Fuß vom Bodensee entfernt.

Anreden

Fünfzig Jahre hatte ich mit meinen Eltern gemeinsam auf dieser Erde, ein halbes Jahrhundert, die zweite Hälfte des 20. Jahrhunderts. Zwanzig Jahre mit meinen Eltern zusammen unter einem Dach. Dann noch dreißig weitere Jahre mit ihnen. Abstand zwischen uns, hunderte von Kilometern zwischen Gütersloh – dem Ort meiner Eltern, und meinen Wohnorten – Konstanz, Bremen, Frankfurt, München, New York, Hamburg. Zuletzt fast zweitausend Kilometer Abstand zwischen Hamburg und Ballymore in Irland, wo mein Vater hinzog, ein paar Jahre bevor er starb. Die Schönheit der Zahlen: 20, 30, 50. Die Proportionen der Zeit, die Zeit nah bei meinen Eltern und entfernt von ihnen im Verhältnis 2 : 3, im goldenen Schnitt. Die Schönheit der Zahlen und die Kälte der Zeit. Nichts ist so kalt, brutal, gleichgültig wie die Zeit. Sie kümmert sich um nichts, geht einfach weiter. Diese Rhapsodie mit meinen Eltern, diese Geschichte, die ich schreibe, zusammengefügt aus Bruchstücken von Zeit, einzelnen Momenten, Zeitsplittern – wie eine Schneiderin, die aus Stoffausschnitten ein Kleid zusammennäht, füge ich Zeitausschnitte zusammen.

War der Vater erleichtert, nachdem Anne ausgezogen war? Besserte sich seine Situation, nun da er einen Opponenten weniger im Haus hatte? Wie arrangierten sich die drei, Vater, Mutter und Sohn? Anne weiß kaum etwas darüber. Sie kann nur von früheren Erfahrungen ausgehen und Vermutungen anstellen. Als sie noch im Hause wohnte, hatte sie das Gefühl, dass es ein tief verankertes Bündnis zwischen Mutter und Sohn gab, vielleicht aus ganz frühen Zeiten. Vielleicht aus der Zeit, als sie selbst, Anne, noch gar nicht auf der Welt war. Die Mutter ging mit Vorsicht, Umsicht und Rücksicht mit dem Sohn um. Sie hatte ihn wohl auch, vielleicht bis er sieben oder acht Jahre alt war, geschlagen – Anne hat keine Erinnerung daran –, aber sie glaubt nicht, dass die Mutter ihn noch als Neun- oder Zehnjährigen schlug. Anne vermutet, dass Mutter und Sohn, auch nach Annes Auszug aus dem Haus, weiterhin zusammenhielten.

Kreuzlingen, 4.10.1970

Liebe Mama, lieber Paul,
inzwischen bin ich wohlbehalten in meiner Wohnung untergekommen, habe schon zwei Nächte sehr gut in meinem neuen Bett geschlafen und auf kleinen Spaziergängen die Umgebung entdeckt, meinen Ortsteil Kurzrickenbach und den Stichbach, der fast vor meiner Haustür vorbei in den Bodensee fließt. Hohes Schilf am Seeufer … Zwei Schläge trafen mich allerdings bei meiner Ankunft in Konstanz und Kreuzlingen kurz hintereinander. Weder die 6 vorher abgeschickten Pakete noch meine beiden mitgenommenen Koffer waren abholbereit. Ganz gelassen meinte der Herr an der Güterabfertigung, daß es wohl öfters vorkomme, wenn man auf der Fahrt umsteige, daß das Gepäck nicht gleich mitkomme. Und in Kreuzlingen, wo ich die 6 anderen Pakete glaubte mitnehmen zu können, wurde ich belehrt, daß die Beförderung mindestens 8 – 10 Tage in Anspruch nähme. So kam ich hier also nur mit meinen Butterbroten, ein paar Zeitschriften, einem Stück Seife und einem Handtuch an. Ich befürchtete schon, ich müßte in den folgenden Nächten ohne jedes Zudeck oder nur mit meinem Cape (das doch gerade so schön gebügelt war) schlafen, doch die Mädchen hier waren so nett, daß sie mir gleich vollständige Bettwäsche, eine Decke und ein Kissen herüberbrachten. Nachdem ich noch zweimal vergeblich nachgefragt habe, kamen meine Koffer gestern nachmittag endlich an. Ich habe mir dann ein Taxi genommen (für das ich 5,50 DM bezahlt habe) und gleich alles in mein Zimmer eingeräumt. Nun bilde ich mir fast ein, mit den Sachen, die ich bis jetzt erhalten habe, auszukommen!
Inzwischen habe ich sogar schon wieder eine Deckenbeleuchtung. Eine meiner Mitbewohnerinnen hat mir ihre sehr schöne rote Bastlampe überlassen, da sie selbst sie nicht braucht, und unser angehendes „Fräulein Doktor“ hat sie mir gleich unter die Decke montiert.
Mein Zimmer ist das „Kinderzimmer“ in der Wohnung. Ein Schrank paßt nicht hinein, aber ich darf meine Sachen im Flurschrank unterbringen.

Die anderen Mädchen sind heute abend schon am Waschen, doch bei mir ist Gott sei Dank noch alles sauber. Waschpulver habe ich mir aber auch schon gekauft.
Liebe Mama, wie ist es Dir denn ergangen? Tu bloß nicht zuviel, besonders nachdem Du mir soviel geholfen hast, meine Sachen fertig zu machen. Vielen, vielen Dank noch einmal dafür! Auch für die gekochten Eier, die ich zu Hause gar nicht bemerkt habe!

In ihrem ersten Brief aus ihrem Studienort sprach Anne ihren Vater nicht an. Es kann sein, dass er zu dem Zeitpunkt, als sie den Brief schrieb, gerade zur Kur war – zu seiner zweiten Kur, wieder in Olsberg im Sauerland, wie im Jahr zuvor mit der Mutter. So wäre es verständlich, dass sie nur Mutter und Bruder anredete. Oder war es ein paar Wochen später, dass er nach Olsberg fuhr und die Kur mit den weitreichenden Folgen antrat? Wie war es genau? Auch in den weiteren Briefen, die sie in den folgenden Jahren „nach Hause" schrieb, steht kein einziges Mal „Lieber Papa". Dreimal schrieb sie: „Ihr Lieben". Fühlte sich ihr Vater angesprochen? Sie benutzte diese Anrede, wenn sie etwas brauchte, z. B. die Steuererklärungen von Mutter und Vater für den Antrag auf Ausbildungsförderung. – Die Ausgrenzung des Vaters, die Mitte der 1960er Jahre, oder vielleicht noch früher, begonnen hatte, war so weit fortgeschritten, dass er in ihren Briefen gar nicht mehr vorkam.

Eine Lüge

„Welcher Prof hier fortschrittlich ist? … Messner? Nein … ja, sein Bruder ist Bergsteiger. Im Grundstudium müsst ihr zu ihm, liberal bis konservativ."

Ein Student, wohl ein höheres Semester, in schwarzen Cordjeans und rostroten Lederstiefeln stand in der Mensa am Fenster, lachte und verzog sein Gesicht etwas verächtlich. Um ihn herum Studenten aus Annes Seminar. „Liberal" und „konservativ" fand er wohl nicht gut. Es war in den ersten Tagen in der Universität, gleich zu Vorlesungsbeginn. Ein Geruch von gekochten Kartoffeln, Schweinebraten und Schweiß in der Luft. Stimmengewirr, Geschirrklappern, Töpfe schlugen gegen Metall. Anne hatte sich eine Erbsensuppe und Vanillepudding am Tresen geholt. Wohin nun? Die anderen Studenten hatten ihre Tabletts auf die Fensterbank gestellt. Sie warteten auch auf freie Plätze. Anne ging zu ihnen hinüber.

„Schleiermacher müsst ihr bei ihm lesen. Überholte Pädagogik." Der ältere Student stützte einen Arm locker auf seiner Hüfte ab und schob seine schwarze Hornbrille auf der Nase hoch.

Ein Tisch wurde frei. Anne setzte sich schnell auf einen Platz ihm gegenüber.

„Und bei den Germanisten?", fragte jemand.

Die Wurst in der Suppe schmeckte Anne nicht, sie suchte die Stückchen aus der Suppe heraus und schob sie an den Tellerrand.

„Rolf", sagte jemand zu dem älteren Studenten, „politische Ökonomie, wer ist da gut?"

Rolf nannte einen Namen und schüttelte dann den Kopf.

„… aber auch systemkonform. Wir haben freiwillige Arbeitsgemeinschaften eingerichtet. Karl Marx, Kapital. Band eins bis drei. Kommt doch mal vorbei."

Seine glatten dunkelbraunen Haare reichten ihm bis ans Kinn; die Ohrläppchen schauten aus den Haaren heraus.

„Hohes wissenschaftliches Niveau in den AGs. Wirklich gut. Schaut mal am schwarzen Brett.“

Er schob seine Brille hoch und streifte Anne mit einem Blick.

Eine kräftige Nase. Er zog eine Packung Zigaretten aus der Hosentasche, hielt auch Anne die Schachtel hin. Gitanes hatte sie noch nie geraucht, wahrscheinlich zu stark. Sie lehnte ab.

Der Pudding schmeckte ihr.

Rolf rückte mit seinem Stuhl ein wenig vom Tisch zurück, stützte seine Arme auf die Oberschenkel und paffte, er machte keine tiefen Lungenzüge. „Kapitalismus“, „bürgerlicher Staatsapparat“, „herrschende Klasse“, solche Worte gebrauchte er, legte seine Stirn in Falten, dann scherzte und lachte er. Wie meinte er das alles? Schien Durchblick zu haben, schrieb schon an seiner Magisterarbeit, im Sommer wäre er fertig mit dem Studium.

Anne hatte an dem Tag keine Vorlesung mehr. Sie verließ das Universitätsgebäude, schloss ihr Mofa auf, löste den Motor aus der Halterung am Lenker, trat ein paarmal kräftig in die Pedale. Der Motor surrte, sprang an. Paul hatte das Mofa in Gütersloh für sie zur Bahn gebracht, und vor ein paar Tagen hatte sie es am Bahnhof in Konstanz in Empfang genommen. Für einige Sekunden tauchte die Sonne als silberne Scheibe hinter der grauen Wolkenschicht auf, dann verschwand sie wieder. Die Luft war kühl und feucht. Auf jeden Fall schien Rolf kein Spießer zu sein! Sie nahm nicht die Universitätsstraße, die der Bus fuhr, sondern bog in einen schmaleren befestigten Weg in den Kiefernwald ein – vielleicht eine Abkürzung. Moos und Gras auf dem Weg. Sie umfuhr Schlaglöcher und Pfützen. Tiefe Wagenspuren voll Wasser. Ihr Vorderrad versank im Matsch, der Motor drehte durch. Mit einem Fuß auf der Erde schob sie sich vorwärts und kam wieder frei. Je weiter sie den abschüssigen Weg hinunterfuhr, desto dunkler wurde es zwischen den Bäumen. Ihr Mofa knatterte laut in der Stille. Eine Abzweigung. Niemand war hier unterwegs. Ihr war kalt. Mit einer Hand zog sie den Schal fester um den Hals und schlug den breiten Kragen ihrer Fohlenjacke hoch. Hoffentlich hatte sie sich an der Abzweigung richtig entschieden. Das Leder der Jacke war an vielen Stellen mürbe, und es waren Risse im Fell. Einige hatte sie mit Nadel und Faden zusammengeheftet, aber die Jacke war nicht mehr winddicht. Sie hörte Autos fahren, atmete auf. Ein paar Minuten später bog sie in die Friedrichstraße ein. Dichter Verkehr auf dem Zähringer Platz, Motorenlärm, Hupen. Ein LKW und ein Bus überholten sie. Auf dem Sternenplatz hingen Nebelfetzen. Unten auf dem Rhein, zu beiden Seiten der Brücke hing Nebel wie eine meterhohe schwebende Wattewand. Die Laube und die Kreuzlinger Straße hinunter. An der Grenze gab der Zöllner ihr ein Zeichen anzuhalten, er wollte ihren Ausweis sehen. Jetzt noch die Romanshorner Straße. Rolf hatte gesagt, er wohne auch in Kreuzlingen, aber er nähme immer den Grenzübergang am Emmishofer Tor.

In den folgenden Tagen hielt sie in der Universität Ausschau nach ihm. Einmal sah sie ihn in der Eingangshalle eine Wandzeitung anbringen, dann auf dem Korridor im Gespräch mit einem älteren Mann, vielleicht ein Professor. Einmal winkte er ihr aus der Ferne zu. Er schien sehr beschäftigt zu sein.

Zwei Wochen später saß sie spätnachmittags mit Peggy, eine der drei Studentinnen aus ihrer Wohngemeinschaft, in der Cafeteria der Universität. Peggy war auch im ersten Semester und studierte wie Anne Germanistik, Psychologie und Soziologie. Sie kam aus Ravensburg, ihr Vater war Rechtsanwalt. Rolf setzte sich zu ihnen an den Tisch, trank eine Tasse Kaffee und paffte eine Gitanes. Peggy fragte ihn, wo man in Konstanz abends ausgehen könne, ob er eine Disco kenne.

„Kommt doch mal mit", er griff mit Daumen und Zeigefinger nach einem Tabakkrümel zwischen seinen Lippen, „... bin da oft, richtig was los dort. Gute Musik. Jimmy Hendrix, John Mayall, Cream ... ziemlich dunkel ..."

Sie verabredeten sich für den folgenden Abend und trafen sich am Rande der Konstanzer Altstadt, Untere Laube, Ecke Kuhgässchen. Er ging voran. Peggys braune Haare, die ihr bis in die Taille reichten, schwangen auf ihrem Rücken hin und her; die orangefarbige Cordjeans spannte sich über ihren runden Hinterbacken. Gerichtsgasse, Münsterplatz ... „Underground" stand in blauen Leuchtbuchstaben über einer Kellertür. Er stieg die Stufen hinunter.

Blaues und weißes Licht wirbelte durch den Raum, strahlend hell, dann grau und dunkel. Ein paar Gäste standen an der Bar, einige saßen auf hohen Stufen an der Seite der Tanzfläche. Tische und Stühle gab es nicht. Anne zog ihre Jacke aus; sie trug die neuen dunkelblauen Hotpants – in Zürich gekauft, mit Peggys Volkswagen waren sie hingefahren. In dem ärmellosen Top, aus dem gleichen Strickstoff wie die Hotpants, war über die Breite der Brust ein roter Stern eingearbeitet. Einen kurzen Moment starrte er auf ihre Brust, dann lachte er und sagte:

„Pink Floyd. Los, kommt. Wir tanzen."

Es war noch früh am Abend, niemand sonst tanzte. Sie legten ihre Jacken auf eine der Stufen ab. Breitbeinig, seine Schenkel leicht geöffnet, stellte er sich auf den metallenen Tanzboden, beugte die Knie, hob seine Hacken und ließ sie im Rhythmus der Musik hinunterfallen, seine Arme lässig an den Seiten. Dann bewegte er seinen Oberkörper in Kreisen und Schlangenlinien, schloss die Augen, rotierte mit dem Kopf, seine Haare flogen durch die Luft, ein langgezogener Schweif im Licht. Peggy schüttelte ihre Haare vom Rücken nach vorn. Er ruckte heftig mit den Schultern – Arme, Hände und Finger ausgestreckt; sie zuckten, ekstatisch. Wild. Nach ungefähr einer Stunde, es war inzwischen voll geworden auf der Tanzfläche, holte er sich ein Bier an der Bar, begrüßte verschiedene Leute und setzte sich auf eine Stufe oben an der Wand. Anne und Peggy setzten sich neben ihn. Sie schauten den Tanzenden zu, ab und zu schrien sie sich ein paar Worte ins Ohr. Als Rolf das Bier getrunken hatte, stieg er zwischen den Leuten hindurch nach unten und tanzte wieder allein; nur einmal tanzte er zusammen mit einem blonden Mädchen, das ihre kräftigen Hüften wie beim Hula-Hoop bewegte. Später stellte er sie vor: Margit, eine Schülerin aus Konstanz.

Zu Weihnachten fuhr Anne nach Gütersloh. Sie erinnert sich nicht mehr, wie es in ihrem Elternhaus war, ob es Streit gab zwischen ihren Eltern. In ihrem Tagebuch hat sie nur festgehalten, dass sie sich mit Julius stritt. Sie wollte gern mehr Zeit mit ihm verbringen. Er war während der Weihnachtstage erst bei seinen Eltern, dann bei der einen, dann bei der anderen Schwester auf Familienfeiern.

Zurück in Konstanz schrieb sie in ihr Tagebuch:

> 6.1.1971
>
> Mein Verhältnis zu Julius ist jetzt ein anderes als noch vor einiger Zeit zu Hause. Ich liebe ihn genauso, oder mehr, aber meine Ansichten über das Umgebende haben sich geändert. Ich will nicht mehr durch ständige optimale Anpassung erreichen, in seine Familie aufgenommen zu werden – da sie mir nicht als erstrebenswertes Lebensziel erscheint. Meine Vorstellungen über mein zukünftiges Lebensgehabe sind anders als das in seiner Familie

praktizierte, da bin ich sicher, auch wenn ich konkret noch nicht sagen kann, wie ich mir meinen Alltag denke. Auf der anderen Seite meine ich, dass ich ihm seine Familienideologie nicht rauben darf, da sie immerhin auf einer festen Basis, nämlich der Liebe zu seinen Eltern, gebaut ist. Unsere Ansichten, die sich aus unserer bisherigen Sozialisation in Beziehung auf den Riesenkomplex Familie ergeben, sind also sehr verschiedene. Da ich bei meinem Versuch, mit ihm über das Problem zu reden, nicht angekommen bin, habe ich für mich beschlossen, seine Aktivitäten in Beziehung auf Familie zu tolerieren, mich nicht mehr darüber zu ärgern und sie auf keinen Fall mehr in Zusammenhang mit unserer Liebe zu bringen. Denn letzteres hat immer sehr weh getan und geschadet.

Nach drei Monaten auf der Universität veränderte sich Annes Sprache. Sie benutzte andere Wörter … *Basis, Ideologie, Sozialisation.*

Zu Beginn des neuen Jahres konnte sie nicht mit dem Mofa zur Universität fahren. In Kreuzlingen und Konstanz lag hoher Schnee und es war glatt auf den Straßen. Einmal wartete sie nachmittags vor der Universität auf den Bus, da hielt Rolf mit seinem rostroten Renault 4 vor ihr an und fragte, ob sie mitfahren wolle. Es war ein kalter, klarer Tag. Als sie die Friedrichstraße hinunterfuhren, sah sie einen Moment lang den Bodensee, wie er glänzte im Mittagslicht.

„Zu schade, jetzt in der Bude zu sitzen. Kennst du schon das Hörnle?", fragte er. „Ein sagenhafter Blick über den See und ein Café."

Kurz vor dem Sternenplatz bog er in eine Seitenstraße ein und parkte das Auto. Eine Stunde gingen sie in der Sonne die Seestraße, die Uferpromenade am Wasser entlang. Der Schnee knirschte unter ihren Schritten. Es war windstill, gleißend helles Licht, und die Sonne wärmte. Er erzählte von seiner Magisterarbeit, von der Situation in der Universität, den Professoren, und er sprach über die politischen Verhältnisse in der Bundesrepublik, von „Proletariat" und „Bourgeoisie". Sie saßen am Fenster im Café Hörnle, schauten über den See auf die weißen Berge, die Alpen, den Säntis, tranken Kaffee und Kakao. Anne probierte eine Gitanes. Auf dem Weg zurück stand die Sonne schon tief, blendete in den Augen, es wurde sehr kalt, der Schnee hart. Sie traten auf feine, zarte Eisplatten, die knisternd in die Höhe sprangen.

Im Halbdunkel stiegen sie die Straße zum Auto hoch, und er fuhr sie nach Hause in die Seetalstraße.

Spät am Abend saß sie am Schreibtisch in ihrem Zimmer und wärmte ihre Füße am Heizkörper der Zentralheizung unter dem Fenster. Die Möbel in ihrem Zimmer hatte sie vom Vormieter übernommen, einen alten rechteckigen Holztisch, einen Stuhl und eine Matratze, die auf dem Fußboden lag. Den Tisch hatte sie olivgrün, den Stuhl leuchtend rot gestrichen. Über die Matratze legte sie tagsüber die sonnengelbe Decke, die sie aus ihrem Elternhaus mitgenommen hatte. Für weitere Möbel war kein Platz, nur ein Bücherregal wollte sie noch aufstellen. Von einer Laterne fiel Licht auf die schmale Straße vor ihrem Fenster. Kein Auto, kein Fußgänger, alles war ruhig draußen. Zeit ins Bett zu gehen. Es begann wieder zu schneien. Ihr Tagebuch mit dem fliederfarbenen Plastikeinband lag vor ihr auf dem Tisch. Sie schrieb:

18.1.1971

> Ich glaube, man kann einen lieben und zur gleichen Zeit verliebt sein. Bei mir ist es zur Zeit der Fall, daß ich in Rolf verliebt bin. Ich bin so schrecklich rational, und deswegen überlege ich schon wieder gleich, daß es auch bloße Bewunderung sein kann – für seine Überlegenheit mir gegenüber und seine für mich neuen Anschauungen.

Sie klappte das Tagebuch zu und schob es langsam zur Seite. Sie konnte viel anfangen mit dem, worüber Rolf am Nachmittag gesprochen hatte. Ein dünnes rotes Heft, nicht teuer, hatte er gesagt. Gleich morgen wollte sie in die Buchhandlung gehen und „Das Kommunistische Manifest“ kaufen.

Acht Tage später: Eine Veränderung. Etwas Neues. Tumult in Annes Leben. Andere Voraussetzungen als in der Woche zuvor. Sie lag auf dem Bauch auf der Matratze in ihrem Zimmer und las „Die Gedichte Walthers von der Vogelweide“, aber sie verstand sie nicht. Sie müsste erst einmal alt- und mittelhochdeutsche Vokabeln lernen. Mit ausgestrecktem Arm zog sie den leeren Schallplattenkarton, der ihr als Tisch neben dem Bett diente, zu sich heran – die Pappe schrappte auf dem Linoleum – und legte das Buch zu den anderen auf den Karton. Sie drehte sich auf den Rücken und griff nach der Schokolade. Ihre Gedanken kreisten schon den ganzen Tag um Rolf. Phantastisch. Nüsse knackten und zersprangen in ihrem Mund. Wie würde es weitergehen mit ihm? Sie wurde die Gedanken nicht los, würde nicht einschlafen können, rollte sich zurück auf den Bauch und griff nach dem grünen Kugelschreiber, der auf dem Fußboden lag.

26.1.1971

> Ich muß mir Klarheit verschaffen, um sinnvoll weitermachen zu können. Tatsache ist zunächst, daß ich mich momentan, und auch sonst manchmal, unwohl fühle in unserem *Verhältnis* (dem von Rolf und mir). Der Grund könnte sein, daß ich oft alle Integrationsmöglichkeiten für uns beide verschwinden sehe. Unsere (Tages-)erwartungen sind ziemlich verschiedene. Während ich grundsätzlich bereit bin (auch wenn ich das nicht artikuliere), Termine über den Haufen zu werfen, sehe ich das auf seiner Seite überhaupt nicht. Deswegen kommt bei mir und meinem schwankenden Optimismus leicht der Gedanke, eine bloße Randerscheinung zu sein. Ich glaube eben nicht an eine ganz und gar abstrakte Liebe. Trotz des üblen Stands im Augenblick weiß ich, *daß mir ziemlich viel an ihm liegt* und daß ich über eine Verbesserung des Jetzigen sehr froh wäre. Ich habe bestimmte Erwartungen, die ich aber vor ihm nicht zu formulieren wage, da ich Angst habe, auf grundsätzlichen Widerstand zu stoßen und undiskutabel zu werden. Es ist ein Dilemma, und jetzt bin ich zu müde.

Die Worte in Klammern „(dem von Rolf und mir)“ sind mit rotem Kugelschreiber zwischen die Zeilen geschrieben. Sie hat sie wohl später hinzugefügt, vielleicht um deutlich zu machen, dass nicht Julius gemeint war. Eine fahrige Schrift, unregelmäßige Abstände zwischen Wörtern und Zeilen. Sie verschrieb sich, manches korrigierte sie, anderes nicht. In der Woche zuvor, am 18.1., hatte sie noch nicht von einem *Verhältnis* gesprochen.

Am nächsten Tag mittags in der Mensa kam er zu ihr an den Tisch und fragte, ob sie Fisch essen möge.

„Am Untersee in Ermatingen ist ein Lokal, da gibt's die besten Felchen am ganzen Bodensee. Hast du Zeit heute Abend?“

Sie war es nicht gewohnt, zum Essen auszugehen. Ob sie das bezahlen könnte?

„Ganz reelle Preise. Nur ein paar Franken“, beruhigte er sie.

Es war lange dunkel, als er sie abends um acht Uhr abholte. Sie fuhren auf der Schweizer Seite des Untersees die unbeleuchtete Uferstraße. Der Schnee am Straßenrand reflektierte das Licht der Autoscheinwerfer. In der Ferne Lichter auf dem Wasser, Umrisse der Insel Reichenau.

„Da fahren wir auch mal hin", sagte er.

Anne erzählte, dass sie „Das kommunistische Manifest" zu Ende gelesen habe.

„Und? Was meinst du?"

„Toll. Das mit den Arbeitern, den Proletariern. Wie sie das analysiert haben ... die Ausbeutung der Arbeiter."

In Ermatingen parkte er im Dorf vor einer Gastwirtschaft unter einem Baum, dessen Zweige zu einem breitgestreckten Dach gezogen waren. „Zur Krone" stand auf der Leuchttafel über dem Eingang des Lokals. Ein Holzfußboden im kleinen Speiseraum. Holzverkleidungen an den Wänden, mit Ornamenten bemalt. Holztische und -stühle. Es waren nur wenige Gäste da. Sie setzten sich an einen Tisch in einer Ecke am Fenster.

Eine ältere Frau mit einer weißen Schürze kam und fragte nach ihren Wünschen.

„Jo, zwoamal Fischknusperli. Guat. Mit Remoulade und oanen grüanen Salat? Guat."

Schräg durch das Fenster war die Schiffslandestelle zu sehen.

Nach einer Viertelstunde servierte die Frau auf großen Tellern goldbraun frittierte Felchen. Er nahm einen Fisch in die Hand – Anne machte es ihm nach, tauchte einen Fisch in das Töpfchen mit der Remoulade, knusperte an der Haut, zog das weiße Fleisch mit den Lippen von den Gräten herunter. Gar nicht so viele Gräten. Als sie alle Fische aufgegessen hatten, glänzten ihre Hände und Münder fettig. Anne wischte sich mit der Serviette den Mund ab.

„Was macht eigentlich dein Alter?", fragte er.

Sie rieb umständlich ihre Finger mit der Serviette ab, zögerte und log: „Kleiner Angestellter ... in einer Weberei."

Er sagte, sein Vater sei Beamter auf dem Arbeitsamt in Göttingen.

Auf der Heimfahrt, als sie aus dem Dorf heraus und auf der Uferstraße Richtung Kreuzlingen fuhren, erzählte er, dass es in Konstanz eine MLI/MLAO, eine marxistisch/leninistische Initiative und Aufbauorganisation gäbe. Ein paar Minuten fuhren sie schweigend, nur selten kam ihnen ein Auto entgegen. Es seien vor allem Leute von der Universität, die Verbindungen zu Arbeitern in Fabriken herstellen wollten, in Metallbetrieben am Bodensee, in Friedrichshafen, im Flugzeugbau. Die Organisation arbeite im Untergrund, geheim, sei illegal. Er schien Leute in der MLI/MLAO zu kennen, aber er nannte keine Namen.

In den folgenden Tagen hatte er keine Zeit für Anne. Er müsse an seiner Magisterarbeit schreiben, sei mit Margit verabredet und andere Dinge müssten erledigt werden, sagte er. Anne nutzte die Zeit und baute in ihrem Zimmer ein Bücherregal an die Wand neben der Tür – aus Ziegelsteinen und Brettern, die sie von einer Baustelle in der Nähe ihrer Wohnung holte. An einem Abend in der Dunkelheit, nachdem die Bauarbeiter nach Hause gegangen waren, lud sie Steine in ihre Gepäcktaschen, klemmte ein Meter lange Bretter auf den Gepäckträger ihres Mofas und fuhr langsam über die glatte Straße zu ihrer Wohnung zurück. Sie griff nach den Büchern, die verstreut auf ihrem Schreibtisch, auf dem Schallplattenkarton und auf dem Fußboden lagen. „Methoden der Statistik", „Grundlagen der Soziologie", „Rote Freiheit", „Höfische Lieddichtung des Mittelalters", „Arbeitsbücher zur Literaturgeschichte", „Hartmann von Aue", „Theorie und Praxis der antiautoritären Erziehung", „Summerhill", „Das Kommunistische Manifest", „Das Kapital Band 1".

Als alle Bücher im Regal standen, nahm sie einen Stift und legte sich aufs Bett. Sie schlug ihr Tagebuch auf.

> 30.1.1971
>
> Es gibt verschiedene Lösungsmöglichkeiten, die ich einmal durchspiele:
>
> - das Verhältnis jetzt beenden, bevor ich mich weiter verliere
> - wir verlieren uns beide in Gefühlen, bleiben zusammen (?)
> - weitermachen auf unverbindlicher, oberflächlicher Ebene
> - oder Rolf lebt weiter in der oberflächlichen Beziehung zu mir, und ich verliere mich restlos
>
> Das letzte wäre für mich das Grausamste, aber, glaube ich, auch das Wahrscheinlichste.

Es war drei Tage nach dem Felchenessen. Mit Rolf *zusammenbleiben?* In welcher Hinsicht war sie mit ihm zusammen?

Eberhard, ein Student aus Annes Studiengang, mit dem sie zusammen Hausarbeiten schrieb, war aufgefallen, dass zwischen ihr und Rolf etwas vor sich ging. Eberhard wollte Klarheit haben und fragte Rolf, was zwischen ihm und Anne sei.

4.2.1971

Kurzer Bericht. Eberhard hat mit Rolf gesprochen. Auf die Frage nach seiner Beziehung zu mir – oder unserer Beziehung – hat er dasselbe gesagt, wie ich es Eberhard gegenüber tat, nämlich daß er auch nicht genau wisse, was eigentlich sei. Rolf kann natürlich so reagiert haben, weil er Eberhard gegenüber nicht sagen wollte, was er tatsächlich dazu meint. Dieses glaube ich allerdings nicht, sondern vielmehr, daß es ihm genauso geht wie mir – also, daß er uns auch nicht richtig einzuordnen weiß. Außerdem hat Rolf noch gesagt, er habe hier in Konstanz eine wirklich gute Beziehung zu einem Mädchen (was ich natürlich weiß, und meiner Ansicht nach nichts zur Klärung unserer Problematik, zur Klärung unserer konkreten Position, beiträgt). Weiter hat Eberhard ihm erzählt, daß ich immer sehr wütend reagiere, wenn er mich auf meine Beziehung zu Rolf anredet. Daraufhin soll er sehr gelacht haben.

Rechtsanwalt

Während ich in Konstanz mein Zimmer in der Wohngemeinschaft einrichtete und mit Rolf zum Essen ausging, veränderte sich die Situation in meinem Elternhaus in Gütersloh auf schwerwiegende Art und Weise. Schon im Februar hatte meine Mutter mir geschrieben, dass mein Vater in der Kur eine Frau kennengelernt habe, mit der er sich weiterhin treffe, und ich hatte ihr geantwortet:

1.3.1971

> Liebe Mama,
> ich habe den Eindruck, daß Du Dir viel Sorgen und Arbeit machst, aber wenig Freude. Versuch doch einfach einmal, hin und wieder, aus dem alten Trott herauszukommen. Besuch irgendwen, Verwandte oder jemand aus der Firma, das würde Dir guttun und Du müßtest nicht immer nur an dasselbe denken. Hast Du wen eingeladen zu Deinem Namenstag?

Im Mai schrieb meine Mutter, dass mein Vater sich immer noch mit der Frau treffe.

28.5.1971

> Liebe Mamutschka,
> ich danke Dir tausendmal für die hundert Mark und ebensovielmal für das Nähmaschinenangebot! Du bist wirklich rührend – und viel zu großzügig. Natürlich kann ich das, was Du mir schenkst, gut gebrauchen (die hundert Mark erleichtern mir die doppelte Miete). Aber daß Du mir eine Nähmaschine schenken willst, wage ich wirklich nicht anzunehmen – und zwar aus dem alten Grund: Du hast genauso wenig Geld und brauchst es genauso nötig wie ich …
> Was willst Du tun? Schreib mir einmal wieder, wie es Dir so ergeht und wie Deine Zukunftspläne jetzt aussehen …

Mamutschka, so habe ich meine Mutter nie zuvor und auch später nie wieder angeredet. Wir benutzten keine Kosenamen in unserer Familie. Eine sprachliche Entgleisung? Ich glaube, meine exaltierte Anrede entstand nicht aus dem Gefühl der Dankbarkeit für das Geldgeschenk, sondern weil ich mir meine Mutter als verlassene Frau vorstellte. Zukunftspläne? Als wüsste die einundzwanzigjährige Tochter, dass man in einer solchen Situation etwas tun muss. Vermutlich hatte meine Mutter keine Pläne, wusste nicht, was sie tun sollte – bis sie plötzlich im August einen Entschluss fasste. Ein dreiviertel Jahr nach der Kur meines Vaters. Sie *tat* etwas. Sie ging zu Herrn Corsmeyer, einem Rechtsanwalt in Gütersloh, und der schrieb meinem Vater einen Brief.

Nachdem meine Mutter gestorben war, fand ich eine Durchschrift davon in ihren Unterlagen.

Gütersloh, 19. August 1971

... Ihre Ehefrau hat mich beauftragt, ihre Interessen wahrzunehmen. Da Sie seit einem Jahr zumindest ehewidrige Beziehungen zu einer anderen Frau unterhalten, hat sich meine Mandantin entschlossen, vor dem Landgericht in Bielefeld Ehescheidungsklage zu erheben ... Ich sehe Ihrer Antwort bis spätestens zum 25. August 1971 entgegen.

Herr Corsmeyer gewährte meinem Vater sechs Tage Zeit – tatsächlich waren es nur vier Tage, denn der Brief wurde erst zwei Tage nach der Niederschrift zugestellt. Hätte mein Vater mit einem Brief antworten wollen, wären ihm, wegen der Dauer der Zustellung, sogar nur *zwei* Tage dafür geblieben. Aber schrieb mein Vater überhaupt jemals in seinem Leben einen Brief? Irgendwann in diesen Tagen vom 21. bis 25. August geschah wohl, wovon Tante Lisbeth zwanzig Jahre später berichtete.

Noch nie zuvor in seinem Leben hatte Clemens mit einem Rechtsanwalt zu tun gehabt. Rechtsanwalt ... schon das Wort machte ihm Angst. Seine Frau sprach zu ihm über einen Rechtsanwalt. Welche Folgen hätte es, die Frist verstreichen zu lassen? Was konnte er sagen oder schreiben? Nach allem ... die ganze Bagage, dreiundzwanzig Jahre ... gearbeitet ... alles gemacht und getan ... sie schliefen in einem Bett, vor ein paar Tagen hatten sie noch ... – „ehelich verkehrt“ wurde später vor Gericht zu Protokoll genommen. Zum Verrücktwerden.

Er beachtete die ihm gesetzte Frist. Vielleicht fuhr er am 25. August zu einer gelben Telefonzelle und rief Herrn Corsmeyer an. Vielleicht nutzte er die Zelle mit der schallgedämmten Tür im Postamt, der Gemeindeverwaltung gegenüber; hier konnte er ungestörter als in einer Zelle an der Straße sprechen. Oder er fuhr – morgens oder nachmittags, je nachdem, welche Schicht er hatte – zum Büro des Rechtsanwalts. Herr Corsmeyer wies ihn darauf hin, dass er zu seiner Verteidigung einen eigenen Rechtsanwalt nehmen könne.

Keine zwei Monate nachdem mein Vater den Brief erhalten hatte, wurden meine Eltern geschieden. Meine Mutter war dreiundvierzig, mein Vater fünfundvierzig Jahre alt. Ich habe Skrupel, meine Eltern bloßzustellen, doch es ist ein *öffentliches* Dokument, aus dem ich zitiere. Herr Landgerichtsdirektor Tintelnot, Herr Landgerichtsrat Dr. Steube und Herr Gerichtsassessor Suermann *erkannten für Recht:*

LANDGERICHT BIELEFELD
IM NAMEN DES VOLKES
URTEIL
verkündet am 12. Oktober 1971

... Die Klägerin hat vorgetragen, der Beklagte habe sich einer anderen Frau zugewandt und mit dieser Zärtlichkeiten ausgetauscht.
Die Klägerin hat beantragt, die Ehe aus Verschulden des Beklagten zu scheiden.
Die Parteien haben letztmalig am 13. August ehelich verkehrt.
Sie leben nicht getrennt.
... der Beklagte hat eine schwere Eheverfehlung begangen und hierdurch die Ehe schuldhaft restlos zerrüttet. Er hat die eheliche Treuepflicht verletzt ...
Die am 13. November 1948 ... geschlossene Ehe der Parteien wird aus dem Verschulden des Beklagten geschieden.
Der Beklagte hat die Kosten des Rechtsstreits zu tragen.

Kurz bevor meine Mutter starb, erzählte sie mir, mein Vater habe, als er aus der Kur in Olsberg zurückgekommen sei, zum Tanzen gehen wollen. Er habe es der Frau, die er kennengelernt hatte, versprochen – und er habe gebettelt, dass sie, meine Mutter, mitkäme. Aber sie sei nicht mitgegangen. Auch zum Kaffeetrinken bei der Frau zu Hause sei sie nicht mitgegangen. Sie habe nicht fünftes Rad am Wagen sein wollen.

In späteren Jahren, wenn ich mich mit Tanten und Onkeln unterhielt, kamen wir manchmal auf die Scheidung zu sprechen. Ich gab mich dann locker und distanziert. Von oben herab, als wüsste ich über alles Bescheid, sagte ich meistens so etwas wie:

„Es ist besser so. Sie haben sich sowieso nicht mehr verstanden, und sie hätten sich schon früher scheiden lassen sollen."

Ich erinnere mich, dass daraufhin Tante Lisbeth einmal am Telefon zu mir sagte – ich wohnte zu dem Zeitpunkt schon in Hamburg:

„Dein Vater hat vor deiner Mutter auf Knien gelegen und sie gebeten, bei ihm zu bleiben." Lass das, keine Scheidung, habe er zu meiner Mutter gesagt.

Einmal besuchte ich Tante Uschi, eine jüngere Schwester meiner Mutter, in ihrem Haus in Gütersloh und sagte meine Standardsätze:

„Es ist besser so. Sie haben sich sowieso nicht mehr ..."

Tante Uschi schaute mich zweifelnd an.

„Ach, das weiß ich nicht", antwortete sie nachdenklich. „Deine Mutter hat sich doch Hoffnungen gemacht. ‚Jetzt geht er zu der anderen Frau nicht mehr hin', hat deine Mutter einmal zu mir gesagt. – Aber dann ist er da doch wieder hingegangen."

Ja, der Mann war schuldig! Zärtlichkeiten austauschen! Wo kommen wir da hin! Er hätte es wissen müssen. In welche Schwierigkeiten einen das bringen kann. Als junger Mann hatte er die Frau zweimal geschwängert, obwohl sie das gar nicht gewollt hatte (also schwanger werden). Er war schuldig! Dann trank er zu viel Alkohol und roch nach Schweiß. Das war wirklich unangenehm für seine Mitmenschen. Er war auch schuldig, weil er, statt ein feiner Angestellter oder Beamter zu werden, ein Arbeiter geblieben war. Man kann doch verstehen, dass Frau und Kinder nichts mehr mit ihm zu tun haben wollten. Es war verdammt noch mal auch gerecht, dass er dann später das Grundstück, das er von seinen Eltern bekommen hatte, und das Haus, das er gebaut hatte, verlor. Und auch, dass er dann noch mehr verlor.

Vielleicht hat er seine Schuld eingesehen, denn im Scheidungsurteil steht geschrieben:

Der Beklagte hat beantragt,
zu erkennen, was Rechtens sei.

Im Unterschied dazu die Frau:

Die Klägerin hat beantragt,
die Ehe aus Verschulden des Beklagten zu scheiden.

Es wurde gerichtlich festgelegt, dass mein Vater monatlich zweihundert Mark Unterhalt an meine Mutter zahle und sie aus dem Haus ausziehe. Sie verdiente damals vierhundert Mark als Verkäuferin und suchte also eine Wohnung für sich und meinen Bruder. In der Zeit, als meine Eltern noch zusammen in dem Haus wohnten, es war zwei oder drei Wochen nach der Scheidung, Ende Oktober, Anfang November, war ich zu Besuch bei ihnen. Ich erinnere mich noch, wir waren zu dritt in der Küche, meine Mutter, mein Vater und ich, und mein Vater fragte mich, warum ich im Krankenhaus gewesen sei. Ich war überrascht, dass er davon wusste. Ich hatte es niemandem erzählt, niemand sollte es wissen – außer Rolf. Mit Rolf hatte ich es besprochen. Im September war ich für eine Woche von Konstanz nach Bremen gereist, wo er in dem Sommer hingezogen war, weil er an der neu gegründeten Universität eine Stelle als Planer bekommen hatte. – Mein Vater sagte, ein Angestellter der Betriebskrankenkasse habe ihn angesprochen, und die Kasse habe ihm einen Brief geschrieben, sie würden die Rechnung für meinen Krankenhausaufenthalt nicht bezahlen. Ich war damals noch über meinen Vater versichert und empörte mich: Die Rechnung nicht bezahlen? Ich hätte einen Kreislaufzusammenbruch gehabt, selbstverständlich müsse die Kasse die Rechnung bezahlen.

Meine Mutter hörte zu, sagte nichts und mein Vater fragte nicht weiter nach.

So endete damals meine Beziehung zu meinem Vater. Es war das letzte Mal, dass ich ihn in meinem Elternhaus sah. Meine Beziehung zu ihm brach vollständig ab. Für lange Zeit hatte ich überhaupt keine Verbindung mehr zu ihm.

Bremen. Lenin

Ich hatte schon im Sommer 1971 in Konstanz begonnen, für die MLI/MLAO zu arbeiten – nicht im inneren Kreis der Organisation, nicht mit den Theoretikern und Intellektuellen, die über die politischen Aktionen bestimmten und „Politische Berichte" schrieben; diese Leute kannte ich nicht; ich wusste nicht, wer zur Organisation dazugehörte. Nachts um vier Uhr stand ich auf. Von einem Mittelsmann, Kümmel, ein Student aus einem höheren Semester mit lockigen Haaren und gebeugtem Rücken, bekam ich „Politische Berichte" ausgehändigt, fuhr mit der Fähre über den Bodensee und verteilte die Flugblätter vor metallverarbeitenden Betrieben am Nordufer des Sees – in Lindau und Friedrichshafen, vor den Werkstoren von Dornier, vor Flugzeugbau- und Webmaschinenfabriken.

Als Rolf die Stelle an der Universität in Bremen annahm, hatten wir vereinbart, dass ich ihm nachfolgen würde. Ich blieb ein paar Wochen länger als er in Konstanz, weil ich neben meinem Studium als wissenschaftliche Hilfskraft an der Universität arbeitete – für einen Professor Bücher aus der Bibliothek besorgte, fotokopierte, Aufsätze abtippte. Im Oktober, drei Tage nach der Scheidung meiner Eltern, zog ich nach Bremen. In der ersten Zeit hatten wir keine eigene Wohnung, wohnten „provisorisch" zusammen in einem Zimmer in einer Wohngemeinschaft im Steintorviertel, nicht weit vom Hauptbahnhof, in einer ruhigen Straße mit zweistöckigen, reihenhausartig aneinander gebauten Villen. Kleine Gärten, niedrige Hecken und Zäune vor den Häusern. Es war Herderstraße 59, der ziegelrote Anstrich des Hauses blätterte ab, der Stuck bröckelte.

28.10.1971

> Leben im Chaos zwischen Kisten und Kästen. Alles an den Wänden in unserem Zimmer aufgestapelt. Allgemeine Frustration. Rolf über seinen Job. Ich über alles mögliche. Uni: sehr langweilig

und zum größten Teil frustrierend. Nur zwei Tage Seminare pro Woche. Andere Kurse laufen noch nicht.

Rolf stand morgens um sechs Uhr auf, arbeitete den ganzen Tag und kam abends um neun, zehn oder elf Uhr zurück. Ich war allein im Zimmer, dessen Fenster nach hinten zum Garten lag. Oft stand ich an Kartons gelehnt, schaute zu den gegenüberliegenden Häusern, beobachtete, wie der Rauch aus den Schornsteinen auf die Dächer sank und der Nebel sich langsam hob. Es regnete viel in dem Herbst. Langes Gras lag flach auf der Erde. Kein Mensch bewegte sich in den winzigen Gärten zwischen den Häuserreihen. Drosseln fraßen die roten Beeren des Feuerdorns. Auf den Zäunen zwischen den Grundstücken saßen Krähen, krächzten und schauten sich misstrauisch um. Hin und wieder ließen sich Grünfinken auf einem der verkrüppelten Obstbäume nieder; manchmal kamen sie zu dem Apfelbaum neben unserem Fenster geflogen, zwitscherten sanft, als unterhielten sie sich. Unterhalb unseres Fensters ein Haufen Sperrmüll. Stühle mit zerbrochenen Lehnen; ein Tisch, dem ein Bein fehlte; mehrere Sessel, deren Polster aufgeplatzt waren. Füllstoff quoll heraus und saugte den Regen auf.

In unserer Wohnung war es meistens still. Selten waren Schritte auf dem Flur zu hören oder es klappte einmal eine Tür. Die Mitbewohner schliefen, arbeiteten in ihren Zimmern oder sie waren in der Universität. Ich wusste fast nichts von ihnen. Es war so dunkel in unserem Zimmer, dass ich auch tagsüber Licht einschaltete. Stundenlang lag ich auf der Matratze auf dem Fußboden zwischen den Umzugskartons, las, unterstrich Passagen, die mir gefielen, und machte mir Notizen.

30.10.1971

Bin in der letzten Zeit launisch. Finde mich rigide. Habe mich in den letzten Wochen allein in Konstanz sehr von R. entfernt, er hat nicht begriffen, was mit mir los war (zumindest nicht in der Woche, als ich ihn in Bremen besuchte). Habe ich ihm sehr übel genommen. – Hat mich andererseits auf eigene Füße gestellt. Seine Reaktion war aber an sich nichts als das, was ich vorher schon kannte. – Wenn ich noch daran denke, wie wir nachts nach Osterholz-Scharmbeck in das Wochenendhaus der Buchhändlerin Wassmann fuhren, in dem kalten Bett mit der spitzenbesetzten Wäsche lagen. Hoffe, daß ich Liebe etc. jetzt realistischer und klüger einschätze. Liebe ist mir im Leben lästig!

Mittags ging ich hinunter in die Küche, die wie das Bad im Keller untergebracht war. Es roch feucht und schimmelig in den unteren Räumen. Ich öffnete eine Konservendose und erhitzte einen Bohneneintopf oder Ähnliches auf dem Herd. Manchmal saß ein Mitbewohner am Tisch, der auch etwas aß oder Zeitung las, und wir sprachen ein paar Worte miteinander.

Nachmittags, wenn ich es in unserem Zimmer nicht mehr aushielt, zog ich mein schwarzes Cape mit der Kapuze über und ging durch die Straßen des Viertels Richtung Weser. Der Wind trieb das Laub vor meinen Füßen her. An den Bäumen flatterten noch ein paar gelbe und grüne Blätter. Ich stieg den Osterdeich hinauf. Vor mir – begradigt, eingezwängt, ruhig und eilig – die Weser. Im grauen Licht am gegenüberliegenden Ufer, ein oder zwei Kilometer entfernt, die Häuser der Neustadt. Ich ging hinunter zum Wasser und folgte dem Flusslauf Richtung Innenstadt. Es fuhren damals nicht viele Schiffe auf der Weser, nur selten tuckerte ein kleines Frachtschiff oder ein Lastkahn an mir vorbei. Manchmal kam mir eine Frau mit einem Hund entgegen. An einem regnerischen Tag folgte mir einmal – wohl eine halbe Stunde lang – ein Mann. Ich verlangsamte meinen Schritt, hoffte, er ginge an mir vorbei, aber er verlangsamte ebenfalls seinen Schritt, blieb die ganze Zeit in zehn oder zwanzig Metern Abstand hinter mir. Es dämmerte schon. Ich tat, als habe ich ihn nicht bemerkt und stieg schnell den Hang zur Martinistraße hinauf. – Sonst blieb ich meistens unten auf dem Weg bis ich auf der Höhe des Schnoors war, ging dann zurück durch die Wallanlagen, zwischen den Wassergräben hindurch, am Contrescarpe vorbei und schaute mir die Auslagen der Kurzwarenhändler, Schneider und Schuster am Ostertorsteinweg an. – Ab und zu ging ich abends allein in die „Lila Eule", eine Diskothek im Ostertorviertel, trank dort ein Bier und ging wieder heim.

4.11.1971

> Gestern früh ins Bett gegangen. War krank. Faulenze: schon 13 Uhr und bin immer noch im Bett. Habe Angst vor einer Katastrophe mit mir selbst. Fühle mich desintegriert ins Leben. R. schuftet den ganzen Tag. Keine Zeit für privates Vergnügen. Kein gutes Sexualleben – immer wieder spätabends, wenn man saumüde ist. Probleme können kaum besprochen und aufgearbeitet werden. Leben vom alten common sense, bzw. von unbesprochenen Disharmonien.

In Bremen existierte damals schon, seit 1969 oder 1970, eine kommunistische Organisation, die versuchte, in Stadtteilen und Fabriken Arbeiter für ihre Ideen zu gewinnen. Rolf hatte Kontakt zu der Organisation aufgenommen, kannte den Verbindungsmann, Wilfried von Bloh, ein Student der Wirtschaftswissenschaften. Ich wollte ebenfalls mit ihm in Kontakt kommen, sprach ihn an, aber er sagte, er habe keine Zeit. Er schien uninteressiert, mit mir zu sprechen. Erst nach mehreren Anläufen gelang es mir, mich mit ihm zu verabreden.

10.11.1971

> Tastgespräch mit Wilfried. Organisierung klappt nicht. Proletarische Organisation nimmt keine Studenten auf (nur in Ausnahmefällen). Ich soll in die kommunistische Studentenvereinigung gehen, die mit der Kader-Organisation zusammenarbeitet. – Studentenorganisation ist mir aber zuwider!
> Habe das Gefühl zurückzufallen, herauszufallen. Zu wenig Eigeninitiative, zuviel im Nachvollzug von R.
> Will Organisierung jetzt unbedingt vorantreiben – sollte dies aber nicht zum persönlichen Problem und Kompensation von anderen Problemen auswuchern lassen. Will es politisch betreiben!
> Weitere Tastgespräche mit Wilfried. Ansonsten individuelle Lektüre mit mir selbst. Marx, zweiter Band.

Im Dezember fanden wir endlich eine eigene Wohnung – in einem Nachbarviertel des Steintors, im Ostertor. Dobbenweg 11, ein mehrstöckiger Rotklinkerbau, ein Eckhaus an einer großen Straßenkreuzung. Unten im Haus die „Centauren-Apotheke". Der Name stand in goldenen Buchstaben neben unserem Eingang an der Hauswand. Rolf, als Angestellter der Universität, mietete die Wohnung. Mit uns zogen noch eine Studentin der Kunsthochschule und ein Kollege von Rolf ein.

15.11.1971

> Liebe Mama,
> ... wir haben jetzt eine richtige Wohnung – und zwar eine wahnsinnig schöne: 200 qm, 5 Zimmer, 4 bewohnt von uns, für 500 DM. Sehr schöne große Zimmer. Mitten in der Stadt. Autos, Straßenbahnen und Züge fahren nah am Haus vorbei, viel Autolärm. Wir wohnen im dritten Stock und haben Doppelfenster, deswegen ist der Lärm zu ertragen.

Zur Zeit bin ich noch eifrig am Möbel-Suchen. Ich schaue auch in Zeitungsinseraten. Auf dem Sperrmüll habe ich schon alte Polster für eine Sitzecke gefunden.

Bald nach unserem Einzug merkten wir, dass der Parkettfußboden, wenn Lastwagen auf der Straße fuhren, unter unseren Füßen vibrierte.

Meine Mutter fragte mich, was ich mir zu Weihnachten wünsche, und ich schrieb ihr:

6.12.1971

Ich hätte sehr gerne eine Reihe von Büchern, und zwar Lenin, die gesammelten Werke (pro Band ungefähr 7,50 DM). Ich habe mich aber noch nicht erkundigt, wieviele Bände es insgesamt sind – vermutlich zu viele, als daß ich sie alle auf einmal geschenkt bekommen könnte …

Weil ich hartnäckig blieb und Wilfried von Bloh immer wieder ansprach, wurde ich Anfang 1972 schließlich doch als Studentin in die kommunistische Kader-Organisation, die in Betriebs- und Stadtteilzellen unterteilt war, aufgenommen. Ich arbeitete in der Stadtteilzelle Ostertor/Steintor und zusätzlich bekam ich die Aufgabe, als Verbindungsfrau mit einer kommunistischen Oberschülerorganisation zusammenzuarbeiten.

Während der ganzen Zeit, als ich versuchte, in Bremen Fuß zu fassen, seit Oktober 1971, suchte meine Mutter in Gütersloh nach einer Wohnung für sich und meinen Bruder. Zusammen mit dem Scheidungsurteil hatte sie unterschrieben:

Die Klägerin wird, beginnend mit dem Monat der Rechtskraft der Scheidung, noch höchstens für die Dauer eines halben Jahres im Hause wohnen bleiben. Danach verpflichtet sie sich zur Räumung.

Mein Bruder war damals gerade im Abschlusssemester an der Höheren Wirtschaftsfachschule in Bielefeld. Nun sollte er zusätzlich zu den Prüfungsvorbereitungen und Examina mit meiner Mutter auf Wohnungssuche gehen und umziehen. Wie konnte es passieren, dass meine Mutter ihn in diese Lage gebracht hatte, wo sie doch sonst so für ihn sorgte? Hatte sie ihn und seine Belange im August, als sie zum Rechtsanwalt gegangen war, nicht im Blick gehabt? War es ein impulsiver Schritt gewesen, aus einer augenblicklichen Wut heraus? Ein Versehen? – Passierte es, als Clemens wieder einmal zu der anderen Frau gefahren war?

Der Ehemann hat die Beziehungen zu einer anderen Frau zugegeben und nach dem letzten ehelichen Verkehr am 13. August 1971 fortgesetzt… (Klageschrift, 27. August 1971).

Wollte meine Mutter Kontrolle über die Situation erlangen? Rache nehmen? Eigenständig sein? Das erste Mal eine wichtige Entscheidung für das eigene Leben treffen? … Getrieben von einer jahrelang aufgestauten Verbitterung … Sohn und Tochter standen an ihrer Seite …

Dennoch glaube ich: Hätte meine Mutter vorausgeschaut und an Examen und Umzug gedacht, wäre sie zumindest ein halbes Jahr später zum Rechtsanwalt gegangen. Sie hätte Rücksicht auf ihren Sohn genommen.

Drei Monate nach der Scheidung, im Januar 1972, starb eine Schwester meiner Mutter, Anni, der sie am stärksten verbunden war, und zu der sie wohl das größte Vertrauen hatte.

Im Februar fragte meine Mutter mich, ob es in Bremen eine Wohnung und eine Arbeitsstelle für sie gäbe.

10.2.1972

Liebe Mama,

… wie weit bist Du denn inzwischen mit Deinen Umzugsgedanken gekommen? Hast Du noch einmal mit Paul darüber gesprochen? Wenn Du Dich noch mit den Gedanken hin und her trägst – schreib mir doch davon. Ich kann Dir dann ja immer sagen, was ich davon halte. Ich habe in letzter Zeit einmal in der Bremer Tageszeitung auf kleine Wohnungen und freie Stellen geachtet. Es ließe sich wohl sicher etwas finden, wenn Du herkommen möchtest.

Ist im Ton des Briefes zu hören, wie skeptisch Anne der Idee ihrer Mutter, nach Bremen zu ziehen, gegenüberstand? Wie der Gedanke, mit der Mutter in derselben Stadt zu leben, sie erschreckte? Hatte die Mutter vielleicht sogar das freie Zimmer im Dobbenweg im Auge?

Im Mai kam Paul zu Besuch nach Bremen. Er kam aus Nürnberg angereist.

30.5.1972

Liebe Mama,

inzwischen ist Paul sicher auch schon wieder fort von zu Hause. Hat er Dir viel über Bremen erzählt? Und hat es ihm gefallen? Wahrscheinlich hat er auch über den wahnsinnigen Lärm in unserer Wohnung gesprochen. Er meinte zu mir, daß es keinen Zweck hätte, wenn Du uns in dieser Wohnung noch besuchen würdest, weil es Dir viel zu sehr auf die Nerven ginge. Was meinst Du dazu? Wenn Du uns in einer leiseren Wohnung besuchen willst, mußt Du wahrscheinlich bis zum Juli warten, da wir früher wohl nichts anderes finden …

War Paul nach Bremen gereist, um zu prüfen, ob das freie Zimmer im Dobbenweg für die Mutter in Frage käme?

Die Mutter wurde krank. Gleich zu Anfang des Jahres, in der Zeit, als ihre Schwester im Sterben lag, wurde ihre Gebärmutter entfernt. Dann die Eierstöcke. In den folgenden Jahren litt sie unter andauerndem Fieber und beständigem Kopfweh, für das man keine Erklärung fand. Einmal nahm man ihr wegen eines Pilzes alle Fingernägel ab.

Auch im Laufe des Sommers 1972 gelang es ihr nicht, eine Wohnung zu finden. Nun hätte mein Vater, wie es vereinbart worden war, darauf bestehen können, dass sie auszog. Ich weiß nicht, wie es dazu kam, aus welchen Gründen meine Eltern diesen Schritt machten, aber im September gingen sie erneut zum Gericht und ließen die Scheidungsvereinbarungen ändern. Warum ließ mein Vater sich darauf ein? War ihm das Haus ein zu trauriger Ort geworden, an dem er nicht mehr sein wollte? Waren es seine Schuldgefühle? Wollte die andere Frau nicht zu ihm in das Haus ziehen? Brachte er es nicht übers Herz, darauf zu bestehen, dass meine Mutter auszog? Wollte er meinen Bruder während des Abschlussexamens nicht vertreiben? Im September, fast ein Jahr nach der Scheidung, vereinbarten meine Eltern, dass mein Vater keinen Unterhalt an meine Mutter zahle, und sie stattdessen Eigentümerin des Hauses werde. Mein Vater zog zu der anderen Frau.

Ich war im Jahr nach der Scheidung, von Oktober 1971 bis September 1972, noch mehrere Male zu Besuch im Haus in Gütersloh gewesen, habe meinen Vater aber nicht mehr angetroffen. Obwohl er dort noch wohnte, war er während meiner Besuche nicht mehr anwesend.

Paul war im April 1972 nach Abschluss seines Examens nach Nürnberg gezogen, um dort an der Universität zu studieren. Nach seinem

Auszug haben er und unser Vater sich noch ein einziges Mal gesehen und miteinander gesprochen. Es war zwanzig Jahre später, eine Stunde an einem Sonntagnachmittag. Paul und ich waren in Avenwedde zur Beerdigung einer Tante. Unsere Mutter war nicht da. Ich wollte nach der Beerdigung meinen Vater besuchen und fragte Paul, ob er nicht mitkommen wolle.

Regensburg

Ich habe noch gar nicht berichtet, wie meine große Liebe, meine Beziehung zu Julius endete. Es ist eine unangenehme Geschichte, sie wirft kein gutes Licht auf mich. Als mein Vater meiner Mutter untreu wurde, hatte ich mich an die Seite meiner Mutter gestellt – aber ungefähr zur selben Zeit war ja auch ich Julius untreu geworden – und dabei hatte ich mir im Jahr davor, als ich beschloss, allein studieren zu gehen, Sorgen gemacht, *er* könnte sich in ein anderes Mädchen verlieben. Um von den letzten Monaten meiner Beziehung zu Julius zu erzählen, muss ich noch einmal nach Konstanz an den Anfang des Jahres 1971 zurückgehen.

Seit Januar, ich kannte Rolf vier Monate, seit dem Felchenessen in Ermatingen, dachte ich, dass Julius von Rolf wissen sollte. Wir schrieben uns Briefe, Julius und ich, aber ich schaffte es nicht, in den Briefen von Rolf zu sprechen. Ich nahm mir vor, bei unserem nächsten Wiedersehen mit Julius darüber zu reden. Aber zunächst kam meine Freundin Liesemarie zu Besuch und wohnte zwei Wochen bei mir in meinem Zimmer. Einmal lieh Rolf von Freunden Skier für uns aus, und wir fuhren zu dritt in die Schweizer Berge. Er lief Ski auf dem Säntis, Liesemarie und ich übten auf einem Hügel im Tal. An dem Abend, als wir vom Säntis zurück waren – Liesemarie lag schon im Bett und ermahnte mich, ich solle mich endlich ausziehen und auch ins Bett kommen –, spät am Abend, saß ich an meinem Schreibtisch und dachte über meinen bevorstehenden Besuch bei Julius nach.

3.3.1971

> … Habe Angst vor Regensburg und vor allen Dingen vor der Zeit nachher. Weiß noch nicht, wie ich Julius meine Einstellung verständlich machen kann – muß es mir aber unbedingt noch überlegen. Komme mir ihm gegenüber gemein vor, da ich an seine Pläne für uns denke – kann mir aber doch meine Gefühle nicht

verkneifen. Denke auch noch an die Gemeinheiten von Weihnachten und meine Unbehaglichkeit von vorher …

Ich weiß noch, wie es dann lief, als ich Julius endlich an einem Samstag im März in Regensburg besuchte. Wir hatten uns seit Weihnachten in Gütersloh nicht gesehen. Er holte mich vom Zug ab, und wir gingen zu Fuß zu seiner Wohnung. Ganz selbstverständlich legte er seinen Arm um mich, trug meine Tasche. Es war mildes Frühlingswetter, die Sonne kam zwischen den Wolken hervor, Büsche und Bäume schimmerten schon grün, wir gingen am Vitusbach entlang, durch den Emmeran Park in die Ostenallee. Julius wohnte in einem einfachen mehrstöckigen Haus zur Untermiete bei einer älteren Frau. Schon im Eingang der Wohnung roch es nach gebratenem Fleisch und Zwiebeln. Wir eilten an der Küche vorbei, in der die Hausfrau mit Geschirr klapperte. Julius' Zimmer war dunkel und vollgestellt mit Möbeln, ein brauner Wohnzimmerschrank, ein runder Tisch, Stühle mit durchgesessenen altrosa Polstern. Ein abgetretener, fleckiger Teppich. Die Wirtin hatte wohl alle Möbel, die sie selbst in ihren Räumen nicht mehr haben wollte, in dieses Zimmer gestellt. Julius zog mich sofort auf sein Bett. Wir unterhielten uns eine Weile, dann stand er auf und durchsuchte seine Plattensammlung, legte den „Bolero" von Ravel auf den Drehteller. Der Plattenspieler stand am Kopfende des Betts. Sobald die Platte zu Ende war, hob er den Tonarm des Geräts wieder an den Anfang. Ich weiß nicht, wie oft er das machte, damit seine Wirtin uns nicht hörte, während wir miteinander schliefen. Spät am Abend aßen wir an einem Imbissstand in der Nähe des Bahnhofs Pommes frites mit Mayonnaise und Ketchup, gingen in eine Diskothek und tanzten bis morgens früh. Am Sonntag standen wir spät auf, liefen durch die Stadt. Die Frühlingssonne wärmte uns. Er zeigte mir seine Lieblingsplätze, wir saßen auf Bänken in Parks und an der Donau. Ich fuhr zurück nach Konstanz und hatte Rolf mit keinem Wort erwähnt.

In den folgenden vier Wochen, im Laufe des März und Anfang April, schrieb Anne ständig von Rolf in ihrem Tagebuch. Ein Wirrwarr der Gefühle. Sie wurde einundzwanzig Jahre alt. Um was ging es ihr eigentlich?

9.3.1971

Heute abend allein ins Bett. Will morgen das gleiche tun. Bin völlig am Ende. Verwirrt ohne irgendwo Festigkeit zu haben. Muß

Lage neu einschätzen und ganz realistisch nehmen. Liebesdiskussion gestern mit R. hat mir Stich gegeben ... Riesenunsicherheit über meine Person.

12.3.1971

Es könnte sein, daß R. mich nicht liebt. Schwere Krise. Wegen Margit gestritten. Ihr Alter, siebzehn. „Ein schönes problemloses Zusammensein mit ihr haben", sagt er. Jetzt und zukünftig nebenher laufende Beziehungen, die zu seiner Philosophie gehören – wie kann das gehen? Gestern artikulierte er seine beschränkten Emotionen mir gegenüber eindeutig. War hart. Habe mich fehlverplant. Bin in meinem Stolz gebrochen.

16.3.1971

Gestern wieder den ganzen Tag kaputt gewesen. Kann nichts mehr arbeiten und denken. Abends Diskussion mit R. – so weit voneinander entfernte Ansichten, daß nicht mehr begreiflich. Worte des anderen werden nicht mehr verstanden. Habe sicher viel Blödsinn geredet, völlig abstrakten Liebesbegriff entwickelt. Glaube, daß ich durch R.s übertriebene Zurückhaltung in die übertriebene Verliebtheit getrieben worden bin ... Bin in diese Lage hineingerutscht: einerseits wegen einer gewissen Bewunderung für ihn, und andererseits wegen seiner Reserviertheit mir gegenüber ...

17.3.1971

Im allgemeinen sagt R. sehr wenig direkt über seine Gefühle; das kommt wahrscheinlich daher, daß er keine hat, ehrlich ist und deswegen nicht darüber redet. Wenn er welche verspürt, wie an dem sagenhaften Wochenende in Berlin, äußert er sich auch ein wenig. Nach Berlin ist seine Eindeutigkeit wohl verlorengegangen, deswegen sagte er nichts dem Entsprechendes mehr, war fahrig – was mich verunsicherte und konfus machte.

18.3.1971

Manchmal verstehen Rolf und ich uns – traumhaft gut, so am letzten Wochenende. Wir haben über so vieles geredet.

19.3.1971

R. hat mich in dieser Woche zum zweiten Mal versetzt. Werde ihm eine Blumenvase an den Kopf werfen, wenn ich ihn wiedersehe. Frage mich manchmal, wie lange diese Art, die Beziehung zu führen, überhaupt aufrechtzuerhalten ist.

20.3.1971

Heute werde ich R. sagen, dass ich seinen ökonomischen Zeitrest abends um 11 Uhr nicht will … Klar, ich bin ein vernünftiges Mädchen und sehe, daß erstens er sowieso viel arbeitet und zweitens und vor allem Margit und seine alte Liebe Sabina da sind … Ich fühle mich wie ohne festen Boden. Den ganzen Tag denke ich über ihn nach, kann das „Kapital“ nicht lesen und bekomme deswegen noch größere Wut. Es muss etwas gelöst werden.

Die alte Villa in der Unterseestraße 82, in der Rolf mit drei anderen Studenten im Dachgeschoss wohnte, sollte abgerissen werden. Der Eigentümer des Hauses kündigte den Mietvertrag zu Ende April. Bereits im März begann die Wohngemeinschaft sich aufzulösen.

21.3.1971

Gestern morgen sagte R. ganz unvermittelt zu mir: „Wenn ich dir sage, daß ich in dich verliebt bin, hilft dir das auch nicht viel, oder?“

23.3.1971

… Er sagte, es sei ihm klar, daß er sich nun mit mir zusammenraufen müsse. Er hat einen Entschluß gefaßt, er will mit mir zusammenziehen.

25.3.1971

Viele Streitereien mit R. in der letzten Zeit. Anlaß gestern abend: Ich war bei ihm in der Wohnung, wir lagen zusammen im Bett, miteinander geschlafen, dann wollte er noch ausgehen. Ich sagte, sei müde und wolle lieber schlafen. Er stand auf! War geschockt, da dachte: entweder beide schlafen oder beide weggehen. Trennung war mir zu unvermittelt, unpassend; ich wollte ein happy-zusammen-weitermachen. Zum allerersten Mal also Freiheitsproblem aufgetaucht. Konnte nicht bewältigt werden, da es in konkreter Situation auftauchte … Wegen Komplexität Ausweichen von uns in unsachlichen, aggressiven Stil, der uns verkracht auseinandergehen ließ. Er allein in die Disco.

Ende März kam Julius mit dem Auto aus Regensburg in die Seetalstraße in Kreuzlingen, um mit Anne nach St. Gallen und Zürich fahren. Aber Anne sagte, sie habe keine Lust wegzufahren, sie wolle mit ihm in der Wohnung bleiben. Den ganzen Samstag hielten sie sich in ihrem Zimmer auf, unterhielten sich, lagen auf der Matratze; und am späten Nachmittag sagte sie ihm, dass sie die Beziehung zu ihm beenden wolle, weil sie mit Rolf zusammen sei. Julius war fassungslos. Damit hatte er nicht gerechnet. Er verstand es nicht. Seine Pläne! – Sie weinte. Als er am nächsten Morgen die Wohnung verlassen hatte und zurück nach Regensburg fuhr, stand sie in der Küche der Wohngemeinschaft – es gab keine Sitzgelegenheit in der schmalen Küche – und weinte immer noch. Eine Mitbewohnerin tröstete sie, aber Anne konnte sich nicht beruhigen. Sie weinte den ganzen Tag, bekam hohes Fieber und legte sich ins Bett.

Zwei Wochen später, am 9. April, kam Julius – auf dem Weg zu einem Skiurlaub in der Schweiz – noch einmal zu ihr nach Kreuzlingen. Er glaubte nicht, dass ihre Beziehung zu Ende sei, und er wollte mit ihr reden. Eine ganze Nacht lang diskutierten sie. Anne sprach über die politischen Verhältnisse in der Bundesrepublik, über die herrschende Klasse, die Ausbeutung der Arbeiterklasse. Eine Revolution sei notwendig in Westdeutschland, sagte sie. Julius sah das anders. Er fand die Verhältnisse in Ordnung.

Am Morgen, nachdem Julius abgefahren war, wollte sie unbedingt mit Rolf sprechen. Da sie kein Telefon hatten, fuhr sie mit dem Mofa die drei Kilometer zu seinem Haus in der Unterseestraße 82. Ein grauer Tag, es war windig und regnete leicht. Die Haustür war wie immer unverschlossen, sie stieg die breite Holztreppe zum Dachgeschoss hinauf. Auch die Wohnungstür war meistens nicht verschlossen, man ging einfach hinein und stand auf einem schmalen dunklen Flur. Aus der Küche, vor der keine Tür war – das Türblatt fehlte – kam ein wenig Tageslicht. Frühstücksgeschirr noch auf dem Tisch, Wasserspuren vor der Badewanne, der Badewanne in der Küche, es gab kein Badezimmer in der Wohnung. Niemand war da. Sie schaute in Rolfs Zimmer. Er war nicht zu Hause. Mittags fuhr sie noch einmal, dann am Nachmittag und am frühen Abend. Die Mitbewohner waren zurück, wussten aber nicht, wo Rolf war. Spät abends, es war lange dunkel, kurz vor Mitternacht, fuhr sie noch einmal hinüber. Ein kalter Wind blies ihr ins Gesicht. In der Paulistraße begann es zu regnen, aber sie wollte nicht anhalten, um ihr Regencape überzuziehen. In der Bärenstraße kam ein starker Wind von der Seite, es war schwer, Spur zu halten und geradeaus zu fahren. Nur noch ein paar Minuten. Ihre Jacke hielt dem Regen stand, aber die Jeans waren durchnässt, der Stoff klebte an ihren Oberschenkeln, als sie bei der Villa ankam. Von der Straße aus hatte sie Licht in seinem Zimmer gesehen. Endlich war er zu Hause. Sie stieg die Treppe hinauf, öffnete die Wohnungstür. Stimmen, Lachen aus der Küche. Seine Stimme. Sie blickte in die Küche. Da war er. Saß in der Badewanne. Mit Margit. Er rieb sie mit einem Schwamm ab, in kreisenden Bewegungen fuhr er über ihre Brust, hielt inne. Seine Hand sank ins Wasser. Er trug keine Brille. Als fiele es ihm schwer, Anne zu erkennen, starrte er in ihre Richtung.

„Du?"

„Eh – ich wollte nur mal kurz vorbeischauen."

„Ach!" Er lächelte ein wenig und tastete auf dem Rand der Wanne nach seiner Brille.

Abrupt erhob Margit sich aus dem Wasser, es spritzte nach allen Seiten. Sie griff nach einem Handtuch, das über einer Stuhllehne hing, schlug es um ihre Hüften, stieg aus der Wanne heraus und ging an Anne, die im Türrahmen stehengeblieben war, vorbei auf den Flur. Sie verschwand in seinem Zimmer. Wasserpfützen mit ihren Fußabdrücken auf dem Fußboden quer durch die Küche.

Er schauderte und schüttelte sich. „Kalt!" Er stellte sich in der Wanne auf, das Wasser lief an ihm hinunter. Seine dichten braunen Brusthaare klebten auf der Haut, glänzten im Licht der Glühbirne, die unter der Decke hing. Er nahm ein Badetuch von einem Haken an der Wand und wickelte es um seinen Körper.

„Wolltest du heute nicht …?" Er suchte etwas auf dem Fußboden, wohl seine Holzlatschen.

Sie unterbrach ihn: „Nein!", trat einen Schritt vor, stützte ihre Arme auf einen Stuhl vor dem Tisch.

Er schlüpfte mit einem Fuß unter das schwarze Riemchen eines Latschen hindurch.

„Rolf, ich dachte, du hast mit Margit Schluss gemacht?"

Er suchte nach dem zweiten Latschen. Blickte auf. Sein nackter Fuß in einer Wasserlache. Er blickte zur Tür und flüsterte.

„… so einfach geht das nicht. Wie stellst du dir das vor? Das kann ich ihr nicht antun!"

Das Badetuch hing wie ein schulterfreies Kleid an seinem Körper herunter. Er zog es enger und verschränkte die Enden vor der Brust miteinander.

Sie drehte sich langsam zur Tür, ging aus der Küche hinaus, verharrte noch einen Moment an der Wohnungstür. Es scharrte auf dem Fußboden in der Küche; er hatte wohl den zweiten Latschen gefunden. Raus hier. Sie lief die Treppe hinunter, nahm zwei Stufen auf einmal. Auf das Mofa, zurück in die Seetalstraße.

> 11.4.1971
>
> „Mit Margit", „für Margit", „... kann man nicht so schnell abbrechen", sagt er. – Tatsächlich aber ist es nur für ihn – ausgelebter Egoismus. Schaumschläger. Margit, Badewanne – Muttiliebe – Behütetsein: Das Beste zum Wohlfühlen für ihn. Typisch: Ein paar Wortmarken, Rationalisierungen und Modelle in die Luft hängen – sein Verhalten aber konfus wie eh und je. Wenn er sich entschlossen hat, mit mir „irgendetwas" zu versuchen, werde ich es nicht sein, die um ihn kämpft (das ist blöd und altmodisch). Durch seine Verschwommenheit erschwert er „unsere Sache". Meine Keime drohen zu ersticken. Immerhin war er so ehrlich zuzugeben, daß *seine* große Liebe nicht dahinter steht, hinter seiner Beziehung zu Margit. Mir wird jetzt allmählich deutlich, warum er Verträge abschließen oder mit mir zusammenziehen will: um sich selbst in Situationen zu bringen, in denen er sich eindeutig *verhalten muß*.

Ein paar Tage später kam meine Mutter für eine Woche zu Besuch nach Konstanz. Ich hatte ihr ja im März geschrieben, sie solle doch mal wen besuchen! Peggy war verreist und meine Mutter wohnte in ihrem Zimmer. Ich weiß nicht mehr, ob ich ihr gegenüber erwähnte, dass ich mich gerade von Julius getrennt hatte. Sie wirkte traurig und bedrückt und redete wenig. Vielleicht dachte sie, während wir am Bodensee, in Meersburg, auf der Insel Mainau und der Reichenau unterwegs waren, andauernd an meinen Vater und die andere Frau und wusste doch nicht, was sie tun könnte – vier Monate, bevor sie die Scheidung einreichte.

Welche Rolle spielte es damals für die Mutter, ihre Tochter in einer anderen Stadt, mit anderen Menschen zusammen leben zu sehen? Folgte aus den Eindrücken – es war nach den zwei Kuren im Sauerland die dritte Reise ihres Lebens – folgte daraus ein Impuls, ihr Leben zu verändern? Brachte die Reise sie auf solche Gedanken: Die Tochter trennt sich von ihrem Freund, ist mit einem anderen Mann zusammen. Das will ich auch. Frei sein! Mich scheiden lassen!

Vier Wochen nach dem Badewannenereignis, am 12.5.71 – Anne kannte Rolf seit einem halben Jahr – zog sie mit ihm zusammen. Die Wohnung lag in derselben Straße, in der Rolf bis dahin gewohnt hatte, nicht weit von der alten Villa entfernt, ein mehrstöckiger Neubau, Unterseestraße 25. Sie teilten die Wohnung mit einem schwedisch-italienischen Paar, Gunilla und Gino, eine Studentin und ein Assistent an der Universität Konstanz. Warum hatte Anne es so eilig, mit ihm zusammen zu ziehen? Sie hatte noch keinen Nachfolgemieter für ihr Zimmer in der Seetalstraße gefunden und zahlte „doppelte Miete", wie sie ihrer Mutter in dem Brief vom 28.5.71 schrieb. Rolf wohnte nur vier Monate, Anne fünf Monate in der gemeinsamen Wohnung, bevor sie nach Bremen zogen.

Dreißig Jahre nach der Trennung traf Anne Julius einmal in Hamburg wieder. Es war im Sommer, er hatte beruflich in Hamburg zu tun, sie angerufen, und sie hatten sich mittags im TH2-Café am Isemarkt verabredet, saßen draußen in der Sonne, nebeneinander an die Hauswand gelehnt. Ihr Blick folgte den Autos und Radfahrern auf der Straße und den Passanten auf dem Bürgersteig, die mit Tüten und Taschen beladen vom Markt kamen. Im Laufe des Gesprächs wurde es Anne zu heiß, sie wechselte den Platz, setzte sich an die andere Seite von Julius in den Schatten. Die U3, die Hochbahn, ratterte gerade vorbei. Anne dachte, sie hätte ihn falsch verstanden, aber er wiederholte es, er sagte, damals bei ihrem letzten Treffen, in der Nacht als sie sich trennten, als sie in ihrem Wohngemeinschaftszimmer in Kreuzlingen die große politische Diskussion führten – es sei gegen Morgen gewesen, draußen sei es schon hell geworden, kurz bevor er weitergefahren sei – da habe sie zu ihm gesagt:

„Leute wie dich müsste man an die Wand stellen!"

Nein! Sie erinnerte sich nicht, so etwas gesagt zu haben, sie glaubte es nicht. Vielleicht hatte er es geträumt? Sie wollte es nicht wahrhaben. Stimmte das?

Wie sanft und zärtlich war doch Rolf damals mit Margit umgegangen. Er hatte sie gebadet! Und auch, als er mit Anne zusammen in die Unterseestraße 25 gezogen war, hatte er Margit weiterhin eingeladen, ihn zu besuchen. Und Margit kam. In den vier Monaten, bevor Rolf nach Bremen zog, war sie oft zu Besuch in der Wohnung.

Vietnam. RAF. Vater

In der folgenden Zeit – nachdem ich mich von Julius getrennt hatte, meine Eltern geschieden waren, und ich mit Rolf in Bremen wohnte –, was geschah damals, in diesen Jahren, als ich gar keine Verbindung zu meinem Vater mehr hatte, als ich nicht einmal mehr wusste, wo er wohnte? Es waren die Jahre, als politische Fragen in den Vordergrund meines Lebens rückten. Nach und nach wendete ich immer mehr Zeit für politische Aktionen auf, nebenher studierte ich. Der Vietnamkrieg eskalierte. Große Teile Vietnams waren von der Luftwaffe der USA mit „Agent Orange", mit Dioxin besprüht worden; im Dezember 1972 wurden Städte Nordvietnams mit Napalm bombardiert. Die westdeutsche Regierung äußerte Verständnis für die Militäraktionen der USA. In Frankfurt hatten 1968 Andreas Baader, Gudrun Ensslin und andere aus Protest gegen den Vietnamkrieg zwei Kaufhäuser in Brand gesteckt. Ich demonstrierte in Bremen bis zum Ende des Krieges 1975 immer wieder für den Rückzug der amerikanischen Truppen aus Vietnam, Laos und Kambodscha.

Kurz nachdem ich mich der kommunistischen Organisation in Bremen angeschlossen hatte, nahm ich an einer Schulung teil.

22.8.1972

> Liebe Mama,
> den größten Brocken von Marx, Kapital Bd. 2 und 3, haben wir jetzt geschafft. Es ist sehr spannend gewesen, weil in diesen Büchern die ganzen Verdrehungen, woher der Reichtum kommt, aufgedeckt werden und gezeigt wird, daß alles Kapital aus der Ausbeutung der Arbeiter stammt.

Ich engagierte mich in einem Komitee, das in vielen Städten der Bundesrepublik tätig war und die ersatzlose Streichung des § 218, des Abtreibungsparagrafen, forderte. Das Komitee gab unter dem Titel „Weg mit dem § 218!" eine Broschüre heraus, die ich in der Stadt und in der Universität für fünfzig Pfennige verkaufte. Ich erinnere mich, wie ich meiner Mutter bei einem Besuch in ihrem Haus in Gütersloh diese Broschüre überreichte und wie sie darauf reagierte. Wir waren allein im Haus, standen in der Wohnküche neben dem Kohleofen. Sie nahm die Broschüre entgegen, ging ein paar Schritte zur Seite, setzte sich auf die Kante des Sofas unter dem Fenster, blätterte in dem Heft, las eine oder zwei Minuten. Ich sagte, eine Frau solle selbst entscheiden, ob sie eine Schwangerschaft austrage oder nicht. Keine Einmischung des Staates! Keine Strafen auf Abtreibung! Meine Mutter schaute mich aufmerksam an, war still, ihr Blick wanderte durch die Küche. Sie zögerte. Leise, gedehnt, ganz vorsichtig sagte sie: „Ja" – als denke sie an etwas anderes. Sie las noch ein paar Zeilen, legte die Broschüre zur Seite auf den Radiotisch, nicht achtlos, sondern so, wie man etwas Wichtiges beiseite legt. Ich glaube, sie hat, nachdem ich fort war, zurück nach Bremen fuhr, in der Broschüre noch gelesen; aber wir haben nie wieder darüber gesprochen.

Im Oktober 1972 zogen Rolf und ich vom Dobbenweg, wo wir den Verkehrslärm nicht mehr ertragen konnten, in die östliche Vorstadt von Bremen in die Stolberger Straße, eine Anwohnerstraße mit Kopfsteinpflaster und schmalen lückenlos aneinander gebauten Zweifamilienhäusern. Das Weserstadion war nicht weit entfernt. Der Eigentümer des Hauses Nummer 13, ein Arbeiter, wohnte mit seiner Familie unten im Haus. Wir zogen mit meiner Freundin B. und ihrem Freund, die ich in der Universität kennengelernt hatte, in den ersten Stock und das Dachgeschoss. Rolfs Zimmer und mein Zimmer gingen ineinander über, es gab keine Tür dazwischen. Mein Zimmer war ein Durchgangszimmer, in das niemals die Sonne schien, aber es hatte einen Balkon und lag zum Garten hin. Rolf klebte beigefarbene, ich dunkelbraune Filzplatten auf den Fußboden, und wir stellten unsere auf dem Sperrmüll gesammelten Möbel, die wir vom Dobbenweg mitgebracht hatten, auf. Er kaufte noch einen Sessel, den er vor sein Fenster in den Erker stellte. Wenn die Sonne hereinschien, und er nicht zu Hause war, saß ich manchmal dort, wippte in dem federnden Holzgestell, las einen Roman von Oskar Maria Graf, Charles Dickens oder Feuchtwanger, oder ich las in den Schriften Mao Tse Tungs oder in der „Peking Rundschau".

In dem Jahr fanden Bundestagswahlen statt.

17.11.1972

Liebe Mama,
heute habe ich das Päckchen von Dir gekriegt mit dem Rock. Ich habe ihn gleich angezogen und anbehalten. Er paßt ganz genau und sitzt sehr schön warm. Vorher hatte ich gerade den schwarzen an. Meine Freundin B., die jetzt mit uns zusammenwohnt, sagte gleich, ich solle Dir sagen, daß ich eine ganz dicke Freundin habe, die auch einen Strickrock gern leiden möchte. – Sie ist aber fast gar nicht dick. – Allerdings reicht es jetzt, glaube ich, für Dich, wo Du zwei Röcke für mich so kurz hintereinander gestrickt hast.
Danke schön auch, daß Du mir die Sachen für die Briefwahl zugeschickt hast. Ich habe keine von den Parteien, die auf dem Wahlzettel standen, gewählt, weil ich meine, daß sie alle irgendwie gleich schlecht sind für die Arbeiter. Soviel habe ich inzwischen in meinem Leben gelernt: Nur die Kommunisten treten wirklich für die Interessen der armen Leute und der Arbeiter ein – nicht irgendeine von den Parteien wie SPD oder CDU oder FDP. Ich bin dafür, daß wir in Deutschland wieder eine Kommunistische Partei haben, wie es sie früher einmal bis 1956 gegeben hat. Deswegen habe ich den Stimmzettel ungültig gemacht und darauf geschrieben: Weg mit dem KPD-Verbot!

An den Bremer Schulen und an der Universität kam es 1972/1973 zu Streiks. Willy Brandt war 1969 Bundeskanzler geworden, Hans Koschnick war Bürgermeister in Bremen. Schüler und Studenten forderten das Recht, Vollversammlungen abzuhalten, Wandzeitungen aufzuhängen, Flugblätter zu verteilen und Streikrecht.

25.3.1973

Liebe Mama,
zur Zeit habe ich ein sehr schlechtes Gewissen, weil Du krank bist und ich mich so wenig um Dich kümmere und Dir kaum schreibe. Das liegt allerdings nicht daran, daß ich zu faul dazu bin, sondern daran, daß ich wirklich unheimlich viel zu tun habe. Das sage ich zwar immer, aber dieses Mal ist es wirklich besonders schlimm.
Wie Du weißt, arbeite ich ja in einer kommunistischen Schülerorganisation mit. Nun ist es so, daß vor einer Woche zwei Schüler aus unserer Organisation von ihren Schulen, dem Clemens-Böse- und dem Parseval-Gymnasium, geworfen worden sind, weil sie

sich politisch betätigt haben. Es wird ihnen wird „Hausfriedensbruch“ vorgeworfen. Daraufhin mußten wir von unserer Organisation aus natürlich viel unternehmen. Wir wollen nämlich, daß die beiden Schüler wieder auf die Schule zurück können. Deshalb haben wir zwei Tage nach den Rausschmissen morgens während der Schulzeit eine erste Demonstration organisiert, auf der 700 Schüler waren und am letzten Freitag einen Schulstreik und eine Demonstration, auf der fast 3000 Schüler waren.
Inzwischen ist es so, daß fünf weitere Schüler aus der Schule geflogen sind, weil sie sich ebenfalls politisch betätigt haben. Das können wir uns nicht gefallen lassen. Deshalb planen wir für diese Woche weitere Aktionen. In einer Woche, am 3. April, gibt es Schulferien. Bis dahin müssen wir noch viel erreichen und tun.
Ich weiß nicht, ob Du es verstehst, aber es wäre unheimlich schwierig, wenn ich jetzt Mitte der Woche wegfahren würde – weil ich nämlich auch in der Leitung der Organisation bin.
Nun weiß ich nicht, wie es Dir geht. Wenn es Dir noch sehr schlecht geht, muß ich versuchen, alles hier irgendwie anders zu organisieren und zu kommen …

Zwei Wochen später:

7.4.1973

Liebe Mama,
es tut mir unheimlich leid, daß ich nicht kommen konnte, als Du aus dem Krankenhaus kamst. Ich habe es mir wirklich lange überlegt, ob es nicht doch irgendwie ginge – aber es war nichts zu machen. In der Zeit bin ich oft von morgens um 6 Uhr bis abends um 11 Uhr unterwegs gewesen. Wir haben wegen der Schülerrausschmisse (es sind jetzt insgesamt sieben) an den Schulen einen Streik organisiert und Demonstrationen gemacht. Wieder aufgenommen worden an die alte Schule ist bis jetzt kein Schüler. Zwei von ihnen werden auf jeden Fall nach Ostern auf eine andere Schule in Bremen gehen. Bei zwei anderen Schülerinnen ist das nicht möglich, weil sie in Bremen auf einer Fachschule waren, die es hier nur einmal gibt.
Alle sieben sind geflogen, weil sie sich für ganz einfache demokratische Rechte an der Schule einsetzt haben: für Meinungsfreiheit, für Vollversammlungen der Schüler während der Unterrichtszeit

und für Streikrecht für Schüler. Das hat der Schulbehörde nicht gepaßt und deshalb hat sie die Schüler einfach geschmissen.
Wenn wir es auch nicht geschafft haben, daß die Schüler wieder auf ihre alte Schule gehen können – erreicht haben wir es jedenfalls, daß in Zukunft wahrscheinlich Vollversammlungen erlaubt sein werden. Es soll demnächst ein neues Schulgesetz geben.

Gleich zu Beginn, als ich Mitglied der kommunistischen Organisation geworden war, hatte ich mich bereit erklärt, die monatlich erscheinende Zeitung in der Universität, in der Stadt und vor Betrieben zu verkaufen. Mit einer Umhängetasche, in der ich zehn oder fünfzehn Exemplare verstaute, stellte ich mich spätnachmittags an die Haltestelle der Straßenbahn in Bremen Hemelingen. Bei jedem Wetter, im Frühjahr, Sommer, Herbst und Winter stand ich dort zwei bis drei Stunden mit der neuen Ausgabe, ein paar Exemplare hielt ich in der Hand. Passanten mögen mich von Weitem für eine Zeugin Jehovas gehalten haben – oder vielleicht erinnerte ich sie auch an Lots versteinerte Frau aus der Bibel; kamen sie näher, wurde ich aktiv. Ich streckte ihnen meinen Arm mit den Zeitungen entgegen, rief laut den Namen der Zeitung und eine Schlagzeile von der ersten Seite. Immer mal wieder antwortete jemand im Vorübergehen: „Geh doch nach drüben!“ Dann folgte ich dem Mann oder der Frau und rief: „Nein! Das in der DDR finden wir auch nicht gut! ... eher so wie in China!“ Ich verkaufte zwei oder drei oder fünf Zeitungen an diesen Nachmittagen, manchmal auch gar keine. Oft fuhr ein Streifenwagen der Polizei vor, ein Beamter stieg aus, verlangte meinen Personalausweis zu sehen und notierte sich meinen Namen. Weiter nichts, damals, 1972, 1973 noch nicht. Später lief es anders.

Ein Exemplar der Zeitung schickte ich regelmäßig an meine Mutter und meinen Bruder und wollte von ihnen wissen, wie sie die Zeitung fanden. Ich fragte mehrmals nach.

22.3.1972

Paul, schreib mir einmal, was Du von der Zeitung hältst!

30.5.1972

Liebe Mama,
... Du hast sicher schon bemerkt, daß ich Dir eine Zeitung mitgeschickt habe. Ich würde mich freuen, wenn Du sie lesen würdest und mir vielleicht auch sagen kannst, ob Du sie gut findest. – Paul schicke ich auch einmal im Monat solch ein Exemplar.

14.7.1972

Liebe Mama,
dies ist die neue Nummer. Liest Du die Zeitungen auch, die ich Dir schicke?

Nach meiner Erinnerung bekam ich keine Antwort auf diese Fragen. Vielleicht äußerten sich meine Mutter und mein Bruder, wenn wir uns sahen und ich nachfragte, in einer zurückhaltenden Art und Weise. – Anfangs schickte ich die Zeitung in einem verschlossenen Umschlag, aber das Abonnement, das ich ab 1973 für sie bezahlte, wurde offen ohne Umschlag ausgeliefert. Die Organisation, in der ich mitarbeitete, hatte sich inzwischen mit kommunistischen Zirkeln in anderen Städten zusammengeschlossen, eine bundesweite Organisation war gegründet worden, die alle zwei Wochen eine überregionale Zeitung herausgab. – Möglicherweise wurden nun meine Mutter und mein Bruder vom westdeutschen Verfassungsschutz als Bezieher einer kommunistischen Zeitung registriert, vielleicht erweckte der Bezug der Zeitung einen „Anfangsverdacht“, sie könnten als Leser der Zeitung „Verfassungsfeinde“ sein. Aber zum Glück führten meine Geschenke – soweit ich weiß – nicht dazu, ihnen aus politischen Gründen die Einstellung in einer Firma zu verweigern oder sie zu entlassen.

17.10.1973

Liebe Mama,
daß Du in so kurzer Zeit 6 Pfund abgenommen hast, ist ja sehr schlecht. Ich habe mich mit Rolf nochmal über Deine Krankheit unterhalten, und wir sind einstimmig zu der Meinung gekommen, daß Du unbedingt eine Überweisung an eine Uniklinik (z. B. in Münster) verlangen mußt …
Im übrigen ist Rolf jetzt in die Ortsleitung unserer Organisation gewählt worden. Er hat jetzt sehr viel zu tun. Aber wir sind davon überzeugt, daß sich langfristig unsere viele Arbeit lohnt, weil wir dadurch nämlich schneller zum Sozialismus kommen. Im Sozialismus wird es uns allen besser gehen, da gibt es keine Ausbeutung und Unterdrückung mehr.
In der nächsten Woche will ich anfangen, wieder etwas Sport zu treiben …

Ich war dreiundzwanzig Jahre alt.

In meinem ersten Jahr in Bremen hatte ich nach einigem Hin und Her noch Ausbildungsförderung, Bafög, bekommen, aber im Wintersemester 1972, im Oktober, stoppte das Amt die Zahlungen. Ich sollte eine neue Verdienstbescheinigung meines Vaters vorlegen. Ich teilte dem Amt mit, dass meine Eltern geschieden worden seien und dass ich nicht wisse, wo mein Vater wohne. Das Amt fragte nach einer Sorgerechtsregelung des Gerichts im Zusammenhang mit der Scheidung, aber es gab keine Sorgerechtsregelung. Ich hatte damals achthundert Mark auf meinem Sparbuch, von denen ich in den ersten Monaten lebte. Anfang Dezember schickte meine Mutter mir hundert Mark, Mitte Dezember schickte sie noch einmal hundert Mark. Ich bedankte mich bei ihr und schrieb, dass sie mir wirklich nicht immerzu Geld schicken müsse, da sie genauso wenig habe wie ich, und dass ich ja auch arbeiten gehen könne. Im Februar 1973 lieh mein Bruder mir siebenhundert Mark, im weiteren Verlauf des Jahres lieh ich mir von Rolf und noch einmal von meiner Mutter Geld. Ein Jahr nachdem das Amt die Zahlungen eingestellt hatte, im Oktober 1973, wurde mir mitgeteilt, dass man über die Meldebehörde in Gütersloh die Adresse meines Vaters herausgefunden habe. Sie hätten ihm geschrieben, ihn auf seine Unterhaltsverpflichtungen hingewiesen und ihn zur Vorlage einer Verdienstbescheinigung aufgefordert. Was bedeutete ein solcher Brief für meinen Vater? Wie würde er es aufnehmen? Würde er ausrasten?

Ich schrieb ihm, dass ich kein Geld von ihm wolle, er solle nur die Bescheinigung vorlegen, damit das Amt die Berechnung durchführen könne. Als ich nach einigen Wochen keine Antwort von ihm hatte, beschloss ich, zu ihm zu fahren, um mit ihm zu reden. Ich wollte ihn beruhigen, ihm sagen, dass es keinen Grund gäbe, sich aufzuregen. Meine Mutter war gerade zu einer Kur. So war es leichter für mich, ihn zu besuchen. Sie hätte es wohl nicht gern gesehen, dass ich zu ihm fuhr. Ich schickte ihm noch einen kurzen Brief, in dem ich meinen Besuch für den folgenden Sonntag ankündigte.

Zwei Jahre hatte ich ihn nicht gesehen. Am Samstagmorgen fuhr ich im strömenden Regen über die Bundesstraßen südlich von Bremen bis Minden und dann auf die Autobahn Richtung Dortmund. Die Scheibenwischer des Renault 4 – Rolf hatte mir sein Auto geliehen – schafften es kaum, die Wassermassen beiseite zu schieben. Ich wollte im Haus meiner Mutter übernachten; ich wusste, dass sie einen Schlüssel bei den Nachbarn, unseren Verwandten auf dem Bauernhof, abgegeben hatte.

Am Nachmittag saß ich am Bett meiner Großmutter Maria, die seit einem Schlaganfall zwei Jahre zuvor – zu der Zeit, als meine Eltern sich scheiden ließen – halbseitig gelähmt war und nur noch wenig sprechen konnte. Ich erzählte ihr, dass ich meinen Vater (ihren Sohn) besuchen wolle. Was bedeutete die Scheidung für sie, die meinen Eltern so viel geholfen hatte? Ich sah durch ihr Fenster auf den Hof, auf die hohen Bäume im Busch und die alte Kastanie an der Hofeinfahrt, die – bis auf ein paar dunkelbraune, verkrumpelte – fast alle Blätter verloren hatte.

In der Nacht war ich allein im Haus meiner Mutter. Am Sonntagmorgen schaute ich mir auf einem Stadtplan den Weg zu meinem Vater an. Er wohnte nur fünf Kilometer entfernt, ganz nah an der Strecke zur Autobahnauffahrt Gütersloh. Nachmittags kurz vor drei Uhr startete ich. Die Erlen am Weg vor dem Haus bogen sich im Wind. Die Luft war kalt, am Himmel trieben tiefhängende Wolken schnell dahin, aber es regnete nicht mehr. Ich wusste zu dem Zeitpunkt, als ich zu meinem Vater fuhr, schon, dass er seine Arbeitsstelle verloren hatte. Ich weiß nicht mehr, wie ich davon hörte, vermutlich hatte meine Mutter oder ein anderer Verwandter es mir erzählt. Die Weberei Bartels, mein Vater hatte dreißig Jahre in dieser Firma gearbeitet, war 1972 Konkurs gegangen.

Ich fuhr die Spexarder Straße Richtung Verl/Sürenheide, an der Strangmühle vorbei; hinter dem Kiefernwald, kurz vor der Autobahnbrücke, bog ich ab; fuhr die Straße Am Hüttenbrink eine ganze Weile geradeaus, rechts und links nur Wiesen; dann einzeln stehende Häuser; das Ortsschild „Spexard“. Ich fuhr langsamer, in einer Kurve bog ich in eine kleine Straße zu einer Siedlung ein. Vor mir zwei langgestreckte Wohnblöcke, schmucklose weiß gestrichene zweistöckige Häuser im Stil der 1950er Jahre. Galileiweg 1. Ich parkte das Auto auf der Straße. Ein Streifen Rasen hinter dem Haus und ein mit Waschbetonplatten gepflasterter Weg. Der erste Eingang. Viele Namen auf dem Klingelschild, darunter der meines Vaters. Nach einer Weile ein Summen, der Türöffner. Ich drückte gegen die Tür und trat in ein enges Treppenhaus. Es roch nach Putzmitteln. Weiß gestrichene Wände, Steinstufen. Aufgeräumt, kein einziger Gegenstand, keine Schuhe, kein Kinderwagen. Im zweiten Stock eine offene Tür. Mein Vater! Sein volles Haar, die Wellen in seinem Haar. In einer grauen Strickjacke, einer Trevirahose und Pantoffeln stand er da und lächelte, gab mir die Hand, zitterte leicht. Bat mich herein. Ein Flur, zwei Quadratmeter ohne Fenster, das Deckenlicht brannte. Er lächelte immer noch und nahm mir den Mantel ab. Ich freute mich, ihn zu sehen – und ich glaube, er freute sich auch, mich zu sehen.

Eine Frau kam aus einem hinteren Raum.

„Ilse", stellte er sie vor. Sie war blond und zierlich; ungefähr so alt wie mein Vater, der damals siebenundvierzig Jahre alt war. Eine hübsche Frau. Ich reichte ihr meine Hand.

„Komm ins Wohnzimmer", sagte er und ließ mich vorangehen.

Ich trat in einen zwölf oder fünfzehn Quadratmeter großen Raum mit beigefarbenen Polstermöbeln. Eine kleine Couch an der Wand, davor ein niedriger Tisch aus Holz, zwei Sessel am Tisch. Mein Vater wies auf die Couch; ich zwängte mich durch einen schmalen Spalt zwischen Wand und Tisch. Er nahm im Sessel mir gegenüber Platz und steckte sich eine Zigarette an. Ilse verließ den Raum. Er wendete den Kopf zur Tür und rief: „Ilse, bring mir noch 'n Bier."

Sie kam, fragte, ob ich einen Kaffee wolle und verschwand wieder.

Hinter meinem Vater im Regal an der Wand in einem goldenen Rahmen das Foto einer jungen Frau. Er bemerkte meinen Blick.

„Das is Sonja, Ilses Tochter, so alt wie du. Sie is Friseuse."

Auf einer Anrichte neben der Balkontür ein zweites Foto. Ilse und mein Vater kommen Arm in Arm aus einem Gebäude heraus. Er trägt einen grauen Anzug, ein weißes Hemd, sieht schmal und gut aus. Sie hält einen Blumenstrauß in der Hand. Beide lachen.

„Unser Hochzeitsfoto. Wir ham geheiratet."

Ilse brachte eine Tasse Kaffee und ging wieder hinaus.

Er lehnte sich vor, stützte seine Arme auf den Oberschenkeln ab, rauchte, schaute mich aufmerksam an und fragte mich einiges. Wie es mir gehe, was mein Bruder so mache. Die Türen standen offen, Ilse hantierte in der Küche. Sicher konnte sie hören, wie wir uns unterhielten.

Ich fragte ihn, ob er eine neue Arbeitsstelle gefunden habe.

„Jau. Bei Nobilia-Küchen. Nich weit von hier. An der Autobahn."

„Und wie ist es?"

„Keine Nachtschicht mehr!" Er lächelte, blies den Rauch in die Luft, schaute dem Qualm hinterher. „Viel zu tun. Jeden Tach zwei, drei Überstunden."

„Und was musst du machen?"

„Im Lager. Lagerarbeiter."
„Fährst du mit dem Auto hin?"
Er zuckte zusammen, senkte seinen Blick und stand auf.
„Das Auto?"
Er ging in den Flur, nach ein paar Sekunden kam er zurück und schaute mich an.
„Das hab ich nich mehr."
Wieso hatte er sein Auto nicht mehr?
Er nahm einen tiefen Zug aus der Zigarette, blieb stehen und schaute zu Sonjas Foto.
Ilse kam herein.
„Das Auto?" Sie lachte kurz und hart auf, ging an meinem Vater vorbei, setzte sich an das Kopfende des Tischs.
„Hab ich Sonja geschenkt", sagte er.
Sonja? Warum schenkte er Sonja sein Auto? Warum nicht mir? Warum überhaupt?
„Ham mir den Führerschein weggenommen." Er griff zur Bierflasche.
Ilses Stimme klang metallisch. „Abends, als er aus der Firma kam. Polizeikontrolle."
Sie rollte das „R" in der „Polizeikontrolle" kräftig, sprach es nicht so flach und stumpf, wie wir es in der Familie taten. Sie war in Königsberg geboren.
Mein Vater stellte die Flasche zurück auf den Tisch.
„Sollen sie man gleich behalten, den Lappen, hab ich gesagt. Will ihn gar nicht wiederham."
Ilse zog am Tischläufer, strich über die Fransen und lächelte.
„Ja, Sonja fährt jetzt damit. Sie kann es gut gebrauchen."
Sie lachte noch einmal kurz auf, erhob sich und ging zurück in die Küche.
Es war dunkel geworden. Durch die Balkontür und die weißen Tüllgardinen fiel nur noch spärliches Licht. Mein Vater setzte sich wieder in den Sessel mir gegenüber, atmete tief aus und lehnte sich zurück. Motorenlärm, Fahrgeräusche, drangen von der Autobahn und der Hüttenbrinkstraße ins Wohnzimmer. Wir schwiegen eine Weile, unsere Blicke trafen sich.
„Wegen dem Schrieb, den du vom Bafög-Amt gekriegt hast" – er sackte ein wenig in sich zusammen –, „ich will doch kein Geld von dir, aber kannst du nicht eine Verdienstbescheinigung an das Amt schicken?"

Er schaute mich starr an. „Kommt nicht in Frage!"

„Damit sie die Berechnungen machen können. Sonst krieg ich kein Geld von denen."

„Mach ich nich. Nein."

„Ich brauch das aber!"

„Lass mich in Ruh damit. Ich schicke nix."

„Aber es würde doch gar nichts passieren, wenn du das machst."

„Hah. Was weiß ich."

Er blickte zur Decke, schloss für einen Moment die Augen. Sein Mund zuckte.

„Ich hab schon Pferde kotzen sehen."

Ilse kam herein, lachte kurz auf. „Ihr sitzt ja im Dunkeln." Sie schaltete das Deckenlicht ein.

„Gib mir mal 'nen Cognac", sagte mein Vater zu ihr gewandt.

„Sie auch einen?", fragte sie, ging zur Anrichte, holte drei Gläser heraus, schenkte ein und setzte sich in den Sessel am Kopfende des Tischs. Wir prosteten uns zu, tranken, und sie ging wieder in die Küche.

Ich blickte zu meinem Vater. „Noch mal zu dem Schrieb. Dann schreib doch dem Amt, dass du nichts für mich bezahlen willst, dann berechnen sie ohne deine Angaben. Du kannst doch einen Brief schreiben."

Er richtete sich im Sessel auf und rief: „Ilse, gib mir noch 'nen Cognac."

Die Fensterscheibe hinter der Tüllgardine glänzte schwarz. Draußen war es inzwischen vollkommen dunkel. Ilse kam herein, nahm die Flasche von der Anrichte, wandte sich zu mir. „Sie auch noch einen?"

„Nein, ich muss auch gleich ..."

Mein Vater hob den Cognacschwenker, legte den Kopf in den Nacken und leerte das Glas in einem Zug.

Ich stand auf, zwischen Couch und Tisch eingezwängt.

„Bleib noch 'nen Moment!" Er wandte sich zu Ilse und sagte leise: „Hol das mal."

Er gab mir ein Zeichen, dass ich mich wieder setzen solle.

Sie verschwand durch eine Tür hinter dem Sessel meines Vaters, wohl ins Schlafzimmer. Nach einer Minute kam sie zurück und überreichte meinem Vater etwas. Er stand auf und streckte mir seine Hand mit etwas Kleinem darin entgegen.

Ich stand ebenfalls auf und rief: „Nein!"

Er bewegte seine Hand vor mir hin und her.

„Nimm!"

Ich hob meine Hände. „Nein! Ich nehme das nicht!“ Ich drängte mich zwischen Tisch und Wand hindurch zur Wohnzimmertür.

Er stellte sich neben mich.

„Los! Nimm!“

„Ich will kein Geld.“

Ich ging in den Flur, nahm meinen Mantel von der Garderobe, reichte Ilse zum Abschied die Hand, dann ihm. Aber er gab mir seine Hand nicht. Er hielt weiter das Geld vor mich hin.

„Nimm!“

Als ich mich nicht rührte, nach einer Weile, sagte er: „Kannst es ja mit deinem Bruder teilen.“

Ich nahm es und steckte es in die Manteltasche. Er reichte mir die Hand, ging mit mir in den Hausflur, die Treppe hinunter, über den Waschbetonweg hinter dem Haus bis zu meinem Auto, sah mir zu, wie ich einstieg. Ich sah ihn im Rückspiegel. Er schaute mir nach, wie ich davonfuhr, stand in Pantoffeln, eine Hand in der Hosentasche, mitten auf der Straße.

Im Haus meiner Mutter nahm ich das Geld aus der Manteltasche. Er hatte mir vierhundert Mark geschenkt.

Ein paar Tage später schrieb ich meiner Mutter in die Kur:

5.11.1973

> … Du darfst nicht böse sein, daß ich Dir so lange nicht geschrieben habe, aber bei mir ging es drunter und drüber. Das Bafög-Amt hat Papas Adresse herausgefunden … Nun war ich bei ihm und habe ihm gesagt, daß er dem Amt einen Brief schreiben soll … Er war zwar nicht nüchtern, aber so ganz nett. Er hat mir 400 DM geschenkt, obwohl ich es nicht wollte. Ich werde es mit Paul teilen …

Kurze Zeit später schickte auch meine Mutter mir zweihundert Mark.

Universität Oldenburg

Nach dem Wiedersehen mit meinem Vater mochte ich nicht allein eine weitere Nacht im Haus meiner Mutter schlafen; ich packte meine Tasche, brachte den Haustürschlüssel zurück zu den Verwandten auf den Bauernhof und fuhr spät am Abend nach Bremen zurück. Es regnete nicht, aber hin und wieder drückte eine starke Windböe das Auto zur Seite. Als ich kurz nach Mitternacht in die Stolberger Straße einbog, brannte noch Licht in Rolfs Zimmer, er war noch wach. Er schlief oft nur vier oder fünf Stunden und sagte, das reiche ihm. Mir kam es so vor, als würde er eigentlich schon gern mehr schlafen, aber am wichtigsten war es ihm wohl, viel zu arbeiten und möglichst viel zu schaffen; er wollte wohl unbedingt ein effektiver und nützlicher Mensch sein. Ich schloss die Haustür auf, stieg die schmale, mit braunem Filz belegte Holztreppe zur Wohnung hinauf; im Flur hörte ich Musik, er hatte Led Zeppelin aufgelegt. Als ich in mein Zimmer trat und zu ihm hineinschaute, strahlte er mich an. Er saß im Sessel vor dem Fenster, legte das Skript, in dem er gerade las, beiseite; vielleicht von Oskar Negt, Adorno oder Rudolf Hickel, solche politisch-ökonomischen und philosophischen Texte las er oft. Er stand auf, wir küssten und umarmten uns und er sagte, er habe Post vom niedersächsischen Kultusminister bekommen. – Ein paar Monate zuvor hatte Rolf sich auf eine Stelle an der neu gegründeten Universität Oldenburg beworben. Seine Planerstelle an der Universität Bremen war auf drei Jahre befristet, sie würde im kommenden Sommer enden. Der Kultusminister hatte ihm am Samstag einen Arbeitsvertrag geschickt. Ab Sommer 1974 würde Rolf als Assistent an der Universität Oldenburg arbeiten! Wir lagen schon im Bett, er lag hinter mir, hatte einen Arm um mich gelegt, ich war fast eingeschlafen – dachte noch an meinen Vater, wie er auf der Straße stand, als ich fortfuhr –, da sagte er: „Morgen Abend feiern wir. Ich lade dich ein, zu ‚Julio'." Er hatte schon öfters von dem Lokal gesprochen, ich kannte es noch nicht.

Am nächsten Abend kam er kurz vor acht Uhr nach Hause, wir fuhren in die Innenstadt, parkten das Auto unter der Hochstraße vor dem Hauptbahnhof und gingen ein paar Minuten zu Fuß in der Dunkelheit unter der Hochstraße. Ich fror in der kalten Novemberluft und er legte im Gehen einen Arm um mich. Neben uns auf dem Breitenweg und über uns auf der Hochstraße brausten und donnerten Autos und LKWs vorbei.

Julio, der Chef, begrüßte uns. „Due persone?"

Es war warm im Lokal. Viele Menschen. Zigarettenqualm und ein Geruch von frisch gebackenem Brot, Knoblauch und Schweiß in der Luft. Fast alle Tische waren schon besetzt. Julio führte uns zu einem kleinen Tisch neben einem Pfeiler in der Mitte des Lokals.

„Bene?"

Die Gäste unterhielten sich laut, lachten. Schrappende und quietschende Geräusche von Stühlen auf dem Steinfußboden. Rolf empfahl mir, die Pizza „Julio" zu nehmen.

„Prego", sagte der Kellner, als er sie vor mich hinstellte – mir fiel das italienische Wort nicht ein, und bevor ich mich bedanken konnte, war er schon wieder fort.

Der knusprige Hefeteig duftete, zerlaufener Käse glänzte. Schwarze Oliven. Tomaten. Dünn geschnittener gekochter Schinken. Grünlichgelbes blättriges Gemüse, ich kannte es nicht, es war salzig, säuerlich und zart. Artischocken! In der Mitte der Pizza ragte ein Eigelb, ein gebackener Eidotter in die Höhe. Was für eine Pizza! Bisher hatte ich Pizza nur in Italien gegessen, auf der Reise mit Julius nach dem Abitur. Dort waren Sardellen auf der Pizza gewesen.

Als der Kellner das Geschirr vom Tisch räumte, fragte er: „Due Grappa?"

„Si", sagte Rolf.

Der Chef brachte zwei Gläser Schnaps. „Tutto a posto? Come va?"

„Bene", lachte Rolf und schwatzte ein paar Minuten teils italienisch, teils deutsch mit Julio.

Auf dem Weg zurück zum Auto legte Rolf wieder seinen Arm um mich. Ich fror nicht mehr, obwohl die Temperaturen vielleicht noch weiter gesunken waren.

In dem Jahr, es war 1973, zum ersten Mal schon im Januar und Februar, zum zweiten Mal im Mai und Juni, traten in verschiedenen

Städten Westdeutschlands vierzig politische Gefangene in einen Hungerstreik. Im Jahr zuvor, im Juni 1972, waren viele RAF-Mitglieder festgenommen worden, darunter Andreas Baader, Gudrun Ensslin und Ulrike Meinhof. Baader, Ensslin und zwei andere waren 1968 wegen der Protestaktion gegen den Vietnamkrieg, der Kaufhausbrandstiftung, zu drei Jahren Zuchthaus verurteilt worden; ein Jahr später war das Urteil zurückgenommen worden, die Haftbefehle waren außer Vollzug gesetzt worden; aber der Bundesgerichtshof hob diese Entscheidung wieder auf. Ein Gnadengesuch von Baader und Ensslin wurde 1970 abgelehnt. Statt sich ins Zuchthaus zu begeben, waren sie geflohen, Baader wurde verhaftet, dann befreit. Fahndungen, Verfolgungen, Schüsse. Bis 1973 waren in der Auseinandersetzung schon mehr als zehn Menschen getötet worden. Über fünfzig Menschen waren, teilweise schwer, verletzt worden. In den Hungerstreiks 1973 forderten die Gefangenen, aus den „Toten Trakten“ in den Normalvollzug verlegt zu werden und eine Behandlung durch unabhängige Ärzte. Im April des Jahres wurden in zehn Städten Westdeutschlands Komitees gegen Folter an politischen Gefangenen gegründet. Ich beteiligte mich an mehreren Demonstrationen, in denen wir die Gleichstellung der RAF-Häftlinge mit allen anderen Gefangenen und die Aufhebung der Isolation als Folter forderten.

Ich demonstrierte auch noch aus vielen anderen Gründen – und es begann die Zeit, in der ich selbst mit dem Staatsapparat in Konflikt geriet.

4.12.1973

Liebe Mama,
bei uns ist zur Zeit sehr viel los. Am kommenden Samstag machen wir eine Demonstration gegen die Preiserhöhungen, Kurzarbeit, Entlassungen, Sonntagsfahrverbot usw. Am letzten Samstag war eine zentrale Demonstration in Köln, wo es ebenfalls gegen die Notstandsmaßnahmen ging und gegen die Kumpanei der Bundesregierung mit dem Schah-Regime in Persien (in Persien werden fortschrittliche Leute in den Kerker geworfen und bekommen Todesurteile, zuletzt 15 Leute. Die Bundesregierung liefert noch Waffen an das Schah-Regime). Die Demonstration in Köln wurde verboten. Als nachmittags Flugblätter dazu verteilt wurden, sind über 50 Leute verhaftet worden. Nun werden an diesem Wochenende in ganz vielen Städten Demonstrationen

gegen die Verhaftungen usw. stattfinden – in mindestens 24, soviel wissen wir schon.

Die Metallarbeiter in Bremen streikten und ich verteilte vor den Werkstoren von Daimler-Benz und der Vulkan-Werft Flugblätter zur Unterstützung des Streiks. Noch gehörte ich nicht zu den Festgenommenen.

Zu der Zeit meldete sich Sabina, Rolfs Freundin aus seinen Studienjahren in Göttingen, wieder bei ihm. Er erzählte, sie wohne inzwischen in Köln, arbeite als Psychologin und wolle an einem Kongress in Bremen teilnehmen. Anne hatte sie noch nie gesehen und wollte sie auch nicht sehen, doch dann stand sie im Frühjahr, an einem Sonntag Ende März 1974, in der engen Küche in der Stolberger Straße. Sie war ein paar Jahre älter als Anne, sechsundzwanzig oder siebenundzwanzig Jahre, schaute zum Tisch, setzte sich auf einen Stuhl an der Wand in der Nähe des Fensters. Es war am späten Vormittag, Rolf und Anne hatten gerade gefrühstückt. Sie wollte über Nacht bleiben. Anne zog einen der Hocker, deren Sitzfläche mit steifem kariertem Plastikstoff bespannt war, unter dem Tisch hervor und setzte sich ihr schräg gegenüber. Sabina schaute zu Rolf, der vor der Spüle stand und einen Kaffee für sie kochte; ihr Blick schweifte über die Küchenzeile, den Elektroherd, den Kühlschrank, den blau gestrichenen Wandschrank. Die Sonne schien herein – es gab keine Vorhänge vor dem Fenster –, ein Streifen Licht an der Wand hinter ihr strahlte hell, vergrößerte sich. Sie trug eine Seidenbluse mit gelben und orangefarbenen Ornamenten, die oberen Knöpfe hatte sie nicht geschlossen. Ein tiefer Schatten zwischen ihren Brüsten. Anne hörte hinter sich das Wasser durch den Filter tropfen, spürte Rolfs Bewegungen in ihrem Rücken – er drehte sich immer wieder zu Sabina hin.

„Dufte Bluse“, sagte er, zog einen Hocker neben Anne unter dem Tisch hervor, setzte sich Sabina gegenüber, hielt ihr seine Zigarettenschachtel, die Gitanes, hin, gab ihr Feuer und steckte sich ebenfalls eine an. Er fragte, was Herbert mache.

Anne wusste nicht, wer Herbert war, und fragte, um was es denn auf dem Kongress gehen würde, den sie besuchen wollte.

„Psychosomatosen“, sagte sie nebenher, schaute dabei Rolf an und erzählte weiter von dem Herbert. Sie zog heftig an der Zigarette, blies den Rauch in kurzen Stößen in die Luft. Rolf schob den Aschenbecher über die Plastikplatte des Tischs näher zu ihr hin. Die Sonne wanderte über ihr Gesicht, ihre glatte Haut, ihre vollen Lippen. Er schmatzte mit dem Mund. Ihr halblanges, lockiges Haar reflektierte das Licht, schien dunkelbraun, kastanienbraun und golden.

Er fragte: „Und wo ist Maxi jetzt? Was macht sie?"

Anne kannte auch Maxi nicht und fragte, wie lange der Kongress dauern würde; aber Sabina hörte nicht, redete weiter über diese Maxi, die in irgendeine andere Stadt gezogen sei.

Anne wiederholte ihre Frage. Sabina antwortete: „Weiß nicht genau, bis Donnerstag oder Freitag", und sprach weiter über Maxi. Dann erzählte sie von einem Hartmut, der jetzt in einem Krankenhaus arbeite, dem es dort aber nicht gefiele.

Das Sonnenlicht auf der weißen Wand blendete. Das war also „Bienchen". So nannte Rolfs Mutter Sabina. „Rolfi, hast du noch Kontakt zu Bienchen? Siehst du sie manchmal? Wie geht es Bienchen? Was macht sie denn?", fragte sie, wenn Rolf und Anne bei seinen Eltern im Harz zu Besuch waren. Sahen sich vielleicht etwas ähnlich, seine Mutter und Sabina ... ähnlicher Typ ... vielleicht mochte seine Mutter Sabina deshalb so gerne ... erinnerte sie an sich selbst ... als junge Frau ... wer weiß? Ob die Mutter Sabina erlaubt hatte, mit ihm in einem Bett zu schlafen? Oder war Sabina auch allein in einer Kammer einquartiert worden?

Er lachte über irgendetwas und fragte, ob eine Doris noch mit Peter zusammen sei. Sie redeten immer noch über Leute aus der Göttinger Studienzeit. Er schaute Anne gar nicht mehr an. – Jetzt verhielt er sich so, wie in Situationen, wenn berühmte Persönlichkeiten anwesend waren, Professor Baethge oder so; dann beachtete er sie auch nicht mehr.

Sabinas Stimme ging in die Höhe und überschlug sich: „Doris ist schwanger!"

Er lachte und schmatzte wieder.

Anne stand auf, schob den Hocker unter den Tisch, die Plastikfüße knarzten auf dem Linoleum; die beiden nahmen keine Notiz davon. Lauter als sonst zog sie die Küchentür hinter sich zu. Das Metall des Türschlosses klackte hart auf Metall im Türrahmen. Sie ging in ihr Zimmer, stand vor der Balkontür. Der dunkle Nadelbaum in der Mitte des Gartens schwankte im Wind, die unteren Äste berührten fast den Boden, ließen das Grün hängen, als sei es vertrocknet oder zu schwer.

Weiter oben zeigten die Spitzen der Äste keck in die Höhe. Sie setzte sich an den Schreibtisch, blickte auf die Seiten der Semesterarbeit, an der sie gerade schrieb, Abgabetermin in einer Woche, las den letzten Absatz noch einmal durch, aber es war zwecklos, sie verstand nicht mehr, was sie da geschrieben hatte. Raus auf den Balkon! Zwei Tauben schreckten von der Brüstung auf, flatterten zum Dach des gegenüberliegenden Hauses. Die Luft im Schatten war eiskalt. Sie zog ihre Strickjacke enger um sich herum und lehnte sich an die Hauswand.

Würde er mit ihr ins Bett gehen? ... Was dachte er sich dabei? ... Hatte er in den letzten Monaten Gelegenheiten gemieden? Einen Bogen um Frauen gemacht? ... Es ging wieder los! Immer noch das gleiche ... wie vor einem Jahr. Seine Wackeligkeit. Keine Konsistenz! Seine geilen Blicke ... völlig fixiert ... eine ganz bestimmte Frauensorte ... gestern Abend, das wortlose Einschlafen ... ihre Schwierigkeiten im Bett. Ihn bitten, das einzustellen? Wäre nicht ganz korrekt ... langweilige Idylle ... sowieso unmöglich, andere Beziehungen zu verbieten. Er war darauf aus! Immer die leicht naiven, hübschen jungen Mädchen mit dicken Lippen und großem Busen. Geilerei auf Mädchen mit naivem Getue und Bereithalterei für die Männer ... immer dann, wenn eine auftauchte, geiferte er sie an, schmatzte, war ganz fassungslos, völlig konzentriert auf diese Person ... neulich im Zug ... in der Uni diese Gisela ... von allen Seiten – ein Albtraum.

In der Birke neben dem Balkon pickte eine Kohlmeise an einem kahlen Zweig. Hinten im Garten in der Sonne glitzerten kleine Punkte an den Bäumen – Knospen. An einem Strauch gelbe knollige Blüten. Die Kornelkirsche blühte. Oder war es die Zaubernuss?

Am Nachmittag, das klare, sonnige Wetter hielt an, ging er mit Sabina spazieren. Sie gingen zur Weser runter, sagte er. Beim Abendbrot fragte Anne ihn, ob sie sein Auto haben könne. Sie müsse zu ihrer Mutter.

Er schaute Sabina an, Sabina blickte ihn an.

„Rolf, wenn du mich morgen früh hinbringst, kannst du den ganzen Tag meins haben."

Er streifte Anne mit einem Blick von der Seite.

„Ja, klar, nimm's", sagte er und griff nach dem Teller mit der Salami.

An einem Tag in der Woche vor Sabinas Besuch hatte der Postbote morgens an der Haustür in der Stolberger Straße geklingelt. Er hatte eine Geldsendung für Anne, wollte ihr zweihundert Mark übergeben. Als sie hörte, wer der Absender war – Ilse und Clemens Hellbrink –, hatte sie sich geweigert, das Geld anzunehmen. Der Postbote hatte mit den Achseln gezuckt und die Scheine zurück in seine Umhängetasche gesteckt. Sie hatte gleich an ihre Mutter geschrieben, dass sie demnächst nach Gütersloh käme.

24.3.74

> … Dann werde ich auch zu Papa fahren und der Frau nochmal ordentlich Bescheid sagen, was dieses Theater soll … Diese Frau denkt wohl, ich würde die Bafög-Veranstaltung machen, um von Papa Geld zu bekommen – und da hat sie sich schwer geirrt.

Sie fuhr also, während Sabina in der Stolberger Straße zu Besuch war, zu ihrer Mutter nach Gütersloh. Als sie dort am Montagabend zusammen mit ihr im Wohnzimmer saß und erwähnte, dass sie am nächsten Abend zum Vater wolle, schnappte die Mutter nach Luft.

„Ja?“

Sie erhob sich aus dem Sessel, stellte sich vor das Fenster und schaute in die Dunkelheit.

Einige Sekunden war es still im Raum.

„Wenn du meinst …“, sagte sie leise und verließ den Raum.

Was hatte sie dagegen, dass Anne ihren Vater besuchte? Warum wollte sie es nicht?

Beim Vater erfuhr Anne, dass das Bafög-Amt ihn weiterhin ermahnte, Verdienstbescheinigungen einzureichen. Zwar hatte sie ein halbes Jahr zuvor, nach ihrem ersten Besuch bei ihm, das Amt gebeten, ihn „wegen belasteter Familienverhältnisse“ nicht mehr zu behelligen, aber das Amt ignorierte die Bitte. Und der Vater ignorierte die Aufforderungen des Amtes. Die Rechtsstelle der Universität drohte ihm mit einem Bußgeldverfahren wegen Verweigerung der Auskunftspflicht.

Verhaftet

Im weiteren Verlauf schien das Jahr 1974 zunächst ein ganz gewöhnliches Jahr zu sein. Nach dem Besuch von Sabina in der Stolberger Straße hatte ich mir überlegt, dass es für mein Zusammenleben mit Rolf das Beste sei, mir „auch andere Liebhaber" zu suchen (Tagebuch, 10.4.74). Ich stellte mir vor, dann wäre mein Verhältnis zu ihm mehr im Gleichgewicht. Zusammen mit meiner Freundin B. reiste ich Ende April nach Mallorca. Wir wollten feiern, dass wir unser Studium so gut wie geschafft hatten – im Juni müssten wir beide noch ein Referat halten und dann nur noch die Diplomarbeit schreiben. Ich schrieb meiner Mutter:

24.3.74

> 14 Tage mit Flug und Vollpension für 350 DM. Es stand auch ein Angebot für 160 DM im Prospekt. Doch das war natürlich schon vergriffen, als wir uns angemeldet haben.

B. und ich saßen zum ersten Mal in einem Flugzeug und badeten bei 17 Grad Wassertemperatur im Mittelmeer. Als ich zurück in Bremen war, schrieb ich meiner Mutter:

6.5.74

> Habe eine große Tat getan, habe mir einen Wintermantel gekauft! Ein wunderschönes Stück aus weichem schwarzem Nappaleder, lang bis über die Knie, ein Bindegürtel in der Taille und sitzt sehr gut. Jetzt muß ich nicht Anfang des Winters verzweifelt durch die Stadt laufen, um einen Mantel zu suchen. Ich bin wirklich ganz begeistert davon. Ich hatte ja die 200 DM von Dir und Papa zum Geburtstag und mußte dann gar nicht mehr so viel zulegen. Es war ein sehr schöner Urlaub. Habe nur häufig Halsschmerzen gehabt, aber das war harmlos.

Als Thema für meine Examensarbeit wählte ich „Die Sanierung des Ostertor-/Steintorviertels. Ursachen und Folgen". Ich nahm an öffentlichen Sitzungen des Stadtteilbeirats teil.

6.6.74

... (ein scheindemokratisches Mäntelchen der Stadtregierung, das „bevölkerungsnah" sein soll). Ich bin hier, um zu hören, was die herrschende Klasse in Bremen plant. Das ist wichtig für meine Examensarbeit und auch für die Arbeit unserer Stadtteilzelle Ostertor/Steintor. Es ist aber etwas langweilig, was die hier untereinander abmachen. Deswegen schreibe ich Dir lieber einen Brief.

Eigentlich wollte ich in dem Jahr nicht noch mal verreisen, sondern den Sommer nutzen, um für meine Examensarbeit zu lesen und zu forschen. Doch Rolf wollte unbedingt mit mir wegfahren. In Bremen hätten wir wegen der vielen politischen Arbeit zu wenig Zeit füreinander, sagte er. Wir trafen uns mit einem befreundeten Paar in Konstanz und fuhren drei Wochen nach Jugoslawien, lagen in der brennenden Sonne an der Adria, waren in Rijeka, auf Krk und Cres. Nach dem Urlaub nahm ich mir vor, jeden Morgen von sieben bis halb acht Uhr mit Rolf ins Weserstadion-Bad schwimmen zu gehen und ab acht Uhr an meiner Arbeit zu schreiben. „Die feste Zeiteinteilung klappt noch nicht so ganz, weil oft etwas Politisches dazwischenkommt", schrieb ich meiner Mutter Ende August.

11.9.74

Heute machen wir in Bremen um 17 Uhr eine Solidaritätsdemonstration mit der Widerstandsbewegung in Chile. Dort war ja vor genau einem Jahr der Putsch, durch den die Militärjunta an die Macht kam ... In den letzten Monaten wurden dort über 80 Menschen zum Tode verurteilt ... Am Samstag gibt es in Frankfurt eine zentrale Demonstration. Wir fahren mit Sonderzügen hin. Ich hoffe, Paul dort auch zu sehen. – Du kannst ja mal im Fernsehen schauen, ob Du uns siehst!

Ich ließ mir die Haare abschneiden. Erwachsen sein! Ernsthaft sein! Ich war vierundzwanzig, wollte nicht mehr das junge Mädchen mit langen blonden Haaren sein. „Ich habe jetzt einen ganz kurzen Stoppelschnitt" (31.10.74). Im November meldete ich meiner Mutter, ich hätte acht Seiten der Examensarbeit fertig – trotz der vielen politischen Ablenkungen und der Arbeit für die Tutorenstelle „(zwei volle Tage in der Woche)". Im Postskriptum schrieb ich:

11.11.74

Heute haben wir eine Demonstration gemacht wegen der Ermordung von Holger Meins im Gefängnis. Wir halten zwar die Methoden der RAF, ihre Anschläge auf Banken usw., für völlig falsch, doch was mit diesen Leuten – wie überhaupt mit den politischen Gefangenen – gemacht wird, ist genauso schlimm: Isolationshaft, zwangsweise Ernährung usw.! Holger Meins hatte keine andere Möglichkeit mehr, auf seine Isolation aufmerksam zu machen, als durch Hungerstreik. Sein Tod wurde von der Justiz billigend in Kauf genommen. Das ist ein Verbrechen. Die RAF-Leute hatten sich z. B. für die Beendigung des Vietnamkriegs eingesetzt. Wie unmenschlich unsere Regierung ist, sieht man auch daran, daß sie nichts gegen die Bombardierung Vietnams durch die USA unternimmt. Unser Staat ist in seiner Brutalität keinen Deut besser als die RAF. Das geht Auge um Auge, Zahn um Zahn. Die Polizei hat angefangen mit dem Töten, als sie Petra Schelm erschossen hat. – Die Reaktionen der Leute auf der Straße waren heute teilweise sehr scharf, weil viele meinten, daß wir mit der Demonstration die Vorgehensweise der RAF unterstützen wollten.

Helmut Schmidt war im Mai des Jahres Bundeskanzler geworden. Seit September befanden sich 31 inhaftierte Mitglieder der RAF in ihrem dritten Hungerstreik. Holger Meins starb am 9.11.74.

Der Eigentümer des Hauses Stolberger Straße 13 kündigte unseren Mietvertrag. Am 1. Dezember zogen Rolf und ich in eine Wohngemeinschaft im Ostertorviertel, in das Viertel, in dem ich schon zu Beginn meiner Bremer Zeit gewohnt hatte.

11.11.74

Ist zwar nicht die optimale Gegend – durchwachsen mit Kleinbürgern und reichen Leuten. Lieber würden wir in ein Arbeiterviertel ziehen. Aber es bietet sich günstig an, wir können die Wohnung übernehmen und haben keine Lauferei.

Die Wohnung in der Horner Straße 107 war nicht renoviert, „in Küche und Bad fallen Putz und Fliesen von den Wänden, weil alles ganz feucht ist“, schrieb ich (4.12.74).

Im Januar 1975 beendete ich meine Diplomarbeit, überreichte sie dem Professor, bekam ein „sehr gut“ für die Arbeit und schrieb meiner Mutter:

22.1.75

Ich fange jetzt an, mich nach Stellen umzusehen, da ich keine Lust habe, nach meiner mündlichen Prüfung, die am 13. Februar stattfinden wird, lange ohne richtige Arbeit zu sein. Zwar habe ich dann noch das Tutorium – der Vertrag läuft noch bis zum Oktober – doch das reicht ja nicht aus. Ich bin gespannt, wo ich landen werde …
Am kommenden Samstag morgen machen wir in Bremen eine öffentliche Arbeit zu Vietnam, weil dort die Amerikaner wieder verstärkte Angriffe auf das Land machen und das Pariser Friedensabkommen, was am Samstag vor 2 Jahren geschlossen wurde, nicht einhalten. Allerdings sind trotzdem die Aussichten der Befreiungsbewegung dort sehr gut; sie haben viele Erfolge in der letzten Zeit gehabt.

Es war ein Tag nachdem ich die mündliche Prüfung bestanden hatte, am Freitag, den 14. Februar 1975, als es zum ersten Mal passierte. Es gibt Notizen unter diesem Datum in meinem Tagebuch. Ich stand morgens um sechs Uhr auf, trank schnell eine Tasse Kaffee, zog den Ledermantel, den ich auf Mallorca gekauft hatte, an und los. Um sieben Uhr nahmen die Angestellten des Karstadt-Kaufhauses in der Innenstadt ihre Arbeit auf, dann wollte ich vor dem Personaleingang stehen und die Zeitung verkaufen. Draußen war es noch dunkel und still, es hatte gefroren in der Nacht. Ich schaltete das Licht meines Mofas ein, fuhr schnell, der Fahrtwind schnitt mir ins Gesicht. Mein Hals schmerzte, immer noch diese Mandelentzündung, und ich fühlte mich unausgeschlafen. Nur wenige Autos und Fußgänger waren unterwegs. Hier und da huschte eine gebeugte Gestalt in ein Gebäude hinein.

Ich parkte in der Obernstraße auf dem Bürgersteig neben dem Personaleingang und stellte mich unter die Überdachung des Eingangs. Hier konnten die Angestellten mich frühzeitig sehen. Eine Deckenlampe beleuchtete den Platz und zusätzlich fiel Licht durch die Glastür aus dem Inneren des Gebäudes.

Ein Angestellter im mittleren Alter näherte sich. Ich streckte ihm meinen Arm mit den Zeitungen entgegen. Nachdem er die Tür geöffnet hatte, drehte er sich um und lächelte. „Warum schläfst du dich nicht lieber aus?“

Stöckelschuhe klapperten auf dem Pflaster. Eine kleine Frau mit dauergewellten Haaren schaute an mir vorbei zur Tür und zischte: „Kommunistenpack!“

Ich stand fünf oder zehn Minuten vor dem Eingang, hatte noch keine Zeitung verkauft – auch an anderen Tagen kaufte selten einer der Angestellten eine Zeitung –, da bog aus der Sögestraße ein Polizeiwagen in die Obernstraße ein. Ich zuckte zusammen. Der Wagen hielt auf der anderen Straßenseite an der Ecke zur Kleinen Waagestraße. Aus den Augenwinkeln beobachtete ich, wie der Fahrer zu mir herüberschaute, mit dem Kopf nickte und den Motor ausschaltete. Ein zweiter, großer, beleibter Polizeibeamter in schwarzer Lederjacke stieg aus, schaute in beide Richtungen der Straße und kam auf mich zu. Ich senkte rasch den Blick, hielt einem jungen Mann, der gerade das Gebäude betreten wollte, die Zeitung hin und rief eine Schlagzeile der Zeitung aus: „Kein Atomkraftwerk in Whyl!"

„Kann ich mal Ihren Personalausweis sehen?"

Der Polizeibeamte stand vor mir. Dunkle Hornbrille, graumelierte Schläfen unter der Polizeimütze.

„Warum?"

Ich zitterte, trat unter der Überdachung des Eingangs hervor, ging ein paar Schritte auf dem Bürgersteig. Er darf es nicht, reine Schikane, dachte ich, hielt einer jungen Frau die Zeitung entgegen und rief: „Gegen Lohnraub! Warnstreiks in der Metallindustrie!"

Die Frau schaute zu dem Polizisten, dann zu mir. Entschlossen ging sie zwischen uns hindurch ins Gebäude hinein.

Der Beamte folgte mir auf dem Bürgersteig, baute sich vor mir auf.

„Zeigen Sie sofort Ihren Ausweis!"

Ich zögerte, ließ mir Zeit. Schob langsam mit der freien Hand meine Umhängetasche vor den Bauch. Grub, ohne den Polizisten aus den Augen zu lassen, nach dem Ausweis.

„Sie dürfen das nicht. Es gibt keinen Grund."

Ich gab ihm meinen Ausweis.

Er tat, als habe er meine Bemerkung nicht gehört. Blätterte im Ausweis. Nahm Notizheft und Stift aus seiner Jackentasche. Schrieb etwas auf.

„Jetzt Ihre Genehmigung!"

Ich lachte auf. „Genehmigung? Was für eine Genehmigung?"

Er steckte das Notizheft zurück in die Tasche. „Wenn Sie hier Zeitungen verkaufen, brauchen Sie eine Genehmigung!"

Ich ging zurück Richtung Eingang.

„Was soll das denn? Sie wollen mich wohl schikanieren."

Zwei Frauen kamen, in eine Unterhaltung vertieft. Als sie den Polizisten sahen, brachen sie ihr Gespräch ab. Ich ging neben ihnen her, hielt ihnen die Zeitung hin. Über die Schulter rief ich dem Polizisten zu: „Genehmigung hab ich nicht. Brauch ich auch nicht."

Er folgte. „Doch, brauchen Sie. Sonst dürfen Sie nicht verkaufen. Sofort die Genehmigung – oder den Verkauf einstellen!"

Er drängte mich in die Ecke des Eingangs. Sein Gesicht nah vor meinem. Sein Atem roch schal, ekelhaft.

Ich schlüpfte zur Seite an ihm vorbei.

„Meinungsfreiheit ausüben, das darf man. In Wort, Schrift und Bild. Es ist erlaubt. Es ist keine übergebührliche Beanspruchung des Bürgersteigs."

Er starrte mich an. „Die Straßenverkehrsordnung sagt ..."

Ich unterbrach ihn: „Straßenverkehrsordnung ist nachrangig. Dazu gibt es Urteile."

Eine Gruppe von Angestellten näherte sich, ich ging ihnen entgegen, hielt ihnen die Zeitung hin. „Amerikanische Truppen raus aus Kambodscha!"

Die Männer schauten zu mir, dann zu dem Polizisten vor der Tür. Sie zogen ihre Köpfe ein, klemmten ihre Taschen fester unter die Arme und huschten schnell in das Gebäude.

Der Polizist griff an meine Schulter.

„Aber sicher! Wenn Sie keine Genehmigung haben ... aufhören!"

Ich schüttelte seine Hand ab und eilte einem älteren Herrn nach, der gerade die Glastür öffnete. „Die neue Zeitung! Schluss mit der staatlichen Bevormundung! Weg mit dem § 218!"

Der Beamte kam hinter mir her. Sein Gesicht war rot angelaufen.

„Hören Sie auf. Wenn Sie den Verkauf nicht sofort einstellen, nehme ich Sie fest! Kommen Sie mit zur Wache!"

Er gab dem Kollegen im Wagen ein Handzeichen, der daraufhin ausstieg und in der Nähe des Wagens stehen blieb, ein junger Mann mit schmalen Hüften.

Der Alte packte mich an Handgelenk und Oberarm. Ein jäher Schmerz, ich schrie auf. Die Zeitungen, sechs oder sieben Stück, fielen zu Boden. Er hatte mir den Arm umgedreht.

Ich ruckte mit meinem ganzen Körper, um seinen Griff abzuschütteln, konnte mich aber kaum bewegen.

„Freiheitsberaubung! Wie heißen Sie? Ich zeige Sie an!"

Ein Angestellter mit einer Aktentasche in der Hand blieb vor der Eingangstür stehen und schaute wortlos zu. Der Polizist griff fester um meinen Arm. Ich bückte mich nach den Zeitungen auf dem Trottoir. Er ließ nicht locker, ein Stechen in meiner Schulter. Mit einer Hand hob ich die Zeitungen auf und rief dem Mann vor der Eingangstür zu: „Helfen Sie mir! Freiheitsberaubung!"

Er drehte sich um und verschwand im Gebäude.

Der Polizist zog mich Richtung Polizeiwagen. Ich stolperte, fiel fast vornüber. Fragte noch mal nach seinem Namen.

Er riss mich vorwärts. „Das erfahren Sie alles auf der Wache."

Der junge Polizist neben dem Auto, er hatte Pickel im Gesicht, öffnete den Wagenschlag hinter dem Fahrersitz. Zu zweit drückten sie mich auf den Sitz hinunter, schlugen die Tür zu. Der Alte ging um den Wagen herum und setzte sich neben mich. Der Junge startete den Wagen, bog langsam, zögernd in die Sögestraße ein. „Wo sollten wir sie hinbringen?"

Das Funkgerät rauschte und piepte, entfernte Stimmen waren zu hören. Der Alte schnaufte. „Na, zur Steintorwache doch", sagte er barsch und lehnte sich zurück.

Der Fahrer gab Gas. Die Stadt belebte sich. Fußgänger gingen mit schnellen Schritten auf den Bürgersteigen. Es war inzwischen acht Uhr, die Sonne ging auf. Allmählich wurde es heller.

In einer Kurve lehnte der Alte sich über meinen Schoß, stieß mit seiner Schulter gegen meine Brust. Er roch nach Zigarettenrauch und einem billigen Haarwasser, „Birkin" oder ähnliches, so etwas hatte auch mein Vater eine Zeitlang benutzt. An die Rückenlehne gedrückt schnappte ich nach Luft. Er griff nach den Zeitungen, die ich neben mir auf dem Sitz abgelegt hatte. Schnell presste ich meine Hand darauf. Er riss sie darunter hervor, Papierfetzen flogen hoch. „Beweismaterial", sagte er mit Blick auf den Stiernacken des jungen Polizisten und drückte die Zeitungen an sich. Dann ließ er sie über die Rückenlehne des Vordersitzes auf den freien Platz neben dem Fahrer fallen.

Der Verkehr nahm zu, Autos von allen Seiten.

Der Alte hustete. „Was arbeiten Sie denn?"

Ich blickte zum Fenster hinaus, gab keine Antwort. Vor einer Ampel ordnete sich ein Motorradfahrer neben uns ein und ließ seinen Motor aufheulen. Er schaute neugierig zu mir herunter, als überlege er, was für eine Art von Verbrecherin ich wohl wäre.

Der Alte rutschte auf dem Sitz hin und her. „Uns solchen Ärger zu machen. Wäre es nicht besser, Sie gingen arbeiten?"

„Was geht Sie das an?"

Er schwieg pikiert, rieb mit seinen schmutzigen Händen auf seinen Oberschenkeln herum, der Stoff der Hose hatte Flecken und glänzte speckig.

Vor der Steintorwache, einem alten zweistöckigen roten Backsteinbau mit kleinen Fenstern, befahl er mir auszusteigen. Der Himmel war bedeckt, einheitlich dunkelgrau, die Luft kalt. Meine Arme schlotterten. Der Polizist griff an meinem Oberarm und führte mich einen breiten Treppenaufgang hinauf. Er grüßte einen Kollegen, der an der Tür Wache hielt. Wir betraten eine dunkle Halle mit hohen Decken. Der Alte zog mich zu einer Holzbank in der Mitte des Raums. „Bleiben Sie hier sitzen, bis Sie abgeholt werden", sagte er bärbeißig, und die beiden Polizisten verschwanden in einem Büro, dessen Tür offen stand.

Telefone läuteten. Der Beamte von draußen kam herein, musterte mich ausführlich und ging wieder zurück auf seinen Posten. Polizisten und Angestellte in Zivil gingen durch die Halle. Nachdem ich wohl eine halbe Stunde gewartet hatte, sprach ich einen jungen Mann, vielleicht ein Lehrling, an.

„Ich möchte einen Anwalt anrufen."

„Moment", sagte er und ging in das Büro, in dem die beiden Polizisten verschwunden waren. Nach einigen Minuten kam der Alte mit der Hornbrille heraus, kniff seine vorstehenden Augen zusammen.

„Sie brauchen keinen Anwalt. Sie sind hier gleich fertig."

Ich sprang auf, aber bevor ich protestieren konnte, war er schon wieder im Büro verschwunden. Ich hörte, wie er lachte. Rauchschwaden drangen aus dem Büro.

Von draußen schoben zwei Polizisten einen Mann in Handschellen durch die Tür in die Halle. Einer der Polizisten drückte am Eingang auf eine Klingel. Aus einem Raum weiter hinten eilte ein Mann mit einem Schlüsselring in der Hand heraus. „Hierher", rief er. Die Polizisten führten den Gefangenen, sein Hemd war zerrissen, an mir vorbei, verschwanden mit ihm in einem Gang am Ende der Halle. Metalltüren schlugen, ein Schlüssel wurde umgedreht.

Mein Magen krampfte sich zusammen. Nach ein paar Minuten: Aufruhr in meinen Gedärmen. Ich stand auf, schaute in das Büro. Hinter einem mit Papieren beladenen Schreibtisch saß ein Mann mittleren Alters, Bürstenhaarschnitt, graues Hemd, Schulterklappen, Polizeistern auf der Brusttasche. Vor dem Schreibtisch, mit dem Rücken zu mir, die beiden Polizisten. Der Beamte mit dem Bürstenhaarschnitt starrte mich an und runzelte die Stirn. Der junge Polizist unterbrach seine Rede, alle drei glotzten mich an.

„Warten Sie, bis Sie abgeholt werden", schnauzte der Alte.

Ich müsse zur Toilette, sagte ich.

Einen Moment lang sprach niemand. Der Beamte hinter dem Schreibtisch schaute erst zu dem jungen Polizisten, dann zu dem alten. „Mach das mal, Niemeyer", sagte er und grinste.

Der Alte stand auf. „Kommen Sie mit." Er zeigte in einen schwach beleuchteten Gang, ließ mich vorausgehen. „Halt. Geben Sie mir Ihre Tasche." Er öffnete die Tür zu einem Waschraum. Zwei offene Toilettentüren. „Nicht abschließen", sagte er und wendete sich ab.

Ich schloss die Tür des Vorraums. Sofort wurde sie von außen wieder geöffnet. Schnell hinein in eine der Kabinen! Als ich aus dem Waschraum wieder heraustrat, saß der Alte auf einem Hocker neben der Tür. Er gab mir meine Tasche, ging hinter mir her zurück in die Halle.

Der Beamte mit dem Bürstenhaarschnitt stand in der Tür seines Büros und bat uns herein. Er stellte sich vor und begann mit dem Verhör. Ob es stimme, dass ich am Morgen versucht habe, Zeitungen zu verkaufen. Dabei griff er nach meinen Zeitungen auf seinem Schreibtisch und hob sie in die Luft. Ob es stimme, dass ich keine Genehmigung für den Verkauf habe. Ich schwieg, zuckte mit den Achseln, nickte. Was konnte ich tun? Die Unterschrift verweigern? Sie würden mich nicht freilassen. „Polizeikommissar Niemeyer, Wache Überseehafen", so stand der Name des Alten im Protokoll. Ich merkte mir den Namen und unterschrieb. Der Beamte mit dem Bürstenhaarschnitt lächelte erleichtert, klopfte mir jovial auf die Schulter und reichte mir zum Abschied die Hand.

„Sie hören von uns."

Draußen auf der Straße starker Verkehr. Ein Auto hupte, als ich den Zebrastreifen betrat. Meine Zähne klapperten. Es war zehn Uhr und immer noch ziemlich dunkel. Blaue und schwarze Wolken hingen tief über der Hoyaer Straße. Es begann zu regnen, ein Wolkenbruch. Wo sollte ich hin? Man hatte mir die Zeitungen abgenommen. Nicht alle. Ein paar hatte ich noch in der Umhängetasche. Mein Arm schmerzte.

Es fiel mir schwer zu atmen. Auf jeden Fall musste ich zurück zu Karstadt und mein Mofa holen.

Eine Woche später schickte die Bremer Staatsanwaltschaft mir einen „Strafbefehl“ in die Horner Straße. Sie warf mir vor, eine Ordnungswidrigkeit begangen zu haben wegen Zeitungsverkauf ohne behördliche Genehmigung. Außerdem sei ich angeklagt wegen Widerstand gegen die Staatsgewalt.

Im Monat vor meiner Verhaftung, im Februar 1975, war in West-Berlin Peter Lorenz durch die Bewegung 2. Juni entführt worden. Pastor Heinrich Albertz vermittelte. Er begleitete die freigelassenen RAF-Häftlinge auf einem Flug in den Jemen, und Peter Lorenz kam Anfang März wieder frei. Drei Jahre vorher, im Jahr der Baader-Befreiung 1972, hatte die ständige Konferenz der westdeutschen Innenminister beschlossen, ein bundesweites elektronisches Datensystem zur „Terroristenbekämpfung“ (INPOL) aufzubauen.

In der Woche nach meiner Verhaftung hatte ich mein erstes Vorstellungsgespräch. Der Leiter der Berufs- und Berufsfachschule Osterholz-Scharmbeck hatte mich eingeladen, und ich schrieb meiner Mutter:

21.2.1975

> … Es ist sehr gut gelaufen. Gleich als ich kam, sagte der Direktor zu mir: „Wir haben schon einen Stundenplan für Sie aufgestellt.“ Sie wollen mich tatsächlich gern nehmen. Auch der Personalrat und der stellvertretende Direktor haben zugestimmt. Es hängt nun alles von der Regierung ab. Anfang der nächsten Woche soll ich wieder anrufen. Außerdem habe ich inzwischen von einer Menge anderer Stellen Nachricht und Vorstellungstermine. Irgendetwas werde ich also wohl finden.
> Für das Geld, das Du mir geschenkt hast, habe ich mir eine elegante graue Hose gekauft, die ich jetzt zu jeder Vorstellung anziehe. Damit mache ich einen wirklich soliden Eindruck.“

Eine Woche später, am Freitag, den 28. Februar, wurde ich zum zweiten Mal verhaftet. Ich stand morgens auf dem Bremer Bahnhofsvorplatz und verkaufte die Zeitung, als ein Polizeiwagen vorfuhr. Ein Polizist, ein muskulöser Typ mit breiten Schultern, stieg aus und kam auf mich zu. Er verlangte, meine Reisegewerbekarte zu sehen. Ich erklärte ihm, dass eine solche Karte nicht erforderlich sei. Ich sagte, für den „Zeitungsverkauf aus der Hand" brauche man keine Genehmigung; es gäbe Gerichtsurteile zu dieser Frage. Ich nannte ihm sogar den Namen eines Richters, Radke, der ein solches Urteil gesprochen hatte. Er werde sich erkundigen, sagte der Polizist. Solange dürfe ich weiterverkaufen. Er ging zurück zum Wagen. Ich sah, wie er telefonierte. Nach einer Viertelstunde stiegen beide Polizisten aus dem Wagen aus und kamen auf mich zu. Er habe mit seinem Chef gesprochen, sagte der muskulöse Polizist, die Gerichtsurteile bezögen sich nur auf das Verteilen von Flugblättern. Zeitungsverkauf sei verboten.

„Stellen Sie den Verkauf sofort ein!"

„Nein." Ich verstärkte den Griff um die Zeitungen, drückte meine Linke fest auf den Stapel. „Sie irren sich!" Ich drehte mich ein wenig zur Seite.

Sie nickten sich zu, traten vor. Ich wich zurück, berührte mit meinem Rücken die Wand des Bahnhofsgebäudes. Sie standen einen Meter vor mir, streckten ihre Arme nach mir aus. Um mich zu schützen, hob ich die Zeitungen vor meine Brust. Sie kamen noch näher, drängten sich an mich heran, drückten mich gegen die Wand, umfassten meine Arme. Ich wand mich, schüttelte und ruckelte mit meinem Körper, versuchte, mich ihren Griffen zu entziehen. Sie rissen mich fort von der Wand, drehten mir die Arme um. Sie waren zu zweit und stärker als ich. Ich war in der Falle. Gewaltsam zogen sie mich zum Polizeiauto, fuhren mich zur Steintorwache, nahmen dort meine Personalien auf und hielten mich eine Stunde lang fest.

Im Laufe des Februars hatte ich viele Bewerbungen geschrieben, mehrere Vorstellungsgespräche gehabt. Ich hoffte, so schnell wie möglich eine „richtige" Arbeitsstelle zu finden und schrieb meiner Mutter:

7.3.1975

> Liebe Mama,
> mit meinen Bewerbungen sieht die Lage eigentlich ganz günstig aus. Einen Vertrag von einem Kinderheim, den ich nur noch zu unterschreiben bräuchte, liegt auf meinem Tisch. Allerdings eine Erzieherinnen-Stelle, für die man eigentlich nur eine Fachschul-Ausbildung braucht und ich dementsprechend auch unterbezahlt

wäre. Ziemlich sicher kann ich auch eine Stelle in Delmenhorst in einem Jugendfreizeitheim bekommen, allerdings auch unterbezahlt. Außerdem habe ich Zusagen von den Direktoren der Berufs- und Berufsfachschulen in Osterholz-Scharmbeck und – dort war ich am Dienstag – in Holzminden. In beiden Fällen ist es aber so, daß die Unterlagen jetzt bei der Regierung liegen, und das kann lange dauern, da sie politische Gesinnungsschnüffelei machen über den Verfassungsschutz. Ob sie dabei etwas herausfinden, weiß ich nicht. Zudem habe ich mich noch an einigen anderen Stellen vorgestellt und meine Unterlagen hingeschickt. Am ehesten entsprechend meiner Ausbildung bezahlt würde ich an einer Berufs- oder Berufsfachschule werden. Auch die Arbeitsbedingungen sind dort wohl die besten, im Gegensatz zu Kinderheimen und Jugendfreizeitheimen, wo man immer nachmittags bis spät abends und auch an den Wochenenden arbeiten muß. Falls sich die Klärung aber lange hinziehen wird, werde ich auf jeden Fall erst einmal eine Stelle im Freizeitheim oder Kinderheim annehmen und dann wieder wechseln.
Spätestens zu Ostern werde ich nach Hause kommen.
Es grüßt Dich herzlich
Anne

14.3.1975

Liebe Mama,
ich wünsche Dir alles Gute zu Deinem Namenstag!
Am Dienstag und Mittwoch habe ich mich noch in Oldenburg und in Wilhelmshaven vorgestellt. Sie wollen mich an der Berufsschule auch einstellen, aber die Regierung will erst nur einen Vertrag für ein Jahr ausstellen, und dann auch noch unterbezahlen …
Von der Berufs- und Berufsfachschule in Osterholz-Scharmbeck habe ich jetzt eine vorläufige schriftliche Zusage, daß ich ab 1.8. an der Schule anfangen kann – auch mit der entsprechenden Bezahlung, die mir nach meiner Ausbildung zusteht. Wahrscheinlich werde ich es so machen, daß ich dann vom 1.4. – 1.8. entweder in Delmenhorst im Jugendheim oder in Alten Eichen – so heißt das Kinderheim in Bremen – arbeite, wenn auch für viel zu wenig Geld.
Es grüßt Dich herzlich
Anne

Als ich das dritte Mal verhaftet wurde, arbeitete ich schon seit einem Monat im Kinderheim Alten Eichen. „Es war das beste, was sich mir jetzt bot“, hatte ich meiner Mutter Ende März noch geschrieben. Alten Eichen war ein Heim für Kinder von Binnenschiffern und Schaustellern und für Kinder aus „sozial geschädigten Familien“. Die Kinder der Gruppe, in der ich eingesetzt wurde, waren sieben bis zwölf Jahre alt. Ich vermutete, sie wurden von einer älteren Erzieherin, die in der Gruppe arbeitete, geschlagen. Einige Kinder wurden regelmäßig mit starken Medikamenten ruhig gestellt. Ich lag nachts wach, grübelte über die Situation im Heim und hatte Albträume. Als ich einmal einen Ausflug mit den Kindern machte, lief ein Mädchen, Veronika, fort. Sie war elf Jahre alt. Abends meldete eine Polizeidienststelle, man habe sie gefunden; ich fuhr mit der Straßenbahn, um Veronika abzuholen. Ich erinnere mich, wie ich nachts mit ihr hinten in einem Polizeiwagen saß und wir zurückfuhren ins Heim.

Meine dritte Verhaftung fand am Samstag, den 3. Mai, statt. Ich stand seit zehn Uhr morgens vor dem Kaufhaus Kepa in der St.-Gotthard-Straße im Stadtteil Osterholz-Tenever und verkaufte die Zeitung; es war zwanzig Minuten vor zwölf, als ein Polizeiwagen vorfuhr. Um zwölf Uhr war ich dort mit Rolf verabredet, wir wollten zusammen für das Wochenende einkaufen. Zwei Polizisten stiegen aus, der eine, er trug einen blonden Schnauzbart, fragte nach meinem Namen und einer Gebrauchserlaubnis.

Ich fragte zurück, was für eine Gebrauchserlaubnis er meine.

„Na, die Sondernutzungsgenehmigung nach der Straßenverkehrsordnung“, sagte er.

„Wie heißen Sie?“, fragte ich ihn.

„Das tut nichts zur Sache“, antwortete er.

Der zweite Polizist, ein rundlicher Typ, mischte sich ein.

„Zeigen Sie sofort Ihre Gebrauchserlaubnis. Und Ihren Personalausweis.“

Ich sagte, es gäbe keine Veranlassung für ihre Forderungen, weder seien sie berechtigt, meinen Personalausweis zu sehen, noch bräuchte ich eine Sondernutzungsgenehmigung für den Verkauf der Zeitung; sie würden stören, sie sollten mich nicht belästigen; wie sie selbst denn heißen würden.

Passanten mit Einkaufstaschen in der Hand blieben stehen. Ein alter Mann sagte zu dem Polizisten mit dem Schnauzbart: „Nun lassen Sie die Frau doch in Ruhe! Sie kann doch hier ihre Zeitungen verkaufen. Das tut doch keinem weh."

Der Polizist machte eine abwehrende Handbewegung in Richtung des alten Mannes. „Seien Sie still!"

Mittlerweile standen zehn oder fünfzehn Leute um uns herum. Die Polizisten fassten meine Arme und zogen mich in Richtung Polizeiwagen.

Ich rief: „Lassen Sie mich los! Ich bin hier verabredet ... mit meinem Freund ... in einer Viertelstunde."

Sie zwangen mich in das Auto und brachten mich zur Wache Osterholz-Tenever.

Ich erstattete damals bei der Bremer Staatsanwaltschaft Anzeige gegen diese beiden Polizisten, Anzeige gegen Unbekannt wegen Behinderung und Freiheitsberaubung. Noch am selben Tag, gleich als ich wieder zu Hause war, rief ich auf der Wache Osterholz-Tenever an, um ihre Namen zu erfragen. Mittags auf der Wache hatten sie mir zwar ihre Polizeinummern genannt, doch ich hatte nichts zum Schreiben bei mir gehabt, und die beiden hatten es abgelehnt, ihre Nummern für mich aufzuschreiben. Nachmittags am Telefon antwortete man mir, es gäbe keinen Grund, mir die Namen der Polizisten zu nennen; man habe mir ja bereits mittags auf der Wache ihre Nummern genannt. In der Anzeige schrieb ich:

> Bremen, 3.5.1975
>
> Die Beamten behinderten mich beim Verkauf. Sie fragten nach meinem Namen und wollten eine Sondernutzungsgenehmigung von mir sehen. Ich informierte sie, daß eine Sondernutzungsgenehmigung nach der Straßenverkehrsordnung für den Verkauf der Zeitung nicht erforderlich ist, ebensowenig wie eine Reisegewerbekarte. Die Beamten ließen sich allerdings nicht belehren, sondern beharrten auf ihrem Standpunkt. Sie behinderten mich weiter, indem sie von mir verlangten, meinen Personalausweis vorzuweisen, wozu es ebenfalls keine Veranlassung gab. Ich klärte die Beamten auch darüber auf. Sie setzten sich über meine Erklärungen hinweg – unter Protest der umstehenden Leute wurde ich von beiden gewaltsam festgenommen. Bitte informieren Sie mich unverzüglich über den Stand Ihrer Ermittlungen.

Tja, einen Polizisten über eine Rechtslage informieren? Belehren? Aufklären? Geht das?

Wie sich später im Ermittlungsverfahren herausstellte, hießen die beiden Unbekannten Schwier und Weinrich; sie waren Polizeiobermeister (POM).

Dies war 1975 meine zweite Anzeige gegen Bremer Polizisten. Schon bei meiner ersten Festnahme im März hatte ich es nicht nur so zu Polizeikommissar Niemeyer gesagt: Ich werde Sie anzeigen! Ich tat es.

8.3.1975

> Hiermit erstatte ich Anzeige gegen den Polizisten Niemeyer von der Wache Überseehafen wegen Freiheitsberaubung … Er forderte mich auf, meinen Personalausweis zu zeigen und verlangte, eine Genehmigung für den Verkauf meiner Zeitung zu sehen. Da der Verkauf der Zeitung völlig rechtmäßig ist ohne besondere Genehmigung, wies ich Herrn Niemeyer auf die Gerichtsurteile hin, die besagen, daß der Verkauf keine „übergebührliche Beanspruchung von öffentlichen Wegen" bedeutet und daß § 5 des Grundgesetzes (Recht, seine Meinung in Wort, Schrift und Bild frei zu äußern) Vorrang hat vor den Paragraphen der Straßenverkehrsordnung. Es muß festgestellt werden, wer die Polizeibeamten falsch informiert und wer die Beamten unrechtmäßigerweise beauftragt, Zeitungsverkäufer zu behindern, zu belästigen und festzunehmen …

Der Rechtsanwalt, der damals für mich die Anklage schrieb, bezog die Vorwürfe auch auf die Leitung der Bremer Polizei und den Innensenator:

20.8.1975

> *… Es ist zu untersuchen, ob die Leitung der Schutzpolizei oder gar der Innensenator Helmut Fröhlich – in Kenntnis der einschlägigen Gerichtsurteile (!) – Anweisung erteilt hat, gegen Verkäufer der Zeitung vorzugehen, und ob insofern sie als unmittelbare Täter der Freiheitsberaubung in Betracht kommen …*
>
> *Baransky, Rechtsanwalt*

Den Innensenator anklagen? Wie läuft so etwas? Was kommt dabei heraus? Was sagte der Bremer Innensenator, als er von der Anzeige gegen ihn hörte? Da wollen wir doch mal sehen, was wir da machen können? Haben wir nicht noch etwas in petto? Maßnahmen ganz anderer Art?

Erkennungsdienstliche Behandlung

Wie es weiterging?

Ich mag das nicht mehr erzählen. Es ist zu viel vorgefallen. Es bedrückt mich heute noch, vierzig Jahre später. Die Jahre 1975, 1976 und 1977. Die Polizei fuhr in Mannschaftswagen vor, brachte Hunde mit. Es war Bürgerschaftswahlkampf in Bremen. Die kommunistische Organisation, in der ich arbeitete, wollte kandidieren. Um zur Wahl zugelassen zu werden, mussten wir 450 Unterschriften sammeln und hatten an der Ecke Vor dem Steintor/Helenenstraße einen Infostand aufgebaut. Es war ein Samstag im Juni 1975, schönes, warmes Wetter. Ich in einem kurzen Kleid, Sandalen an den Füßen. Rolf in Shorts. Er wollte bei den Wahlen kandidieren. Noch zwei andere waren mit uns am Stand. Leute spazierten auf dem Bürgersteig, erledigten ihre Wochenendeinkäufe in den umliegenden Geschäften. Einige blieben stehen, diskutierten mit uns. Der Bürgersteig ist breit an der Stelle, trotz unseres Infostands viel Platz zum Gehen. Wir hatten dort schon öfters einen Stand aufgebaut und immer eine Genehmigung von der Behörde bekommen. Ungefähr elf Uhr, als die Mannschaftswagen vorfuhren. Parkten auf der anderen Seite der Straße, blockierten eine der zwei Spuren, der Verkehr staute sich sofort. Leute, die bei uns stehen geblieben waren, gingen schnell weiter. Ungefähr fünfzehn Polizisten und drei Schäferhunde sprangen aus den Wagen heraus, kreisten uns ein. Die Hunde waren nervös, rissen an den Leinen. Ein Hund schnüffelte an meinen Beinen, bellte, sprang an mir hoch. Seine Schnauze, seine Zähne vor meinem Gesicht. Auf den Bürgersteigen zu beiden Seiten der Straße, in einiger Entfernung von uns, standen Leute und schauten zu. Ich hatte eine Genehmigung für den Stand beantragt, aber keine Antwort erhalten. Der Einsatzleiter fragte nur kurz, dann gleich, als hätte er es darauf abgesehen – wie von vornherein geplant – rief er seiner Mannschaft zu: „Die haben keine Genehmigung! Festnehmen! Abräumen!“ Man führte uns über die Straße – jetzt staute sich der Verkehr in beiden Richtungen – schob uns und unsere Sachen in die Wagen, brachte uns zur Steintorwache. Unsere Personalien wurden aufgenommen; Bücher, Wahlkampfbroschüren und Tisch beschlagnahmt. Das geschah am 7.6., der Ablauf wiederholte sich auf ganz ähnliche Art und Weise am 21.6., wegen beider Vorfälle bekam ich Strafanzeigen und Gerichtsprozesse wurden eröffnet.

Warum ich die Festnahmen nicht als Warnung nahm, warum ich nicht aufhörte mit den Aktionen?
Ich weiß nicht. Es ist schwer zu sagen. Es war ein Widerspruch gegen die Welt, so wie sie war, gegen die Gesellschaft, gegen Westdeutschland. Ich fand so vieles nicht in Ordnung. Ich machte mir Sorgen um meine Eltern. Ich wollte, dass sie als Arbeiter ein besseres, leichteres Leben führen könnten. Ich glaubte, durch die Aktionen etwas zu erreichen.

Ich hätte doch einfach meine Arbeit tun und mir mit Rolf ein schönes Leben machen können?
So ein Leben konnte ich mir nicht vorstellen; und ich glaube, er hätte das auch nicht gewollt.

Aber Revolution? Gewaltsamer Umsturz? Diktatur des Proletariats?
Große Fragen, ja. Ich habe das damals nicht so gesehen. Ich glaubte an eine Diktatur „der Guten". Die Arbeiter, die besseren Menschen – sie würden eine bessere Gesellschaftsordnung etablieren, so dachte ich.

Und heute?
Ich weiß keine Antwort ... Sozialismus, Kommunismus ... auch Marktwirtschaft und Demokratie sind kein Naturzustand, sondern ebenfalls Ideologien. Zurück geschaut in die Geschichte – war es nicht so, wie der polnische Schriftsteller Gombrowicz, der aus einer aristokratischen Familie stammte, schrieb?

> Die Revolutionen ... diese fünfzig Jahre blutiger Umwälzungen ... waren die Antwort des Bauern und des Arbeiters auf die tausendjährige Unterdrückung durch den Edelmann, der fett und breit auf ihm saß und fraß.

Heute flüchte ich zu Flaubert, der schrieb:

> Zum Beispiel ... Napoleon, die Revolution, der Katholizismus etc., mag man nun Gutes oder Schlechtes darüber sagen, ich bin glei-

chermaßen darüber verärgert. Das abschließende Urteil scheint mir fast immer ein Zeichen von Dummheit zu sein.

Was dann in Bremen passierte?
Zwei Monate nachdem die Polizei in Mannschaftswagen vor unserem Wahlkampfstand vorgefahren war und Hunde gegen uns eingesetzt hatte, am 22.8.75, wurde ich erkennungsdienstlich (ED) behandelt. Ich erinnere mich, wie ein dicker, nach Achselschweiß riechender Beamter auf der Steintorwache meinen Zeigefinger zwischen seinen Fingern hielt, ihn auf ein Stempelkissen und dann auf ein Blatt Papier drückte. Er forderte mich auf, meinen Namen unter meine Fingerabdrücke zu schreiben. Man fotografierte mich. Von vorn und von der Seite – Fahndungsfotos.

Wie es zu der ED-Behandlung kam?
Ich war an dem Tag auf einer Demonstration auf der anderen Seite der Weser, in der Bremer Neustadt gewesen. Eine Jugendinitiative forderte ein selbstverwaltetes Jugendzentrum. Es war ein heißer Tag, die Sonne brannte von einem wolkenlosen Himmel herab, das Straßenpflaster reflektierte die Hitze, und wir zogen mit roten Transparenten den Buntentorsteinweg entlang, an den schäbigen, gleich nach dem Krieg gebauten Gelbklinkerhäusern vorbei, vielleicht fünfhundert Jugendliche. Es kam zu Zusammenstößen mit der Polizei – ich weiß nicht, wer anfing, wie das passierte –, da wurde ich verhaftet und ED-behandelt. Im Ermittlungsverfahren gegen mich hieß es, ich habe Flugblätter mit beleidigendem Inhalt verteilt, und ich sei in Verdacht geraten, mich *aus der Menge heraus an Gewalttaten gegen Polizeibeamte beteiligt zu haben. Beleidigungen, Widerstandshandlungen, Körperverletzungen und Landfriedensbruch* warf man mir im Verfahren der Staatsanwaltschaft vor (10 JS 722/75).

Welche Bedeutung die ED-Behandlung für mich hatte? Ob sie in der Zukunft eine Rolle spielte?
Hm. – Ich glaube schon.

Wie die Verfahren gegen mich ausgingen? Welche Strafen ich bekam?
Ich wurde in dem Jahr noch mehrere Male verhaftet. Ende 1975 liefen bereits sieben Ermittlungs- bzw. Strafverfahren gegen mich. In den Gerichtsprozessen wegen der Infostände Vor dem Steintor an der Ecke

Helenenstraße, wegen der zwei Tage, als die Polizisten in Mannschaftswagen und mit Hunden gekommen waren, wurde ich zu je 40 DM Geldbuße und Zahlung der Prozesskosten verurteilt. Der Richter schrieb in seinem Urteil: *Im übrigen hätte sie* (die Angeklagte) *jederzeit eine einstweilige Anordnung beim Verwaltungsgericht beantragen können, um ihr Ziel* (die Genehmigung des Standes) *zu erreichen* (es besteht ein Rechtsanspruch auf eine solche Genehmigung). Aktenzeichen der Staatsanwaltschaft 77 OWi 16/1975. Das war meine erste Verurteilung. Seitdem bin ich vorbestraft.

In den Prozessen wegen Zeitungsverkauf wurde ich *einmal* freigesprochen – als es um den Verkauf auf dem Bahnhofsvorplatz ging. Das Gericht gab zu, dass folgend *aus dem hohen Rang des Art. 5 GG und dem Prinzip der Verhältnismäßigkeit* eine behördliche Genehmigung für den Zeitungsverkauf nicht erforderlich sei, und auch, dass ich *in Anbetracht fehlenden ordnungswidrigen Verhaltens* – da der Verkauf legal war – *nicht verpflichtet war, den Polizeibeamten meine Personalien anzugeben* (Urteil vom 9.9.76). Die Verfahren wegen des Zeitungsverkaufs vor Karstadt in der Innenstadt und vor Kepa in der St. Gotthard-Straße in Osterholz-Tenever wurden eingestellt. Ich musste die Prozesskosten zahlen.

Meine zwei Anzeigen gegen Polizisten, wie die ausgingen?

Zu meinen Anzeigen gegen POM Niemeyer, der mich vor Karstadt, und gegen die Unbekannten, POM Schwier und Weinrich, die mich in Osterholz-Tenever festgenommen hatten, schrieben ermittelnde Beamte der Staatsanwaltschaft, Niemeyer u.a. hätten mich nicht *absichtlich oder wissentlich* als *Unschuldige* verfolgt, nur ein solcher Fall hätte strafbar sein können. Soweit das Verhalten der Polizisten überhaupt angezweifelt werden könne, *käme nach Irrtumsgrundsätzen allenfalls Fahrlässigkeit in Betracht, die einen strafrechtlichen Vorwurf nicht rechtfertigen würde (27.1.78).*

POM Niemeyer soll erklärt haben, er habe sich bei meiner Verhaftung streng an Dienstanweisungen gehalten (Staatsanwalt Kolde, 30.9.77). Aber der Leitende Oberstaatsanwalt Pellens erklärte in einem anderen Schreiben, die Amtsleiter der Polizei seien schon deswegen nicht zur Verantwortung zu ziehen, weil sie die Festnahmen *nicht angeordnet haben* (2.12.77). Der Polizist war nicht verantwortlich, weil er Dienstanweisungen ausführte – und sein Chef war nicht verantwortlich, weil er nicht anordnete? Rechtfertigung im Zirkelschluss?

Im Laufe der Ermittlungen wurde bekannt: Am Ende des Sommers, am 18.9.75, hatte der Leiter der Bremer Schutzpolizei eine Dienstanweisung herausgegeben, dass für den Zeitraum des Bürgerschaftswahlkampfs *nicht mehr* gegen Zeitungsverkäufer vorgegangen werden solle. Was sagte das über die Zeit davor und danach? Ein ermittelnder Beamter schrieb, das Stadt- und Polizeiamt habe gegen die Anweisung des Nichteinschreitens Widerspruch eingelegt. Warum wollte das Amt, dass Zeitungsverkäufer weiterhin, auch in der Zeit des Wahlkampfs, verfolgt würden? Das Oberverwaltungsgericht Bremen entschied noch zwei Wochen nach der Bürgerschaftswahl – als es schon viele Gerichtsurteile (in Bremen und anderen Bundesländern) gab, in denen erklärt worden war, dass eine Gebrauchserlaubnis oder Reisegewerbekarte für den Verkauf politischer Zeitungen nicht erforderlich sei –, das OVG Bremen entschied noch am 10.10.75, Zeitungsverkauf bedeute eine Sondernutzung der Straße und setze eine Gebrauchserlaubnis voraus. Auch 1976 wurde ich noch wegen des Verkaufs der Zeitung verhaftet. Kein Staatsbeamter tat Unrecht! Man nahm mir meine Freiheit, doch das war nur eine Bagatelle, ein fahrlässiger Irrtum. Es kam wegen *meiner* Anzeigen nicht zu einem öffentlichen Gerichtsverfahren, niemandem sollte ein Vorwurf gemacht werden. Die Richter Dr. Brademann, Elling und Dr. Karstendiek entschieden: *Der Antrag wird auf Kosten der Antragstellerin als unbegründet verworfen* (27.1.78). Auf die Verantwortung des Innensenators gingen die Ermittlungsbehörden in ihren Schreiben gar nicht ein.

Das Verfahren der Staatsanwaltschaft zu dem Tag, als ich ED-behandelt wurde?

Im Ermittlungsverfahren gegen mich wegen der Demonstration der Jugendinitiative auf dem Buntentorsteinweg fand die Staatsanwaltschaft keinen Zeugen dafür, dass ich Flugblätter verteilt hätte. Und schon gar nicht hatte sie Zeugen dafür, dass ich Körperverletzung an Beamten begangen hätte. Widerstand geleistet hätte. Landfriedensbruch begangen hätte. Große, bedeutungsvolle Wörter, die zu Papier gebracht worden waren. Das Ermittlungsverfahren musste am 17.5.76 eingestellt werden. Danach beantragte ein Rechtsanwalt beim Landeskriminalamt Bremen, die erkennungsdienstlichen Unterlagen, die am 22.8. über mich angefertigt worden waren, zu vernichten. Das LKA antwortete:

Ihrem Antrag vermag ich nicht zu entsprechen. Die weitere Aufbewahrung der erkennungsdienstlichen Unterlagen ist für Zwecke des Erkennungsdienstes notwendig. Der gegen Ihre Mandantin am 22.8.1975 entstandene Verdacht, an verschiedenen Straftaten beteiligt gewesen zu sein, wurde durch die Einstellung des Verfahrens nicht ausgeräumt. Auch das zeitlich nachfolgende Verhalten Ihrer Mandantin, das noch Gegenstand verschiedener anhängiger Strafverfahren wegen Nötigung u. a. ist, zeigt, daß sich die am 22.8.1975 der erkennungsdienstlichen Behandlung zugrundegelegte Prognose als richtig erwiesen hat. Es ist auch wahrscheinlich, daß sich Ihre Mandantin in Zukunft an Straftaten im Zusammenhang mit gewaltsam verlaufenden Demonstrationen beteiligen wird.
Dr. Schäfer, 16.8.77

Ob die ED-Behandlung im weiteren Verlauf meines Lebens eine Rolle spielte?
Hm. Ich glaube schon. Aber wie könnte ich das beweisen? Was mir damals anschließend passierte, kam aus dem Unsichtbaren, aus dem Verborgenen heraus. Noch tiefer an die Existenz greifende Maßnahmen als Verhaftungen und Gerichtsverfahren.

Ob der niedersächsische Regierungspräsident meiner Einstellung an der Berufsschule in Osterholz-Scharmbeck oder an einer anderen Berufsschule zustimmte?
Irgendwann im Laufe des Jahres 1975 teilten die Schulleiter mir mit, der Regierungspräsident habe die Zustimmung zu meiner Einstellung verweigert. Eine Begründung bekam ich nicht.

Ich wurde auch im Kinderheim Alten Eichen noch in der Probezeit ohne Begründung im Juni 1975 entlassen.

Ich habe dann im August eine Stelle als Fabrikarbeiterin angenommen. Packerin bei Kaffee Jacobs in Bremen-Hemelingen, Früh- und Spätschicht im Wechsel. Arbeitete zusammen mit zwanzig Frauen und einem Vorarbeiter in einer Halle an Abfüllanlagen für löslichen Kaffee, Jacobs Krönung. Der Kaffee wurde automatisch gewogen und in Gläser gefüllt, Maschinen klebten Etiketten auf die Gläser. Ein Förderband transportierte die Gläser zu Sammelstationen, an denen Frauen standen, die die Gläser in Kartons packten. Nach einigen Monaten wurde ich als Maschinenführerin eingesetzt, überwachte eine Abfüll- und eine Etikettiermaschine, füllte Klebstoff und Etiketten nach, rief einen Schlosser herbei, wenn eine Maschine einmal stockte. Bekam 1.100 DM brutto im Monat.

Mit Arbeitern zusammen sein, das wollte ich ja.

Was dann passierte?

Im Mai 1976 starb Ulrike Meinhof in ihrer Zelle in Stuttgart-Stammheim. Zwei Monate danach, im Juli 1976, wurde Rolf an der Universität in Oldenburg entlassen. Im Sommer zuvor war es uns gelungen, die erforderlichen Unterschriften für eine Zulassung zu den Bürgerschaftswahlen zu sammeln. Rolf hatte kandidiert. Die Begründung des niedersächsischen Kultusministers für die Entlassung, zehn Monate nach den Wahlen: Rolfs Kandidatur auf der kommunistischen Liste.

Im folgenden Winter war ich bei Regen, Eis und Schnee in meinem schwarzen Ledermantel und mit einen Wollschal um den Hals viel auf Bremer Straßen unterwegs. Der Bremer Senat hatte eine Fahrpreiserhöhung beschlossen, die im Januar 1977 in Kraft treten sollte. Ab Dezember 1976 organisierten wir Aktionen gegen diese Erhöhung. Unser Ziel war, die Erhöhung, so wie das 1968 gelungen war, zu Fall zu bringen. Drei Monate lang kam es in der Bremer Innenstadt immer wieder zu Demonstrationen, laut Polizeibericht mit bis zu tausend Teilnehmern. Bei diesen Aktionen wurde ich nicht mehr verhaftet, aber beobachtet. Ein PK Spitz schrieb in das Tagebuch des 6. Polizeireviers:

> *Am 12.1.77 veranstaltete die „Aktionseinheit gegen die Fahrpreiserhöhung" eine Kundgebung und einen Aufzug in der Obernstraße. Als Sprecherin konnte die Hellbrink identifiziert werden. Sie kristallisierte sich als Verantwortliche für den Aufzug heraus (13.1.77).*

Sieben Monate später (23.8.77), PK Spitz wurde von einem Staatsanwalt schriftlich aufgefordert, seine Angaben zu präzisieren, schrieb er die folgende Ergänzung:

> *Ich befand mich während des Aufzugs an der Spitze der Demonstranten. Von hier aus erkannte ich die Hellbrink. Wie aus meiner Anzeige hervorgeht, beobachtete ich sie auf den Schienen:*
> *17:05 – 17:09 h Karstadt, 17:18 – 17:25 h Karstadt.*

Aufgrund dieses Berichts wurde ich nach vielen Verhandlungstagen vor Gericht verurteilt wegen gemeinschaftlicher Nötigung. Ich hätte Gewalt in Form von psychischem Zwang auf einen Straßenbahnfahrer ausgeübt, ihn an der Weiterfahrt gehindert, zwar nur wenige Minuten, aber das sei verwerflich. 600 DM Geldstrafe, ersatzweise 20 Tage Haft. Und die Kosten des Verfahrens. Das erste Mal eine Haftandrohung (Urteil vom 21.7.78).

Ich verlor den Überblick über die Verfahren, die gegen mich eröffnet worden waren. Ein Rechtsanwalt holte im Herbst 1977 eine Karteiauskunft bei der Staatsanwaltschaft für mich ein.

Achtzehn Verfahren waren seit 1973 gegen mich eingetragen worden. PK Spitz? War es ein Zufall? Er lieferte mehrere Polizeiberichte, auf deren Grundlage ich angeklagt wurde. So zum Beispiel auch zu einer Aktion im Februar 1977. Zusammen mit einem Polizeimeister nahm er mich fest und behauptete später, ich habe ihn gekratzt. Und zu einer anderen Aktion im September behauptete er, ich habe ihn beleidigt, ich hätte *Büttel* gerufen. War er mein Beschatter bei der öffentlichen Polizei?

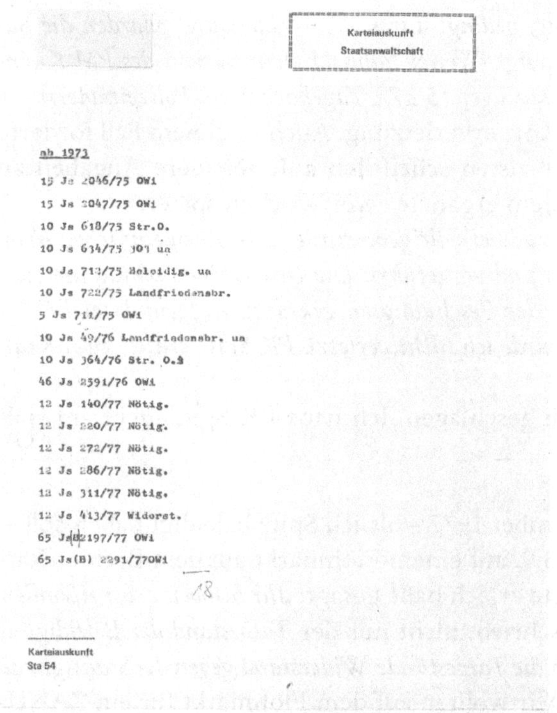
Karteiauskunft
Staatsanwaltschaft

ab 1973

15 Js 2046/75 OWi
15 Js 2047/75 OWi
10 Js 618/75 Str.O.
10 Js 634/75 303 ua
10 Js 713/75 Beleidig. ua
10 Js 722/75 Landfriedensbr.
5 Js 711/75 OWi
10 Js 49/76 Landfriedensbr. ua
10 Js 364/76 Str. O.a
46 Js 2591/76 OWi
12 Js 140/77 Nötig.
12 Js 220/77 Nötig.
12 Js 272/77 Nötig.
12 Js 286/77 Nötig.
12 Js 311/77 Nötig.
12 Js 413/77 Widerst.
65 Js(B)2197/77 OWi
65 Js(B) 2291/77OWi

18

Karteiauskunft
Sta 54

Karteiauskunft der Bremer Staatsanwaltschaft 1977

Seit 1973 hatte die Staatsanwaltschaft 18 Verfahren gegen Anne Hellbrink eingeleitet.

OWi = Ordnungswidrigkeit

Nötig. = Nötigung

Widerst. = Widerstand gegen die Staatsgewalt

Landfriedensbr. = Landfriedensbruch

Zu der Aktion im Februar – als ich Spitz gekratzt haben soll – hatte das Komitee „Weg mit dem § 218", in dem ich seit Anfang der 1970er Jahre arbeitete, in der Obernstraße auf der Höhe des Kaufhauses Hertie einen Informationsstand aufgebaut. Ein Jahr nach dem Vorfall beantragte Staatsanwalt Hampf ein Verfahren vor dem Strafrichter gegen mich:

> *Ich klage die Hellbrink an, am 5.2.77 Polizeibeamten, die zur Beseitigung eines ordnungswidrig aufgestellten Agitationsstandes eingesetzt waren, mit Gewalt Widerstand geleistet zu haben (12 Js 272/77, 2.2.78).*

Ich weiß nicht mehr, warum der Stand von der Polizei als ordnungswidrig betrachtet wurde; es geht aus den Dokumenten, die mir vorliegen, nicht hervor. Staatsanwalt Hampf stützte sich auf *dienstliche Äußerungen* des PM Kwinkenstein und des PK Spitz. Kwinkenstein hatte geschrieben:

> *Als wir den Stand abbauen wollten, versuchte die Beschuldigte uns vom Stand fortzuziehen. Durch einfache körperliche Gewalt gelang es uns, die Beschuldigte abzudrängen.*

Spitz hatte ergänzt:

> *Bei der Sicherstellung, bedingt durch den Widerstand, wurden die Sachen erheblich beschädigt. Weiter habe ich dem Bericht des PM Kwinkenstein nichts hinzuzufügen (5.2.77, Tagebuch des 7. Polizeireviers).*

Es war keine Rede von Körperverletzung. Auch in diesem Fall forderte der Staatsanwalt die Polizisten schriftlich auf, genauere Angaben zu machen, und Kwinkenstein ergänzte zwei Wochen später:

> *Um die Beschuldigte zu überwältigen, wurde sie in einen einfachen Armdrehgriff genommen und vorgeführt. Die Beschuldigte schlug um sich. PK Spitz wurde von der Beschuldigten gekratzt. Aufgrund der Bekleidung (Lederjacke) wurde ich nicht verletzt. PK Spitz erhielt zwei Kratzer am Hals (18.2.77).*

Ich habe nicht um mich geschlagen. Ich habe PK Spitz nicht am Hals gekratzt.

Zu der Aktion im September 1977 – als ich Spitz beleidigt haben soll –, es war eine Aktion am 3.9. auf einem Flohmarkt auf dem Bremer Rathausmarkt, da behauptete er, ich habe gesagt: *„Ihr Schweine! Scheißbullen. Haut ab, ihr Büttel!"* Er schrieb, nicht nur der *Tatbestand der Beleidigung* sei erfüllt, sondern auch *die Tatbestände Widerstand gegen die Staatsgewalt und Landfriedensbruch.* Wir wollten auf dem Flohmarkt für ein ZANU-

Fest (Zimbabwe African National Union) werben, für ein Fest zur Unterstützung des Befreiungskampfs in Rhodesien, das an dem Abend in Bremen stattfand. Schon morgens früh um fünf Uhr hatten wir in der Dunkelheit am Rande des Marktgeländes zwischen Roland und Bürgerschaft ein Podest und einen Informationsstand aufgebaut. Ich weiß nicht mehr, ob wir für den Stand eine Genehmigung hatten, oder ob dies wegen des Flohmarkts nicht erforderlich war. Ein stürmischer Wind zerrte an den grün-gelben ZANU-Flaggen, die wir am Podest befestigt hatten. Die Luft war kalt, aber gegen acht Uhr kam die Sonne hervor, und die herbstliche Luft erwärmte sich ein wenig. Die hohen umliegenden Gebäude warfen lange Schatten über den Marktplatz. Spitz schrieb:

> *Gegen 9:30 Uhr wurden Tonträger benutzt, und zwar mit erheblicher Lautstärke. Sprecherin war u. a. die beschuldigte Hellbrink. Inzwischen hatten sich viele Marktbesucher eingefunden. Viele blieben aus Interesse, viele aus Empörung stehen, wie man den Bemerkungen der Passanten entnehmen konnte. EPHK (Erster Polizeihauptkommissar) Klütsch erteilte die Verfügung, den Stand abzubauen. Unter den Personen, die sich untergehakt hatten und sich der Polizei entgegenstellten, erkannte ich die Hellbrink. Ich stand unmittelbar vor ihr. Sie trug eine helle Cordjacke und Jeans. Links und rechts wurde sie von zwei jungen Männern untergehakt. Ich ergriff die Hellbrink am Arm, um die Kette auseinanderzudrängen. Auf eine Vorführung der Hellbrink verzichtete ich, da mir diese aus vielen vorausgegangenen Einsätzen persönlich bekannt war (3.9.77).*

Die Polizei fuhr mehrere Male mit Mannschaftswagen vor, verhaftete viele Leute und beschlagnahmte Podest und Stand.

Ich erinnere mich, wie erstaunt ich war, als ich zwei Jahre später die Anklageschrift bekam und das Wort *Büttel* las. Bis zu dem Zeitpunkt als ich den Brief bekam, hatte es nicht zu meinem Wortschatz gehört.

Zwei Tage nach der Abräumung des Flohmarktstands durch die Polizei, am 5.9.77, wurde Hanns Martin Schleyer, Präsident der Bundesvereinigung der Deutschen Arbeitgeberverbände (BDA) und des Bundesverbands der Deutschen Industrie (BDI), durch die RAF entführt. Die Entführer forderten Freilassung der in deutschen Gefängnissen inhaftierten Mitglieder der ersten Generation der RAF Baader, Ensslin, Raspe usw. – der sogenannte Deutsche Herbst begann. Die RAF war im Januar des Jahres auf Schleyer aufmerksam geworden, als er zum Präsidenten des BDI gewählt wurde. In einem Interview im deutschen Fernsehen sprach man ihn auf seine nationalsozialistische Vergangenheit an. Er war Mitglied der Nationalsozialistischen Deutschen Arbeiterpartei (NSDAP) und SS-Untersturmführer im Offiziersrang gewesen, und in dem Interview hatte er erklärt, er sei stolz auf diese Vergangenheit.

Gleich am Tag nach der Schleyer-Entführung beschloss ein „Großer Krisenstab" unter Leitung von Bundeskanzler Helmut Schmidt, auf die Forderungen der Entführer nicht einzugehen. Mehr als hundert Häftlinge wurden am selben Tag einer vollständigen Kontaktsperre unterworfen. Über die schon herrschende Isolationshaft hinaus wurde der schriftliche und mündliche Verkehr mit Verteidigern unterbunden. Drei Tage nach der Entführung, am 8.9.77, verhängte der „Große Krisenstab" eine Nachrichtensperre, der sich die westdeutsche Presse freiwillig und fast vollständig unterwarf. Noch im September wurde die Kontaktsperre – keine Information durch Medien, keine Kontakte zwischen Häftlingen, keine Verteidigerbesuche – zur Ermächtigung der Landesregierungen und ihrer Behörden vom Deutschen Bundestag als Gesetz verabschiedet.

Nachdem ich fast zwei Jahre bei Kaffee Jacobs arbeitete, schrieb ich 1977 – der gewerkschaftliche Tarifkampf stand bevor – zum ersten Mal eine Betriebszeitung, in der ich für eine Lohnerhöhung von 120 DM für alle gleich argumentierte. Die Zeitung wurde zu Beginn der Früh- und Spätschicht vor dem Werkstor in Bremen-Hemelingen verteilt. Einige Wochen später entwarf ich zusammen mit einem befreundeten Künstler, Günther, ein Plakat. Günther malte die Familie Jacobs in braunen und goldenen Tönen mit Ölfarben, schrieb Parolen für eine Lohnerhöhung und die Verbesserung der Arbeitsbedingungen auf das Gemälde, und wir fotografierten und druckten es als Plakat. Mitte Oktober, eine Woche nach der Schleyer-Entführung, fuhren Günther und ich in den Weserhafen, um es an Fabrikmauern zu kleben. Am Tag danach schrieb ich folgenden Bericht an einen Rechtsanwalt:

> Günther und ich gingen gestern um 21 Uhr am Hemelinger Hafendamm mit einer Kleistertasche. Es war schon lange dunkel und außer uns war niemand dort unterwegs. Zwei Polizeistreifenwa-

gen und ein ziviler VW kamen von hinten, überholten uns. Die Streifenwagen hielten ein paar Meter weiter vor uns an; der zivile VW machte kehrt und fuhr zurück zu meinem fünfzig Meter entfernt geparkten R 4 (von dem sie aber nicht wußten, daß es meiner war). Sie parkten dahinter. Aus den Streifenwagen stiegen Uniformierte aus, nahmen uns unseren Kleister ab, ohne Begründung, schoben Günther in den einen, mich in den anderen Streifenwagen, wollten unsere Personalien wissen. Während ich mich mit den Beamten auseinandersetzte – ich wollte den Kleister zurückhaben –, fuhren sie mit uns, Günther immer noch in dem einen, ich in dem anderen Wagen, zu meinem R 4 und den Zivilen. Die vier Türen meines Autos standen offen, die Zivilen saßen drin, durchsuchten ihn und fanden Plakate mit den Forderungen des Kampfes bei Jacobs, Plakate zur Demonstration in Bonn am 8.10.77 und meine Literaturtasche mit den Zeitungen. Einer der Uniformierten beschlagnahmte alle Plakate und meine Zeitungen (ca. acht) und sie fuhren uns zur Wache Überseehafen. Dort erfuhr ich von dem Beschlagnehmer seinen Namen: Gildehaus, Nr. 492, Erstes Polizeirevier. Er telefonierte mit seinem Dienstvorgesetzten, es gab ein langes Hin und Her bis wir Zeitungen, Plakate und Kleister zurückbekamen. Behalten haben sie als „Beweismaterial" zwei Jacobs-Plakate. Nachweisen, daß wir geklebt haben, können sie uns nicht, weil sie uns nicht dabei gesehen haben. Ich bin der Meinung, daß wegen der Durchsuchung meines Autos und unserer Festnahme Strafanzeige erstattet werden muß.

Zwei Wochen später, Ende Oktober 1977, wurde ich bei Kaffee Jacobs entlassen. Die Begründung: Rationalisierung. Ein Anwalt der Gewerkschaft Nahrung, Genuss, Gaststätten (NGG) vertrat mich vor dem Bremer Arbeitsgericht mit einer Klage auf Wiedereinstellung. Es wurde zu der Zeit bei Jacobs im Betrieb Bremen-Hemelingen nicht rationalisiert. Ich war die einzige, die entlassen worden war, aber meine Wiedereinstellung wurde abgelehnt.

Und Rolf?

Rolf und ich waren im Sommer 1976 – kurz vor seiner Entlassung von der Universität Oldenburg – aus der Horner Straße in eine Zwei-Zimmer-Wohnung in der Bremer Neustadt gezogen, Meyerstraße 72, ein dreistöckiges Gebäude. Als wir die Umzugskartons ausgepackt hatten, die Wohnung halbwegs eingerichtet war, machte ich ihm einen Heiratsantrag, aber er wollte nicht heiraten. Dann wurde er an der Universität entlassen, und ein paar Wochen später begann er, in der Regionalredaktion unserer kommunistischen Zeitung in Hannover zu arbeiten und war nur noch selten zu Hause in der Meyerstraße, vielleicht alle vier oder acht Wochen einmal für eine Nacht, mehr Zeit hatte er nicht für private Treffen.

Ich erinnere mich, dass ich ihn einmal zum Ende des Sommers 1977 in Hannover besuchte. Er hatte mich gebeten, zu ihm zu kommen, und wir hatten uns für einen Abend um zehn Uhr verabredetet – so lange oder noch länger arbeitete er immer in der Redaktion –, Treffpunkt in seinem Büro. Es war noch hell, als ich in Bremen startete, warme, klare Luft. Ich fuhr mit dem Renault 4, eigentlich sein Auto; er hatte es mir, als er nach Hannover ging, überlassen, hatte gesagt, er brauche es dort nicht. Ungefähr auf halber Strecke begann es zu dämmern. Als ich das Stadtgebiet von Hannover erreichte, war es nach zehn Uhr, eine dunkle Nacht brach herein. Neumond, oder der Mond war hinter einer geschlossenen Wolkendecke verborgen. Ich kannte mich nicht aus, fuhr viele sich lang hinziehende geradeaus führende Straßen, er hatte mir den Weg am Telefon kurz erklärt, ich verlor die Orientierung, hielt mehrmals an. Die Stadt schien menschenleer, niemand war unterwegs, den ich hätte fragen können. Als ich das Büro endlich erreichte, war es elf Uhr und man sagte mir, er sei schon fortgegangen, vorausgegangen in ein Lokal. Man erklärte mir den Weg, ich fuhr weiter durch unbekannte Straßen, und kurz vor Mitternacht fand ich das Gasthaus. Er saß mit anderen an einem großen Tisch, trank Bier und lachte, als er mich sah. Wir blieben noch ein oder zwei Stunden dort, fuhren dann zu seiner Wohnung, ein Zimmer in einer Wohngemeinschaft, und schliefen auf Polstern auf dem Fußboden. Irgendwann um zwei, oder drei, oder vier Uhr in dieser Nacht sagte er mir, er werde nach China gehen. Er fragte mich nicht. Er teilte es mir als seinen und Beschluss unserer politischen Leitung mit. Wir hatten vorher nicht darüber gesprochen. Er sagte: „Komm doch mit!“ Doch das wollte ich nicht.

Am Morgen, nachdem er in der Küche Tee für uns gekocht hatte, brachte er eine dunkelhaarige Frau mit in unser Zimmer. Sie war etwas jünger als ich, vielleicht fünfundzwanzig Jahre alt, und wohnte ebenfalls in der Wohngemeinschaft. Ich lag noch im Bett. Sie hockte sich vor unseren Polstern auf den Fußboden, musterte mich und mir kam der Gedanke, dass er in den anderen Nächten, wenn ich nicht da war, mit ihr schlafen würde.

Am 15. Oktober 1977 flog er nach Peking – nicht, um eine Reise dorthin zu machen, sondern sozusagen für immer. Er hatte eine Stelle bei Radio Peking angenommen.

Tagebuch, 16.10.1977

> Mir ist noch nicht klar, wie das mit unserer Beziehung jetzt wird. Wir haben einen „Vertrag" abgemacht: Beziehung aufrechterhalten, nach zwei Jahren überprüfen, entweder – oder. Die Unsicherheit ist wieder aufgetaucht, und ich habe damit zu kämpfen. Ich muß mir das in der nächsten Zeit überlegen. Was er jetzt wirklich von unserer Beziehung hält – ich weiß es nicht; ich weiß auch nicht, was er in der Zwischenzeit in Hannover gemacht hat. Daß mir das alles gleichgültig ist, kann ich nicht sagen. Klar ist nur, daß es schädlich ist, wenn man sich soviel mit diesen Dingen herumschlagen muß, denn das hält einen von der Revolution ab. Das Leben hängt von diesen Scheiß-Beziehungen sowieso nicht ab. Es ist viel wichtiger, daß wir uns kollektiv zusammenschließen, gute Arbeit machen im Kampf gegen die Bourgeoisie, damit wir die Revolution bald machen können. Das ist sicher!

Drei Tage nach Rolfs Abflug, am 18.10.77, die Todesnacht von Stammheim. Andreas Baader, Gudrun Ensslin und Jan-Carl Raspe starben im Gefängnis in Stuttgart. Am Tag darauf wurde die Leiche Hanns-Martin Schleyers in Mühlhausen gefunden.

Arbeitsamt

Nach meiner Entlassung bei Jacobs bewarb ich mich als Berufsberaterin beim Arbeitsamt Bremen. In einem Vorstellungsgespräch im November 1977 schlug man mir vor, doch zunächst für fünf Monate mit einem befristeten Arbeitsvertrag zu beginnen. Der für Einstellungen zuständige Beamte sagte, wegen des seit Wochen andauernden Frosts ruhten die Bauarbeiten in der Stadt; viele Arbeiter stellten Anträge auf Winter- und Schlechtwettergeld; ich solle doch helfen, in der Abteilung für Winterbauförderung diese Anträge zu bearbeiten. Ich bekam als Aushilfsangestellte 1.600 DM brutto im Monat und arbeitete in einem Büro, in dem noch drei andere Angestellte saßen. In der Mitte des Raums waren kastenförmige Schreibtische zu einem Viererblock zusammengeschoben. Braun-schwarzes Holzimitat. Rundum ein schmaler Gang und Stühle. Auf den Tischen ragten Papierstapel zwanzig, dreißig, vierzig Zentimeter in die Höhe. Man brachte mir eine schwere Tischrechenmaschine: Ich addierte, multiplizierte, berechnete Prozente, übertrug handschriftlich Endsummen in Antragsformulare. Ein Vorgesetzter prüfte und unterzeichnete.

Im April 1978 war ich spätnachmittags einmal allein im Büro. Es war nach fünf Uhr, meine Kollegen waren schon nach Hause gegangen. Draußen war es ziemlich dunkel. Regen prasselte an die Fensterscheibe. Ich wollte das Ende des Schauers abwarten und rechnete einen letzten Antrag noch einmal durch. Mein stellvertretender Gruppenleiter schaute durch die Tür.

„Guten Abend. Sie sind noch da?“, rief er.

Er schaltete das Deckenlicht ein, das sich grau über Tische und Papiere ausbreitete.

„Guten Abend“, rief ich zurück und lächelte ihn an.

Schwarze Schatten unter seinen fettgepolsterten Wangen, sein Doppelkinn bewegte sich auf und nieder. Er war ungefähr fünfunddreißig Jahre alt. Seit ich in meinem letzten Jahr in meinem Elternhaus in Gütersloh Tage ohne Begrüßung durch meinen Vater verbracht hatte, achtete ich auf deutliches Guten-Tag-Sagen, gleich ob im privaten Umfeld oder im Büro. Vielleicht fühlte der stellvertretende Gruppenleiter sich durch die Art, in der ich ihn grüßte, ermuntert hereinzukommen. Er setzte sich an den Tisch neben mir, legte einen Arm über einen Papierstapel, streckte die Beine von sich und betrachtete mich.

Er hob an: „Stimmt …?“ Er räusperte sich, kräuselte seine Lippen und schwieg.

Hatte ich etwas falsch gemacht? Einen Fehler in einer Berechnung? Sein weißes Hemd und die ockerfarbene Weste spannten sich über seinem Bauch, sein süßliches Eau de Toilette drang zu mir herüber. Er richtete sich auf, rutschte mit dem Stuhl näher an mich heran und beugte sich zu mir herüber. Sein Doppelkinn bebte. Er war nur noch eine Armlänge von mir entfernt. Sein Atem roch nach Zwiebeln.

„Stimmt es? Gehören Sie zu dieser kommunistischen Organisation?“

Ich zog eine Schublade zwischen uns heraus, sie stieß an seinen Bauch. Ich entschuldigte mich, schloss sie nicht, um ihn auf Abstand zu halten, und tat, als suche ich etwas. Drehte ihm meinen Rücken zu, zog auch auf der anderen Seite des Tischs eine Schublade heraus, schob sie gleich wieder zu. Stand auf, ging zum Fenster und schaute hinaus.

„Wie bitte? – Es hört ja doch nicht auf zu regnen. Ich fahr jetzt nach Hause.“

Er fragte noch einmal.

„Stimmt es? Sind Sie Mitglied in dieser kommunistischen Organisation?“

Ich ging zurück an die Seite meines Tischs, griff nach den Papieren, die ich bearbeitet hatte, schob sie in eine Plastikhülle, warf meinen Kugelschreiber in die noch offen stehende Schublade und schaltete die Rechenmaschine aus.

„Ich muss jetzt los. Was? – Unsinn. – Wie kommen Sie denn darauf?“ Ich schloss die Schublade.

Er schlug ein Bein über das andere, wippte mit dem Fuß. Seine braunen Lederschuhe blitzten im Deckenlicht. Er lächelte komplizenhaft.

„Hat der Abteilungsleiter gesagt.“

Ich schaute auf meine Uhr, ging zur Garderobe neben der Tür und zog mein malvenfarbenes hahnentrittgemustertes Jackett, das ich mir für diese Arbeit gekauft hatte, über.

Er saß noch immer neben meinem Schreibtisch, ließ mich nicht aus den Augen.

„Ich muss los, guten Abend", rief ich und verließ den Raum.

Mit meiner Tasche über dem Kopf – es goss in Strömen – rannte ich zur Straßenbahnhaltestelle. Klar, eine feste Anstellung beim Arbeitsamt würde ich nicht bekommen.

Besenkammer

Nach meiner Enttarnung als Kommunistin auf dem Arbeitsamt im April 1978 zog ich fort von Bremen nach Frankfurt, arbeitete dort in der Zentrale unserer kommunistischen Organisation als Schriftsetzerin im elektronischen Fotosatz und als Korrektorin, machte das Layout für die Zeitung und organisierte einen „proletarischen Nachrichtendienst", der alle zwei Wochen mit Meldungen aus westdeutschen Betrieben herauskam.

Zwei Jahre später, 1980, versuchte ich erneut im gewöhnlichen Leben Fuß zu fassen und zog nach München. Dort fand ich bald eine Stelle als Bibliothekarin bei der Firma ESG/FEG (Elektronik System Gesellschaft / Flug Elektronik Gesellschaft) am Vogelweideplatz 9 in München Bogenhausen. Das weiß gestrichene, zwanzig Stockwerke hohe Firmengebäude lag nah an der Einsteinstraße, einer viel befahrenen Straße zum Flughafen Riem. Ich arbeitete in einem Großraumbüro im ersten Stock in der Abteilung Informationsdienste. Mein Gruppenleiter Herr Rösner, ein freundlicher Mann Mitte vierzig mit bayerischem Akzent und roten Haaren, legte alle möglichen Dokumente, Bücher und Zeitschriften auf meinem Tisch ab, die ich flüchtig durchsah und in das System der Bibliothek einordnete. Manchmal gab er mir Recherche-Aufträge, dann suchte ich in der eigenen und anderen Bibliotheken Literatur zu einem Stichwort oder Thema. Dafür bekam ich 2.900 DM brutto im Monat.

Ich arbeitete seit zwei Monaten in der Firma, als an einem Nachmittag Herr Rösner zu mir kam und sagte, die Sekretärin des Geschäftsführers habe gerade angerufen. Es herrschte große Unordnung an meinem Arbeitsplatz. Ich hatte technische Zeichnungen verschiedenen Formats, die ich in einem Aktenordner unterbringen wollte, auf meinem Tisch ausgebreitet; auch im Regal hinter mir lagen verschiedene Zeichnungen, die ich einsortieren wollte. Sonst stand Herr Rösner meistens mit einer Hand in der Hosentasche neben meinem Tisch, und wir unterhielten uns ein wenig. Diesmal zeigte er mit dem Finger auf mich.

„Sie sollen sofort zum Geschäftsführer kommen!"

Ich faltete eine Zeichnung vorsichtig zusammen.

Er bekam rote Flecken im Gesicht.

„Fahren Sie mit dem Fahrstuhl in den 8. Stock", sagte er und nannte mir die Zimmernummer des Sekretariats, in das ich gehen solle.

Ich schob die Zeichnungen auf meinem Tisch rasch zusammen, wollte noch zur Toilette gehen, aber Herr Rösner sagte: „Sie sollen sofort kommen!"

Er begleitete mich in den Flur zum Fahrstuhl.

Als ich oben aus dem Fahrstuhl heraustrat, stand eine Sekretärin vor mir, die mich in das Zimmer des Geschäftsführers brachte. Ein Herr im dunklen Anzug mit kurzgeschorenen grauen Haaren und Brille saß aufrecht hinter seinem Schreibtisch. Er machte eine Handbewegung zu einem Stuhl vor seinem Tisch. Ich setzte mich. Er sagte, die Firma könne mich nicht länger beschäftigen, er habe einen Aufhebungsvertrag vorbereitet.

„Lesen Sie!"

> *... Aufgrund betriebsorganisatorischer Notwendigkeiten in unserer Bibliothek sehen wir uns leider gezwungen, das mit Ihnen geschlossene Anstellungsverhältnis in der Probezeit zum 31. August 1980 zu beenden. Wir stellen Sie sofort von Ihren arbeitsvertraglichen Pflichten unter Fortzahlung der Ihnen vertraglich zustehenden Bezüge frei. Geben Sie bitte Ihren Firmenausweis und das sonstige in Ihrem Besitz befindliche Firmeneigentum an uns zurück. München, 8.7.1980*

Er forderte mich zur Unterschrift auf. Ich schrieb: „z. Kenntn. gen., Hellbrink". Er sagte, ich solle an meinen Arbeitsplatz zurückgehen, meine persönlichen Sachen nehmen und die Firma sofort verlassen.

Zurück im ersten Stock kam Herrn Rösner gleich an meinen Tisch. Als ich ihm sagte, dass mir gerade gekündigt worden sei, schaute er erschrocken und schnappte nach Luft.

„Warum das denn?"

Während ich die auf dem Regal liegenden Zeichnungen einsammelte und sie ungeordnet auf dem Tisch ablegte, lief er fahrig um mich herum. Die roten Flecken in seinem Gesicht vergrößerten sich. Er verstehe nicht, sagte er. Er versicherte mir, dass er mit meiner Arbeit sehr zufrieden sei. Er versicherte es mir mehrmals. Ich glaubte ihm. In meiner Schublade lag noch ein Apfel. Ich nahm ihn und meinen Teelöffel und meine Kaffeetasse, packte alles in meine Handtasche. Verabschiedete mich von Herrn Rösner und den anderen Kollegen im Raum und verließ das Gebäude.

Draußen in der Einsteinstraße brausten und donnerten Autos, Lkws und Motorräder an mir vorbei; ich ging zur Haltestelle und stieg in die nächste Straßenbahn.

Die Firma ESG/FEG entwickelte Elektronik für fliegende Waffensysteme der Bundeswehr. Zu den Gesellschaftern gehörten die Firmen Rhode & Schwarz und Siemens.

Ich hatte zu der Zeit noch kein eigenes Zimmer in München; eine Bekannte, die für einige Zeit in Italien arbeitete, hatte mir ihr Zimmer in einer Wohngemeinschaft überlassen. Ein schönes, großes Zimmer in einem Neubau in München Giesing, Raintaler Straße 10. Es hatte ein bodentiefes Fenster und einen Balkon, war hell, von mittags bis abends schien die Sonne hinein; Stäbchenparkett als Fußboden; ein flauschiger Schafwollteppich darauf; in einer Ecke dem Fenster gegenüber ein großes Bett; in der Mitte des Raums ein Tisch aus Kiefernholz, auf dem ich an den Wochenenden die „Frankfurter Allgemeine Zeitung" und die „Süddeutsche Zeitung" ausbreitete, um alle Stellenanzeigen, die für mich in Frage kamen, herauszuschneiden. Ich bewarb mich in dem Sommer wohl auf vierzig oder fünfzig Stellen im ganzen Bundesgebiet.

Unter der Woche, nachdem ich alle Bewerbungen zur Post gebracht hatte, wenn das Wetter schön war, fuhr ich mit einem Rad, das ich mir in der Wohngemeinschaft lieh, ins Glockenbachviertel, sprang in die sandige eiskalte schilfgrüne Isar, ließ mich mit dem Strom bis zur Baldebrücke treiben, kletterte die steile Uferböschung hinauf, ging fünfzig oder hundert Meter flussaufwärts zurück und sprang erneut ins Wasser. Oder ich fuhr einen Weg unten an der Isar Richtung Süden bis zum Flaucher, einer Nacktbadestelle, schwamm lange im Fluss und wärmte mich anschließend am Waldrand in der Sonne auf weißen und hellgrauen Kieselsteinen oder einem der dort herumliegenden Felsbrocken wieder auf. Oder ich fuhr Richtung Norden in den Englischen Garten bis zum Hirschpark hinauf.

In der Zeit schrieb mir mein Rechtsanwalt aus Bremen in die Raintaler Straße:

... Dein Antrag auf Vernichtung der ED-Unterlagen hängt seit Jahren bei der Behörde im Widerspruchsverfahren. Sollen wir in der Sache noch weiter für Dich tätig sein und nochmal nachhaken? ... (29.8.80)

Die Firma Siemens suchte in einer großformatigen Anzeige in der „Süddeutschen Zeitung" Hochschulabsolventen für eine Ausbildung in elektronischer Datenverarbeitung und Arbeit im Unternehmensbereich Kommunikationstechnik. Ich wurde eingeladen, an einem eintägigen Eignungstest teilzunehmen, bestand den Test und wurde zum 1. Oktober 1980 eingestellt. In einem dualen System lernte ich einerseits in der Siemens-eigenen Schule im Norden von München das Computer-Betriebssystem 2000 und die Programmiersprache Cobol kennen; andererseits arbeitete ich in einer Abteilung für Softwareentwicklung im Süden von München, in Sendling in der Hofmannstraße, in einem Großraumbüro zusammen mit fünfzig anderen Entwicklern. Aktenschränke und Grünpflanzen grenzten die verschiedenen Gruppen im Raum voneinander ab. Ein Teppichboden dämpfte den Gesprächslärm ein wenig. Fräulein Kippenberg, die Leiterin unserer Fünfergruppe, saß mit uns an einem der kreisförmig aufgestellten Schreibtische. Sie war über fünfzig Jahre alt, hatte dunkelblonde Haare und trug meistens wadenlange Faltenröcke. Ich schrieb erste Cobol-Programme zur Auftrags- und Lieferabwicklung für den kaufmännischen Vertrieb Ausland.

Nach einem dreiviertel Jahr – in den Tests in der Schule hatte ich gute Noten bekommen, die Programme, die ich in der Abteilung geschrieben hatte, liefen reibungslos, meine Ausbildung war aber noch nicht abgeschlossen, es fehlten noch drei Monate –, an einem Tag, als ich in München-Sendling arbeitete, kam Fräulein Kippenberg aus dem Zimmer unseres Abteilungsleiters heraus; ich konnte das von meinem Platz durch die Glastür unseres Büros sehen; sie kam zu mir und sagte, ein Mitglied des Vorstands wolle mich sprechen, ich solle sofort zu ihm gehen.

Wieder fuhr ich mit einem Fahrstuhl in ein oberes Stockwerk, wieder sagte ein älterer Herr im Anzug, meine Stelle sei wegen Rationalisierung gestrichen, ich solle meine Sachen packen und die Firma sofort verlassen.

Als ich unten zurück an meinem Schreibtisch war, kam der Abteilungsleiter Herr Panier aus seinem Zimmer und bat mich, ihm zu folgen. Er war ein kleiner Mann im braunen Anzug mit weißen Haaren und Vollbart, wohl über sechzig Jahre alt. In seinem Zimmer bot er mir einen Kaffee an und fragte freundlich, was ich denn angestellt habe. Ob es etwas Politisches sei, ob ich politisch tätig gewesen sei, was es denn sei, er habe Erfahrung in diesen Dingen, ihm könne ich es ruhig erzählen. Er machte einen gutmütigen, väterlichen Eindruck und insistierte. Ungefähr eine halbe Stunde lang versuchte er, etwas von mir zu erfahren. Einen Moment lang überlegte ich, wie es wäre, wenn ich ihm von meiner politischen Geschichte erzählte. Aber was sollte es nützen, ihm zu sagen, ich sei Kommunistin? Dann würde er wohl mit den Achseln zucken und sagen, es tue ihm leid, der Vorstand habe entschieden. Mein Vertrauen zu Herrn Panier reichte nicht aus. Ich sagte, nein, es gäbe nichts zu erzählen. Wir verabschiedeten uns, und einige Minuten später verließ ich das Betriebsgelände in der Hofmannstraße.

Nach ein paar Wochen schrieb mir die Gruppenleiterin Fräulein Kippenberg einen Brief in den Starenweg 10. Dort im Münchener Norden wohnte ich seit einigen Monaten zusammen mit meinem Freund, den ich in Frankfurt kennengelernt hatte – nördlich von Schwabing im Stadtteil Am Hart in einem Wohnblock mit orangerot gestrichen Balkonen. Fräulein Kippenberg schrieb, ich schulde der gemeinsamen Kaffeekasse der Abteilung noch 1,63 DM. Weiter schrieb sie nichts.

Und wieder klagte ich. Die Gewerkschaft IG Metall vertrat mich vor dem Münchner Arbeitsgericht. Niemand sonst von den EDV-Schülern und niemand sonst in der Abteilung war zu der Zeit bei Siemens entlassen worden, es wurde nicht rationalisiert. Das Gericht überprüfte die Begründung für meine Entlassung nicht weiter. Siemens lehnte es ab, mich wieder einzustellen. Ich bekam eine Abfindung von einem Monatsgehalt, 2.500 DM, und meine Klage wurde zurückgewiesen.

Im weiteren Verlauf meines Berufslebens, in den folgenden dreißig Jahren in München und in Hamburg, saß ich öfters an meinem Schreibtisch und dachte, im nächsten Augenblick käme jemand zu mir, um mir zu sagen, ich solle sofort zum Abteilungsleiter oder einem Vorstandsmitglied gehen, und anschließend müsste ich die Firma sofort verlassen.

Mitte der 1980er Jahre, ein paar Jahre nach meiner Entlassung bei Siemens, traf ich einmal in München auf dem Marienplatz zufällig ein befreundetes Paar aus Bremen, das von einer Reise aus Italien zurückkam. Ich lud die beiden ein, mit mir in meine Wohnung in den Starenweg zu kommen. Als wir uns gegen Ende der 1980er Jahre an einem anderen Ort noch einmal trafen, fragten sie mich: „Machst du das immer noch?“

Ich wusste nicht, was sie meinten. Sie schauten, als amüsierten sie sich gerade.

„Na, wenn du nach Hause kommst ... schaust du dann immer noch als erstes in die Besenkammer und in den Kleiderschrank, ob da jemand steht?“

Mir war es nicht aufgefallen, ich hatte nicht darüber nachgedacht. Ja, das machte ich immer noch. Ich behielt es auch später bei. Auch heute noch muss ich manchmal unter mein Bett schauen, ob da jemand liegt. Nur schwer ertrage ich einen geschlossenen Duschvorhang. Es könnte sich jemand dahinter verbergen.

Kannste dir sparen

Wenn ich in diesen Jahren meinen Vater in seiner Wohnung in Spexard im Galileiweg besuchte, erschrak ich manchmal, wenn ich ihn sah. Auf dem Hochzeitsfoto mit Ilse Anfang der 1970er Jahre hatte er noch gut ausgesehen, nun, in den 1980er Jahren verformte sich sein Körper, seine Haltung und seine Bewegungen veränderten sich stark. Sein Bauch wuchs. Ich besuchte ihn vielleicht viermal im Jahr, meistens an einem Sonntagnachmittag für zwei oder drei Stunden und freute mich auf die Besuche bei ihm. Er war zu der Zeit, als Rolf an der Universität Oldenburg entlassen wurde und Ulrike Meinhof starb, im Juni 1976, fünfzig Jahre alt geworden. Wir saßen im Wohnzimmer, er in einem Sessel an der Längsseite des Couchtischs, ich ihm gegenüber auf der beigefarbenen Couch an der Wand. In der ersten halben Stunde war meistens Ilse mit uns im Raum. Sie war Arbeiterin in einem der vielen Gütersloher Industriebetriebe und beklagte sich, dass mein Vater nicht mit ihr in Urlaub fahre. Einmal waren sie zusammen an der Ostsee gewesen, dann wollte mein Vater nicht mehr verreisen. Er sagte, es sei ihm zu beschwerlich, er habe Schmerzen in den Beinen beim Gehen. Ilse ließ uns dann allein im Wohnzimmer, beschäftigte sich in der Küche, die nur ein schmaler Gang unter einer Dachschräge war. Wohnzimmer- und Küchentür standen offen, sie klapperte mit Geschirr und Töpfen. Einmal benutzte ich das Bad in der Wohnung. Ein dunkler Raum ohne Fenster, vier Quadratmeter groß, ein schwaches Licht über dem Waschbecken, olivgrüne Kacheln an den Wänden, eine flauschige Matte in derselben Farbe auf dem Fußboden.

Während mein Vater und ich allein im Wohnzimmer waren – ich unterhielt mich gerne mit ihm –, sprachen wir über alles Mögliche. Er fragte mich, wie es meinem Bruder gehe. Ich erkundigte mich nach seiner Arbeit im Lager bei Nobilia, dem Küchenhersteller; bedauerte ihn wegen der Überstunden, die er täglich machen musste.

„Jau, wenn du die nicht machst, werfen sie dich raus!", sagte er.

Ich sprach dann von Privateigentum, Ausbeutung, Profit und Revolution. Er runzelte die Stirn.

„Donnerwetter. Du bist ja röter als Willy Brandt."

Er lachte dann. Lachte er mich aus? Nahm er mich auf den Arm? Nahm er mein Kommunistin-Sein nicht ernst? Beeindruckte es ihn nicht, dass ich die Ursache für die Probleme der Welt erkannt hatte und eine Lösung wusste? Er trank Bier und Schnäpse während meiner Besuche, ich trank ein Glas Wasser oder Apfelsaft. Ging ich ihm mit meinem Wissen auf die Nerven?

Doch er warf mich nie aus seiner Wohnung hinaus, wie es einmal Onkel Johann, der jüngere Bruder meines Vaters und Erbe des Bauernhofs, tun wollte. Onkel Johann hatte, als ich ihn einmal besuchte, über geringe Geldeinnahmen in der Landwirtschaft gesprochen, und ich hatte geantwortet, im Sozialismus würde es ihm besser gehen. Onkel Johanns Stimme wurde laut. Mit Leuten, die so redeten, wolle er nichts tun haben! „Raus aus meinem Haus!", rief er. Nur knapp, nur indem ich hin- und herlavierte und schnell über andere Dinge sprach, gelang es mir, ihm nach ein paar Minuten die Hand zu reichen und mich so auf übliche Art und Weise von ihm zu verabschieden.

So wie meine Mutter bekam auch mein Vater unsere inzwischen wöchentlich erscheinende kommunistische Zeitung regelmäßig per Post geliefert. Ich bezahlte diese Abonnements wohl zehn oder fünfzehn Jahre lang für meine Eltern. Und so wie sich meine Mutter und mein Bruder nicht, oder nur auf Nachfrage, zu der Zeitung äußerten, wusste ich auch von meinem Vater lange nicht, was er von der Zeitung hielt, bis ich ihn an einem Sonntagnachmittag in den 1980er Jahren fragte.

„Die Zeitung? Die werfe ich immer sofort in den Papierkorb. Das Geld kannste dir sparen", sagte er.

Im Laufe der Jahre, wenn er mich am Ende eines Besuchs die Treppe im Hausflur hinunter und auf dem Waschbetonweg vor dem Haus zu meinem Auto begleitete, ging er immer langsamer, schleppender, tastender. Seinen Bauch – er war nicht fett, er sah wie aufgeblasen aus – trug er wie einen Ballon vor sich her. In den 1990er Jahren entschuldigte er sich, dass er nicht mehr mit mir die Treppe hinuntergehen könne, die Beine täten ihm zu weh.

Solange ich ihn in der Wohnung im Galileiweg besuchte, von 1973 – 1997, fünfundzwanzig Jahre lang, sah ich ihn dort Bier und Schnäpse trinken, betrunken. Dennoch schaffte er es, bis zu seinem fünfundsechzigsten Lebensjahr, bis 1991, bei Nobilia im Lager zu arbeiten.

Morgen tot

Ich habe es bereits gesagt. Fünfzig Jahre hatte ich mit meinen Eltern auf der Erde. Zwanzig Jahre mit ihnen unter einem Dach und weitere dreißig Jahre entfernt von ihnen. Genauso lange wie ich mit ihnen unter einem Dach lebte, war ich eine politische Aktivistin. Die Zeit im Verhältnis 20 : 20 oder 1 : 1. In den letzten zehn Jahren, die ich gemeinsam mit ihnen hatte, in den Jahren, nachdem ich nach Hamburg gezogen war, hörte ich auf, eine Aktivistin zu sein. Mir schien, mein Engagement hatte meinen Eltern nicht geholfen. All meine Aktivitäten hatten die Situation der Arbeiter nicht verbessert, oder vielleicht doch? Auf jeden Fall war mein eigenes Leben überaus anstrengend geworden; immerzu hatte ich Angst, aus politischen Gründen wieder entlassen zu werden.

Als mich die Frau meines Vaters, Ilse, im Dezember 1997 aus Gütersloh anrief – es war das erste Mal, dass sie mich anrief, wir hatten noch nie miteinander telefoniert –, lebte ich schon viele Jahre in Hamburg in einer alten Villa im Treppenviertel in Blankenese, ganz nah an der Elbe. Ich war meinem Freund, mit dem ich in München im Starenweg zusammengelebt hatte, nach Hamburg gefolgt. Die Wohnung war in den Elbhang hineingebaut, drei Etagen, Südlage, Am Hang 11. Aus der mittleren und oberen Etage und von der Terrasse, die man über die obere Etage betrat, konnte man auf die Elbe sehen. Die untere Etage war wie ein Keller. Die Elbe nur hundert Meter entfernt, breit, fast drei Kilometer breit, mit gewaltiger Kraft Richtung Westen zur Nordsee strömend. An hellen, klaren Tagen, wenn die Sonne schien, leuchtete sie blau, in einem tiefen, mittleren Blau. Montags bis freitags arbeitete ich als Programmiererin in einer Reederei in der Innenstadt – an den Abenden, solange es hell war, und an Wochenenden verbrachte ich viel Zeit, in der ich auf den Fluss schaute. Wenn es draußen kalt war, im Frühjahr, Herbst und Winter, lag ich auch tagsüber oft in der oberen Etage in meinem Schlafzimmer auf dem Bett und schaute auf das Wasser hinunter. Sobald es wärmer wurde, öffnete ich die Terrassentür, legte mich auf den Teppichfußboden in die Sonne, oder ich ging hinaus auf die Terrasse. Kam der Wind von Süden, trug er das Rauschen des Wassers zu mir herauf. Im Laub der Weinreben, die die Terrasse hinten und an der Seite schützten, zwitscherten Grünfinken und Spatzen. Einmal an einem Sommerabend hörte ich eine Nachtigall.

An windstillen Tagen gab es Momente, da schien die Elbe stillzustehen. Vielleicht waren es Momente, wenn die Flut aus der Nordsee die Elbe überwältigen und stromaufwärts Richtung Innenstadt drücken wollte; Momente, in denen das Wasser kippte. Oder kurz davor. Oder kurz danach. Es war mit den Augen nicht genau zu erkennen. Zuerst, wenn der Zeitpunkt des Wechsels von Ebbe zu Flut näher rückte, verlangsamte sich die Strömung. Dann kam das Kabbelwasser, das Wasser im Streit, ein Hin und Her auf kleinstem Raum. Und dann – Momente wie Stillstand. Vielleicht waren es diese Momente, wenn die Sonne schien, im Gegenlicht: Die Elbe schimmerte, glänzte, glitzerte wie Silber, Quadratkilometer von Silber. Kam ein Wind auf, der das Wasser kräuselte, funkelte es wie Millionen Diamanten. Das Licht vervielfachte sich, auch das Licht in der Wohnung vervielfachte sich dann. So hell. Ein wildes springendes blaues Licht. Die Welt schien fast nur noch aus Licht zu bestehen.

Oft konnte ich es nicht erkennen, war gerade Ebbe oder Flut? Dann wartete ich manchmal auf das Kippen der roten und grünen Fahrwassertonnen, die an der Fahrrinne der kleineren Schiffe zum gegenüberliegenden Ufer nach Finkenwerder standen; an ihnen konnte ich es ablesen. Neigten sie sich in östliche Richtung zur Innenstadt, lief das Wasser auf; neigten sie sich mit dem Strom stadtauswärts, war Ebbe. Bei ablaufendem Wasser, wenn der Strom aus dem Flussbett hinaus in die Nordsee gezogen wurde, knickten die Tonnen schließlich um und lagen ein oder zwei Stunden auf dem Sand – bis die Flut sie allmählich wieder aufrichtete. Hinter der Fahrrinne der großen Schiffe zum Hamburger Hafen kam bei Ebbe in der Mitte des Flusses im Verlauf einiger Stunden grünlich-grau glänzend eine Sandbank zum Vorschein, der Schweinesand. Bei Sonnenschein, heißem, trockenen Wetter, leuchtete er weiß – wie eine Insel in der Südsee. Und dann, in den folgenden Stunden, verschwand er wieder.

An dunklen Tagen, bei bedecktem Himmel, floss die Elbe grau dahin, in allen Schattierungen von Grau, schmutzig-grau, undurchsichtig, schlammig. Sie roch nach Motorenöl.

Als Ilse anrief, lebte ich schon einige Jahre allein in der Wohnung. Mein Freund war, nachdem wir drei Jahre zusammen dort gewohnt hatten, 1992 ausgezogen. In die Küche, die ein winziges Klappfenster zu einem Erdschacht hatte, und in ein Zimmer der mittleren Etage, das nach dem Auszug meines Freundes leer stand, drang Feuchtigkeit aus dem Elbhang. Es bildeten sich grüne und braune Flecken an den Wänden, die Tapeten wellten sich, Schimmelgeruch breitete sich in der Wohnung aus. Im dunkelblau gekachelten Badezimmer, das sich neben der Küche im Keller befand und kein Fenster hatte, krochen auf dem Fußboden und in der Wanne Jägerspinnen und Asseln. In diesen Jahren wachte ich nachts manchmal aus Albträumen auf. Einmal notierte ich in mein Tagebuch:

Dezember 1995

> Habe schlecht geträumt heute nacht. Ich hatte einen Drang, nach Hause zu gehen, in unser Haus in Gütersloh. Ich schloß die Tür auf, ging über die Deele die Steinstufen zum Flur hinauf, blickte zum Flurfenster und die Treppe hinauf nach oben. Auf halber Höhe nach oben, auf dem Absatz, wo die Treppe eine Wendung nach rechts macht: Papa hatte sich im Treppenhaus aufgehängt. Ich hatte eine Ahnung gehabt, daß es so sein würde. Ich habe ihn abgeschnitten, ihn aber nicht angeschaut und bin aus dem Haus gerannt. Es kamen mir viele Menschen entgegen mit glatten Gesichtern. Eine Frau wollte nicht auf mich eingehen. Ein junger Mann wandte sich mir zu. Ich wußte nicht, ob Papa noch lebte. Vielleicht hatte er eine Chance? Nein, ich glaube nicht. Ich habe im Traum gedacht: Seht ihr, er war doch sensibler als ihr angenommen habt. – Ich habe es vor einiger Zeit schon einmal geträumt.

Zur Zeit dieses Traums hatte ich Briefe von Gustave Flaubert an seine Geliebte Louise Colet gelesen und war auf eine Stelle gestoßen, in der er den Dichter Corneille zitierte. „Was kann er tun?", fragte Corneille und gab selbst die Antwort. „Sich umbringen!" Diese Sätze kamen mir immer wieder in den Sinn. Ich überlegte, was mein Vater in den 1960er Jahren als Außenseiter in der Familie hätte tun können. Welche Möglichkeiten waren ihm geblieben?

Ilse rief mich nachmittags an einem stürmischen Wochenende im Dezember 1997 an – wegen meines Vaters. Ich war gerade aus den USA zurückgekehrt, wo ich für die Hamburger Reederei, bei der ich angestellt war, einige Wochen an der Implementierung von Software gearbeitet hatte. Auch in den Jahren davor, schon in meiner Münchener Zeit, seit meiner Entlassung bei Siemens, es lag inzwischen mehr als fünfzehn Jahre zurück, war ich beruflich viel gereist. Gleich nach der Entlassung bei Siemens war ich für ein Schwabinger Softwarehaus unterwegs gewesen; dann für Ralph-Moden München. Für den amerikanischen Halbleiterhersteller, bei dem ich viele Jahre in Fürstenfeldbruck in der Nähe von München gearbeitet hatte, war ich häufig nach England gereist. Als Ilse anrief, lag ich erschöpft auf dem Sofa im Wohnzimmer meiner Wohnung in Hamburg-Blankenese, hinter mir das Bücherregal, in dem das Telefon stand. Ich war siebenundvierzig Jahre alt. Über der Elbe, oberhalb der Wellenkämme, flog Wasser wie weiße Fahnen durch die Luft. Es wehte ein starker gegen die Strömung gerichteter Wind aus Westen. Schnelle schwarze Wolken am Himmel, immer wieder die Sonne verdunkelnd. Mein Vater sei im Krankenhaus, sagte Ilse. Ich nahm einen Stift, der neben dem Telefon im Bücherregal lag, und notierte mechanisch Wörter, die sie sagte:

Entziehungskur
Wunde, offene Stelle am Bein, die nicht heilt
Fuß ganz rot
ging ja nie zum Arzt, ich durfte auch keinen holen
das erste Mal, daß er es zuließ
Arzt sagte: Wenn Sie noch einen Schluck trinken,
sind Sie morgen tot
hat ihn ins Elisabeth-Hospital eingewiesen
jetzt die dritte Woche
Wasser ist weg
von 107 ist er runter auf 91 kg
er muß noch drei Wochen bleiben
Organe arbeiten nicht mehr
Leber kaputt
Nieren versagten
Blut schlecht. Gifte im Blut, davon das Ekzem am Bein
kriegt Tabletten, hat Durchfall
Ende Februar wollen wir nach Irland ziehen

Ich fragte Ilse, ob ich meinen Vater im Krankenhaus anrufen könne, und sie gab mir die Telefonnummer: 05241-5073332.

Es war inzwischen dunkel geworden, die Fensterscheibe in meinem Wohnzimmer, es gab keine Vorhänge, glänzte schwarz. Unten auf der Elbe bewegten sich Lichter. Phantasierte ich? – Ein Containerschiff fuhr stadteinwärts in den Hafen. Ich ging zur Küche hinunter, schaute in den Kühlschrank. Nur ein paar an den Rändern gewellte, trockene Käsescheiben lagen darin. Ich nahm sie, schnitt mir eine Scheibe Brot, öffnete ein Glas Essiggurken, packte alles auf ein Tablett und trug es ins Wohnzimmer hinauf – in der Küche gab es keinen Platz zum Sitzen.

Ich wusste von dem bevorstehenden Umzug. Mein Vater hatte vor einiger Zeit an einem Sonntagmorgen angerufen. Der Entschluss, nach Irland zu ziehen, stehe hundertprozentig fest, hatte er gesagt. Ich könne ihn dort ja mal besuchen. Er hatte angespannt und offiziell geklungen, als er es sagte. War er gefragt worden, ob er nach Irland ziehen wolle? Ilses Tochter Sonja hatte einen irischen Bauarbeiter geheiratet, der eine Zeitlang in Deutschland gearbeitet hatte. Sonja wollte, dass ihre Mutter mitziehe nach Irland. Mein Vater war damals einundsiebzig Jahre alt und sprach kein Englisch. Er hatte Krämpfe in den Beinen und konnte nur noch wenig gehen. Ilse hatte bei einem meiner Besuche im Galileiweg erwähnt, er könne nicht mehr allein duschen, sie helfe ihm dabei. Hatte er eine Wahl, als es um die Frage des Umzugs ging?

Eine Woche nach Ilses Anruf wählte ich die Nummer meines Vaters im Elisabeth-Hospital. Draußen flogen gelbe Blätter jäh durch die Luft. Der Himmel war grau und es nieselte, Tropfen rannen in feinen Linien die Fensterscheibe meines Wohnzimmers hinunter. Bilder aus ferner Vergangenheit tauchten vor mir auf. Wie sich mein Vater, als ich klein war, auf Familienfeiern im Elternhaus meiner Mutter in Friedrichsdorf betrunken hatte. Wie er, als ich ein Teenager war, in unserem Haus in Gütersloh, erst an den Wochenenden und dann auch unter der Woche, Bier trank. Fünfundvierzig Jahre hatte ich ihn trinken sehen. Ich hatte mich oft gefragt, ob mit meiner Wahrnehmung etwas nicht stimme, oft zweifelte ich an meinem Verstand. Wenn ich zu Verwandten sagte, mein Vater trinke, antworteten sie: Ach, doch nur an Wochenenden! Doch nur, wenn er mit dem Schwager zusammen ist! – oder ähnliches. Ich wollte meinen Vater fragen, ob ich mit seinem Arzt sprechen dürfe. Vielleicht erhoffte ich eine Bestätigung von einem Arzt, dass meine Wahrnehmung seines Trinkens nicht aus der Luft gegriffen sei.

Mein Vater klang weit entfernt und nüchtern am Telefon. Ich fragte ihn, wie es ihm gehe, und ob es ihm recht sei, wenn ich seinen Arzt anriefe.

„Das lass man! Deine Weisheiten hab ich schon lange dick!“, antwortete er.

Wir wechselten noch ein paar Worte und verabschiedeten uns voneinander.

Ich nahm den Notizblock aus dem Regal, legte ihn auf den weißen Couchtisch vor mich hin und kritzelte mit einem Kugelschreiber darauf herum. Schwarze Linien. Krickelkrakel. Kreuz und quer. – Was meinte er damit: Deine Weisheiten hab ich schon lange dick? Worauf bezog er das? – Hoher Wellengang auf der Elbe. Der Kran der Sitas-Werft auf dem gegenüberliegenden Ufer in Finkenwerder war deutlich zu sehen. Ein angewinkelter Arm, imposant aufragend, stahlblau vor der Landschaft; die dahinter liegenden Harburger Berge grau verschleiert. Wolken zogen auf, sie konnten auf Schnee hindeuten. Es sah aus, als würde es bald schneien.

Vier Wochen nach Ilses erstem Anruf, an einem stillen Wochenende, nur die Gasheizung in meiner Wohnung brummte, rief sie ein zweites Mal an. Ein Samstag oder Sonntag im Januar 1998. Ich lag in der oberen Etage im Schlafzimmer auf dem Bett und las. Tiefhängende dichte Wolken am Himmel. Der Kran der Sitas-Werft marineblau und schwarz. Ab und zu kam die Sonne durch, dann leuchtete er blaugrün, jadegrün, aquamarin, azurblau, türkis – ganz verschieden, je nach Lichteinfall. Die Dächer, über die ich hinunter zur Elbe schaute, waren mit Rauhreif bedeckt; aus den Schornsteinen krochen dünne Rauchsäulen. An den Zweigen der Bäume in den Vorgärten der Häuser hingen Eistropfen. Ilse sagte, mein Vater sei aus dem Krankenhaus entlassen worden, zu Hause ganz unruhig gewesen und nun schon wieder im Krankenhaus. Ich schrieb auf, was sie sagte:

Psychiatrie
im westfälischen Landeskrankenhaus
hatte Depressionen von den Tabletten
zwei Tage lang Verwirrtheit
Schlaflosigkeit

randalierte
bedrohte
abends um sechs Uhr er in die Psychiatrie
wollte im 3. Stock aus dem Fenster springen
30 kg abgenommen, das Wasser alles weg
hat ein Magengeschwür
Blut gerinnt nicht
Leber kaputt
Blutwerte besser geworden
wir haben die Wohnung gekündigt
in sechs Wochen, Ende Februar, ziehen wir nach Irland

Ilse verabschiedete sich. Ich legte den Hörer auf, schob mir ein Kissen unter den Kopf und streckte mich auf dem Bett aus. Als ich auf die Uhr schaute, war es drei Uhr am Nachmittag. Schnee begann zu fallen, dicke Flocken. Eine Stunde würde es vielleicht noch hell sein. Ich ging die Treppe in die untere Etage hinunter, nahm meinen Mantel von der Garderobe, setzte eine Mütze auf und verließ meine Wohnung. Das ganze Treppenviertel weiß überzogen. Eine dünne Schneeschicht auf allem, auf Dächern, Bäumen, Hecken, auf den hundert Treppenstufen hinunter zum Strandweg, auf dem Sand des Ufers. Die Luft kalt. Auf dem Wasser der Elbe schmolzen die Flocken sofort. Es war nasskalt. Der Weg am Wasser morastig. Ich ging an den Weidenbüschen entlang stadtauswärts. Immer weiter fallender nasser, schwerer Schnee. Eine unerwartete Kälte. Nebel verbarg den Horizont. Es war ganz still. Der Schnee ging in Regen über. Eine nasse Kälte. Der Nebel kam immer näher. Er wurde ganz dicht.

Schneverdingen

Bevor mein Vater nach Irland zog, sah ich ihn noch ein einziges Mal. Seine Wohnung im Galileiweg war schon aufgelöst, die Möbel unterwegs nach Irland. Er wohnte mit Ilse zehn Tage lang bei Verwandten von ihr in Schneverdingen in der Lüneburger Heide. Sonja und ihr Mann nahmen die Möbel in Irland in Empfang und bauten sie auf. Mein Vater hatte mich, gleich nachdem er aus der Psychiatrie entlassen worden war, angerufen und eingeladen, ihn in Schneverdingen zu besuchen. Nach dem Telefongespräch hatte ich in mein Tagebuch geschrieben:

1.2.1998

… Er machte einen nüchternen Eindruck …

Ich fuhr also an einem kalten Sonntagnachmittag im Vorfrühling mit dem Auto von Hamburg eine Stunde Richtung Süden zu ihm. Eine ungepflasterte Allee mit alten Bäumen führte zu dem zum Wohnhaus umgebauten Bauernhaus, in dem er zehn Tage lebte. Ich überreichte Ilse einen Strauß gelber Rosen und meinem Vater einen Irland-Reiseführer (was sollte er damit?). Wir saßen in einer niedrigen Stube an einem Tisch mit einer altrosa Decke. Ilse, mein Vater, Ilses Verwandte und ich. Es gab Kaffee und einen Apfelkuchen. Mein Vater und ich konnten dort nichts Persönliches miteinander besprechen.

Als ich mich um fünf Uhr verabschiedete, begleiteten er und Ilse mich nach draußen vor die Tür – er ging unsicher – auf den Hof, bis zu meinem Auto. Es war ein großer Hof, mehrere Holzschuppen standen an den Seiten, hohe Bäume ringsum. Ich wendete das Auto, fuhr langsam an und schaute in den Rückspiegel. Ilse winkte mir nach und mein Vater drehte sich um – von mir weg. Er zeigte mir seinen Rücken. Ging nicht fort, blieb dort neben Ilse stehen. Seinen Oberkörper beugte er leicht nach vorn. Sollte ich sein Gesicht nicht sehen?

Ich hatte Schwimmzeug in meiner Sporttasche auf die Fahrt nach Schneverdingen mitgenommen. Zurück in Blankenese fuhr ich nicht zu meiner Wohnung, sondern zum alten Hallenbad in der Simrockstraße, zog mir im Umkleideraum meinen orangefarbenen Schwimmanzug an, duschte warm und kalt und schlappte mit Badelatschen in die braun gekachelte Schwimmhalle. Sie war gut geheizt. Starker Chlorgeruch. Sonntagabend sieben Uhr, nur wenige Schwimmer waren im Becken. Ein Bademeister saß hinter einer Glasscheibe und las Zeitung. Ich ging an die Seite des Beckens, an der das Wasser vier Meter tief war, und tauchte mit einem Kopfsprung hinein. Von den Fingern bis zu den Zehenspitzen ausgestreckt glitt ich ein paar Meter unter Wasser dahin. Es war frisch auf der Haut, nicht kalt, vielleicht 25 Grad. Ich holte Luft. Auf dem Bauch liegend, mein Kopf einige Zentimeter unter Wasser, schob ich meine Arme an den Ohren vorbei nach vorn, ganz ruhig, ich hatte eine Stunde Zeit, lag flach auf dem Wasser, zog die Arme nach hinten, schlug dabei leicht mit den Beinen aus. Einige Züge schwamm ich so mit dem Kopf unter Wasser, dann tauchte ich jedes Mal, wenn ich meine Arme nach hinten zog, kurz auf, um Luft zu holen. Eine 25-Meter-Bahn. Hellblaues Wasser spülte um mich herum. Ich folgte der Markierung unter mir, einem schmalen schwarzen Fliesenschild auf dem Grund des Beckens. Niemand kam mir in die Quere. Ich verstärkte das Ausschlagen mit den Beinen, kam schneller voran, ein gleitendes Gefühl stellte sich ein. Das Wasser brannte in den Augen. Während ich so meine Bahnen zog, fiel mir eine Stelle aus einem Buch von Hemingway ein. „Paris, ein Fest fürs Leben". Es handelte von der Zeit nach dem zweiten Weltkrieg und Hemingway erwähnte *Kriegsverrückte.* Er schrieb:

> Damals war es keine Schande, verrückt zu sein, andererseits wurde es einem aber auch nicht als Verdienst angerechnet. Wir, die wir im Krieg gewesen waren, bewunderten die Kriegsverrückten, da wir wußten, daß sie von etwas Unerträglichem dazu gemacht worden waren. Unerträglich war es für sie, weil sie aus einem feineren oder zarteren Metall gemacht waren oder weil sie einen einfachen und zu klaren Verstand hatten.

Während ich meinen Kopf immer wieder unter Wasser tauchte, dachte ich: Mein Vater war nicht verrückt geworden – oder nur kurzzeitig, nur für ein paar Tage, als er in die Psychiatrie gekommen war –, aber er konnte die Spannungen zwischen sich und der Welt, ohne Alkohol, nicht mehr ertragen. Er war auch aus einem feineren Metall gemacht ... Was war damals abgelaufen in unserer Familie? ... Hatte er als Ausgegrenzter sich selbst immer noch weiter ausgegrenzt? ... In seiner Ohnmacht und Not? ... Mit dem letzten Rest von Stolz? ... Um sich nicht selbst vollständig zu verraten, nach dem Verrat durch die anderen, durch uns, meine Mutter, meinen Bruder und mich? ... Hatte er *getrotzt?* Nicht mehr mit uns gesprochen, um sich nicht völlig aufzugeben?

Ich warf beide Arme gleichzeitig durch die Luft nach vorn ins Wasser, zog sie unter Wasser nach hinten, kam leicht voran. Immer wieder schwang ich beide Arme gleichzeitig nach vorn, wie ein Schmetterling flogen sie durch die Luft. Mein Kopf tauchte unter, mein Hinterteil hob sich aus dem Wasser heraus, meine Beine schleppte ich hinter mir her. Der Rhythmus, in dem ich mich bewegte, brachte mich vorwärts. Ich schwamm wie ein Delfin, bewegte mich wie eine Welle. Kurze Zeit. Ein paar Meter weit. Auf halber Strecke der Bahn, in der Mitte des Beckens, konnte ich den Rhythmus nicht mehr halten, ich schlug auf das Wasser ein, es wirbelte und spritzte um mich herum, aber ich kam nicht mehr vorwärts. Die Luft ging mir aus, ich sank ab. Mit jedem Armschlag versank ich tiefer im Wasser, wie ein Sack voller Steine.

Ich legte mich auf den Rücken, den Kopf in den Nacken, streckte Arme und Beine von mir und betrachtete die hohe Decke der Schwimmhalle, herunterhängende Kabel. Das Wasser trug mich, ohne dass ich mich bewegte. Ganz still lag ich da und ging nicht unter. Wer oder was hatte meinen Vater gestützt? Was hatte ihm Halt gegeben? ... im Krieg ... bei der Arbeit ... zu Hause ... die Frau vorwurfsvoll und abwehrend ... als er dachte, sie sei untreu gewesen ... die Tochter verachtete ihn ... Verdammt. Ich hatte Wasser geschluckt. Ein Schwall war mir in Mund und Nase geflossen. Ich hustete und richtete mich auf. Es schmeckte scheußlich.

Eine ganze Weile paddelte ich wie ein Hund auf einer Stelle herum und überlegte. Ursache und Wirkung, was war das im Leben meines Vaters? Was, wenn der Alkohol beides war, Ursache *und* Wirkung? Was, wenn alles andere *auch* Ursache war? Alles mögliche andere. Dinge, über die ich gar nicht nachgedacht hatte, Dinge, von denen ich gar nichts wusste ... Wer war ich denn? Was verstand ich schon davon? ... Vielleicht war mein Vater früh als junger Mann von einem Alkoholbazillus infiziert worden, so wie sich andere mit Streptokokken oder Malaria infizierten? ... Oder ... konnte ich es so sehen: Mein Vater trank, weil er trank? ... War es überhaupt möglich, Ursachen für sein Trinken herauszufinden?

Ich legte mich wieder auf den Rücken, schlug mit den Beinen heftig auf das Wasser ein, abwechselnd mit dem einen und dem anderen Bein, es klatschte laut und spritzte ein paar Meter weit. Die anderen Schwimmer schauten verwundert und machten einen großen Bogen um mich herum. Ich streckte meinen Rücken nach hinten, den Kopf tief ins Wasser, paddelte nur noch leicht mit den Füßen, holte mit einem Arm nach hinten aus, dann mit dem anderen, beschrieb mit den Armen große Kreise in der Luft, ganz nah an meinem Kopf vorbei. Wie zwei Mühlräder bewegten sich meine Arme durch das Wasser. Langsam kam ich auf meiner Bahn wieder voran.

Ich hatte noch eine Viertelstunde Zeit, kraulte noch ein paar Bahnen auf dem Bauch, bewegte meine Beine leicht auf und ab. Mein Körper rollte von Seite zu Seite, einmal nach links, einmal nach rechts. Kurz vor acht Uhr stieg ich aus dem Wasser, zog mich an und fuhr nach Hause.

Am späten Abend in meiner Wohnung schrieb ich:

15.3.1998

> ... Seine Augen – dunkelblau, mit schwarz, klar. Er war schwach, hatte aber wieder Biss (ich weiß nicht, ob er wieder trinkt). Hat wieder einen kleinen Bauch, oder der Bauch ist in der Entziehungskur nicht ganz weggegangen. Wir waren beide sehr traurig. Am kommenden Samstag fliegen sie.

Irland

Erst dreieinhalb Jahre später sah ich meinen Vater wieder. 1999 konnte ich nicht reisen, da ich krank wurde; dann hatte ich im Jahr 2000 fahren wollen, doch Sonja und ihr Mann vergrößerten das Haus, in dem sie mit Ilse und meinem Vater zusammen lebten, durch einen Anbau, und mein Vater hatte am Telefon zu mir gesagt: „Nicht, dass ich dich hier nicht haben will, aber nächstes Jahr ist wohl besser. Dann ist der Bau fertig."

So wurde es August 2001, bis ich endlich nach Ballymore fahren konnte; ich habe diesen Ort und diese Zeit weiter vorn ja bereits erwähnt. Ballymore, irisch „Baile Mór", bedeutet „big town". Der Ort hat fünfhundert Einwohner, liegt in der Mitte von Irland, ungefähr auf halber Strecke zwischen Dublin und Galway. Ein Dorf mit zwei Enden und keiner Mitte, sagt man. Ich wohnte an der geraden Straße des Orts in einem der flachen Häuser, in Helen's Bed & Breakfast. Helen war eine freundliche, dunkelhaarige junge Frau. Sie hatte zwei kleine Kinder und führte in dem Haus auch noch ein Pub.

Mein Vater wohnte außerhalb des Orts auf dem Land, 64 Slieve-Na-Gorta. Am ersten Tag, es war der 24. August, ging ich von meiner Unterkunft die drei Kilometer zu Fuß zu ihm hin, durch den Ort auf der schmalen Straße mit den niedrigen Häusern, bog dann ab auf eine noch schmalere Straße. Der Himmel war blau und wolkenlos, es war angenehm warm. Ich wanderte in eine grüne, leicht gewellte Landschaft hinein. Vor mir Wiesen, die durch Hecken und Büsche voneinander getrennt waren. Zwischen den Wiesen einzelne Kornfelder. Kleine Hügel, von Gras bewachsen. Am Straßenrand Stechginster und immer wieder Haselnusssträucher, dicht behangen mit hellgelben, fast reifen Früchten. Das Grün der Wiesen an manchen Stellen von der Sommersonne verbrannt. Heuhaufen, die wie Pilzköpfe geformt waren. Aus einem einzeln stehenden Haus kam ein gefleckter Collie auf mich zu, bellte mich an, knurrte, sprang an mir hoch. Ich ging weiter, und er begleitete mich bellend noch eine ganze Weile. Die schmale Straße endete und ging in einen Weg aus Kies und fein zerriebenem Kalkstein über. Kornfelder, von Wellenlinien, von Schauern durchzogen – ein leichter Wind war aufgekommen. Eine große Ruhe in der Landschaft. Vogelgezwitscher. Nirgends Bäume, nur Büsche. Aus der Ferne das Blöken von Schafen, wie weiße und schwarze Punkte lagen sie auf den Wiesen.

An den vier Tagen, Freitag bis Montag, die ich bei meinem Vater war, sah ich ihn morgens ein oder zwei Stunden. Wir machten eine Mittagspause. Er lieh mir sein altes Fahrrad, ich fuhr dann zurück zu meinem Bed & Breakfast. Am Nachmittag sahen wir uns noch einmal für ein paar Stunden, saßen hinter dem Haus im Garten, Rosen blühten, Margeriten, Malven, Ringelblumen, Zinnien, Gladiolen. Eine junge Katze spielte auf dem Rasen. Die zwei Hunde des Hauses, eine Art Terrier und ein Schnauzermischling, waren häufig in unserer Nähe. Zum Glück ließ Ilse uns auch allein, ich konnte gut mit meinem Vater reden. Er war nüchtern, trank Cola. Während wir hinter der Garage am Weg auf Plastikstühlen in der Sonne saßen, waren wir ganz für uns, niemand störte uns, niemand kam vorbei. Nur einmal gingen drei Jungen, vielleicht zehn bis fünfzehn Jahre alt, mit langen Stöcken bewaffnet, auf dem Weg. Die Hunde bellten, liefen hinter ihnen her, dicht an ihren Fersen. Die Jungen verteidigten sich, schlugen mit den Stöcken durch die Luft. Als die Hunde zurückkehrten, herrschte mein Vater sie an: „Go to bed!“, und sie legten sich hin.

Ich erinnere mich, wie mein Vater einmal, als wir dort saßen, in einem gedankenverlorenen Ton zu mir sagte: „Ich bin schon ein böser Mensch.“

Vielleicht war ich einen Moment unaufmerksam gewesen. Was hatte er vorher gesagt? Ich wusste nicht, worauf er diesen Satz bezog; wollte aber nicht fragen, was er genau meinte; wusste auch nicht, was ich antworten sollte und sagte schließlich, dass wir das doch alle seien.

Meine Antwort hatte mit Witold Gombrowicz, dem polnischen Schriftsteller, zu tun. Ohne seine „berliner notizen“ gelesen zu haben, wäre mir die Antwort wohl nicht eingefallen. Er hatte über das Böse geschrieben:

> Verdammung, Verachtung, das ist nicht Methode, das ist nichts ... ein solches ewiges Auskotzen des Verbrechens macht es nur beständiger ... Man muß es herunterschlucken. Man muß es essen.

Das Böse kann man überwinden, aber nur in sich selber. Völker der Welt: scheint es euch immer noch, daß Hitler ein österreichischer Deutscher war?

Ich hatte, als ich die Stelle las, gedacht, dass es mit dem Trinken ähnlich sei wie mit dem Bösen. Man dürfe den Trinker nicht verdammen, nicht verachten. Man sollte ihn anschauen. Man müsse den Anblick in sich aufnehmen, herunterschlucken, verdauen. Man könnte auch selbst ein Trinker werden. Doch dann hörte ich an einem Abend in der Hamburger Musikhalle die Zeile:

Schau ihm nicht ins Gesicht,
denn du erträgst es nicht!

und musste wieder an meinen Vater denken. Es war das Stück „Ekklesiastische Aktion" von Bernd Alois Zimmermann, nach Dostojewski, „Der Großinquisitor".

An den Abenden in Irland, bevor die Sonne unterging, machten Sonja und ich Ausflüge in die Umgebung von Ballymore. Wir gingen am Shannon, dem hellblauen Fluss, der im Südwesten des Landes in den Atlantik mündet, zwischen hohem Schilf spazieren. An einem Spätnachmittag umrundeten wir einen der vielen Seen der Gegend, den Lough Ennell. Einmal fuhren wir fünfzehn Kilometer nach Mullingar zu einer dreihundertdreißigjährigen Eiche. An einem anderen Tag sahen wir die Sonne am kleinen Lough Seudy in Ballymore untergehen; Lerchen sangen, Grashüpfer zirpten.

An dem Abend tranken wir anschließend im Ort in Helen's Pub noch ein Guinness zusammen. Nur ein schwaches Licht brannte unter einer niedrig hängenden Decke. Ein abgetretener Fußboden, die Wände mit dunklem Holz vertäfelt. Noch ein Gast war im Pub, ein Mann, der an der Theke stand. Helen stellte ihn als John Hore vor; er war über achtzig Jahre alt, betrunken und roch nach Urin. Wir gaben ihm die Hand und setzten uns an einen der Holztische.

Hier erzählte Sonja mir von Ereignissen in der Wohnung im Galileiweg in Gütersloh, als mein Vater von der Entziehungskur im Elisabeth-Hospital zurück nach Hause gekommen war. Sie sprach von den zwei Tagen im Dezember 1997, bevor mein Vater in die Psychiatrie eingeliefert worden war. Er habe in der Wohnung Stühle umgeworfen und geschrien: „Hier kommt heute Nacht noch einer um!"

Er habe ihre Mutter beschimpft: „Du Tommyhure!"

Sonjas Vater war ein englischer Soldat, der nach dem Zweiten Weltkrieg in Gütersloh stationiert war. Anfang 1950, ein paar Monate vor Sonjas Geburt, war er zu seiner Ehefrau nach England zurückgekehrt. Sonja wurde unehelich geboren und hat ihren Vater nie kennengelernt.

Dann ging Sonja, als wir dort in Helen's Pub saßen, noch weiter zurück in die Vergangenheit, an den Anfang der 1970er Jahre in Gütersloh. Sie sprach über die Zeit, als Ilse und mein Vater von der Erholungskur in Olsberg im Sauerland, in der sie sich kennengelernt hatten, zurückgekommen waren. Sonja erinnerte sich, wie sie meinen Vater zum ersten Mal gesehen hatte, als er zum Kaffeetrinken bei ihnen im Galileiweg gewesen war. Sie sagte: „Meine Mutter hätte merken können, dass er trank. Seine Hand zitterte, als er die Kaffeetasse zum Mund hob."

Sie blickte zur Theke, wir schwiegen eine Weile. Dann sagte sie: „Ich glaube, meine Mutter wollte das nicht sehen. Sie wollte wohl unbedingt einen Mann haben."

Dort in Helen's Pub erfuhr ich auch, dass mein Vater auf einem Auge blind war. Sonja erzählte, dass sie mit ihm in Irland zu einem Augenarzt gefahren war. Der Arzt habe zu meinem Vater gesagt: „Auf einem Auge sehen Sie ja gar nichts!"

Mein Vater hatte es niemandem erzählt. Auch zu mir hat er nie davon gesprochen. Wir wissen nicht, wie es zur Erblindung des Auges gekommen ist.

Einmal in diesen Tagen in Irland haben Ilse und ich zusammen ein Mittagessen vorbereitet. Wir haben im Garten Kartoffeln ausgegraben, geschält und gerieben und Reibeplätzchen gebraten. Dazu haben wir Apfelmus gekocht.

Mein Vater erzählte mir noch vieles andere, als ich bei ihm zu Besuch war, manches aus der Zeit, als ich noch nicht lebte und auch aus der Zeit, als ich gerade erst geboren war. Er sprach von einer unglaublichen Begebenheit im Zusammenhang mit meiner Mutter und mir. Ich war verblüfft. Obwohl seit dem Ereignis mehr als fünfzig Jahre vergangen waren, wunderte auch er selbst sich immer noch darüber, wie meine Mutter sich damals verhalten hatte – das spürte ich an der Art und Weise, in der er die Geschichte erzählte. Mein sensibler und kluger

Vater hatte mich ganz und gar verstanden, sonst hätte er mir diese Geschichte nicht erzählt. Doch ich kann das hier nicht wiedergeben, vielleicht berichte ich später einmal davon.

Es war phantastisch, bei ihm zu sein. Lovely days. Vier warme Tage voller Sonnenschein.

Denn alles Fleisch …

Im folgenden Jahr, ich hatte schon mit Vorbereitungen für eine zweite Reise zu ihm begonnen, starb er. Sonja rief mich am Pfingstsamstag im Mai 2002 an und teilte es mir mit. Er verblutete. Blutungen hinter dem Magen. Im Darm. Nicht zu stoppen und nicht zu operieren. Die Blutgefäße waren von Alkohol zerstört. Am Tag zuvor hatte er sich übergeben müssen, gesagt, dass er Schmerzen habe, und sich ins Bett gelegt. Es war das erste Mal, dass er in Irland zugegeben hatte, Schmerzen zu haben. Man brachte ihn ins Krankenhaus nach Mullingar, und in der Nacht starb er. Allein. Kein Verwandter war bei ihm. Er wurde fünfundsiebzig Jahre alt.

Das letzte Mal hatte ich im Frühjahr des Jahres, vier Wochen vor seinem Tod, mit ihm gesprochen. Mein Telefon klingelte um neun Uhr morgens, Sonja war am Apparat und gratulierte mir zum Geburtstag, dann gratulierte Ilse. Sie reichte den Hörer an ihn weiter. Empört sagte er zu mir: „Ich wollte dich doch anrufen – zu deinem Geburtstag!"

Dachte er, ich habe angerufen? Er sprach undeutlich und verschwommen. Ich war irritiert. War er betrunken?

Ich sagte ihm, dass ich ihn doch gar nicht angerufen habe. Dann erfuhr ich, dass er noch im Bett lag. Er hatte nicht mitbekommen, dass Sonja meine Nummer gewählt hatte. Ilse hatte ihn, nachdem sie mit mir gesprochen hatte, gerade erst geweckt. Nach einigen Minuten war er ganz wach, sprach klar, und wir unterhielten uns fast eine Stunde miteinander.

Viereinhalb Jahre hat er nach der Entziehungskur noch gelebt. Ein Dankeschön an den Arzt in Gütersloh – ich weiß nicht, wie er hieß –, der ihn 1997 in das Elisabeth-Hospital einwies. Ohne seine Initiative hätte ich meinem Vater wohl nicht mehr in Schneverdingen und Ballymore sehen können. Rückblickend glaube ich, er hat nach der Entziehungskur keinen Alkohol mehr getrunken – man hätte es mir erzählt, Ilse oder Sonja hätten es erwähnt. Ein kleines Wunder ist geschehen.

An einem sonnigen Tag im Juni 2002, ein paar weiße Wolken zogen am blauen Himmel, wurde er auf dem Friedhof der „Church of the Most Holy Redeemer", der Erlöserkirche, in Ballymore begraben. Die kleine Kalksteinkirche mit spitz aufragenden gabelartigen Türmen wird von den Menschen im Ort „Famine Church", Hungersnotkirche, genannt; mit ihrem Bau war zur Zeit der großen irischen Hungersnot 1845 begonnen worden. Das Grab meines Vaters liegt nur ein paar Meter von den Mauern der Kirche entfernt; eine Rasenfläche schließt sich an und dann Wiesen, Felder, Büsche – die weite, leicht hügelige Landschaft des Countys Westmeath.

Als er starb, war meine Mutter schon zwei Jahre tot. Sie starb im Juli 2000. Nach der Scheidung von meinem Vater hatte sie ihre Stelle als Verkäuferin im „kaufpark" in Gütersloh aufgegeben und war Metallarbeiterin geworden. Unter der Woche fuhr sie jeden Morgen eine Stunde mit dem Bus zur Firma Rabeneick nach Brackwede in der Nähe von Bielefeld, dort überprüfte sie die Funktionsfähigkeit von Kupplungen. Es ging ihr nicht gut. Sie hatte oft eine erhöhte Körpertemperatur und Kopfschmerzen, man fand keine Erklärung dafür; sie wurde häufig operiert; einmal besuchte ich sie in der Klinik Dr. Murken in Gütersloh, und man hatte ihr alle Fingernägel abgenommen – wegen eines Pilzes. Oft war sie traurig, und so wie mein Vater landete auch sie einmal in der Psychiatrie. Anfang der 1980er Jahre, zehn Jahre nach der Scheidung, sie war Anfang fünfzig, rief sie mich aus einem Krankenhaus an; ich weiß nicht mehr, welches es war. Ich war Anfang dreißig und gerade von Frankfurt nach München gezogen. Sie sagte am Telefon: „Die haben mir hier gesagt, ich kann meine Topfblumen mitbringen. Hier bin ich doch nicht richtig – oder?"

Ich sagte: „Du hast recht. Da bist du nicht richtig. Sieh zu, dass du da wieder rauskommst!"

Es gelang ihr, das Krankenhaus bald wieder zu verlassen.

Einige Jahre später lernte sie einen Mann kennen. Theodor, ein Tischler, 1,80 Meter groß, hager, ihm fehlte das erste Glied des Zeigefingers der rechten Hand. Als sie sich trafen, war sie siebenundfünfzig, er sechzig Jahre alt. Mit ihm lebte sie die letzten fünfzehn Jahre bis zu ihrem Tod in ihrem Haus im Josefinenweg in Gütersloh.

Ich erinnere mich, wie sie mich im August 1999 in meiner Wohnung im Hamburger Treppenviertel anrief – so wie sie mich seit meiner Erkrankung jeden Nachmittag kurz anrief, um zu fragen, wie es mir gehe. Es war ein warmer Tag, ich hatte draußen auf der Terrasse gesessen, auf die Elbe geschaut. Nachdem wir eine Weile gesprochen hatten, entstand eine Pause.

„Ich habe vielleicht auch Brustkrebs", sagte sie.

Ab diesem Tag lebte sie noch ein knappes Jahr. Fünfmal reiste ich in der Zeit bis zu ihrem Tod noch zu ihr nach Gütersloh.

I. Denn alles Fleisch ...

Am Montag, den 20. September wurde sie operiert. Sie war einundsiebzig Jahre alt. Ich konnte die Vorstellung, dass ihr eine Brust abgenommen würde, kaum aushalten. Abends rief ich Theodor an, um zu fragen, wie die Operation verlaufen sei.

„Vielleicht wurden beide Brüste amputiert", sagte er.

Ich selbst fuhr damals gerade täglich ins Hamburger St. Georg Krankenhaus zur Strahlentherapie. Noch zwei Wochen hatte ich vor mir, dann war diese Therapie abgeschlossen. Nachmittags und abends hörte ich in meiner Wohnung Brahms, „Ein deutsches Requiem". „Denn alles Fleisch, es ist wie Gras ...", immer und immer wieder, endlos, ohne Pause. Mit großer Lautstärke. Ich wollte das aufnehmen, in meinen Körper hineinbekommen.

Fünf Tage nachdem meiner Mutter beide Brüste amputiert wurden, an einem nebeligen Samstagmorgen, fuhren meine Freundin Angela und ich mit dem Auto von Hamburg nach Gütersloh. Angela steuerte den Wagen, sie wollte zu einem Klassentreffen in Bielefeld. Unterwegs klarte es auf zu einem schönen, hellen Herbsttag. Die Wälder neben der Autobahn in den Bielefelder Bergen waren noch grün, nur an wenigen Bäumen begannen die Blätter sich hellgrün und gelb zu verfärben.

Meine Mutter lag still und schmal in ihrem Krankenhausbett. Sie lächelte.

„Willst du die Narben mal sehen? Sie sind ganz schön geworden."

Sie hob ihr Batistnachthemd hoch, und ich sah die feinen roten Linien, die senkrecht über ihre Rippen liefen. Ohne Brüste wirkte sie wie ein junges, unentwickeltes Mädchen. Sie machte einen zufriedenen Eindruck, ein wenig, als sei sie froh, ihre Brüste los zu sein. Aber vielleicht hatte sie auch Schmerzmittel genommen und wirkte deshalb so ausgeglichen. Nun hatte sie, nachdem Gebärmutter und Eierstöcke dreißig Jahre zuvor entfernt worden waren, fast keine Geschlechtsorgane mehr. – Sie erzählte, dass am Abend vor der Operation der Arzt noch einmal bei ihr gewesen sei.

„Hat lange auf mich eingeredet", sagte sie. „Ich sollte mir nur die linke Brust abnehmen lassen, weil die rechte wahrscheinlich gesund war. Ich wollte das nicht. Bin einfach stur geblieben und habe den Kopf geschüttelt. Will nicht noch mal operiert werden. Der Arzt ist beleidigt weggegangen. Schließlich haben sie zugestimmt, weil ich durch den Knochenmarkkrebs Schulter- und Rückenschmerzen habe. Das Gewicht der Brust auf der rechten Seite würde die Schmerzen vielleicht noch vergrößern."

Sieben Jahre zuvor war ein Multiples Myelom, ein Knochenmarkkrebs, bei meiner Mutter diagnostiziert worden.

Am nächsten Tag, am Sonntag, fuhr ich mit Angela zurück nach Hamburg. Eine Woche später hatte ich eine Gürtelrose.

II. Vier Monate später: Gelbe Rosen

Bevor ich Mitte Januar 2000 zur Geburtstagsfeier meiner Freundin Petra in die Osteria Liguria in Hamburg-Lokstedt ging, rief ich bei meiner Mutter in Gütersloh an. Theodor war am Apparat.

„Sie ist wieder im Krankenhaus", sagte er.

Auf Petras Geburtstagsfeier erzählte ich nichts davon. Ich bestellte, weil alle anderen Gäste es auch taten, ein Steak – konnte das Fleisch aber nur zur Hälfte essen, die andere Hälfte ließ ich zurückgehen.

Am folgenden Donnerstag und Freitag, am 21. und 22. Januar, besuchte ich meine Mutter im Städtischen Krankenhaus in Gütersloh. Ich fuhr mit meinem alten weißen BMW, den ich noch in München gekauft hatte, über die Autobahn Richtung Hannover. Es herrschte schwacher Frost, etwas unter null Grad, die Wiesen und Felder neben der Autobahn waren weiß, der Himmel grau bewölkt, die Straßen stellenweise glatt.

Ich war froh, sie zu sehen und hatte das Gefühl, dass es ihr schon wieder etwas besser ging. – Über Weihnachten und Silvester war ich sechs Wochen in der Klinik für Tumorbiologie in Freiburg gewesen.

„Hast du Weihnachten meinen Brief aus der Kur gekriegt?", fragte ich.

Ihr Gesicht leuchtete auf.

„Hab mich sehr darüber gefreut."

Ich hatte mich in dem Brief auch für die zwei Kleider bedankt, die sie mir zur Einschulung gekauft hatte, konnte mich aber nicht mehr daran erinnern, wie das zweite ausgesehen hatte.

Sie schaute nachdenklich auf ihre Hände.

„Aber es stimmt ja gar nicht, dass ich so viel für dich getan habe! – Gelbe kleine Rosen waren auf dem zweiten Kleid, das ich dir bei Brenninkmeyer in Bielefeld gekauft habe, bevor du in die Schule kamst."

Da erinnerte ich mich wieder.

Am Donnerstagabend war ich mit Theodor allein im Haus meiner Mutter. Er räumte mit einer Schaufel den neu gefallenen Schnee auf dem Hof beiseite. Im Radio kündigte man Regen an. Wir aßen eine Fleischbrühe und Brot, und ich stellte Theodor Fragen.

„Soweit ich weiß, hat sie kein Testament gemacht", antwortete er.

„Sie hat mir vor einigen Jahren aber gesagt, dass sie Paul das Haus vermachen will", sagte ich.

Er beharrte: „Aber ein Testament hat sie nicht gemacht."

III. Einen Monat später: Sieben Gedichte

Im Februar war ich zum fünfzigsten Geburtstag meiner Freundin Christina in München eingeladen. Ich fuhr mit dem Zug; auf dem Weg nach München machte ich am 23. Februar von Hannover aus einen Abstecher nach Gütersloh, um meine Mutter zu sehen, die schon wieder im Krankenhaus lag. Das kalte Wetter dauerte an, es schneite seit Tagen. Auf dem Busbahnhof in Gütersloh herrschte ein eisiger Wind und Schneegestöber.

Als ich ihr Zimmer betrat, erschrak ich. Sie trug ein Kopftuch. Ich hatte nicht gewusst, dass sie vor ein paar Wochen alle Haare verloren hatte. Sie hatte es mir bei unseren Telefonaten nicht erzählt. Sie hatte eine Lungenentzündung und Fieber. Ich versuchte, mir meinen Schrecken nicht anmerken zu lassen. War es dieses Mal, dass sie mit einer jungen Frau zusammen auf dem Zimmer lag, die auch zwei Kinder und Brustkrebs hatte? Meine Mutter und die junge Frau waren vertraut und freundlich miteinander.

Im Zug nach München schrieb ich sieben Gedichte, Elfchen, die ich meiner Mutter in den folgenden Wochen einzeln, immer im Abstand von einigen Tagen, auf Rosenkarten schickte. Sie war gerade zweiundsiebzig Jahre alt geworden. Ich bedankte mich für alles, was sie für mich getan hatte. Ich schrieb über ihre starken Eigenschaften.

IV. Vier Monate später: Ein Gespräch am Nachmittag

Im Sommer bekam sie eine weitere Kombi-Chemotherapie gegen Knochen- und Brustkrebs. Am Donnerstag und Freitag, den 29. und 30. Juni, besuchte ich sie und Theodor in ihrem Haus. Er hatte mich gebeten zu kommen, weil er zur Beerdigung eines Nachbarn gehen und sie nicht allein lassen wollte. Ich ging zu ihr nach oben ins Schlafzimmer. Sie hatte wieder Fieber, eine geschwollene rechte Wange, keine Kraft. War sehr dünn geworden, zusammengefallen, seit Tagen zu schwach aufzustehen. Ich fand sie verändert. Ihr Gesicht wirkte manchmal kindlich, manchmal jugendlich. Es war etwas aufgedunsen, vielleicht vom Plasmozytom, dem Knochenmarkkrebs, oder von der Chemotherapie oder von den Schmerzmitteln. Die Knochen schienen unter ihrer Haut durch. Das Morphin, das sie gegen Schmerzen nahm, veränderte sie vielleicht auch. Ihre Haare waren wieder zwei Zentimeter lang.

„Wie lange bleibst du denn? – Bleib doch mal eine ganze Woche hier oder bis zu Theodors Geburtstag!“, fragte sie gleich.

„Mal sehen. Weiß noch nicht genau. Samstags stehen in Hamburg die Wohnungsanzeigen in der Zeitung. Wir reden morgen noch mal darüber.“

Am Nachmittag ging Theodor zur Beerdigung, und wir waren allein im Haus. Draußen war es leicht bewölkt, nur mäßig warm, aber trocken. Nach dem Mittagsschlaf zog sie sich an und legte sich unten im Wohnzimmer auf das Sofa. Ich setzte mich zu ihr in den Sessel vor der Schrankwand, schaute durch das Fenster auf die Erlenbäume, durch die ab und zu die Sonne fiel. Im Garten, im Beet am Weg, blühten blaue Hortensien. Bei Eikelmanns, auf dem Bauernhof gegenüber, spielten junge Katzen; ein wilder Dackel jagte zwischen Hühnern umher. Diese Aussicht kannte ich, solange ich denken konnte.

Ich kochte einen Tee für sie, das hatte ich in ihrem Haus noch nie für sie getan. Sie bat mich: „Hol doch mal das Paket mit den T-Shirts, die ich mir schicken lassen hab. Sind noch gar nicht ausgepackt.“

Ich öffnete das Paket und legte die Shirts vor sie hin auf den Couchtisch, der zwischen uns stand. Im Sitzen hielt sie sich die Shirts an, ein türkis-grünes, ein dunkelblaues und noch drei andere und war ganz zufrieden mit ihrer Wahl. Dann legte sie sich wieder hin und blätterte in einem Witt-Weiden-Katalog. Von Zeit zu Zeit zeigte sie mir das Bild eines T-Shirts und sagte: „Das ist doch auch ganz schön – oder?"

An diesem Nachmittag, als sie auf dem Sofa lag, fragte ich sie, wie es damals für sie gewesen sei, als sie zwanzig Jahre alt war und innerhalb von sechzehn Monaten zwei Kinder auf die Welt gebracht hatte. Nie zuvor hatte sie mit mir darüber gesprochen. Nach zwei oder drei Stunden, ich hatte nicht auf die Zeit geachtet – sie hatte von vielem, was damals vorgefallen war, erzählt – fragte ich sie, ob sie meinem Vater noch böse sei, weil er Anfang der siebziger Jahre mit der anderen Frau weggegangen war.

„Nein, bin ich nicht. Wer weiß, wozu es gut war, dass wir uns getrennt haben. Wir hatten auch gute Zeiten. Und Theodor ist so gut zu mir. Vielleicht ist die zweite Partnerschaft immer besser."

Sie schwieg einen Moment und fuhr fort: „Vor ein paar Tagen hatte ich einen Traum, in dem dein Vater auftauchte. Er und ich waren oben auf einem Flachdach. Er stieg runter. Ich schaffte es nicht, den ersten Tritt der Leiter zu nehmen. Habe es versucht und versucht, aber ich konnte es nicht. Irgendwann ging er unten vorbei, und ich habe zu ihm gesagt: ‚Wenn es darum geht, die Tasse Kaffee zu bezahlen, die kann ich schon bezahlen!' Später sah ich ihn noch mal unten vorbeigehen, und er trug meinen Sommermantel über dem Arm."

Ihre Wangen waren rot geworden. Ich holte das Fieberthermometer, sie hatte 38,2 Grad. Die rechte Wange war stärker angeschwollen. Ich holte einen feuchten Waschlappen und Eiswürfel zur Kühlung. Ich hatte zu viel gefragt, es hatte sie zu sehr angestrengt. Ich ging ins Badezimmer und wusch ihre Perücke ... Der Kaffee ... hatte sie immer noch ein schlechtes Gewissen, dass sie damals kein eigenes Geld gehabt und mein Vater alles bezahlt hatte? – So viel wie an diesem Nachmittag hatte sie mir noch nie aus ihrem Leben erzählt. Bis dahin hatte ich nicht gewusst, dass sie, nachdem sie meinen Vater geheiratet hatte, noch in ihrem Elternhaus wohnte.

Am folgenden Morgen, am Freitag, entschied ich mich, abends nach Hamburg zurückzufahren, um am nächsten Tag weiter nach einer Wohnung zu suchen. Ich suchte seit fünf oder sieben Jahren eine neue Wohnung. Ich hatte nicht mehr daran gedacht, dass ich am Tag zuvor zu ihr gesagt hatte: Können wir morgen noch drüber reden. Hatte es einfach für mich entschieden. Als sie hörte, dass ich abends fahren wolle, sagte sie leise: „Ach, fährst du heute schon?“

Ich spürte ihre Enttäuschung. Sie wünschte sich wohl sehr, ich bliebe eine Woche. Ich hatte ein schlechtes Gewissen. War mir nicht sicher: Wollte sie es für sich, dass ich blieb – oder wollte sie mir etwas Gutes tun?

Bevor ich abreiste, fuhr ich mittags bei klarem Himmel und mit einem leichten Wind im Rücken auf dem Rad meiner Mutter zum Städtischen Krankenhaus, um ihren Arzt Dr. Rösel kennenzulernen. Ich hatte Zweifel, ob er sorgsam mit ihr umging. Die Chemotherapien schienen mir zu schwer für sie zu sein. Er sagte: „Das ist das Schwerste, zu entscheiden, ob eine Chemo gemacht wird oder nicht. Die Eiweißwerte Ihrer Mutter waren bei vierzehn, normal ist sieben. Wir mussten etwas tun.“

Nachmittags zum Kaffeetrinken stand sie auf. Es war warm, die Sonne schien, wir setzten uns hinter das Haus auf die Terrasse. Sie hatte das neue türkisgrüne T-Shirt und eine dunkelblaue Hose angezogen, ihre Perücke aufgesetzt. An den Ohren trug sie dunkelblaue Ohrstecker mit einem grünen Punkt in der Mitte.

„Hast dich chic gemacht“, sagte ich zu ihr.

Sie lächelte schamhaft, zog einen Mundwinkel leicht schräg nach unten.

„Ich glaube, Dr. Rösel ist in Ordnung“, sagte ich zu ihr. „Hab den Eindruck, dass er verantwortungsbewusst mit der Chemo umgeht.“

Es wurde uns zu heiß, wir setzten uns in eine Ecke bei der Garage unter einen Sonnenschirm.

Sie trank einen Schluck Kaffee. Musste schnell zum Klo, war sehr wackelig auf den Beinen. Ein schnelles Hin und Her, ob ich oder Theodor sie begleite. Er ging mit ihr, und ich war froh darüber.

Gegen Abend, als ich mich verabschiedete, saß sie im Wohnzimmer auf dem Sofa. Hier sah ich sie zum letzten Mal in ihrem Haus.

Sie weinte. Ich umarmte sie vorsichtig, streichelte leicht über ihren Arm und ihren Rücken.

Es war das zweite Mal in meinem Leben, dass ich sie umarmte. Das erste Mal hatte ich es zwei Jahre zuvor getan; da kamen mein Bruder Paul und ich gleichzeitig vor ihrem Haus in Gütersloh an, sie wurde siebzig, Paul klingelte an der Haustür, er umarmte sie. Da ich direkt hinter ihm folgte, umarmte ich sie auch. Dieses Mal, im Juni 2000, war es mein Wunsch, sie zu umarmen.

„Ich wünsche dir, dass du wieder richtig gesund wirst!", sagte ich.

Theodor begleitete mich hinaus zur Haustür.

Im hellen Sonnenlicht fuhr ich auf der Autobahn Richtung Hannover und dachte an das, was meine Mutter mir von den letzten Monaten in ihrem Elternhaus erzählt hatte. Ein Gemälde von Edvard Munch kam mir in den Sinn: Der Schrei. Eine junge Frau allein auf einer Brücke. Mund und Augen weit aufgerissenen. Königsblaue und tannengrüne Flächen unter ihr. Sonnenuntergang. Feuerrote und schwefelgelbe Farben am Himmel. Noch bevor es ganz dunkel wurde, war ich zurück in meiner Wohnung in Hamburg. Ich hörte Musik von Richard Strauss: „Vier letzte Lieder" und „Morgen", gesungen von Jessye Norman. Immer wieder, den ganzen Abend. Auch in den folgenden Tagen und Wochen. Wohl hundertmal.

Ein paar Tage nach dem Besuch bei meiner Mutter rief ich meinen Vater in Irland an und erzählte ihm, wie schlecht es ihr ging, und dass sie von ihm geträumt habe. Als wir uns am Telefon verabschiedeten, sagte er: „Grüß sie mal von mir!"

V. Zwei Wochen später, Samstag, 15.7.2000

Im Juli reiste ich das letzte Mal von Hamburg nach Gütersloh zu ihr. Sie lag seit ein paar Tagen wieder im Krankenhaus. Theodor hatte den Notarzt gerufen. Sie konnte nicht mehr essen und trinken. Sie wollte nicht ins Krankenhaus. Ist sie an Theodors Arm aus dem Schlafzimmer und die Treppe hinunter gegangen? Hat er sie getragen? Sie wurde mit einem Krankenwagen ins Städtische Krankenhaus gefahren, und er folgte mit seinem Auto nach.

Ich kam mit dem Zug; vom Bahnhof in Gütersloh fuhr ich mit dem Bus zum Krankenhaus. Es war ein heißer Sommertag, 25 Grad im Schatten. Theodor war bei ihr, als ich am späten Nachmittag in ihr Zimmer trat.

„Wie lange bleibst du?", fragte sie gleich.

„Ich kann die ganze Woche bleiben, bis zu Theodors Geburtstag. Ich habe eine Zusage von Frau Boget, dass ich die Wohnung an der Rothenbaumchaussee kriege, wenn ich ihr 8000 DM Ablöse zahle."

Wir redeten über einen Artikel aus der „Glocke", der Tageszeitung, den Theodor aus irgendeinem Grund ausgeschnitten und ihr ins Krankenhaus mitgebracht hatte. Ein Fensterflügel stand offen; warme, sommerlich duftende Luft strömte herein; Vögel zwitscherten unten im Park. Meine Mutter nahm an unserer Unterhaltung kaum teil. Nach einer halben Stunde sagte sie abrupt: „Fahrt mal nach Hause."

Ich ließ Theodor sich zuerst verabschieden, hielt ihre Hand, wartete, bis er zur Tür hinaus gegangen war.

„Einen schönen Gruß von Papa soll ich dir sagen. Ich habe mit ihm telefoniert und ihm erzählt, dass du von ihm geträumt hast."

Sie schaute mich erstaunt und erschrocken an, dann lächelte sie leicht.

„Sag ihm auch mal einen schönen Gruß von mir."

Als ich schon bei der Tür war, sagte sie noch: „Wenn du mit ihm sprichst. Musst ihn ja nicht extra anrufen!"

Draußen war die Luft ein wenig schwül, graue Wolken waren am Himmel aufgezogen. Ich stieg in Theodors Auto, einen braunen Opel, und wir fuhren nach Hause in den Josefinenweg. – Es war wohl der einzige Gruß, den meine Eltern sich nach ihrer Scheidung bestellten. – Theodor und ich aßen zusammen Abendbrot, er briet Spiegeleier, dazu gab es Brot und Butter.

Ich schlief in dem kleinen schlauchähnlichen Zimmer auf halber Höhe zum ersten Stock, das früher eine ungenutzte Abseite unter dem Dach gewesen war. Theodor hatte den Raum vor einigen Jahren ausgebaut, und seitdem schlief ich meistens dort, wenn ich zu Besuch war. Zwei schmale Betten standen gleich neben der Tür hintereinander an der Wand. Unter einer Dachschräge, den Betten gegenüber, abgetrennt durch einen Vorhang, gab es ein Waschbecken und eine Toilette. – Selten schlief ich in dem größeren, quadratischen Zimmer ein paar Stufen weiter nach oben – in dem ein Doppelbett stand –, in dem Zimmer, das mein und meines Bruders Kinderschlafzimmer gewesen war und das in späteren Jahren ihm allein gehört hatte.

Sonntag, 16.7.2000

In der Nacht wurde ich von einem Donnerschlag geweckt. Die Erlen am Weg rauschten, es blitzte, Regen prasselte auf das Dachfenster über meinem Bett – doch in der Früh, als ich aufstand, war der Himmel wieder hell und klar, die Luft leicht bewegt, und das heiße Sommerwetter setzte sich fort.

Als wir um halb elf Uhr ins Krankenhaus kamen, sprach uns auf dem Flur vor dem Zimmer meiner Mutter eine Krankenschwester an.

„Es geht ihr nicht gut. Sie hat schlecht geschlafen. Sie hat auch Zuckungen."

Wir gingen hinein, meine Mutter setzte sich im Bett auf, sprach mit leiser Stimme. Die Zuckungen bemerkte ich nicht. Wir waren eine halbe Stunde bei ihr, als die Tür geöffnet wurde. Ein jüngerer Bruder meiner Mutter, Hugo, und seine Frau Beate kamen herein. Sie gab beiden die Hand. Direkt danach ließ sie sich auf den Rücken fallen, winkelte die Arme an, riss den Mund auf und schrie. Ihr ganzer Körper verkrampfte sich. Sie kriegte keine Luft mehr. Theodor drückte sofort auf den Klingelknopf. Die Schwester kam, blickte kurz zu meiner Mutter, lief hinaus. Eine halbe Minute später kamen die Krankenschwester und zwei Ärzte mit Koffern ins Zimmer gerannt. Ich stellte mich mit dem Rücken zur Wand, um Platz zu machen. Die Schwester forderte uns vier Besucher auf, das Zimmer zu verlassen.

Wir standen auf dem Flur, ich zitterte, wir gingen hin und her. Theodor und ich beschrieben Hugo und Beate, wie es meiner Mutter am Tag zuvor und am Morgen gegangen war. Nach einer Viertelstunde kamen die Ärzte aus ihrem Zimmer heraus, und einer der beiden, Dr. Sommerkorn, bat uns in einen kleinen Raum.

„Der Kreislauf ist jetzt wieder stabil. Wenn sie noch mal so einen Anfall erleidet, würden wir keine lebensrettenden Maßnahmen mehr ergreifen."

Als wir zu ihr zurückkamen, tropfte an ihrem linken Arm eine Infusion. Die andere Frau, die das Zimmer mit ihr geteilt hatte, war nicht mehr da, ihr Bett war aus dem Zimmer hinausgefahren worden.

Plötzlich setzte meine Mutter sich auf, streckte schon ein Bein aus dem Bett, das zweite war angewinkelt.

„Klo, schnell", sagte sie.

Ich stellte ihre Hausschuhe bereit, wollte sie stützen, dann wurde ich unsicher, ob sie gehen könne. Die Schwester, die ich rief, sagte: „Nein, aufstehen geht nicht, ich bringe den Topf!"

Ich verließ den Raum, Theodor blieb bei meiner Mutter im Zimmer. Hugo und Beate waren nicht mehr da, ich weiß nicht mehr, wann sie sich verabschiedet haben.

Um zwölf Uhr mittags stand ich am Kopfende ihres Betts und rief meinen Bruder Paul in Berlin an.

„Sie hatte einen Krampfanfall. Du musst kommen", sagte ich und weinte.

Sie war unruhig. Fuhr mit der rechten Hand zum Verband auf ihrer Wange und riss ihn ab. Das Loch in der Wange war schwarz und so groß wie ein Fünfmarkstück. Eine schwarzrote Flüssigkeit lief heraus in die Goldkette mit Perlen, weiter am Hals hinunter bis in ihr Nachthemd. Als die Schwester ihr einen neuen Verband machte, verzog meine Mutter das Gesicht vor Schmerz und stöhnte.

Zwei Wochen zuvor war die Haut noch intakt gewesen. Ihre Wange war an dem Nachmittag, als sie mir von früher erzählt hatte, zwei Zentimeter angeschwollen.

Theodor erzählte mir Wochen später: „Dr. Bründel, ihr Hausarzt, hat gesagt, das sei ein aufgegangener Lymphknoten gewesen."

Um vier Uhr nachmittags kam mein Bruder.

„Paul", sagte sie zur Begrüßung und gab ihm die Hand.

„In Hannover umsteigen ...", sprach sie leise vor sich hin und fuhr mit der Hand durch die Luft.

Eine Schwester schob ein zweites Bett ins Zimmer.

„Einer von Ihnen kann hier schlafen, wenn Sie möchten."

„Ich kann das machen", sagte ich zu Theodor und Paul.

„Ich fahre erst mal nach Hause", sagte Theodor. „Ihr seid ja jetzt da."

Paul und ich setzten uns auf Stühle am Fußende des Betts und unterhielten uns leise miteinander. Hin und wieder warfen wir einen Blick auf unsere Mutter und gaben ihr zu trinken.

Als Theodor nach einigen Stunden ins Krankenhaus zurückkam, hatte ich eine so starke Migräne, dass ich erleichtert war, als er anbot, die Nacht im Krankenhaus zu schlafen. Paul und ich fuhren mit Theodors Opel zur Übernachtung ins Haus unserer Mutter. Die Luft war drückend warm, das Licht diesig, die Sonne ein bleicher, ausgefranster Fleck zwischen grauen Wolken. Ich trank ein Glas Wasser und legte mich ins Bett.

Montag, 17.7.2000

Am folgenden Morgen löste mein Bruder Theodor im Krankenhaus ab und Theodor kam heim. Mein Kopfweh dauerte an. Ich telefonierte nach Hamburg, gab Frau Boget die Zusage, ihre Wohnung zu übernehmen. Ging in den Garten, um das Haus herum, schaute auf die Blumen.

Es war wieder schönes, trockenes Sommerwetter, klare blaue Luft.

Mittags, als ich meine Mutter im Krankenhaus begrüßte, sagte sie: „Anne."

Ich war glücklich, dass sie mich erkannte.

Paul brachte Theodor den Opel in den Josefinenweg und fuhr mit dem Zug zurück nach Berlin. Ein Arzt hatte ihm morgens gesagt: „Es ist unklar, wie lange ihre Mutter noch lebt. Es kann sein, dass ihr jetziger Zustand drei Wochen anhält."

An dem Nachmittag war ich mit meiner Mutter allein in ihrem Zimmer im Krankenhaus, Theodor blieb zu Hause. Inzwischen sprach sie die ganze Zeit leise vor sich hin, als unterhielte sie sich mit jemandem, bewegte ihren rechten Arm beschreibend durch die Luft. Sie zitterte immer wieder, runzelte die Stirn und schaute ängstlich. Ich gab ihr einen Kuss auf die Hand, setzte mich auf einen Stuhl am Fußende des Betts und weinte.

Frau Boget hatte mir am Morgen, als ich sie angerufen hatte, ein starkes Herz gewünscht. Starkes Herz. Ich fragte mich, was es meiner Mutter nütze, wenn ich dort saß und weinte. Was würde ich mir wünschen, wenn ich an ihrer Stelle wäre? Ich fasste ihre Füße an. Waren sie kalt? Sie trug weiße Socken mit einer kleinen Stickerei. Die Füße waren warm, gut geformt, die Zehen gebogen, wie sie es bei Babys sind. Ich streichelte ihre Füße. Die Pflegeschülerin Sandra kam mit einem heißen Kamillentee.

„Sagen Sie mir Bescheid, wenn der Tee etwas abgekühlt ist. Dann können wir mit Wattestäbchen und Mulltuch Lippen und Mund abwischen."

Meine Mutter war sehr unruhig. Ich streichelte ihr über ihre kurzen grauen Haare.

„Sei ganz ruhig, Mama. Es ist alles in Ordnung. Alles wird gut."

Das machte ich sehr oft an diesem Nachmittag, und sie spürte es sicher. Während ich es tat, dachte ich: Mein Gott, nichts ist in Ordnung. Sie hat Schmerzen, und sie stirbt, und ich will das nicht. Aber sie ist so unruhig und verängstigt, und ich möchte sie beruhigen. Ich hielt ihre rechte Hand, eine schöne, lange Hand, die noch kräftig war. Ihre Haut war angenehm trocken.

Als Sandra wiederkam, schaute ich zu, wie sie ein Mulltuch um ein Holzstäbchen wickelte, es in den Kamillentee tauchte und meiner Mutter Mund, Zähne und Zunge abwischte.

Ein penetranter Geruch hatte sich im Zimmer ausgebreitet. Ich öffnete das Fenster einen Spalt weit, frische Luft strömte herein. Ich dachte, der Geruch käme vielleicht von ihren Zähnen und versuchte, ihr mit einem Mulltuch und dem Kamillentee den Mund auszuwischen. Manchmal saugte sie an dem Tuch, um Feuchtigkeit in den Mund zu bekommen.

Sie atmete schwer mit offenem Mund.

„Zeig mir deine Zähne! Zeig mir deine Zunge!", sagte ich.

Manchmal klappte es, dass ich darüber wischen konnte. Wollte sie vielleicht lieber ihre Ruhe haben? Manchmal war es witzig, und sie lächelte. Ich dachte: Wie redest du mit deiner Mutter? Wie mit einem Kind. Dann dachte ich, es ist ok, sie versteht mich so – nahm ein Zitronenwattestäbchen und wischte über ihre Lippen.

„Hast du Schmerzen?", fragte ich.

„Kopfschmerzen", sagte sie vielleicht – ich hatte es nicht richtig verstehen können; war mir nicht sicher, was sie gesagt hatte; ging auf den Flur und sprach eine junge, blonde Ärztin an.

„Meine Mutter hat Kopfschmerzen, können Sie etwas tun?"

„Ich bin für dieses Zimmer nicht zuständig", sagte sie.

Ich weinte.

„Kommen Sie mal mit", sagte sie, ging voraus ins Arztzimmer und schaute in die Karteikarte meiner Mutter.

„Sie kann noch eine Morphinspritze haben. Der Sauerstoff muss auch nicht vierundzwanzig Stunden am Tag zugeführt werden, es kann nach Bedarf geschehen." Sie wendete sich ab.

Im Laufe des Nachmittags wurde der üble Geruch im Zimmer immer intensiver.

Ich lüftete die ganze Zeit, doch das Lüften half nicht, gegen den Geruch war nicht anzukommen. Ich ekelte mich nicht davor. Der Geruch kam nicht aus den Windeln, die sie seit dem Vortag trug, es war ein anderer Geruch, den ich nicht kannte.

Ich überlegte, ob das dauernde Rauschen des aufsteigenden Sauerstoffs sie beunruhige und der Schlauch in der Nase sie störe. Da die Ärztin gesagt hatte, sie brauche den zusätzlichen Sauerstoff nicht andauernd, entschloss ich mich, einen blonden Pfleger, der wohl für meine Mutter zuständig war, zu fragen, ob er ihr den Schlauch einmal für eine Zeitlang aus der Nase nehme. Er runzelte die Stirn, sagte dann aber: „Ja, das können wir machen."

Ein zweiter Pfleger kam dazu. Als sie an dem Schlauch zogen, riss sie die Augen auf, schaute erschrocken. Ob sie dachte: Jetzt werden die Apparaturen abgeschaltet, das ist mein Ende?

Als ich wieder ihre Hand hielt, war ihre Haut verändert. Sie fühlte sich schlaff und feucht an. Dann hatte ihr der Sauerstoff doch gut getan. Ich bereute meine Initiative. Nach einer Weile wurde sie ruhiger, sie hatte inzwischen auch eine Morphinspritze bekommen.

Am späten Nachmittag schaute der blonde Pfleger ins Zimmer.

„Meine Mutter ist etwas ruhiger geworden“, sagte ich.

„Dann machen wir ihr Bett jetzt nicht, das würde sie sehr anstrengen. Wir kommen später sowieso noch mal, um es zu machen.“

„Gut“, sagte ich, und er ging raus.

Dann fiel mir ein: Möglicherweise wollte er sich nur Arbeit sparen – doch wenn meine Mutter lange im Schmutz läge, würde sie wund werden.

Ich ging auf den Flur und sprach ihn an.

„Schauen Sie doch bitte nach, ob die Windeln trocken sind.“

Während sich zwei Pfleger um meine Mutter kümmerten, ging ich hinaus. Als ich ins Zimmer zurückkam, fand ich sie völlig erschöpft. Der Pfleger hatte recht gehabt, dass es sie sehr anstrenge. Hätte ich diese Initiative unterlassen sollen?

Er hatte den Geruch wohl auch bemerkt, brachte eine Schüssel mit Duft, den ich aber nicht wahrnehmen konnte.

Ein paar Wochen später, als ich selbst im Krankenhaus lag, fragte ich eine Ärztin, woher der penetrante Geruch gekommen sein konnte. Sie sagte: „Es kann sein, dass der Körper angefangen hat, Eiweiß auszuscheiden. Die Krebszellen vermehren sich am Ende explosionsartig.“

Am Abend kam Theodor. Meine Mutter lächelte ihn an, sie freute sich, dass er da war. Er verstand sie am besten, ohne Worte, er ließ sie auch in Ruhe. Wir setzten sie im Bett auf, und sie trank ein paar Schluck aus der Schnabeltasse.

Ich hatte keine Kopfschmerzen mehr und wollte diese zweite Nacht im Krankenhaus schlafen, doch Theodor sagte: „Lass mich man.“

Ich wehrte mich nicht dagegen. Der Pfleger brachte einen Fernsehapparat für Theodor; ich fand es unpassend, sagte aber nichts dazu. Theodor stellte den Fernseher laut, er hörte nicht mehr so gut, und vertiefte sich sofort in eine Sendung.

Ich verabschiedete mich, gab meiner Mutter die Hand.

„Mama, ich gehe jetzt nach Hause, tschüss."
„Tschüss", sagte sie.
„Gute Nacht."
„Gute Nacht", antwortete sie. Ihre Stimme war sehr schwach.

Ich war allein im Haus im Josefinenweg, hielt das Alleinsein nicht aus und rief meine Freundin Petra in Hamburg an. Sie war sehr müde und konnte nur kurz mit mir sprechen. Es war neun Uhr abends. Ich machte mir ein Brot und aß es auf der Terrasse hinter dem Haus. Es war noch hell, als ich ins Bett ging.

Dienstag, 18.7.2000

In der Nacht im Tiefschlaf hörte ich ein Geräusch, ein Scharren, vielleicht ein Vogel, ein Star. Dann verstand ich, das Telefon unten im Wohnzimmer klingelte. Es war dunkel, ich machte Licht, ging die Treppe hinunter. Als ich den Hörer abnahm, war niemand mehr am Apparat.

Es war kurz nach vier Uhr morgens. Ich ging wieder ins Bett. Nach fünf Minuten klingelte das Telefon erneut.

„Deine Mutter hat es geschafft", sagte Theodor.

Eine halbe Stunde später kam ich mit seinem Opel auf dem Parkplatz des Krankenhauses an. Es war immer noch dunkel, die Luft war mild und warm. Er erwartete mich auf dem Flur, nahm mich bei der Hand und führte mich in ihr Zimmer. Sie sah ruhig aus. Ihre Augen waren geschlossen. Ihr Mund ebenfalls. Ihre Hände waren übereinander gelegt. Sie wirkte entspannt.

Nach ein paar Minuten sagte Theodor: „Sie hat nichts mehr getrunken letzte Nacht. Ihr Bett ist noch mal neu bezogen worden, danach war sie völlig erschöpft. War sehr unruhig, hat noch 'ne Beruhigungsspritze gekriegt, dann wurde sie ruhiger. Bin eingeschlafen. Am Morgen dachte ich: Es ist so ruhig hier. Ich schaute zu ihr rüber, sie war völlig still. Bin aufgestanden und zu ihr rüber gegangen, und sie war schon tot. Noch warm, nicht mehr am Leben. War vier Uhr."

Kurze Zeit war es ganz still im Zimmer, dann sagte er: „Lass uns man nach Hause fahren."

Ich ging auf die Fensterseite an das Kopfende des Betts.

„Gleich."

Er verließ das Zimmer.

Ich legte meine Hände auf ihre Arme und Hände. Sie waren noch warm. Ich schaute sie noch ein paar Minuten an, gab ihr einen Kuss auf die Hand und ging.

Es war inzwischen hell geworden. Die Sonne stieg am Himmel auf. Theodor und ich fuhren in seinem Opel nach Hause.

Dalke

Es herrschte eine große Hitze an dem Tag, als meine Mutter starb. Mittags zeigte das Thermometer 29 Grad im Schatten. Ich zog meine Sportschuhe an, lief von unserem Hof herunter. Das Gras am Weg stand hoch, die Brennnesseln blühten. Der Graben, in dem früher Frösche gelebt hatten, war nicht mehr da; es hatte sich kaum noch Wasser darin gesammelt, und man hatte ihn zugeschüttet. Auf der Wiese hinter den Erlen grasten, so wie früher, Kühe; einige lagen nah am Stacheldrahtzaun im Schatten unter den Bäumen. Auf der Wiese zur anderen Seite des Wegs, auf der früher auch Kühe gewesen waren, hatte man vor einigen Jahren ein zweistöckiges Haus und Garagen gebaut. An der Weggabelung zum benachbarten Bauernhof und zur Straße, vor den Erlenbüschen, ein Teppich von gelben Blumen – Butterblumen. Ich pflückte einen Stängel, klemmte ihn hinter mein Ohr und lief weiter, nicht zur Sundernstraße, sondern zu den Nachbarn über den Hof. Der Dackel verfolgte mich, bellte, bis ich das langgestreckte Fachwerkhaus, Schweinestall, Hühnerstall, Scheune und Misthaufen hinter mir gelassen hatte. Die Sonne brannte. Der baumlose Weg führte schnurgeradeaus; kein Haus, kein Mensch, nur noch Himmel, flache Wiesen und Felder vor mir. Die Luft heiß und trocken. Es roch nach Erde, Kräutern und Kuhfladen. Unter meinen Füßen Sand. Ausgefahrene Wagenspuren, die streckenweise mit Schotter, Bauschutt von roten Ziegelsteinen, gefüllt waren. Eine Grasnarbe in der Mitte des Wegs. Mein Hemd klebte am Körper, Schweiß rann mir in die Augen. Die Sonne blendete. Ich zog den Schirm meiner Kappe tiefer ins Gesicht und verlangsamte das Tempo. Nur meine Tritte waren zu hören. Ich erreichte die Dalke, den Fluss, der fünfzehn Kilometer östlich von Gütersloh in der Senne, einer Heidelandschaft nah bei Bielefeld, entspringt. Das Wasser strömte sanft, es plätscherte leise, handtellergroße Wellen glitzerten in der Sonne. Der Grund leuchtete sand- und ockerfarben, an manchen Stellen rostrot. Eintauchen ins Wasser? Es würde mir vielleicht bis zu den Knien reichen. Hindurchwaten? Acht oder zehn Meter zum gegenüberliegenden Ufer? Die alten Bäume dort gäben Schatten. – Doch dornige Sträucher versperrten den Zugang ins Wasser. Ich lief weiter in der Sonne mit der Strömung Richtung Westen zur Stadt Gütersloh hin. Das Licht flirrte. Frische, kühle Luft stieg herauf. Lange Zeit lief ich im Schutz eines Roggenfelds, schwere braungelbe Ähren bewegten sich träge im Lufthauch. Ich erschrak. Hinter einer Wegbiegung, verdeckt durch das hohe Korn, hatte ich ihn nicht kommen sehen. Vor mir ein Radfahrer, im letzten Moment wechselte er über die Grasnarbe in die andere Spur und fuhr wortlos weiter. Aus einem Busch am Wegrand flogen Bachstelzen auf und ließen sich auf einer Sandbank im Fluss nieder. Im Wurzelwerk des unterspülten Ufers hingen Plastiktüten. Ein junger Baum lag umgestürzt im Wasser, die Spitze seiner Krone berührte das andere Ufer. Ich hörte Autos fahren, das Parkbad war nicht mehr weit, machte kehrt und lief den Weg zurück.

Nachmittags putzte ich das Haus, legte die Stühle in Küche und Wohnzimmer kopfüber auf den Tischen ab – Theodor ging hinaus und beschäftigte sich im Garten –, ich saugte die Teppiche, wischte Staub, scheuerte Waschbecken und Klo, fegte die Fliesenböden, trug einen Eimer mit warmem Wasser, er war nur halb voll, die Steinstufen hinauf und wischte mit Schrubber und Aufnehmer Flur, Badezimmer und Deele.

Am nächsten Tag begann es zu regnen. Eine Regenperiode brach an, herbstliches Wetter, es regnete lange Zeit.

Alles, was auf diesen Seiten zur Sprache kommt, hat sich auf diese oder jene Weise ereignet, jedoch sind keine Person und kein Geschehnis mit der Wirklichkeit gleichzusetzen.
Hamburg 2023

Dank

Ich danke

- meiner Mutter, für alles
- meinem Vater für seine genaue Beobachtung und seinen Mut, Dinge auszusprechen
- meinem Bruder, der mir freie Hand beim Schreiben dieser Geschichte gelassen hat
- meinen Tanten Maria Wortmeyer und Ursula Siekaup für Informationen, ohne die ich diese Geschichte nicht hätte schreiben können
- meinen Cousinen Annette Westerbarkey und Bärbel Nienaber für Geburts-, Heirats- und Sterbeurkunden unserer Großeltern und für Unterstützung auf dem Weg der Veröffentlichung
- Dr. Ludwig Gallmeier, Heike G. und Ulrich Schmors für Rückmeldungen zum Manuskript
- für kontinuierliche Unterstützung Heidrun Ahrendt, Jutta Heinrich, Ute Nölker, Petra Putz, Anke Schäfer, Anna Christina Schuler-Gätjens, Angela Schween, Paula Roose, Hanne Thomsen, Prof. Dr. Brigitte Trippmacher
- der Textwerkstatt des Writers' Room Hamburg, insbesondere Dr. Susanne Bienwald
- meiner Schulfreundin Liesemarie dafür, dass sie immer an dieses Buch geglaubt hat

Über die Autorin

Marion Venhaus,
1950 geboren und aufgewachsen in Gütersloh, NRW.
Sie lebt seit 1989 in Hamburg.
Arbeitete dreißig Jahre als IT-Systemanalytikerin und Programmiererin in München, Hamburg, England, USA.
Besitzt kein Auto, fährt Rad.
Ein Lebensmotto: Man muss auch die schwierigen Dinge tun.

© H. Thomsen

Über „Stürzen“
„... wundervolle, dichte Beschreibungen, berührende Passagen ... ein Zeitbild, ein Werk mit zahllosen Querverbindungen, dicht gewebt.“
Alexander Häusser, Autor, Vorstand Literaturzentrum Hamburg

2006 und 2016 ausgezeichnet auf der Besten-Lesung der Debütantenbörse im Literaturhaus Hamburg

2018 Preis des Verbands der Schriftsteller Hamburgs für den besten Romananfang aus der „langen Nacht“

ISBN 978-3-7584-5182-9
9 783758 451829 00004
www.epubli.com